Hacia dónde nos lleva el alma

Tierra, aquí nació mi canto mi bandera
Sonrisas que se cuelan por la puerta del balcón
En ese viaje que hoy me trae de vuelta

Lejos, no sabes cuánto yo te echo de menos
El ruido de mi pueblo y la caricia de ese mar
Cuando no estoy contigo, yo te invento

Traigo oxidado el corazón
Me hace falta cuerda
Mi alma necesita transfusión
Sangre de mi tierra

Regreso a la cuna que me vio nacer
Regreso a este barrio que me vio correr
Lo que fui, lo que soy y seré, por mi isla bella

He vuelto al refugio que calma el dolor
Y vuelvo a el recuerdo del primer amor
Lo que fui, lo que soy y seré, por mi isla bella

Y me sorprendió la necesidad de expandir el alma
Se me aconsejo, desde la razón de mamá y papá
El Caribe a usted lo ha invitado, familia, pase todo respetado
Si esto llego sin pretexto, a songo lento orishas del mar

Lento
Las marcas van contándome que el tiempo
Es como un pasajero que se sube a tu vagón
Y anuncia que la vida es un momento

Dicen
Los viejos de la esquina siempre dicen
No importa lo que tengas, si al bajarte
En la estación, uno regresa siempre a sus raíces

Yotuel (Orichas)

Le preguntó al alma:

—¿Quién eres? —y esta le respondió:

—Soy todo lo que sientes.

—¿Dónde estás?

—En todo lo que haces.

—¿De dónde vienes?

—De todo lo que has sido.

—¿Y hacia dónde vas?

—Hacia donde me lleves.

Capítulo 1

Y cuando llegue la luna llena,
iré a Santiago de Cuba,
iré a Santiago.
Federico García Lorca

Vino al mundo con la piel un tanto oscura, confirmando las expectativas de los curiosos que tuvieron que esperar nueve meses para disipar sus dudas. Fue un feto que resistió las tormentas verbales del exterior y esperó digno sus 38 semanas muy a pesar de la impaciencia ajena. Pero cuando llegó en los brazos de la enfermera a los visitantes del posparto, su tía Teresa exclamó:

—¡Ave María purísima! ¡¿Esto es de un negro?!

La madre, ante las caras perplejas, sosegó el espasmo con la aclaración urgente de una vuelta del cordón umbilical. Mas, al tercer día la piel no aclaró y la hipótesis de la asfixia fue descartada. En el instinto de rebatir los comentarios, propuso el nombre de Blanca, pero la familia, burlándose de la ironía, la apodó "Negrita". Ella esquivó su vergüenza a través del ventanal, donde la noche estrellada le regaló una intuición. Se llamará Luna. Confirmó. Y sin que nadie rebatiera al respecto se zanjó el asunto. "El padre", dudando de serlo, negó el apellido e incluso estuvo a punto de ceder cuando alguien le recordó que en Cuba "quien no tiene de Congo, tiene de carabalí". Pero se retractó en cuanto lo atacaron las miradas expectantes de los vecinos, quienes recibieron el taxi que los condujo de maternidad a casa.

—¡Qué atrasada! —soltaron los más discretos.

—¡Igualitica al padre! --dijeron los atrevidos.

Él, sin pedir explicaciones, recogió sus pertenencias y se mudó por siempre a otro barrio, donde obtuvo de un segundo matrimonio la réplica masculina de su existencia.

Cuatro semanas después, con la definición de *mulata* ya estampada en su semblante como un sello de inscripción, Luna fue entregada en calidad de urgente a su progenitor real cuando su madre, espantada, descubrió en sus pupilas un verde estremecedor que le resultaba conocido.

Ignacio Gonzáles, quien fue llamado para acelerar la entrega, vio en el rostro de la niña su propio rostro y en sus ojos, su mirada, sin poder objetar al respecto. Aceptó el pacto y admitió sin reclamo su papel de padre. Cumplido el trato, viajó en tren con la pequeña hasta su ciudad natal. Fue así como una mañana de 1973 llegó Luna a Santiago de Cuba, envuelta en un pañal corrupto de orine y con un llanto excesivo que solo calmara el vaivén de un balancín.

Cachita Guzmán, la madre de Ignacio, no veía a su hijo desde hacía un año, cuando completaba asuntos de milicia por la capital. Pero sin crédito para reclamos, le mendigó una limosna de vista a sus 73 años. Observó a ambos y fundió un solo rostro de ojos profundos con párpados saltones, que al pestañar vestían y desvestían un par de pupilas verdes, una sola boca de ásperos labios, un solo cabello oscuro en chorro de espiral y en cada mejilla hundido un hoyuelo. Tal era la complicidad de parecidos que se creyó víctima de una broma decrépita y se vio mucho tiempo atrás, meciendo también al pequeño Ignacio. Ajena en su rol de nieta amparada, Luna cayó dormida ante el dulce arrullo de la abuela, quien serena le entonaba una canción de cuna:

Drume negrita
que yo va' compra' nueva
cunita que tendrá capite'
que tendrá cascabel.
Si tú drume, yo te traigo un mamey
muy colorao'
si no drume, yo te traigo un
babalao que daaaa pau pau.

Ignacio interrumpió la melodía para decirle:
—¿Podemos criarla? Es mi hija —y concluyó el hecho con una brevísima explicación, como algo imprevisto e inoportuno que se coló en una aventura sin importancia.

Prohibió volver a tocar de nuevo el asunto. Enseñó gustoso el diploma de graduado y retomó su rutina sin remordimiento. Y allí quedó Luna, sumida en el sonido de aquel balance, que además de crear hábito, daba fondo a los boleros cantados por Cachita. La vieja casona frente al mar lidiaba contra el tiempo resistiendo ante su adversario. El salitre hacía estragos con la madera, arrancándole pellejos de azul, y las tejas del techo caían de a poco como frutas maduras. Ignacio obtuvo la licencia para reconstruir el inmueble. Pero como la necesidad de materiales superaba la demanda del producto, el proceso iba despacio y él, obviando las posibilidades del mercado clandestino, esperaba muy legal su turno. Pues no solo era decano de una academia militar, sino también presidente de su vecindad, activista del Partido Comunista de Cuba (PCC), enemigo de la mínima partícula norteamericana y opositor empedernido de todo lo que consideraba incorrecto, incluyendo los métodos ancestrales de su madre, quien jamás lo respetó al respecto, y siguió fiel a sus creencias arcaicas:

—Para algo ha avanzado la ciencia —le dijo un día—. Actualízate.

—¡Vete al carajo! —contestó ella—. ¿O cómo crees que te hice hombre?, ¿con lo actual?

Y es que a Cachita lo místico le venía congénito, desde que fuera la nieta de una negra libre de origen lucumí, que poseía los más ocultos secretos de herbolaria y la más estricta interpretación de los caracoles en el oráculo del dialogún. Sucumbida al cortejo de un chamán, que repartía remedios naturales al compás de un burro con una carreta repleta de ungüentos, pusieron fin al trayecto nómada. Aferrándose a la libertad, en una época donde los óvulos fecundaban esclavos, anclaron su bohío en una cima abandonada de la Sierra Maestra, para unirse al amor y al socorro de los necesitados, sin más fortuna que sus conocimientos; un baúl de caoba harto de piedras orishas, camufladas dentro de un repertorio de santos católicos; una mesa de majagua; una hamaca de saco de yute; cuatro taburetes tapizados con piel de chivo y un amplio e inclinado patio sembrado de plantas curativas. Juntos presagiaron diagnósticos, juntos determinaron remedios y juntos fraguaron una extensa clientela sin estímulo monetario que retribuían los favores con los requisitos básicos de manutención. Resolviendo las urgencias del prójimo, se mantenían al margen de la sociedad y de la Iglesia católica, para quienes aquel sitio inhóspito e inasequible pasaba desapercibido. De hecho, la autoridad del entorno ni se inmutó cuando se incrementó la fama popular a favor de los curanderos, pues les preocupaba más andar detrás de los revoltosos que de un par de chamanes anclados en el alcor. Así fue como vivió la pareja divina, aislados en el limbo ocupándose de los problemas terrenales y menospreciados por esa bendita intolerancia del clérigo, que en su supuesto subestimar les regaló a los cubanos su auténtica religión.

Tuvieron y criaron cuatro hijos. Los tres varones, inconformes de vivir como ermitas al ras del cielo, se unieron a los *mambises* y sucumbieron en la Guerra de los Diez Años. La hembra, a quien llamaron Ta Tomaza, creció en la colina, marginada en un mundo propio, aparte y altivo entre cafetales ajenos. Su convivencia herbolaria y santoral alcanzó la pubertad y ayudó a sus padres cundidos de zurcir las necesidades del prójimo.

Cuando llegó la abolición de la esclavitud y la montaña se desbordó del sube y baja de negros desamparados que no sabían qué hacer con la libertad, el taita y la santera ya estaban demasiado viejos para los trajines celestiales. Ta Tomaza asumió el control después de enterrarlos en el amplio e inclinado patio de plantas curativas. Mientras socorría a las criaturas que los libertos le dejaban para hurgar un empleo, pronosticó y diagnosticó sin dar abasto en la demanda desde una estera tendida en el suelo celestial de aquella altura remota. Tanto se volcó a salvar almas y remendar casualidades que al darse cuenta de su escasez de sucesores era casi tarde para engendrar descendientes. Y hubiera dado por zanjada la extinción de su casta si a los 45 años, sin una gota de amor, aunque apurada por engendrar sus entrañas, se restregara a lo intenso con un andaluz de apellido Guzmán, quien aceptó el negocio de embarazarla a cambio de la merma del dolor en un diagnóstico de difunto. También él quería despedirse del mundo y dejar, aunque fuera un ápice de ADN en aquel ajeno Caribe; pues no le quedaba herencia alguna de toda su estirpe. Con tanta práctica y tanta intención, antes de que el enfermo se volviera afinado, en un ocaso del 1900, bajo una fuerte tormenta de estrepitosos truenos, Ta Tomaza escupió de su vientre a una niña mestiza a la que llamó Milagros. Honor que le hizo el nombre no solo por llegar al mundo en aptitud de urgencia, sino por subsistir entre las fuertes lluvias de aquel ciclón amenazante, que ante la luz de su venida desvió su rumbo. Ta Tomaza, luego de intuir que aquella criatura tendría algún pacto con el espíritu del agua, la diagnosticó "hija de Ochún" (diosa del río para los africanos y virgen de la Caridad para la Iglesia católica).

Para no cundir el pánico entre cristianos, la nombró "Milagros de la Caridad". Sin embargo, el compuesto quedó empolvado en el registro de inscripción, resumiéndose al apócope de un simple "Cachita" ante la jerga popular. La gente, más tarde, en honor a sus servicios y popularidad, terminó llamándola Cachita Guzmán.

Tanto cundió la llegada de Cachita a la colina que, antes de caminar, gateaba sobre el terreno recién sembrado, plantando las simientes, y anduvo por primera vez pisoteando las cáscaras de huevo expuestas al sol para hacer cascarilla. Entre la escasez de juguetes y el instinto infantil, jugaba con Eleggua, si bien Ta Tomaza le advertía que eso no era un muñeco para jugar, sino una deidad capaz de provocar tempestades, aunque estuviese representado por una pequeña piedra con ojos de caracoles.

Recibió la adolescencia lanzándose loma abajo sobre una hoja de Yagua siseando entre los cafetos. Cumplía recados urgentes cuando en la guerra de 1912, una masacre de negros independientes exprimió el jugo de las adversidades que empaparon los campos desolados de gente sin salvación. Entre tanta faena, Ta Tomaza la introdujo de antemano en los secretos de la flora y la fauna, la habilidad de las comadronas, la predicción de los caracoles, las respuestas del coco, la cura de los enfermos y el poder de manipular las piedras orishas sin ánimo de lucro. Entre el ajetreo rural, la esbeltez de Cachita desafió a las palmeras, sus senos a las montañas, sus curvas a la guitarra, su sabiduría a la longevidad, y alcanzó la voluntad de los fenómenos naturales. No sabía leer ni escribir. Jamás había visto un libro. Fue la voz de su madre quien cimentó en su memoria un amplio manual de conocimientos a la orden de las consecuencias.

Cuando Oshun auguró en el caracol que le enviaría un hombre con las aguas de su río, Ta Tomaza decidió que no debía estancarse en la colina corriendo el riesgo de solterona. Por ello, la mandó a ofrecer caridad en las periferias del pueblo, para acelerar el augurio. Pero todos la recibían con cariño fraterno y ningún varón se osó a cortejar a la joven, considerada un pichón divino de santidad. En la espera, Cachita recibió la madurez un tanto empercudida por el roce del carbón, del tiempo, del sol y los matorrales; si bien no a punto de marchitar su frescura silvestre.

—¿Me quedaré sin hombre? —preguntó desesperada.

—Yerba que tá pa' uno, no hay chivo que se la coma —le confirmó Ta Tomaza, pero por si acaso la mandó a darse unos baños con canela, cerveza, guarapo y perejil, para asegurar el hecho de atraer al macho. Y aquellos fueron los últimos pronósticos terrestres de la santera, en víspera de un soponcio senil que ni siquiera la dejó despedirse. Aunque no fue un problema la distancia, pues aún enterrada junto a sus ancestros en el amplio e inclinado patio de plantas curativas, su espíritu regresaba de vez en cuando a través de oraciones, del humo de un puro y de un vaso con agua.

Cachita asumió entonces el papel de curandera y comadrona. Desandaba la Sierra resolviendo el alivio de los males. Ayudaba a los peregrinos que llegaban a su altura acogiéndolos a la sombra del yarey, junto a la mesa de majagua, los cuatro taburetes tapizados con piel de chivo, la hamaca de saco de yute, los santos católicos, el baúl de caoba y esa retahíla de piedras orishas con nombres africanos y apellidos españoles. Si alguien necesitaba alivio para una subida de tensión, ella lo solucionaba con caña santa, extinguía el empacho con aceite, embarazaba a las estériles con güira, sacaba a la luz a los niños de las parturientas, quitaba el mal de ojo con un gajo de albahaca, provocaba abortos con la savia de la papaya, subía los ánimos o bajaba las fiebres. Su sabiduría silvestre resolvía un montón de calamidades y solo cobraba algunos centavos para no perder la gracia de su don divino, aunque para subsistir vendiera hiervas y especies.

Heredó del tabaco no solo el placer de exhalarlo sino también de mascarlo. Atendía a sus clientes sentada en la estera sin dejar de arrancarle bocados a un puro, masticarlo y escupirlo a un lado, mientras acertaba vaticinios entre el reguero de escupitajos con nicotina. Lanzaba dieciséis caracoles para obtener las predicciones en la combinación de las conchas, confirmaba las respuestas con los cocos y ofrecía algún consejo de *ñapa* con las señales divinas de Ta Tomaza. Diagnosticaba a base de leyendas yorubas repletas de moralejas o consejos celestes. Aplicaba el remedio según la magnitud del problema, pues un mal común lo resolvía con hierbas comunes, pero los grandes conflictos exigían sacrificios de aves sobre las piedras orishas, que no en balde resolvían magnos favores. Cuando empezó a dudar de que el augurio de la madre no era sino un consuelo en la frustración de su destino, consultó ella misma el caracol. Supo entonces que los estragos de un ciclón, aún archivado en el pasado de muchas generaciones, iban a alterar por fin el rumbo de su destino.

En el paso de un brutal huracán que despedazó el octubre de 1930, Cachita recibió una señal del más allá para perdurar aún en el más acá. Cogió las piedras orishas y las metió en un saco de yute junto a los santos católicos. Amarró la valija a la vera de un almendro con uno de los grilletes de cuando los libertos no sabían qué hacer con la libertad. Abrió pequeños agujeros que le permitían respirar. Se introdujo en el baúl de caoba y selló la tapa con un pestillo interior. Cuando la tempestad ya desgreñaba la flora, desbocaba la fauna, desbordaba el arroyo y el panorama parecía el dibujo de un garabato infantil pintado sobre un papel a merced del aire, ya Cachita deambulaba en el espacio dentro del baúl. Las bofetadas de viento que el ciclón despachaba sin contemplaciones zarandearon la valija a su antojo como una maraca voladora. Pues en su mal genio arrancó el árbol de raíz, y el baúl, las piedras orishas, los santos católicos, el grillete, el almendro y Cachita rodaron colina abajo, formando parte de ese dibujo animado, hasta que un pedrusco detuvo el baúl y lo abandonó sobre la pradera. Solo entonces salió ella, atolondrada y adolorida, desde el desorden místico de aquel reguero de deidades. Recuperó el aliento, se sacudió la facha y se entregó a la meticulosa tarea de separar las orishas, poniendo cada piedra en su lugar. En ese plan la encontraron un grupo de campesinos, que reclamaban su presencia con el propósito de socorrer a un hombre a quien el río había arrastrado en su corriente. Seis machos se necesitaron para halarlo de un tirón a la orilla, pues la corpulencia del individuo y la fuerza del agua dificultaban el rescate. El remolino ya había huido avergonzado de sus estragos y la lluvia, agotada de tanto llorar, caía débil sobre la tierra, descargando las últimas lágrimas de su labia.

Tan pronto llegó Cachita, mandó a trasladar a la mole humana hasta la sombra de una ceiba. Consultó el caracol y encontró esperanzas en el desvalido. Siempre consultaba los casos caóticos para no perder el tiempo con infusiones y ritos, ni estar molestando a los espíritus por vanas razones. Rebuscó en su repertorio y encontró una perfecta sincronización de hierbas que arrancó del monte antes de volverla infusión y dársela al moribundo. Podría haberse ido a remendar los retazos de su bohío y dejar el resto del tratamiento en manos de los expectantes; pero no lo hizo. Pernoctó a la vera del enfermo y, mientras la cabeza de él reposaba inerte sobre su vientre virgen, esperó con una extraña incumbencia durante veinticuatro horas, hasta que espabiló el desvalido:

—¡¿A quién hay que matar?!—exclamó, tanteando la funda de su machete ausente.

—Nadie va a matar a nadie —contestó ella—. Aquí ya todo está muerto.

Él, distorsionado, inquieto e interrogante, espabiló los ojos entre el efecto del vértigo con el afán de reconocer aquel rostro salvador. Pero intentando hablar, se le ablandó la soberbia y volvió a desmayarse. Cachita aferró la oreja sobre el pecho viril, verificó los latidos y captó en el pálpito una pizca de aliento. Se incorporó cómplice y aguardó con certeza el despertar del moribundo.

Ignacio era un guajiro que aprovechaba el día desmenuzando cañaverales al filo de un machete, y la noche arrancándole guajiras a las cuerdas de una guitarra. Hijo de un mambí que no volvió de la invasión hacia occidente y de una mulata que se empeñó en procrear un ejército para librar la guerra. Le pusieron el nombre en honor al general Ignacio Agramonte. El cólera, las batallas, el hambre y la disentería lo dejaron a los siete años sin conuco y sin estirpe. Algunos campesinos decidieron repartirse los quehaceres del huerfanito, pero antes de darse un veredicto, ya el pequeño había bajado al pueblo con la intención de subsistir por sí mismo. Creció ambulante. Desyerbaba patios, lucraba botas y dormía donde le agarraba el sueño. Servía de utilero en el conjunto musical de la plaza, donde no le pagaban, pero lo adiestraron a improvisar controversias y contratar serenatas para que al menos sobreviviera con ello. Lo más cercano que tuvo a una familia fue el contacto en el burdel de Jacinta Morales, una hermosa mujer a quien en su juventud "Dios se lo dio y San Pedro se lo bendijo" de tal manera que no existió hombre alguno que apagara su fuego uterino. Una avalancha de peregrinos cabalgaba su vientre. Ella los recibía con las piernas abiertas y de igual los despedía, pues no alcanzaba a cerrarla cuando un nuevo visitante ya asomaba la cabeza. Nunca impuso una tarifa ni restringió horarios y los aventureros agradecidos retribuyeron muy bien sus favores.

Tanto consiguieron los ingresos, que construyó una gran casa a un costado del pueblo y vivió de su don hasta que invirtió en vientres ajenos. Saldó su deuda materna volcándose en el socorro del huerfanito. Pero cuando Ignacio cumplió los 16, su cuerpo robusto y el verdor de sus ojos causaban tanta atracción entre las trabajadoras del burdel que, comprendiendo que ese ya no era su lugar, se empleó de machetero por un sueldo miserable. La insistencia del sol le aceleró el mulato, curtiéndole la piel como tierra agrietada, y el constante fruncir el ceño le arrugó la frente. Desandaba por las lomas peleando gallos y se gastaba el dinero de las apuestas en los guateques. Dominando siempre las controversias musicales entre los guajiros, ganó protagonismo en los jolgorios campestres, boga que acrecentaría su fama de mujeriego. Comentaban que ninguna mujer se le resistía ni sería capaz de domar su indómita alma, pues estaba entrenado por Jacinta. Su labia de justiciero le dio honor entre los campesinos y su tema favorito era el desplante de los criollos después de la república. Tan líder anduvo entre ellos que le reservaban los inconvenientes de la aldea, con la certeza de encontrar en él soluciones prácticas. Suficiente razón por la que nadie dudó en socorrerlo, aunque de los socorristas aparecieron tres y a los demás los encontraron más tarde en condición de cadáveres. Pero Ignacio regresó de la muerte con la misma euforia que lo caracterizaba antes del ciclón. Profundamente agradecido y sin tapujos, se paró frente a Cachita y le propuso matrimonio. Ella, que ya lo estaba esperando, sin dudas aceptó. Localizaron al único cura de aquellos alrededores. El padre apuró la ceremonia bajo los tembleques de una fiebre y el pronóstico de gripe. No hubo tiempo ni disposición para festejos debido a la gravedad de los acontecimientos. Incluso tuvieron que conformarse con un lecho improvisado entre los matorrales, donde consumaron el matrimonio sobre la madre naturaleza.

El ciclón no solo saqueó el ánimo de los guajiros, sino que arruinó sus cultivos y repartió los conucos en pedazos por el monte. Las lluvias deslizaron desde las colinas chorros de tierra empapada que arrasaban a su paso como lava de fríos volcanes. Los comercios rurales sacaban al sol lo que quedó de sus mercancías, intentando recuperar algo de ellas. Los aldeanos armaban campamentos en las guardarrayas. Los mosquitos campeaban por su respeto inyectando epidemias, allá donde las adversidades desfilaban como modelos en aquella pasarela de desgracias. Cachita no daba abasto para remendar tanto padecimiento ante la eminente plaga que contaminaba hasta el aire. El desastre fue tal, que, con tanto cúmulo de males, vaticinó el remedio de huir, pues no encontró mejor solución ni en lo más recóndito de su sabiduría. Algunos campesinos dirigidos por Ignacio organizaron una inmensa caravana y recompusieron algunas carretas. Las abastecieron con los ridículos alimentos que pudieron hurgar en las despensas destartaladas, en los árboles desarmados o en el desorden de los surcos, y partieron presto y sin rumbo a cualquier otra región. Al paso de varios días de desorientación, las huellas sobre el camino real fueron moldeando el paso que los conducía hacia la ciudad contigua. También iba Jacinta con su tribu de féminas. El tifón no removió la fuerte zapata del burdel, pero sí la futura escasez de los usuarios. Por eso, aprovechó para cumplir el sueño de levantar un prostíbulo en la metrópolis oriental de la isla. Si no lo hizo antes, fue por las súplicas de sus fieles clientes, quienes le juraron después visitarla, aunque fuese en la Patagonia. Y así fue como llegó Cachita a la ciudad de Santiago de Cuba, desvirgada, casada y cargada con su baúl de caoba, sus orishas y sus santos católicos, porque su mesa de majagua y sus taburetes forrados con piel de chivo quedaron destruidos entre la maleza.

Dijo el poeta Nicolás Guillén que Cuba parece un caimán dormido; si eso se tiene en cuenta, Santiago descansa en el trasero del reptil. Ciudad donde el sol casi convierte las calles en ríos de asfalto, pues no en vano la llaman "La tierra caliente". El mar empapa un lado humedeciéndola entera, solo para refrescar el innato sudor de su fogosa prole. Repartidos los rurales por la villa, buscaron cobijo en las constantes lomas que dejan las piernas extenúas y a las casas inclinadas, con largos portales que se exhiben como balcones al mundo. Cachita e Ignacio encontraron alquiler en una callejuela de la urbe, ajustándose en la habitación de una cuartería con baño colectivo. Fefita, la dueña del solar, había sido propietaria de un pequeño casino, pero perdida en el laberinto del amor, hubo de confiar su economía a un astuto criollo que la elevó al cielo hasta que la dejó caer y huyó con todo su capital. Apenas pudo conservar en propiedad la casa de inquilinos con veinte cuartos, donde ella también vivía. Aferrada a la tristeza de su fracaso, se recogió en su papel de arrendadora y olvidó por siempre la pasión. Ignacio enfundó el machete por tiempo indefinido. Agarró la guitarra y se instaló en la última parada del tranvía en donde recaudó algunos centavos por su voz. En el amanecer de la convivencia intentó en vano domesticar a la esposa, tratándola de ensartarla en la vida hogareña. Pero perdió el afán de adiestrarla, pues lo de ama de casa no encajaba en su perfil. A pesar de la escasez, le compró incluso alguna bisutería barata para ver si las alhajas despertaban su feminidad, mas dejó de comprarlas porque el poco interés de ella y su estricta economía le mermaron el presupuesto y la perseverancia.

No obstante, con tanto fervor, reanudaron la ocasión en que se restregaron sobre la madre naturaleza que, enganchados por el vicio, sucumbieron al amor. Día tras día se aliaron en una alquimia espiritual que, si no logró sacar oro, sacó acero inoxidable. Andaban esquivando las vicisitudes de la vida cuando a Ignacio lo emplearon de estibador en el puerto. Aparcó los puntos guajiros y suplantó los guateques por la trova, ampliando el repertorio con boleros y guarachas de la sonora matancera. Cachita se colocó de cocinera en una fonda, pero cocinaba tan mal que la despidieron. Lavó y planchó para la calle, hasta que fue perdiendo clientela por la mala calidad en los resultados de sus servicios. Probó todas las formas a su alcance para ganarse la vida, pero no pudo. Y andaba en esas cuando le curó un empacho a la vecina de al lado, siendo suficiente para que la noticia deambulara en las puertas colindantes.

"¡Ay! Dame algo para el dolor de muela", suplicó una. "¿Cómo puedo quitarme esta diarrea?", preguntó otra, hasta que se le llenó el cuarto de pacientes, a quienes no solo les bastó la cura, sino que se lanzaban desaforados a las predicciones del caracol. El entra y sale fue tanto que Ignacio perdió la paciencia el día que lo venció un hambre atroz después de venir del trabajo y ver cómo a su mujer se le quemaba un potaje de frijoles colorados mientras se entregaba a una sesión de canto espiritista.

—¡Carajo! —gritó él y calló del tirón al coro celeste—. ¡Lo tuyo solo va a ser siempre la brujería!

Cachita, sin perder la calma, contestó en tanto restauraba con un gesto manual el popurrí de la orquesta:

—*Baba feticile cobutami* —"póngame oído"—. Todos cumplimos una misión en la vida. Y yo solo cumplo con la mía.

—¡¿Y qué coño comemos hoy?! ¿Misión? —respondió Ignacio, estrellando la olla de judías achicharradas sobre la mesa con un estruendo tal que todos volvieron a callarse. Sacó a empujones a los expectantes. Agarró el barreño de agua azulada con pétalos blancos y lo lanzó desde el balcón, lo que provocó una lluvia astral sobre los transeúntes de la córrala. De una patada apagó las velas e iba en camino a romper las piedras orishas cuando Cachita escupió un bocado de puro. Tragó en seco. Clavó la mirada contra la estampa del marido, y chilló:

—¡*Okana tonti ogunda*! ¡Si vas a cortar yerba, afila bien el machete!

Él salió de súbito y tiró la puerta con tal fuerza que Fefita cobró un extra por el daño mobiliario. No volvió. Amanecía en la calle. Se empapaba de aguardiente. Participaba en fiestas ajenas, donde obtuvo algunas propinas por sus boleros y guarachas.

Cuando acababa las parrandas, se iba al puerto y del puerto regresaba a las parrandas. Cerraba las cantinas y, cuando el presupuesto le alcanzaba, se metía en burdeles chapuceros. Pues Jacinta le negó el placer en su nueva morada.

—Vuelva con su mujer, Ignacio —le aconsejó—. Mire que una santa no se encuentra donde quiera.

Lo confirmó la mismísima matrona en un recado urgente que hubo de enviarle a Cachita, a quien le estaba agradecida por haber librado a algunas de sus chicas de inoportunas gonorreas. Le juró que su marido aún no había cometido ninguna infidelidad bajo su techo y que, en su responsabilidad de protectora, lo puso en la puerta de la calle.

Cachita le puso un *addimu* a cada santo. A Oshun, cinco yemas con canela; a Eleggua, harina con quimbombó; a Obatalá, un merengue; y a Yemayá, siete príncipes negros que lanzó como ofrenda al mar. Por si fuera poco, le degolló un gallo a Chango y una gallina a Olukun. Pero al ver la indiferencia de su corte celestial, invocó a Ta Tomaza para averiguar por casualidad si Oshun no se habría equivocado de hombre cuando auguró que lo traía con las aguas del río. Estuvo toda una noche frente a un vaso con agua repitiendo oraciones. El agua se evaporaba con el humo de un tabaco y Ta Tomaza no aparecía. Tiró los caracoles y obtuvo un refrán lucumí que tradujo al castellano: "Cuando las cosas se viran al revés, se comprenden por dentro".

Insatisfecha, optó por preguntar mediante el coco: "¿Volverá?". Dos boca abajo y dos boca arriba le regalaron un sí, aunque exento de explicaciones, pues las respuestas del coco son muy rotundas. Distorsionada por primera vez en el mundo de la santería, comprendió que el amor no entiende de religión. Decidió entonces esperar, hasta que Ignacio ya no encontró consuelo en el inestable trote de los vientres callejeros, ni en las victrolas de las cantinas, ni en el efecto del alcohol, ni en las madrugadas bohemias. Guitarra en mano, se plantó en pleno patio de la córrala. Su voz de pájaro triste cantó un bolero tan dulce que Cachita, creyendo que soñaba, se levantó aturdida y por poco se cae al suelo cuando tropezó a tientas buscando la ventana. Los vecinos aplaudieron con cara de sueño; e incluso Fefita, que ya había abierto la boca para protestar, se retiró desarmada por los estragos del querer.

—Si la cuestión es ser santo —gritó desconsolado—, que lo seamos los dos.

Reanudaron las trasmisiones sexuales en un ir y venir que le fertilizó las entrañas. Trajeron al mundo a un varón, al que llamaron Ignacio Gonzáles, cumpliendo la tradición de hombres valientes en la estirpe masculina. Fue su primer y único parto. Y aunque el vientre se le marchitara después de aquel nacimiento, prosiguieron con entusiasmo las ansias que procrea el vicio del amor.

Capítulo 2

No aspiremos a lo imposible, no sea que,
por elevarnos sobre la región de la libertad,
descendamos a la región de la tiranía.
Simón Bolívar

Con pleno consentimiento marital, Cachita consultó y diagnosticó al derroche, sin dar basto en la demanda. Los vecinos, conmocionados por la reconciliación, no permitieron otra ruptura y la adiestraron de lleno en los quehaceres del hogar. Mientras esperaban sus turnos, preparaban biberones, lavaban ropa, elaboraban el almuerzo, entretenían al niño, fregaban lozas y completaban con destreza las tareas del hogar. Cachita se sumergía en su misión, con un fervor que le ofrecía felicidad. Y hubiese equilibrado hogar, amor y consulta si los precios de los hospitales y la garantía de sus brebajes no hubiesen disparado su fama. La cola de los interesados a veces sobrepasaba el solar y doblaba la esquina. Fefita proclamó varias palabrotas en medio de la multitud, protestando ante el acaparamiento de morada y la aglomeración pública dentro su propiedad. Una vez desahogada, le propuso una comisión a su inquilina, quien se negó rotundamente a comerciar su don. La casera, irritada, montó vigilancia y hasta contrató guardianes. Pero para esa fecha Cachita, consagrada en su reputación de curandera, se mudó a otra casa como cuidadora particular de una anciana, a quien curó de neumonía.

Se llamaba Ana María Fonseca. Al marido le dio por morirse después de perder en un partido de naipes los últimos ahorros de su existencia. Habían llegado de Galicia en una ola de inmigración. Ella se colocó de maestra en un colegio privado; él plantó una bodega y sostuvo una economía bastante desahogada, hasta que la vejez y la morriña peninsular lo enviaran al juego. Intentaba recuperar el caudal perdido para asegurar el futuro junto a su estéril mujer cuando el azar le dio una bofetada que le aceleró la ruina y le adelantó la embolia. La gallega quedó viuda en una inmensa casa frente al mar, al final de la alameda con la única compañía de dos gatos siameses.

Rebasaba la soledad con los boleros de Olga Guillot, que divulgaba nostálgica desde su tocadiscos. O releía cualquier libro de su biblioteca sin importarle que ya se los supiera de memoria. Sentada sobre su balancín, bajo un porche de cara al horizonte, despedía el sol cada tarde desde su silencioso ocaso. Para sostenerse daba clases particulares a colegiales primarios en el patio de su casa, donde plantó un aula a la que llamó "Escuelita Paga". Su pequeña economía y su mísero aliento solo dejaba espacio a su sobrevivir, por lo que la casona se desgastaba de a poco a la par de su existencia. Cuando sus pulmones podridos estallaron en una tos crónica que le consumía los ánimos, apareció la fiebre que la incluyó entre los pacientes del solar de Fefita. La anciana aceptó a Cachita, a Ignacio y a su único hijo con la condición de ser curada y atendida.

La Alameda Santiaguera, donde aún los coches de caballos trajinan sus faenas de ida y vuelta aliviando en el peso de la gente la escasez de transporte, se extiende como un párrafo en la historia y el caserón de Ana María le pone el punto final. Frente a un mar con orilla de cemento, un largo portal de barandas corroídas se acoge a la sombra de una pirámide de tejas cansadas que reposan sobre un laberinto de estancias arcaicas, que ven su fin en la intemperie de un extenso terreno, en el cual plantaron la réplica del amplio e inclinado patio de plantas curativas. Ignacio pintó de blanco las rejas del corredor haciendo juego con un azul celeste que improvisó sobre las paredes de madera. Cachita enfloreció todo el porche y dejó espacio para los dos balancines que lucían su vaivén, frente al horizonte. Ya en el patio, alojó su consultorio ancestral e incluso improvisó una especie de campamento de socorro para los más necesitados. La gallega, además de estar de acuerdo, colaboró de manera intensa en las preparaciones; aunque sintiéndose inútil en los menesteres celestes, persuadió a los pacientes para que ampliaran sus conocimientos, pues en su mayoría eran analfabetos. A ningún adulto le alcanzaba el tiempo ni la voluntad para aprender a leer y a escribir en sus vidas agitadas. Pero consiguió, sin embargo, convencerlos para enseñar a sus hijos. Fue entonces que amplió el aula del patio y se volcó de una manera desaforada en la enseñanza de las criaturas. Tan completo era el servicio en la casa de Ana María que quien entraba con una dolencia no solo salía curado, sino con la matrícula de sus descendientes en la "Escuelita Paga", que con tan bajos presupuesto sustituyó el cartel por el de "Escuelita Gratis". Ahí, entre tantos niños pobres, aprendió también Ignacio, el único hijo de Cachita, quien a medida que crecía encarnaba las facciones del padre, incluyendo el verdor de un par de ojos saltones. Consiguió escribir mientras los tamarindos caían maduros sobre los improvisados pupitres, y explotaban sobre las letras recién aprendidas.

Leyó bajo el bochorno del mediodía, mientras el sol andaba tan obstinado que se colaba entre las ramas de los árboles para opacar los párrafos de las lecturas. Superó todos los exámenes que le impuso la gallega como en el más estricto colegio y hasta alcanzó el conocimiento de la educación primaria. Del embullo, Ana María quiso enseñarle a Cachita algo de gramática, pero en eso sí nunca coincidieron:

—¿Pa' qué escribir Ana? —comentó—. Dice Oddi que la jicotea quiso volar y se rompió el carapacho. Yo nací pa' ser santera. Y todo lo que sé lo sé sin saber leer.

—Pues, ¿sabes qué? Tienes razón —contestó la anciana—. A nuestra edad, lo mejor es aprovechar el tiempo que nos queda.

Aclarada la cuestión, prosiguieron la empatía sin dificultad alguna. Ana María era tan feliz que le bastaban esas tardes frente al mar, degustando el café del ocaso. Para esas fechas, ya había aparcado el hábito de releer los mismos libros durante tantos años y lo cambió por la costumbre de escuchar leyendas de mitología yoruba. Con estas no concordaba ni en lógica ni en creencia, pero sí la entretenía.

—¿Viste, Ana, que no necesito leer y escribir para hablar contigo? Me basta con poder hablar —le dijo Cachita desde el balancín, durante un atardecer.

—Pues, entonces, te enseñaré a hablar —respondió la anciana. Y se rieron las dos a carcajadas. Ya más serenas, Ana María explicó:

—Escucha bien esto, Cacha. En el amor sobra el intelecto. La inteligencia es una cuestión de supervivencia y no del alma. El alma no necesita sobrevivir porque es eterna. El alma lo que necesita es vivir. No es necesario saber leer para escuchar el ritmo de las olas golpeando los arrecifes o contemplar el sol sumergiéndose en el mar.

Cachita la escuchaba tan gustosa que todo lo que pronunciaba esculpía su memoria como una obra de arte. Aunque obstinada en su firme decisión de no leer ni escribir, de a poco y sin querer, fue mejorando su vocabulario yoruba, en los copiosos diálogos de convivencia. La sabiduría de Ana María manifestada en verbo, era música para sus oídos. Sus sabios consejos le acariciaban el ánimo y su compañía le alegraba el espíritu. Aunque el dios de una brotara de una fuente española, decretando proverbios de una biblia sagrada, y el dios de la otra manara del África, acompañado de una corte celestial, resolviendo problemas, las dos congeniaban un amor absoluto fraguado en una infinita amistad que traspasaba el horizonte. Cuando la muerte no dio más tregua y se albergó en el ocaso de la anciana, ya le había dejado como herencia el don de la palabra, una colección de antiguos libros, un amplio manual de gastronomía española, la manía de comer con pan, dos gatos siameses, un curso de corte y costura, la propiedad del inmueble, los enseres del hogar, un tocadiscos y una colección de discos de vinilo con un amplio repertorio de boleros, incluidos los de Olga Guillot. Tan satisfecha anduvo Ana Maríacon su nueva familia que le costó marcharse del mundo, retando a la mismísima muerte varias semanas después, en un "no me voy" agonizante. Cachita saldó con ella los cuidados que le negara Ta Tomaza en su súbita despedida. El día en que Ana María Fonseca cerró los ojos, quedó claro que en aquel adiós quedaba satisfecha. Asistió mucha gente al velatorio y tuvo que venir la policía para controlar el orden. A alguien se le ocurrió hacer una recolecta para los preparativos del entierro y empezó a recoger monedas entre la paupérrima multitud. Los resultados fueron tan grandes que Cachita, asustada de ver tanto dinero cuando se lo entregaron, cogió lo necesario y devolvió el resto en un arrepentimiento de ostentosidad. Aprovechó para pedir permiso a las autoridades para enterrarla en la réplica del amplio patio, alegando que así lo había hecho con su familia en la colina. Pero le respondieron que la ciudad no era una jungla perdida sin leyes como la Sierra Maestra y que, si tanto le molestaba la idea civilizada del cementerio, que se llevara a la muerta al monte. Y así lo hizo. Se vistió con el vestido marrón que le confeccionara la difunta para salidas placenteras y que, exenta de estas, lo dedicó a las de emergencia. Agarró el cadáver ayudada por la prole. Lo montó con sus mulatos en un carro fúnebre que alquiló con la recolecta. Después de cuatro horas de intenso camino, se bajaron con la víctima en el pueblo de La Lata, porque la situación geográfica del lugar no permitía el acceso de ningún transporte que no fueran animales de cuatro patas. Encaramaron el ataúd al lomo de una mula mientras ellos la acompañaban a pie. Cruzaron ríos, traspasaron matorrales, vencieron lomas y, cuando el semental no pudo seguir la travesía, se la turnaron al hombro para escalar las montañas más duras. Así de exhaustos llegaron a la colina. Ana María había sufrido graves alteraciones físicas por el meneo corrompido dentro del féretro y el intenso calor del Caribe. Pero aún conservaba la expresión de gratitud y satisfacción cuando sus admiradores, casi sin ánimo, aunque conmovidos por la despedida, la hundieron en un hueco cavado en el amplio e inclinado patio de plantas curativas, mientras Cachita canturriaba el bolero *Tú me acostumbraste*, de Olga Guillot en honor a la difunta.

Tanto estrago causó aquel ciclón por el que Cachita abandonó la colina que el bohío derrumbado apenas se sostenía sin techo alguno. En el patio, las plantas curativas habían crecido a una velocidad arrolladora. En su raudo recorrer, se enredaron entre ellas como una vid celestial. La calabaza montó escalones hasta el otro extremo del orégano, en dirección contraria; la caña santa se lanzó contra al perejil. El cilantro, la zábila, el laurel, la menta, la albahaca y todas las especies exhibían en pendiente una inmensa ensalada de verduras mixtas. La mesa de majagua y los taburetes forrados con piel de chivo estaban dispersos por la loma como piezas de un puzle. Caminando sobre el reguero de hierbas la abofeteó la nostalgia y le sacó del recuerdo un vendaval de llanto que volcó sobre la vegetación con el más profundo sentimiento. Chapeó el herbaje, reconstruyó el conuco y rezó por el alma de sus muertos.

—¡¿Qué hace una santa en el infierno?! —exclamó, mientras se le acercaba con una sonrisa de bienvenida envolviendo la sala con un perfume embriagador. Le plantó un beso rojo que dejó una huella en su mejilla. Le contó rápido y en puro secreto que Ignacio andaba metido en política, frecuentando reuniones de la lucha clandestina, pues ella misma había prestado el local para algunos encuentros. Y no porque le interesase el tema, sino para protegerlo. Le advirtió lo delicado del asunto y, si se lo contaba, era porque estaba segura de que una deidad como ella jamás la traicionaría.

A Cachita aquella noche ni las hierbas más somníferas le consiguieron el sueño. No concluyó siquiera la adivinanza del caracol: iba tan rotundo que antes de terminar la consulta lo recogió atolondrada, sin atreverse a tirar después la sinceridad del coco. Envolvió nueve veces el nombre del marido en un papel de traza, lo remojó con algunas gotas de bálsamo tranquilo mientras se lo dedicaba con rezos a Obatalá y esperó. Cantaba el gallo su último aviso matinal de aquel domingo cuando se presentó en la cocina mientras ella endulzaba el desayuno para su retahíla de mulatos, que aún dormían.

—¡Maferefun Yemayá! —exclamó—. Por fin apareces —él se le acercó con un aspecto demacrado. Sin darle tiempo a que ella le reclamara la ausencia, le susurró al oído:

—Debemos derrocar al gobierno. Hay que cambiar el rumbo de las cosas.

—Nadie cambia el rumbo de las cosas —le contestó ella, sin dejar de prepararle el desayuno—. Las cosas han estado siempre ahí, solo brincamos por encima de ellas, saltando los obstáculos.

Él le quitó la cafetera de la mano y, mientras se servía una taza de la colada, le dijo:

—¿Y quieres más obstáculo que el presidente Batista?

Al siguiente día lo detuvieron en la entrada del puerto. Sus ideales de bajar el paraíso a las Antillas fueron chivateados por un compañero de andanza, a quien las torturas lo hicieron desistir del edén. Ignacio resistió a las pinzas apretadoras de orejas, a los súbitos ahogos dentro de una alberca, a las trompadas bestiales que una bestia le plantaba obedeciendo órdenes traseras de otra bestia vestida de paño blanco. Insultó y se tragó los insultos entre trompones y puñetazos. Y justo cuando deseó morir, antes de desorientarse en la incertidumbre del confesar, lo soltaron sin razón aparente. Se supo luego que Jacinta anduvo y desanduvo por los secretos de alta sociedad: movió y removió los indicios del chantaje emocional para que una madrugada de abril desde un *jeep* desconocido, lo lanzaran moribundo y con vendas en los ojos frente al largo portal de baranda corroída. Cachita jamás había puesto tanto empeño en una urgencia, ni su fogón hirvió de golpe tantas infusiones. Mientras Ignacio le regateaba un respiro a la muerte, ella abreviando la perorata del caracol, tiró directamente el coco:

—¿Se va a morir? —preguntó.

Tres trozos boca arriba y uno boca abajo se tradujo en Etagua: "Lo que se sabe no se pregunta". Volvió a lanzarlo nerviosa averiguando si lo que se sabía y no se preguntaba era si se iba a morir, y de nuevo, Etagua. Estrelló los trozos de coco contra el suelo con tanta rabia que se multiplicaron en invertidas posiciones ignoradas en el mundo de la santería. Plantó urgente un vaso con agua sobre un paño blanco, encendió un tabaco, canturreó la canción de los muertos y averiguó con los difuntos que a Ignacio lo rondaba la muerte, pero aún le quedaban algunos pendientes por hacer. Cachita, comprendiendo que no podía manipular el designio, le arrebató algo de serenidad al presente y consiguió un trozo de paciencia para esperar con certeza, hasta que en la madrugada su marido despertó. Con el instinto de salvarlo, le advirtió del augurio mortal que lo acechaba. Pero cuando él le respondió con firmeza: "No te preocupes, mi Cacha, de algo habrá que morirse", entonces confirmó que nadie escapaba de su destino. Tras recuperarse, Ignacio se alistó con los guerrilleros en la Sierra Maestra. Dispuesto a regalar sus servicios de guía, penetró en la espesa cordillera y, transformado en un alzado, ayudó a los rebeldes a camuflarse en las montañas colaborando con su instinto de perro viejo, sin que la misma vegetación advirtiera sus presencias. El bohío del cerro se convirtió en un punto de encuentro. Y en el amplio e inclinado patio de plantas curativas se escondió el armamento entre los ancestros de los Guzmán. Planeando allí la estocada contra el gobierno de Batista, cambiaron de machete a fusil, de mambí a milicianos y de ciudadanos a guerrilleros mientras gestaban la revolución.

Cachita Guzmán no había vuelto a saber de él hasta aquella mañana de 1956. Llovía tanto que presentía que el aguacero le priorizaba un mensaje. Y como en efecto lo confirmó cuando bajo aquel torrencial, lanzaron la noticia desde un tirapiedras, que atravesó la ventana de la cocina y se coló en la olla llena de arroz recién hecho. Ignacio Gonzáles (hijo) metió su mano en el cereal y sacó un papel del que leyó: "Ha muerto un héroe" mientras su madre se desplomaba sobre una silla. Entonces bajo la lluvia, enhebraron cafetales, atravesaron ríos, se encaramaron en mulas, escalaron montañas y, con el poco aliento que les dejaba la urgencia, alcanzaron el bohío de la colina. Cachita caminó altiva entre los guerrilleros cabizbajos, que se apartaban lentamente con sus vestimentas empapadas para dejarle paso a su tristeza. Ahogada de resignación, avanzó hacia el difunto. Se acercó hasta donde Ignacio Gonzáles yacía con el rostro envuelto en una extensa barba empercudida sobre una hamaca teñida de la sangre que destilaba su pulmón baleado. Digna, como el roble más esbelto, le besó la frente y sin una sola lágrima expresó:

—Te lo dije, guajiro, que no se puede cambiar el rumbo de las

cosas. Y en medio de aquel espacio abismal, interrumpió el hijo:

—¡Pero yo sí!

Todos voltearon la cara y tropezaron con un semblante tan encandilado que desprendía calor. Antes de permitir interrupciones, confirmó su decisión de terminar en la sierra lo que no pudo su padre. Tenía 22 años. Su propuesta fue aceptada. Nadie lo contradijo. Solo Cachita se le acercó y en voz muy baja le dijo:

—*EyioKo Tonti Eyeúnle*: "En los ojos de un viejo brilla la luz, pero en los ojos del joven, arde la llama. Quien juega con fuego, se quema".

Después que su marido fuera enterrado en el amplio patio de plantas curativas con una breve ceremonia entre combatientes clandestinos, su hijo se quedó en la sierra para continuar las expectativas del padre. Camuflado allí, en la espesa selva, se convirtió en guerrillero y luchó encubierto para alcanzar la revolución.

Sin la protección de Ana María Fonseca, con la falta de salario marital y la ausencia del hijo, a Cachita se le dificultaron las cosas. Empleaba la mayor parte del tiempo en sobrevivir en aquella casona que se deterioraba al compás de su fuerza. Hubo de cocer encargos, de pulir mansiones, de lavar y planchar para la calle, fregó los baños del puerto y hasta pregonó frituras de bacalao. Pero, aunque se desvanecía entre tanto trabajo, algún trocito le arrebataba al tiempo para sus consultas. Tan agotada acababa que cuando llegaba la noche el recuerdo conyugal se le desvanecía en un sueño exhausto y, luchando por evocarlo, se dormía. En el pasar de los años la imagen del marido se hubiese quedado en las encrucijadas del recuerdo si la estampa del hijo no le hubiese recordado al padre. Cada vez que le clavaba la vista con el verde amenazador de sus pupilas, le devolvía la presencia de su difunto esposo. Incluso hasta la asustaba, como cuando se encubría en la casa. En una ocasión en la que se apareció disfrazado de vendedor ambulante, le sugirió:

—Bueno, mamá, si tanto poder tienen tus santos, ahórrame el sacrificio de luchar.

—Nada te evita las experiencias, m'ijo —le contestó ella—. Las experiencias son tuyas. Yo solo puedo ayudarte a soportarlas.

Remendando los achaques de la casa y de su ser, prosiguió el camino del vivir, encaminando al prójimo para que no se extraviasen en los inconvenientes. Cargaba a cuesta el tabú de ser mujer, mestiza, vieja, viuda y pobre. Pero digna, jamás se debilitó ante adversidad alguna. No solo mantuvo el sostén, sino que ni en las más precarias situaciones dejó de asistir a los necesitados con su sabiduría silvestre que, de tan longeva, ya era magistral. Para entonces cumplía 59 años, aquel mismo enero que, derrocara a Batista y trajera "La Revolución".

Cuando los guerrilleros se lanzaron triunfantes a la calle aclamados por un pueblo agradecido, Ignacio inmortalizaba la noticia con un grupo de barbudos sobre *jeeps* descapotables. Vestidos con uniformes verdes que proclamaban su triunfo y mientras los disconformes acaparaban el espacio marítimo y aéreo rumbo al exilio (entre ellos la sonora matancera, su intérprete Celia Cruz y la reina del bolero Olga Guillot), Ignacio colaboró en la tarea de censurar cantantes y canciones. Ayudó raudo a instalar la reforma agraria, donde grandes terrenos de tierra fueron confiscados a sus dueños y repartidos a campesinos pobres con el propósito de trabajar las fincas para el estado. Los rurales, cansados de pernoctar su supervivencia a la vera del camino real, se entregaron en un eterno agradecimiento que rebozó el límite de la adoración. Ignacio respaldó la Reforma Urbana cuando se apropió de todas las viviendas que sus propietarios no ocupaban. Suprimiendo alquileres, se le permitió al antiguo inquilino volver a comprar su propiedad. En esas entró Fefita, quien tuvo que ceder su solar de veinte apartamentos a cambio de una humilde retribución mensual por aquello que ya le pertenecía. Pero como su edad superaba los años de espera para recuperar las ganancias, su autoestima no aguantaba otra decepción. Cayó entonces en una profunda depresión que exterminó su existencia. Prohibida la venta de casas, los futuros matrimonios descendientes compartirían intimidad con el resto de la familia, agrupando generaciones en un solo hogar.

Ignacio apoyó al Ministerio de Recuperación de Bienes Malversados, quienes, con la mínima excusa de fraude contable, intervenían cualquier empresa, como la producción de acero. Ayudó en la estatalización de los comercios sin exentar propiedades, incluyendo consorcios multinacionales, centrales azucareros, compañías energéticas, de comunicaciones y transportes, metalúrgicas, industrias textiles y de confección, fábricas de envases, cines, empresas, almacenes de construcción, papelerías y todo lo referente al comercio. Participó en la campaña de alfabetizadores para enseñar a leer y a escribir a cuanto ser viviente se encontraba en el camino. Excepto a Cachita, quien, en honor a los vanos esfuerzos de la difunta gallega, se negó rotunda. Ignacio principió el Partido Comunista y también aportó en la fundación de la Federación de Mujeres Cubanas (FMC), ocupada de integrar al sexo femenino en la sociedad.

Hasta las descendientes del prostíbulo de Jacinta Morales fueron entrenadas en un oficio de urgencia para que nunca más recuperaran la tentación. Y para la que no le gustase eso de integrarse en la sociedad, una temporada de trabajo forzado en el campo, acompañando a los homosexuales en las labores agrícolas de la Unidad Militar de Ayuda a la Producción (UMAP), a quienes reclutaban a la fuerza, para trasmutar su desviación sexual a base de dura faena agraria. "El trabajo los hará hombres" era el lema que protagonizaba la entrada de aquel albergue donde los reunían, envueltos en una cerca electrificada por si hubiera algún escape. Ignacio estaba presto a exterminar esa raza homosexual, que tanto le enfurecía. No más vicios perversos, que para eso sobraban las mujeres. Sin embargo, nada de "Lo que Dios ha unido que no lo separe el hombre"; todo lo contrario: que se separe quien sea y cuando quiera. Aprobado el amor libre, entre sexos opuestos, claro. Viva el anticonceptivo y cobertura para los abortos, que entre tanto desparpajo llegaron a ser tan comunes como la cola del pan. Los hombres a engañar a sus esposas y las esposas a estudiar para compensar el engaño. Pues la infidelidad masculina formó parte del paisaje. Jacinta se empleó en la fábrica de ron Matusalén, con la esperanza de una jubilación de urgencia. Pero cuando se declaró el amor libre sintió nostalgia por la época en que "Dios se lo dio y San Pedro se lo bendijo" y añoró volver a las andanzas. Como la edad le había robado el prototipo y la revolución el intento, cayó en la cuenta de que en realidad estaba vieja, arruinada y sola. Y en vez de embotellar el ron, se lo bebía. Todas sus discípulas se casaron y revindicaron, obedeciendo sin reproche al nuevo estatus. Y aunque no tuvieron el sermón nupcial por falta de clérigo, sí fueron salpicadas por el arroz tradicional, a pesar de que el cereal y todos los comestibles básicos pasaron a ser racionados en cuotas mensuales bajo la supervisión de una cartilla de abastecimiento. Para ahorrar presupuesto, se aprovecharon las bodegas destinadas a la venta de víveres que los gallegos plantaron en la isla con sus ínfulas de empresarios tropicales. Ignacio supervisó la inauguración de las despensas con sus respectivos bodegueros, quienes fueron sustituidos por los nativos ya que los peninsulares huyeron despavoridos a la península lamentando eternamente su frustración. Sin embargo, para alivio de los ciudadanos se establecieron precios módicos en la factura de estos suministros. Ignacio también colaboró en la Ley del Vago y en sus severas sanciones para los holgazanes. Aprobó los decretos contra delincuentes, antisociales y criminales, incluyendo a las vacas en la lista de las víctimas. Diez años de cárcel para su matador, cinco para su vendedor y otros cinco más para los consumidores de la res, que pasaron a ser más sagrados que en la India.

Y en la misma clandestinidad le siguió la langosta, convertidas en especies en peligro de extinción para toda la población del archipiélago, excepto los turistas, únicos mortales permitidos a catar dichos mariscos. Ignacio apoyó la censura de la religión, sin distinción de creencias, considerada como enfermedad mental para los santeros, descrédito para los católicos e ignorancia para las demás. Incluidas en la lista, las curanderas fueron incitadas a aprender otra cosa que no fuese explotar los recursos de la madre naturaleza. Pues la revolución le había dado un golpe de estado tal a las supersticiones, que lo que se necesitaban eran revolucionarios con práctica y no tantos religiosos con fe. Y al que no le gustase, pues a compartir trabajo agrícola con la lacra social, que trasmutaban en la UMAP. Fue entonces que las farmacias destronaron al campo y a Cachita, las farmacéuticas. El diazepam desyerbó la tila, los antihistamínicos chapearon a las hojas de guayaba, la salvia se marchitó ante los óvulos vaginales, la metrocoplamida descartó la manzanilla y el supositorio se rió del zen. Las plantas pasaron a formar parte del ornamento natural, exhibiéndose silvestres o camuflando a las eufóricas parejas en la cumbancha del amor libre. Por lo tanto, los santos se durmieron con la teoría marxista-leninista, doctrina que fue impregnada en una asignatura de secundaria básica. Cuando los lazos con la Unión Soviética se estrecharon en un punto convergente, lo que cundió el pánico de una tercera Guerra Mundial ante un conflicto de misiles contra el enemigo americano, Ignacio apoyó el proyecto. Y aunque todo condujo a sanciones severas de bloqueo internacional sobre la isla, no le importó, ya que sus aliados rusos sustentaban al país. Fue uno de los primeros en visitar la URSS para reforzar sus teorías en cursos y posgrados por doquier para después ser trasmitidos a estudiantes de una escuela militar, la cual paso a regir como director principal. La esencia rusa impregnaba cualquier aspecto del país: desde los supermercados con sus oriundos productos o los dibujos infantiles traducidos al castellano, en el idioma secundario de las escuelas; en las medicinas como el bálsamo Chaikovski; en el monopolio del cine, incluido el filme *Moscú no cree en lágrimas*; en la decoración con énfasis de las muñecas katiuskas; en la tradición del ajedrez, y hasta en los nombres de los nacidos como los de Natacha, Boris o Serguei. Todo olía a ruso e Ignacio olía también. Participó incluso como guía de campamento, a modo de ejemplo, cuando se estableció que las secundarias trabajasen cada año 45 días en el campo para reforzar la agricultura. No obstante, aún no satisfecho con los resultados de su trayectoria y sin tiempo para más, de una esquina a otra se instalaron los Comités de Defensa de la Revolución (CDR) para conducir la vida personal de cada residente con potestad y control sobre la conducta y autoridad para juzgar en caso de investigación. Ignacio debutó como el primer presidente de su vecindario para dar el ejemplo. Años después, para embullar tal invento y no volverlo dramático, la cantante Zara arrasó con el éxito del estribillo "En cada cuadra un comité". Incluso organizó todos los actos conmemorativos y directivos de su cuadra. Logró así que sus vecinos alcanzaron el premio de la Mejor Vecindad. Todos lo respetaban tanto que jamás lo llamaron solo por el nombre. Su buen currículo hizo que fuese por y para siempre, el solemne y distinguido integrante de las fuerzas armadas, Ignacio Gonzáles.

—¿Ves, mamá —exclamó entonces—, que sí se puede cambiar el rumbo de las cosas? La FMC felicitó a Cachita por ser viuda de la patria y le asignaron una pensión

de honor. Mientras degustaban la primera colada de café, le propusieron convertir el bohío de la colina en un museo folklórico con un restaurante rústico, donde los peregrinos después de escalar el cono terrestre llegaban cansados pero dispuestos a catar la comida criolla frente al amplio e inclinado patio. En vez de plantas curativas, le acoplarían una pista para bailar salsa a la altura de los cafetales. Cachita exclamó sin respiro: "¡Óiganme bien, señoras! Primero muerta antes de permitir que guaracheen sobre la tumba de mis muertos".

Las visitantes reconocieron que, dejándose llevar por el embullo, le jugaron una broma. Prometieron que se limitarían al museo y a colocar solamente en el amplio patio una pancarta escrita con las hazañas rebeldes. Aclarado ese aspecto, sellaron el trato y, para no ser tan estrictos con la viuda de un mártir, le permitieron entrada libre cuando quisiera visitar a sus ancestros. Comunicaron tajante la prohibición de exhibir en plena sala las deidades, cual, si fuese galería, o propagar sus conocimientos en movimiento de consulta. Y *requete* menos el sacrificio de animales, que encajaba en el perfil de los enfermos mentales. Acordaron dejarle las piedras orishas siempre y cuando las conservara como una herencia en desuso. Le confirmaron, además, que los discos de vinilo que procedieran de cantantes en exilio serían descamisados. Cachita recordó cuando estuvo a punto de venderlos o empeñarlos ante una hambruna atroz, y cuanto su conciencia los mantuvo intacto bajo la poderosa honra de Ana María. Les prometió guardarlos sin exponerlos al público. Pero en eso no cedieron por el alto peligro de contaminación ideológica. Cuando las representantes de la FMC guardaron los discos en la bolsa de los decomisos, Cachita sintió como si también le decomisaban el corazón. Recuperando algo de consuelo, recordó que se sabía cada letra de memoria. Entonces, en profundo silencio le prometió a la gallega cantarlos a capela cada día.

Y se sintió más aliviada cuando la difunta le comunicó en una percepción más allá de los cinco sentidos que los boleros son canciones del alma, y que en el fondo no pertenecen a nadie; sino que fueron hechos para ser escuchados y cantados por cualquiera. Fue a partir de ahí que retomó la manía de canturriar boleros por toda la casa como un mantra de nostálgico bienestar. Tan pronto salió la comisión por la puerta, Cachita agarró las piedras orishas y las guardó en el baúl de caoba, como cuando estuvieron ocultas en la época de la esclavitud, solo que esta vez también escondió los santos católicos. Desmanteló el altar a los difuntos y se limitó a poner sobre la mesa de majagua una flor de marpacífico dentro del vaso con agua con el que se comunicaba con sus ancestros, camuflando en el pequeño búcaro el portal ancestral de los espíritus. No creyó significante enfrentarse por algo que ni muerta dejaría de creer por gobierno alguno. Una cosa era prohibirle consultar; en definitiva, ya estaba vieja para esos trajines por lo que se lo tomó como una jubilación, y otra cosa muy distinta que le exigieran renunciar a sus diálogos divinos. Su fuero interno no se lo iba a permitir, ni siquiera a su hijo por muy militar que fuera. Así que llegaron a un privado acuerdo: ella aparcaría las consultas y los rituales de animales, y él se haría el de la vista gorda con la flor de marpacífico, símbolo de aquel cementerio hídrico donde los espíritus revelaban mensajes atreves del agua. Ignacio sabía que su madre estaba muy arraigada a sus creencias. Por ello, aunque se burlaba de que creía que los difuntos tuviesen alma después de muertos y que encima se comunicasen con ella por vía acuática, lo consintió bajo el más estricto secreto para evitar confusiones ajenas. Y el marpacífico, aunque cambiable, subsistió tajante como una decoración perenne en la habitación de Cachita. No obstante, debían de andarse con cuidados. Pues la gente vivía poseída de una exaltación tan radical que no dudaban en delatar al prójimo sin discernir intenciones. Incluso en la mezquita de la patrona las ausencias rebozaron lo lógico, pasando a conservarla más por turismo que por devoción. Cuando Cachita fue a la iglesia tras el cambio, la encontró vacía, con excepción de una monja barriendo por aburrimiento los alrededores, y preguntó:

—¿Qué pasa, hermana?

—Nada, hija —respondió la sor—. Ahora andan tan ajetreados venerando al nuevo santo que con tanto desfiles y discursos se olvidaron de la virgen.

Cuando la situación se volvió demasiado hostil y todos estaban embullados con el futuro capitalino y contagiados de la epidemia política, ya nadie estaba dispuesto a beber infusiones, ni a limpiarse con menestras, ni a consultar caracoles, ni a despojarse con manojos de hierbas místicas que incrustan la piel de verduras exóticas. Y cuando ni siquiera su hijo lo toleraba, aunque ella fuese su madre, solo entonces concluyó: "¡Bueno! ¡Ya tú eres un hombre! ¡Haz ahora lo que te dé la gana!".

Ignacio, después de graduarse como instructor militar, se fue a La Habana para concluir un proyecto. Regresó a Santiago de Cuba aquella mañana de 1973. Traía con él a su hija Luna, envuelta en un pañal corrupto de orine y con un llanto excesivo que solo calmarían los brazos de Cachita, con el vaivén del balancín.

Capítulo 3

Yo soy yo y mi circunstancia,
y si no la salvo a ella,
no me salvo yo.
Ortega y Gasset

En cuanto Ignacio Gonzáles confirmó que la complicidad de Luna con su ADN era evidente, no solo le regaló su apellido, sino que a partir de entonces convivieron en el caserón de Ana María Fonseca. Justo al final de la alameda, donde una pirámide de tejas cansadas albergaba a gatos callejeros. Con sus alaridos del celo, ensartaban la arcilla para apuñalar el tímpano de los durmientes y trajinar el tejado, hasta el punto de formarse duchas de goteras que desbordaban vasijas, cubos, palanganas, e incluso el jarro de hervir la leche. El inmueble se aquejaba en su vejez, pero Ignacio Gonzáles, aun con la licencia para reconstruirlo, no avanzaba en la reforma. Pues la venta de materiales iba muy despacio con una larga cola de lista de espera en la que él aguardaba su turno. A pesar de todo, la casa todavía conservaba su majestuosidad, como una obstinada anciana que se resiste ante la muerte. Y arcaica, pero altiva, se imponía frente al mar. Cinco amplios escalones conducían al largo portal de barandas corroídas, donde un par de balancines adornaban su presencia. El portón principal daba paso a un extenso salón, donde el decorado rococó del techo trasmitía la impresión de alfombra celeste. Los muebles de caoba combinaban con el sofá, los sillones, la mesa central, el tocadiscos y el marco de un espejo. Una repisa de mármol ostentaba una amplia variedad de adornos de porcelana y, a su vez, dividía el salón de la saleta. El comedor absorbía una larga mesa de doce comensales y una vitrina de roble acristalada, que poseía una docena de copas de bacará, una ponchera de plata con su bandeja maciza en forma de pez y una cubertería legitima. A través de los vitrales de altas ventanas filtraba la luz hacia la terraza, con sus asientos de hierro moldeado a la vera de copiosos rosales. Más allá del jardín, fecundaba generoso el que fuera el amplio patio de plantas curativas, y que habían convertido en un gran huerto de verduras. Junto a la sala, la saleta, la cocina y el comedor, se aferraban cuatro habitaciones y, por cada dos, un baño intercalado.

Al final de todas, surgía la biblioteca, con un cúmulo de estantes repletos de libros escasos de polvo, un montón de diplomas colgados en la pared, un búcaro de porcelana siempre sin flores sobre el esquinero de mármol, y la guitarra de su difunto padre recostada en un rincón, muy cerca del buró de cedro, donde Ignacio Gonzáles proyectaba su existencia. Sobre el escritorio tecleaba la máquina de escribir, cual piano que engendra la melodía de sus escritos. Leía tanto que nadie cuestionaba su sabiduría. Su elegancia, elocuencia y andar trasmitían un prototipo perfecto. El uniforme militar acentuaba su esbeltez, repleto de insignias que trasmitían admiración y provocaban obediencia. En momentos civiles vestía pantalón de filo almidonado, camisa con estilo guayabera y calzaba zapatos negros de punta pulidos con betún. Tenía las mejillas salpicadas de acné, lucía siempre un corte de pelo bajo y nunca olvidaba afeitarse. Mantenía sus costumbres al compás del reloj, haciendo bailar a los demás al ritmo del tic-tac del cucú de la saleta. Cuando daban las 12 del mediodía, Magdalena, su mujer, le preparaba un balde con agua tibia, y antes de que se enfriara, llegaba del trabajo directo a la bañera. El almuerzo se servía a las 12.30. A la 1, ya todos se levantaban de la mesa para dormir una siesta. A las 2, regresaba a su labor mientras los demás se incorporaban a sus deberes. Justo a las 5 comía junto a todos en el comedor. A las 6, salía a hacer visitas y diligencias. A las 8 veía el noticiero, y a las 9 se encerraba en su biblioteca con horario indefinido. Dos veces a la semana (martes y jueves para ser exactos) jugaba ajedrez en la sociedad Gari Kaspárov. Los sábados a la tarde iba a la peña de la nueva trova para luego terminar el guateque en su casa, y los domingos se entregaba al hogar y a cualquier planificado paseo en familia. A cada tarea le daba un lugar en el tiempo; hasta cantar sobre las cuerdas de la guitarra, actividad que le era placentera. Todos sus pasos estaban cronometrados entre el reloj y la agenda, sin permitirse a sí mismo —y mucho menos a los demás—, el mínimo error. Incluso, la llegada de Luna a su vida la resolvió como un calculado proyecto en el que Cachita asumiría la maternidad, mientras él se ocupaba del sostén y la educación. A Ignacio Gonzáles le gustaba recrearse en el deleite de un buen cohíba, acompañado de un cálido café. Se los enviaba el suegro directamente de los mejores cafetales de la sierra. Fumaba un puro por día, pero dividido en tres tandas. El campesino, quien había nacido, crecido y envejecido entre las hojas del café, cumplía la promesa de mandarle un paquete de cinco libras por mes, desde el mismo día en que cedió a su hija en matrimonio. Magdalena ya le había dado el sí la tercera vez que Ignacio se lo pidió después de haberla descubierto en una acera del pueblo, cuando hubo dado varios viajes a las plantaciones para documentar un proyecto de graduación universitaria.

Bastó un solo reencuentro para que se presentara ante el suegro. El campesino lo recibió en el portal. Observándolo bajo un sombrero de alas gigantes pregunto sin palabras a qué venía. Pero el novio, sin titubeos, soltó: "Vengo a casarme con su hija". El agrario tanteó la funda de su machete y, sin soltarla, indagó sobre la virginidad de la joven. Ignacio explicó que no era una cuestión de deshonor. Simplemente quería abreviar las molestias y los kilómetros que le suponían llegar hasta aquel lugar remoto. Suegro y yerno se estrecharon las manos y sellaron el compromiso con un buen aguardiente.

Magdalena llegó a Santiago de Cuba con 25 años, aunque su baja estatura le echaba menos edad. Su rostro siempre sin maquillar acentuaba la palidez de una piel demasiado blanca y el achinado de los ojos ocultaba su mirada parda. Le faltaban dos semestres para graduarse de farmacéutica. Pero tras el casamiento prorrogó los estudios con la esperanza de acabarlos al siguiente año, donde la noticia de un embarazo los postergó para siempre. Concibió a un niño a quien llamaron Maceo, en honor al mambí, quien fue capaz de tasajear un montón de españoles en un solo toque al degüello. Por esto se trazaron la tarea de hacer de él también un héroe. Al nuevo Gonzáles no le alcanzaba la piel a mulato ni tampoco le llegaba a blanco. De la madre cogió el ámbar de los ojos; del padre, la esbeltez, y de la mezcla de ambos, un ondulado cabello color miel, que formaban en su conjunto una bella figura masculina. Mientras Ignacio desembocaba la teoría marxista en sus clases ideológicas de la universidad, Magdalena se volcó a la crianza de su hijo con la misma devoción que para los quehaceres domésticos. Fue en la cocina que Maceo tomó su primer biberón, su primera comida, su primer baño, dio sus primeros pasos y dijo su primera palabra. Pasaba ahí la mayor parte del tiempo, sumergiéndose con su madre en el don de innovar dulces caseros. Para cuando tuvo 5 años y debía empezar la escuela, no solo ya sabía leer y escribir, sino también poseía talento para la repostería. "Eso es cosa de mujeres", exclamó el padre y le prohibió terminantemente entrar al comedor si no era solo para comer. Pero Magdalena, creyendo que cocinar era el propósito de su vida, aprovechaba la ausencia marital desafiando a la obediencia para trasmitirle el don al hijo. Y entre los dos, con amorosa complicidad elaboraban deliciosos pasteles. El entusiasmo de ama de casa le permitió implicarse también en los asuntos del CDR. En vísperas de celebraciones, madrugaba ensartando cadenetas, inflando globos, armando cajas, combinando adornos, confeccionando banderas, decorando tarimas, recortando pancartas o administrando el suministro. Cada 28 de septiembre se volcaba totalmente a las conmemoraciones.

Todos los vecinos sacaban sus mesas de comedor a la calle y las acomodaban en fila, logrando un extenso mesón que abarcaba desde una esquina a la otra. Cada familia aportaba un plato sin coincidir en repeticiones. Se completaba el mezote con una variedad de exquiseces y luego de inmortalizarla con fotos, todos pasaban a degustar la comelata al estilo mesa sueca. Para desinhibirse, sacaban cervezas de un inmenso tanque abarrotado de hielo, mientras retumbaba la música de salsas cubanas y merengues dominicanos en dos bocinas enganchadas a los postes eléctricos. Detrás del mínimo detalle de la decoración, de la calidad de los platos, de la puntualidad del comienzo y hasta de la organización de las sillas, andaban las manos de Magdalena. Cuando por fin comenzaba el evento, se acostaba tan exhausta que despertaba al otro día. Jamás concluyó fiesta alguna. Pero a la siguiente mañana ayudaba a ordenar el reguero, y se conformaba con oír por bocas de los resacados las principales anécdotas de la noche anterior. Tenía la costumbre de anotar en un almanaque el ritmo de sus acontecimientos. Marcaba una X sobre una fecha, según ella, significativa. Tachaba los aniversarios de boda, los cumpleaños, las graduaciones escolares, los mejores exámenes de su hijo, el descubrimiento de un nuevo postre, la caída de la menstruación o cualquier hecho que le pareciera importante. Todas sus efemérides se descubrían en un arsenal de X sobre un calendario. Cachita siempre la observaba desde lejos como la espectadora silente de una película muda. Vagaba por la casa ejecutando quehaceres sin quebrantar ni un ápice el silencio. Conversaban tan poco que no reconocía su voz. Vivían bajo el mismo techo, pero ella imponía la distancia aún en el mismo salón. Pero a pesar de su estrechez, no le resultaba ajena. Magdalena nunca tuvo amigas con quien conversar a la sombra del porche; nadie la llamaba por teléfono y sus decisiones no pasaban de domésticas. Lo más cerca que anduvo del trato social era en las ocasiones en las que Ignacio llegaba junto a una pandilla de amigos a paso de rumba desde la casa de la trova e invadían el comedor a toques de guitarras hasta la madrugada para beber y picotear típicos aperitivos, que ella repartía orgullosa con su sonrisa cruda y su perenne moño detrás de la nuca. Cachita creía que había perdido la identidad, pues opinaba que al igual que la comida, todo llevaba su medida. Y que como mismo un exceso de sal desequilibra el sabor de los platos, un exceso de amor desequilibraba también el matrimonio. Por lo que siempre repetía: "*Oshé Tonti Merinlá:* hasta lo dulce tiene su punto. Y si se pasa, empalaga".

Maceo había heredado de ella la antipatía, pero como la escondía detrás de un coeficiente intelectual elevado, en vez de resultar antipático, resultaba inteligente. De tanto que lo obligaban a estudiar, no parecía una criatura, sino un personaje prodigio salido del tomo de alguna mitología. Sus vocablos no concordaban con el de los demás niños y eso causaba burlas que él resolvía con los recursos del chantaje. Como cuando con palabras rebuscadas pregonaba su intelecto, retando a una tanda de acertijos difíciles que solo él sabía. Los chicos se retiraban derrotados por la ignorancia. Mientras, él se quedaba solo, pero feliz con sus argumentos. El acercamiento con su madre, más que amor, era devoción. Y como encontrando en ella el único refugio de su existencia, se le aferraba con un excesivo apego que terminó amanerándolo. Ignacio intentó métodos para desprenderlo. Le aumentó el número de actividades extraescolares que consumían su tiempo. Pero ni las clases de karate más rudas, ni el yudo, ni el béisbol, ni los regaños más duros, ni los castigos más crueles, ni las amenazas más aterradoras, y ni las zurras más contundentes le endurecieron el carácter. Con una resistencia tan perenne que sorprendió al mismísimo padre, se mantuvo firme en su fervor materno y en la pasión de sus dulces. El ajetreo laboral y la falta de tiempo provocaban que Ignacio aflojara de vez en cuando la maniobra de ensartarlo en la senda masculina. Y dando lapsos de pequeñas treguas, dejaba que el destino de Maceo forjara en intervalos su propia personalidad. Madre e hijo aprovechaban aquellas pausas para reanudar las clases de repostería, enhebrando una conexión de amor que ya rozaba la dependencia.

Cuando Magdalena parió a Maceo se volcó con demasiada pasión a sus cuidados. Como la crianza de Luna le estaba vedada, el papel de madrastra distante le aceleró el impulso maternal. Había llegado a la vida de la niña cuando apenas tenía 1 año. Pero la devoción de Cachita por la nieta le negó el espacio. Ella se apartó conforme y se mantuvo al margen, eternamente aniquilada por los dos polos opuestos de abuela y padre, quienes se diputaban desafiante la crianza de aquella criatura. Desde los primeros pasos, Luna se columpió entre esos dos bandos, donde cada cual la impulsaba a la velocidad de sus principios. Cachita no perdía oportunidad de transferirle parte de su archivo ancestral para no romper con la tradición de heredar dones de antepasados. Pero Ignacio borraba todo indicio, inyectándole sin tapujos su doctrina en el intento de implantar un nuevo dogma. Como en esas ocasiones en las que trataba de transmitirle a modo de cuento infantil el manifiesto comunista sobre los pupitres de Ana María. Un día, la abuela interrumpió las clases y mandó a jugar a la pequeña. Agarrándolo por el brazo, le dijo al hijo:

—Por el amor de Dios, deja las exageraciones. Solo tiene 3 años.

Él, sin vacilación alguna, se la quitó de golpe y le contestó:

—Tiene que aprender a ser comunista desde ahora que empieza a hablar, porque así nunca dejará de serlo.

Cachita lo interrumpió, elevando la voz otra vez:

—Ella lo que tiene que hacer ahora, es jugar. Para que sea ¡ahora! lo que es: una niña.

Fue aquella una de las pocas veces que Cachita venció los excesos del hijo, quien intentaba encaminar a su nieta como la ciudadana perfecta. En ese ajetreo, Luna ejercitó los estudios escolares sin conocer jamás el enigma farmacéutico de las plantas. Conoció las letras del himno nacional, mas no los cantos ancestrales que atraen difuntos; conoció la historia de Cuba, pero no la mitología yoruba; aprendió a saludar la bandera con dignidad, sin rendir pleitesía a los santos orishas. Y asimiló el manifiesto comunista, desconociendo los refranes lucumí. Aun así, desde pequeña, la niña despertó una apreciada inclinación por las historias que le narraba la abuela. Le fascinaba ensartarse en cuentos de antaño, donde descubrió a temprana edad su pasión por la escritura. Con 6 años ya había inventado un cuento en el que, desde un estilo infantil, discrepaba con su realidad. El padre se preocupó por la libertad expresiva y la madurez la historia, pero achacándolo a la imaginación de la infancia, descartó el asunto. Cuando cumplió los 9 y su gramática se acentuó más contundente, tembló de miedo al descubrir un escrito que comprometía su futuro. Pues sin ningún reparo, exponía personajes autoritarios y victimas inconformes. Ignacio, cortando el mal por la raíz, zanjó el tema de la escritura y prohibió terminantemente una letra más de su inspiración: "Se acabaron las historias". Luna dejó de plasmar sus ideas. Se guardó para sí cada inspiración, encarcelando su musa. Y abandonó su inclinación narrativa, sustituyéndola por lecturas biográficas de héroes de la patria. Aparcando este don en su memoria, se conformó con escuchar a escondida las leyendas de Cachita, en sus paseos de atardeceres por la alameda. Así se fue enterando de a poco la saga de sus ancestros. Una de las pocas cosas que pudo legarle la abuela sin que el padre pudiera saberlo fue el amor al mar. De pequeña, le enseñó que la energía de las olas escuchaba las súplicas de las personas si le pedías con sentimiento. Pues el poder del espíritu del agua llevaba el ruego al creador y luego lo devolvía en resultado. De igual modo que el vapor repleta las nubes en el cielo, para luego caer en chorros de lluvia sobre la Tierra. Le contó que eran muchos los dioses que se le atribuían a este elemento según la religión; que hasta donde ella sabía, los católicos la llamaban "la virgen de regla"; los santeros, "Yemayá", y los chamanes, "espíritu del agua". Solo conocía estas tres porque eran las creencias que sincretizaban su pasado, mescladas en los genes de sus ancestros.

Le indicó que no importaba el nombre con que aclamara esta esencia. Al fin y al cabo, era el mismo mar con diferentes deidades. Lo importante era el hecho de que siempre que estuviera en apuros le pidiese con devoción. Cada tarde, mientras aliviaban la digestión de la comida, paseaban durante una hora por la alameda, donde la abuela exponía a la nieta la crónica de su vida. No obstante, se limitaba a los relatos sin adentrarse en conocimientos religiosos: por temor que, al desobedecer las leyes del estado y del hijo, repercutiera en mal sobre la pequeña. Alcanzó a enseñarle algunos detalles más, como el respeto por la naturaleza, el valor espiritual de un ramo de flores y la importancia de la caridad. Mas nunca pudo compartir con ella el poder de la oración a través de la llama de una vela, ni las consultas de caracoles, ni siquiera el secreto de las plantas. Toda la sabiduría que Cachita había adquirido de generaciones arcaicas, se detuvo en el tiempo por orden de Ignacio. El gran sueño de Luna de ser escritora también se detuvo. Había nacido en un país en el que no se permitía soñar. ¿Escritora de qué? ¿Escribir qué? Si cada pensamiento que tenía, su padre lo exterminaba. No podía escribir nada que expresara una realidad diferente a su entorno. ¿Para qué ser escritora entonces? Si la primordial herramienta del escritor es la libertad de pensamiento. Escribir aquello que ronda tu mente sin limitaciones. Hacer una historia, es un mensaje divino que dicta el alma. ¿Quién es el humano para oponerse ante esa necesidad ancestral de contar? Es como un manantial que brota ideas en forma de palabras. Y no podía. No podía manifestar todo aquel verbo en papel. ¿Dónde metía las grandes ideas que le surgían y no podía expresar? Era una incógnita. Pero aprendió a vivir con ello. Lo soportó sin rencores en una edad donde la reflexión individual aun es tan débil cono la pequeña chispa de una gran hoguera. Acatando cada mandato paternal y contribuyendo en obediencia hacia su educación, alcanzó así, la secundaria.

Para entonces, su cabello de azabache en chorros de espiral caía sobre su espalda morena. Su delgadez extrema no encajaba en el prototipo tropical, pero su altura le compensaba un aire de elegancia innata. Sus ojos de vista profunda aturdían al observarla, como si un imán en sus pupilas verdes fuese el agujero negro de un universo astral. Cachita decía que en ellos se reflejaba algún misterio de la vida, heredado de generaciones antiguas. Hasta el mismísimo Ignacio recurría a su ánimo de firmeza para no aturdirse ante su mirada. Pues, aunque por genética sus ojos se parecían a los suyos, estos delinearon con el tiempo una sombra más oscura y un aspecto misterioso que los hizo diferentes. Los ojos de Luna no pasaban desapercibidos ante la sociedad. Y en la mezcla clandestina su mirada se hacía notar. Gran parte del sexo masculino la acechaba y una inmensa porción del femenino la envidiaba. No obstante, en el curso de la infancia cuando aún tenía las facciones toscas de un diamante en bruto, sus ojos redondos y sus párpados saltones proyectaban un verde escandaloso que más que aturdir, asustaba. Esto le produjo un pequeño desorden emocional que la condujo al psicólogo. Pues los compañeros de escuela le decían "la Extraterrestre" porque causaba impresión sobrehumana. Pero, el doctor le subió la autoestima diciéndole que, en vez de llorar, debía estar feliz, pues sus pupilas poseían un poderoso potencial; que solo tenía que esperar a que completasen su proceso natural que estaba aún en fase de desarrollo. En ese momento no comprendió al especialista, aunque sus palabras le resultaron tan alentadoras que nunca más derramó una sola lágrima al respecto y esperó con mucha fe a que llegasen los días de su metamorfosis visual. No fue hasta la llegada de la adolescencia que las facciones del rostro le delinearon un contorno de expresividad que le rasgó los parpados y le alargó las pestanas, dándole el toque final en la decoración divina de unos hermosos ojos. El antiguo apodo de "la Extraterrestre" quedó sepultado en el pasado y, en compensación, sus compañeros de escuela la apodaron "la Gata".

Para evitar futuros traumas en víspera de nuevos motes, en su cumpleaños de 15 su abuela le regaló una hermosa felina parda de ojos verdes y abundante pelaje. La llamaron Cielo, compaginando el nombre del animal con el de la dueña. Todos descargaron sobre la gata un torrencial de cariño. Y aunque Magdalena se quejaba de recoger sus pelos por toda la casa, no se olvidaba de alimentarla.

Luna siempre había soñado con una fiesta de 15 años espectacular, plasmada en un álbum de fotos cundido de hermosos recuerdos. Pero cuando llegó el momento, ni Cachita tenía la economía ante tal presupuesto, e Ignacio no estaba de acuerdo con esa tradición extravagante, que, aunque estuviesen cubanizadas, no eran más que una costumbre americana según él. No obstante, puso sus ahorros y su empeño para celebrar un motivito que no pasó de 20 invitados. Consiguió los ingredientes necesarios con los que Magdalena elaboró empanadillas de carne, croquetas de pollo, pasteles de guayaba, una ensalada de coditos, un cóctel de frutas, y una tarta de fresa. No hubo 15 parejas de jóvenes vestidos con una variedad de trajes coloniales bailando un precioso vals, ensayado con tiempo y esmero. Tampoco hubo la foto conservadora del chico elegido, que pide permiso al padre para sacar a bailar a la homenajeada, quien maquillada por primera vez deja atrás la infancia para entregarse a la adolescencia. Pero hubo una inmensa caldosa con todos sus ingredientes y el carisma de Cachita, quien llevó al tocadiscos a su máximo volumen y se puso a bailar mientras intentaba levantar a cualquiera de su asiento, para que la siguiera al ritmo de un viejo danzón. Al rato, Ignacio apagó el aparato para hacer un pequeño discurso en homenaje a la cumpleañera. Reanudó luego la música con la salsa de Los Van Van. Y todos bailaron hasta las 2 de la madrugada.

A la mañana siguiente, una visita inesperada alteró el sueño de todos en la casa. Una señora había traído una carta de la capital haciéndole un favor a su remitente. Magdalena fue la primera en escuchar los toques de la puerta. Terminaba apenas de despedir a la mensajera cuando el marido le preguntó desde el cuarto qué pasaba, y ella le contestó desde la cocina que habían dejado una carta para Luna. Ella abrió los ojos soñolientos cuando escuchó aquellas palabras, y se tiró de la cama con asombro. *¿Para mí?*, se dijo. Nunca había recibido una carta y mucho menos de La Habana. Descalza, alcanzó el comedor y cogió el sobre después que Magdalena le indicara dónde estaba. Lo abrió nerviosa. Ignacio ya estaba detrás de ella listo para leer. La hoja enunciaba la misiva con un "Querida sobrina", escrita por una tal Teresa, a quien se supo tía desde el primer párrafo. En el segundo, aclaraba ser hermana de su madre. La felicitaba por sus 15 años y, ya para despedirse, la invitaba de vacaciones a su casa para conocerla. Ni siquiera había terminado de leer la despedida, cuando Ignacio le arrebató el folio: "¡Yo no admito desertores!", exclamó. Ripiando el papel y sin contemplaciones, lo echó a la basura. Cachita no intervino. Si el desprecio de Ignacio por la madre de Luna se acercaba más al abandono de patria que al abandono del menor, a ella le sucedía lo contrario. Pero cada quien a su manera la ignoraba. Ese punto estaba tan archivado que criaron a la niña carente de toda información materna. De hecho, fue allí que supo que su madre había emigrado a Estados Unidos. Aclarado el tema, todos se incorporaron a lo cotidiano y Luna archivó la dirección del sobre en una gaveta de la mesita de noche. Durante la semana siguiente retaba a su imaginación ordenando el puzle de los acontecimientos de su descendencia. Jamás había pensado en ello. Había llegado tan pequeña al caserón que nunca cuestionó su origen. Pero analizando las hipótesis, le tentó la idea de responder la carta. Mas no se atrevió. De cierto modo, estaba tan moldeada entre las discrepancias de padre y abuela que un pasado incierto la asustó de repente. Su sentido del amor despreciaba haber sido abandonada. Su sentido del deber repelía a los desertores. Pero su sentido humano simplemente sentía curiosidad. Entonces, acercándose al padre, preguntó qué tenía que ver Teresa con la salida de su madre. A lo que él respondió:

—Que es una escoria igual que ella.

—¿La conoces?

—No hace falta conocerla. ¡Alto potencial de traición! Ni se te ocurra contactar a esa lacra. Hay dos cosas que no tolero: a los homosexuales y a los contrarrevolucionarios. Prefiero muerto que aceptarlo. Y no quiero oír más sobre ese asunto.

Cachita Guzmán, presintiendo que el futuro de Luna tambaleaba, creyó que era momento de lanzarle los caracoles. Estaba tan decidida en predecir el destino de la nieta, así como Ta Tomaza lo había hecho con ella, que se sintió capaz de romper el pacto que había sellado con el hijo. Así que con esa conspiración clandestina que las dos fraguaron, le hizo una seña a Luna para que la siguiera hasta el último cuarto. Le cambió el agua al vaso de cristal que portaba la flor de marpacífico sobre la mesa de majagua. Avivó una vela. Se sentó en uno de los taburetes de piel de chivo. Encendió un tabaco, lo viró al revés e, introduciéndose en la boca la parte encendida, exhaló el humo hacia la bóveda. Se echó un chorro de colonia en las palmas de la mano, se despojó el halo salpicando el ambiente y murmuró un arsenal de palabras yoruba a una velocidad arrolladora. Ya en castellano, pidió luz para todos sus difuntos e invocó en especial a Ta Tomaza. De repente, la piel se le envolvió de un escalofrío y lanzó un grito estremecedor: "¡Sia, caray!". Se detuvo. Agarró el puro. Le mascó una bocanada. La escupió sobre el suelo. Agarró los 16 caracoles del *dilogún* y los lanzó sobre la mesa. Las conchas se desordenaron sobre el mantel y quedaron 3 boca arriba y 10 boca abajo. Entonces, asintió: "¡Umm! *Ogundá Tonti Ofún*: quien se manda a correr, termina caminando. Es hora de hacerte un Eleggua. Y hay que hacerlo ahora mismo".

Luna, quien no sabía lo que era un Eleggua, pero sí lo que suponía desobedecer al padre, quiso detener el proceso. Mas, asumiendo que el medio justificaba el fin, se quedó en silencio y se dejó llevar por las circunstancias. Cachita agarró un trozo de arrecife y lo empapó con miel y manteca de corojo. Colocó la piedra de mar en el suelo sobre un plato blanco y le echo 3 buches de aguardiente como una ducha de aliento y alcohol. Salió al patio. Agarró una gallina por las alas y la trajo de vuelta. Después de pedir protección, repasó el ave por todo el cuerpo de Luna y le rebanó el cuello. La sangre chorreaba hacia el pedrusco desde la punta del cuchillo, mientras ella cantaba el estribillo de un rezo yoruba. Andaba aún canturriando la melodía ancestral, cuando de repente la puerta del cuarto se abrió chirriando las bisagras. Luna miró asustada. Era Ignacio. Parado allí, con su uniforme almidonado, sus zapatos de punta untados de betún y medio cohíba entre los dedos, miró a su madre arrancándole la gallina decapitada y gritó: "¡Esto ya es el colmo! ¡Coño, me van sacar del partido!"

Cachita recuperó el ave de otro tirón. El hijo, asombrado de la fuerza de la anciana, tuvo que sobrecargar la suya para volver a arrebatársela. Magdalena se llevó la gallina goteando sangre por todo el camino y se apresuró a cerrar el llavín de la calle, por si algún vecino descubría el enigma familiar. Ignacio la apartó a un lado y confirmó: "¡Definitivamente perdiste los cabales!".

Ella había roto el acuerdo. Una cosa era un marpacífico metido en un vaso con agua. Pero otra muy distinta era ponerse a desangrar animales. Estaba consiente de un excompañero de trabajo, a quien destituyeron del cargo de modo atroz por haber hecho una ceremonia religiosa para convencer a su madre. El mismo fue testigo del acto cuando delante de todos sus camaradas le desprendieron con saña cada grado hasta dejarlo sin una sola medalla en el uniforme. El hombre enfermó de tristeza y la diabetes lo condujo a la muerte abandonado en la soledad de su hogar. La madre murió tras él. No podía permitir bajo ningún concepto que le sucediera algo así.

No no no. definitivamente no "¡Esto sí es inaudito! ", no paraba de decir. Jamás pensó que su madre rompería el trato de mantener una santería inactiva, para poner en acción los rituales más profundos de tribus remotas o arcaicas. "No, no, no. Para llegar a esto tienes que haber perdido el juicio", repetía. Y comenzó a desmantelar todo el cuarto. Cachita no hizo absolutamente nada para frenarlo. Sabía que ya nada podía hacer. Se limitó a observarlo. Y así también lo hacían Magdalena, Luna y la gata. La mesa de majagua ya decapitada en vaso y flor quedó destartalada junto a los dos taburetes tapizados con piel de chivo; al igual que el baúl de caoba con sus tinajas hartas de piedras, el repertorio de santo católicos, los ungüentos, los palos secos de hierbas sagradas, las velas, las cascarillas, las mantecas de corojo, los sebos de cacao, los aceites aromáticos, todos los utensilios de trabajo ancestral y hasta el trozo de arrecife que pudo ser un Eleggua, fueron quemados en el amplio patio de plantas curativas. Mientras el fuego místico ardía en todo su esplendor, propagaba una humarada gris que oscurecía el ambiente. La mezcla de tanta sangre de antaño impregnada en las piedras orishas, con una variedad animal que abarcaba aves de muchas generaciones y la mixtura de preparados exóticos junto a otros contenidos, despedía un olor tan penetrante que la cuadra entera se asomó desde sus portales, creyendo que algún balón de azufre se había reventado. El humo se coló por todo el vecindario, siseando el hedor entre todas las casas. Cuando los curiosos preguntaron qué pasaba, Magdalena explicó que habían descubierto una plaga de ratas y que, para evitar su propagación, fueron chamuscadas al instante. Aunque nadie rebatió al respecto, tampoco nadie lo creyó. Pues se necesitaron tres días para que el tufo desapareciese. Y cuando lo hizo, dejó el ambiente cargado de una energía que provocó discusiones inesperadas, divorcios, sueños rotos y toda clase de frustraciones en los vecinos contiguos. Así concluyeron algunos entre discretos comentarios. En los instantes mismos de aquel fuego inquisidor, Luna le preguntó a la abuela si no pensaba impedirlo. Pero Cachita, sin dejar de observar la hoguera como evaporándose con ella, le respondió: "Déjalo. Ahora es feliz, porque es ignorante. Pobre de él cuando se abran sus sentidos. Deja que lo rompa todo. Dice *Okana Tonti Merinlá*: 'Que ají pica, al que ají come'".

Luna trató de levantar a la anciana, temiendo que se quemase. Pero esta la detuvo con un talante tan altivo frente a la lumbre que percibió en aquella actitud su despedida. Como si todo su pasado se incinerara con ella. No eran solo las piedras y los ungüentos, sino todo el arsenal de conocimientos, que acaparaban un África añosa y hasta una América precolombina. Aquellas reliquias habían sobrevivido a los conquistadores, a los latifundistas, al clérigo e incluso hasta al decomiso de la FMC en la limpieza pos revolución, y ahora se chamuscaba veloz ante la iniciativa de su único hijo, de su propia sangre, de su estirpe, su primogénito, el único descendiente de su última generación. Pero Cachita había aprendido con la muerte de Ta Tomaza, de Ana Maríay de Ignacio, que todo principio tiene un final. Ya estaba preparada para ello. Ya lo sabía. Por eso no se inmutó. Comprendía su fin. Luna permaneció a su vera acompañándola en aquel instante sagrado. De alguna manera se sentía culpable, pues fue el pronóstico de su futuro lo que provocó el imprevisto. Impotente ante la situación, continuó al lado de la abuela igual de absorta, mientras sus lágrimas emanaban desde el verdor de sus pupilas con cierto sentimiento. Al cabo de un rato, cuando el fuego ya mermaba y el hedor se agudizaba, Luna quiso saber cuál era aquel vaticinio que la lanzaba a la confección de un Eleggua, ese que había provocado el drama. El ánimo de la abuela, que no estaba para explicaciones largas dijo: "Por el momento, confórmate con saber lo que dice Oshe Tonti Marunla: 'La canoa sin los remos nunca llega a su destino'. Nunca dejes que los sentimientos te sieguen la razón. Pero si no pudieras mantenerte firme y tu barca naufragara a la deriva, recuerda siempre lo que dice Ocana Tonti Osa: 'El viento que nos lleva es el viento que nos trae'".

Luna, sin poder entender mucho la predicción, corrió a anotarla para que no cayese en el olvido. Y, de hecho, tuvo razón. No solo fue el último augurio que su abuela profesaba, sino también sus últimas palabras coherentes. Pues a partir de ahí, como si ya diese por terminada su misión, se entregó a un silencio profundo desde su balancín, merodeando cánticos yorubas y algunos boleros de Olga Guillot. El disgusto de Ignacio fue tan grande que suspendió todo vínculo verbal con su progenitora. Afirmaba que lo del mutismo era una estrategia para recuperar terreno. Dejó bien claro que jamás se retractaría. E implantó la desidia entre ambos hasta que ella cediese en actitud. Sin embargo, la distancia entre madre e hijo cavaba un vacío infinito, imposible ya de rellenar. Y mientras se precipitaban en el mismo abismo, cada cual llevaba consigo su punto de vista. Uno, con la frente en alto, recorría la casa sin remordimientos, ignorando la matriz que lo procreó. La otra siguió vagando en el limbo de su interior hasta extraviarse dentro de sí misma.

Cuando el tiempo reveló la situación extrema, Ignacio, sin ceder en convicción, le trajo un médico para ver si entraba en razón, volviendo a comportarse como una persona civilizada. "Desgaste senil", diagnosticó la doctora. Alegó que por falta de ejercicio mental el cerebro se había desprogramado. Y con un dictamen de Alzheimer concluyó el asunto. Recetó algunas pastillas regeneradoras, aunque no prometedoras, que Magdalena le diluía con disimulo en el desayuno. Pero ella siguió vegetando su autismo. Pues el resultado más cercano que pudieron conseguir fue que hablara, pero con una confusión atroz que la alejaba de la realidad. En su nuevo léxico surrealista mezclaba la verdad con la mentira de una manera tan diestra que no se sabía quién era cada cual. Deambulaba por los suburbios de su existencia con esa incoherencia verbal que la llevaba al futuro y la traía al presente desde un pasado remoto con una rapidez desorbitante. Trastocaba fechas, cambiaba nombres y desordenaba hechos con la misma facilidad con la que el escritor manipula una historia. La gata se volvió su cómplice, siempre sentada sobre ella acompañándola en sus discordancias. Y a veces daba la impresión que entre ambas se entendían. Ignacio explicó en una breve reunión familiar que la abnegada, querida y luchadora Cachita había caído en la confusión de la mente y que, aunque su constitución era de roble, ya cumplía 88 años. Concluyó que era un proceso normal y que a partir de entonces debían acostumbrarse a no creer en lo que decía. Algunas veces costaba verla vencida por el efecto de los tranquilizantes. Y otras veces, todos se reían con las ocurrencias de aquella abuela que de repente les parecía prestada. Como Luna apenas tenía 15 años y no sabía cuidar de ella misma, el cuidado de Cachita pasó a formar parte de la larga lista de quehaceres de Magdalena. Entre las ausencias laborales del marido y la incapacidad del hijo y la sobrina atareados en sus deberes de adolescencia, fue ella quien asumió aquel rol. La cuidaba con tanto esmero que hasta le sonreía cuando le atribuyó una serie de personajes mitológicos cada vez que se le acercaba, confundiéndola de vez en cuando con diferentes deidades. Magdalena había guardado las cenizas y algunos trozos de piedras calcinadas que resistieron al fuego cuando le tocó limpiar los restos del incendio. Estuvo a punto de tirar toda aquella polvareda en la basura, pero un extraño instinto la retractó y recuperó algunos vestigios. Con la falta del baúl de caoba y el temor de ser descubierta, envolvió las ruinas en una bolsa de plástico que a su vez enrolló con un paño de cocina y la escondió debajo la cama de Cachita, creyendo que así podría al menos tener sueños apacibles. Nunca expresó cariño alguno por ella por no formar parte de su naturaleza. Pero cuando la suegra mostró signos evidentes del exceso de edad, volcó sus cuidados a ella con esmerada dedicación como la más importante de sus tareas. La ayudaba a vestir, la incitaba a comer, la peinaba, le cortaba las uñas, le daba las medicinas, la acomodaba en su balancín, y hasta la vigilaba cuando se levantaba por si corría el riesgo de caerse. Y todo aquello sin desatender ni un ápice la labor del hogar. Al menos tanta faena le ayudaba a sobrellevar las ausencias de Maceo, quien ya cumplidos los 14 años estrenaba beca en la academia militar que dirigía su padre. Con la retirada de Cachita del mundo real, los asuntos de Luna también se inmiscuyeron en su larga lista de quehaceres. No por la parte doméstica, que siempre le tocó del todo, sino en cuestiones de permisos y decisiones. Fue lo más difícil que hasta entonces había enfrentado. Pues el cuidado de una adolescente que siempre le resultó ajena le parecía una delicada responsabilidad. El padre casi nunca estaba, por lo que ella no sabía cómo inmiscuirse en lo que nunca intervenía. Por lo tanto, se inventó un método para compensar el compromiso. Le preguntaba a Ignacio una vez por semana sobre las cosas que Luna podría o no hacer durante el transcurso de esos días. Lo anotaba en una hoja de papel y lo colgaba debajo de un trozo de imán sobre la puerta de la nevera. Con ese método evitaba las rabietas juveniles abarrotadas de hormona y adrenalina que causan disgusto en los adultos. El papel decía la última palabra. De esa manera continuaba absorta en sus quehaceres sin ser molestada con absurdas razones. No obstante, todo lo referente al aseo y alimentación de la hijastra sobrepasaba lo correcto. A penas tenía tiempo para expresar amor, pero, aunque atareada en atenciones se excedía.

Por aquellas fechas en la que los permisos de Luna dependían de las respuestas colgadas en la puerta del refrigerador, llegó el 1° de mayo de 1988. La ciudad entera debía concentrarse en la plaza para celebrar el Día Internacional de los Trabajadores. Luna exclamó que no quería ir porque aquel domingo aspiraba a otros planes de juventud en los que no incluía desfilar bajo el sol penetrante junto a un tumulto de gente gritando sin parar. De hecho, le dijo a Magdalena que, si ella era estudiante y no trabajadora, no entendía por qué tenía que ir. Su madrastra, sin perder aún la paciencia, le señalaba hacia el refrigerador, para que fuese el papel quien hablara por ella. Pero Luna ya había revisado una y otra vez el folio pegado a la nevera y le quedó bien claro que bajo ningún concepto debía faltar. Estaba decidido. Se sumaría al grupo del colegio para asistir al mitin con sus compañeros de escuela. No obstante, de tanta advertencia, se resistía a asistir. Magdalena, perdiendo por fin la paciencia, levantó el teléfono para darle las quejas al padre de tal comportamiento. Ignacio, quien protagonizaba un acto militar, dio pausa a la sección y condujo su carro hacia el hogar. Había cedido un poco ante la actitud de su hija, pues la enfermedad de Cachita le estaba provocado un aire de rebeldía. Esperaba que algo de tiempo la ayudase a acostumbrarse a no tener la devota protección de la abuela, viéndola por el contrario sumida en un viaje inmaterial muy lejos de la realidad. Pues, aunque eran muy unidas, la incoherencia aplicaba la distancia entre ambas. Pero ya este incidente sobrepasaba los cabales. Nada que atentara contra los principios de la revolución era para él perdonable. Ni se lo permitió a su madre. Por eso pausó el evento para solucionar el problema. Desprovisto de ternura y vestido con el uniforme de gala, se presentó ante la hija y exclamó:

—¡¿Qué es lo que pasa contigo?!

Luna, disfrazada con el valor de la adolescencia, le dijo:

—¡No pienso gritar cosas que yo no siento!

Ignacio tragó en seco y, como quien toma un purgante invisible, habló:

—¿Y quién dijo que tú tienes que pensar? ¡Aquí el que piensa y dice soy yo!

Recuperando un poco de paciencia, creyó que un diálogo entre ellos podía llegar a una buena solución. Así que, sentándola enfrente más calmado, explicó:

—Ya no eres una niña. Es hora de que tomes responsabilidades.

—Pero es verdad que pienso que no quiero ir. Si no digo lo que pienso, entonces, ¿tengo que decir aquello que otros piensan?

—Efectivamente. Limítate a decir y a hacer lo que yo pienso. Que para eso soy tu padre.

—Eso es mentir.

—No. Eso es imitar.

—Pero no es ser autentico. ¿Y qué hago con lo que pienso? ¿Para qué pensarlo si no lo voy a decir?

—Así son las cosas. Otros ya pensaron por ti. Ya ellos pusieron las reglas. Siéntete agradecida por eso e imita a los buenos pensadores. Como José Martí, por ejemplo.

—¿Y cómo sé que los pensamientos de ellos son mejores que los míos?

—Martí no se quemó las pestañas para que no compartiera su pensamiento.

—Sí, pero Martí fue un pensador y pensó por él mismo. Dijo lo que pensaba. No imito a nadie. ¿Y por qué tengo que imitarlo yo a él? Puedo pensar por mí misma.

—Sí, cómo no. Puedes pensar, por ejemplo, que tienes que imitarlo.

—¿A el cómo pensador o a sus pensamientos?

—¡Por supuesto que a sus pensamientos! Y no solo a él, a todos los buenos pensadores, como Marx y Engels.

—¿Por qué? ¿Ellos también pusieron las reglas?

—No. Ellos sentaron las bases donde se construyeron las reglas. Y nosotros manifestamos sus ideas.

—¿Y qué pasa si no estoy de acuerdo con esas bases? ¿Es pecado?

—No. Es delito. Y no me gusta el rumbo que toma esta conversación. ¡No vuelvas a cuestionar lo que digo! Vas mal con tanto cuestionamiento. Tú no estás aquí para remover cimientos que están más que sólidos. Tú estás aquí para avanzar sobre ellos. Y apúrate que llegamos tarde.

El mismo Ignacio Gonzáles la dejó en el punto de partida donde su colegio salía hacia el desfile para unirse al resto del pueblo en la plaza de la ciudad. Se la entregó en persona a la maestra, dejando instrucciones de vigilancia sobre ella. Luna tuvo que participar. Aquel 1° de mayo le estaba reservado. Y no como espectadora en un palco cualquiera, sino como la protagonista de su propio destino.

La ciudad se concretó entera en la Plaza de la Revolución para celebrarlo. Tras un pronunciado discurso, el pueblo emprendió la marcha en un desfile por las calles santiagueras. La multitud avanzaba sobre el asfalto promulgando gritos de "Viva Cuba libre", "El pueblo unido jamás será vencido" o "Abajo los yanquis", por no perder la costumbre de ofender al enemigo, aunque no tenga nada que ver con el Día de los Trabajadores. Resignada a participar, se unió con una amiga para amenizar el día. Aprovecharon para reírse de cuanto pudieron y fue tanto el desorden de la risa que entre tanto tumulto perdieron el contacto. Se extraviaron bajo montones de sombreros mambíes, de banderitas de papel, de hombros cargados con niños, de axilas sudadas, de pancartas políticas y del escándalo. Todos fluían hacia ellas, mientras Luna nadaba contra la corriente en medio de aquel tsunami humano. Zambulléndose sin aliento, descubrió por fin a la amiga hablando con un joven, mientras la gente sacudía su conversación. Con dificultad llegó hasta ellos. Cuando les clavó la vista con su verde estremecedor, aquel joven no pudo evitar perturbarse con su mirada. Ambos descubrieron sin hablar que aquel encuentro era el principio del fin. Supo que se llamaba Leonardo. Fue un momento breve, donde ella captó su piel canela, un lunar en la mejilla, la manía de mover la nariz, un reguero de rizos castaños sobre unos ojos marrones y las gambas de sus piernas incorporadas a una constitución atlética con aspecto de coloso. Con un beso para cada una, selló él la despedida, antes de que se perdiese entre la muchedumbre, mientras Luna todavía sudaba la humedad de su aura.

—¿Quién es? —le preguntó a la amiga.

—Un vecino del barrio.

—¿Qué edad tiene?

—17.

Escuchó cuando, de repente, se armó una molotera que cortó la conversación. A una señora le habían pisado un callo del pie. Mientras se frotaba el miembro pisoteado, arremetía insultos para quien fuera el culpable e, insegura del agresor, generalizó la ofensa. Tan fuertes fueron los insultos que el público se sintió dolido y cada cual quiso defender su parte. Otros intervinieron a favor y, entre tanta discrepancia, subió la temperatura hasta el punto que los golpes iban y venían entre aliados y adversarios. Intervino la policía que, con dificultad, pudo llegar al caos por encima de quien estuviese delante. Pero Luna y la amiga aprovecharon para escapar ilesas y se incorporaron al grupo de estudiantes. La profesora las regañó por haberse alejado de los demás y prometió avisar del incidente a sus padres en cuanto terminara el desfile. Ignacio no solo la castigó, sino que ordenó las instrucciones de estudiar para los exámenes finales. Así que se volcó totalmente a los estudios. La euforia académica colapsó sus recuerdos. Las exigencias de recibir una buena calificación ocultaron la magnitud de aquel encuentro, convirtiéndolo en una ocasión pretérita, común e insignificante. Lo aparcó en la memoria por orden de las circunstancias. Sin embargo, aquel 1° de mayo ya estaba reservado. Fue el comienzo de un juego sin reglas. Energía en movimiento vagando a la deriva del azar en la inevitable manera de ir moldeando el sino de su existencia. Luna absorbió los libros con órdenes estrictas. Inyectó el cerebro de números, fórmulas, definiciones, conceptos y, por fin, su padre pudo colgar en la pared de la biblioteca el esperado diploma de secundaria básica. Resultados tan excelentes levantaron el castigo y dieron el permiso de asistir a una excursión a la playa que organizaba el barrio de su amiga. El consentimiento, ya estaba confirmado en el papel de los permisos sobre la puerta del refrigerador.

Capítulo 4

Ama hasta que duela. Si te duele, es buena señal.

Madre Teresa de Calcuta

La excursión llegó un domingo de julio. Se dirigieron temprano al punto de partida. Los primeros madrugadores esperaban. Las mujeres echadas sobre bancos y matules trataban de esquivar el sueño y el sexo masculino discutía el último partido de béisbol. Los niños preguntaban mil veces cuándo vendrían a buscarlos y, para alivio de los padres, alguien gritó "¡Ya llegan!". Todos embistieron la acera, mientras se acercaba un camión descapotable con baranda de madera que frenó pegado al contén. Un bolero de Feliciano estremecía los altavoces de la cabina del conductor, quien se bajó con un aspecto traído de los 70.

—¡Suban con calma, por favor! —exigió de inmediato— ¡Hay gente arriba!

Todos comenzaron a subir utilizando como peldaño las llantas. Aguantados del madero, volteaban dentro del vehículo para organizarse en el espacio que dejaban los ya montados en paradas anteriores. A una señora bien gorda tuvieron que halarla desde arriba y empujarla por el trasero evitando que aplastara a los de abajo. Nadie quiso alzar al abuelo de su amiga, pues era tan arcaico y flaco que temieron desbaratarlo. Entonces sugirieron montarlo en la cabina.

—¡No, no, no, no, no! —exclamó el conductor— ¡Ahí va mi novia! Además, señores, ¿a quién se le ocurre llevar un anciano a la playa?

—¡El pobre! —intervino la hija—. Quiere despedirse del mar.

—¡Pero, señora! —respondió el chofer—. ¡Que se despida en un taxi!

Un montón de insultos cayeron de repente sobre el conductor. Incluso los ya ubicados dentro del camión, sin asomar las cabezas en el instinto de conservar sus puestos, se unieron sin inmutarse del suelo, a la par a los gritos:

—¡Abusador, inhumano, vil, cruel, degenerado, grosero, contrarrevolucionario!

—¡Eso sí que no, caballero! ¿Qué tiene que ver eso con el viejo? —protestó el acusado.

Saltó entonces el presidente del CDR de aquella sección:

—¡Compañero! ¡Cállese la boca! ¡Que aún mantiene el transporte gracias a la revolución! ¡Que fue tolerante con usted en la sustracción del 59! ¡Y quien piense lo contrario, caballero, que lo diga ahora mismo!

Todos corearon "¡Nadie!", y aplaudieron conmovidos. Juraron que, aunque fuera más caro, en la próxima contratarían un camión con techo, escalera o bancos. Exigieron bajar el volumen de los boleros. Acomodaron delante al anciano entre el chofer y la novia, y prosiguieron sin más interrupción el abordaje. Cuando llegó su turno, Luna volteó dentro del vehículo y descubrió de súbito y para asombro la presencia de Leonardo. Una chica joven lo agarraba del brazo, sentados ambos al fondo del camión. Detrás de ella, apareció su amiga. Luego de caer dentro les lanzó un "¿qué tal?", que ellos respondieron con un leve movimiento de cabeza.

—¿Quién es esa? —susurró Luna.

—Su mujer.

—¿Mujer? ¿Tan joven?

—Sí, pero es un joven casado.

Escuchó para su asombro, mientras el grito de alguien anunció la salida. Salieron rumbo a la playa. En la carretera, el aire tapaba el pelo de la chica como si el viento fuese cómplice en el tiroteo de miradas entre Luna y Leonardo. La amiga la pellizcó, evitando que la imprudencia sobrepasara la cordura. Para desviar su atención se agachó para actualizarla en la historia. Luna saciaba su curiosidad atrapando palabras de los labios de la amiga, quien esparcía entre dientes el chisme junto al tambaleo del viaje.

Sucedió que eran compañeros de aula. Cuando cumplieron los 15 años, la madre de ella los agarró en el baño no con indicio de orinar y sí en una posición bastante obscena. Ahí mismo se armó el escándalo. Leonardo escapó por los tejados, sin camisa y con la portañuela abierta. La chica consiguió con destreza pasar el llavín del servicio. Los gritos de la madre asaltaron los patios de la vecindad, se colaron por los balcones y portales, embistieron las cocinas, las salas, los dormitorios y, antes de que hubiera silencio total, ya el barrio entero merodeaba la escena. La mujer, ante el gran público, se desplomó en el suelo. Le pusieron en la nariz algodones con colonia, la zarandearon, le batieron el aire de un trozo de cartón, pero lo único que la volvió en sí fue una fuerte bofetada. Los vecinos aportaron tazas con tilo al por mayor que ella bebía con excesiva continuidad y, comprendiendo la exageración, se la repartieron entre ellos. En esa apareció el padre. Las persianas entreabiertas fueron palcos clandestinos que rebosaron la calle de miradas indiscretas. El hombre arribó al corredor.

Tambaleó el balancín de Suiza azul donde enajenaba la mujer drogada por el llanto y la sobredosis de tilo. Luego de espabilarla, se enteró del asunto. Fue entonces que derrumbó la puerta del cuarto. Sacó de allí a la hija agarrándola por su moño castaño. Desprendió el cinturón del vaquero y lo ensañó en una paliza tan espectacular que le perduraron en los muslos las marcas de la hebilla metálica. La esposa le echó la culpa, él se la devolvió. Cerraron el portón principal de un portazo y le frustraron el chisme a la vecina de enfrente, encargada de informar los detalles más directos de la situación. En cuestión de horas convocaron una reunión. Allí figuraban en la sala los cuatro progenitores y los dos acusados. La sentencia familiar dictaminó que ambos culpables contraerían matrimonio en las próximas 72 horas. Los padres de Leonardo cedieron la autorización del menor y los de ella respiraron aliviados por la hija mancillada que recuperó la honra. Dio tiempo de apalabrar con un notario para que apurara la segunda firma; de bajarle la inflamación pélvica antes de engancharle un anticonceptivo; de alquilar el traje; de lograr que el bodeguero adelantara la cuota de aceite y coditos del mes para elaborar una ensalada con bayonesa casera como manda la tradición; de pintar la casa e incluso de tramitar a precio de costo diez cajas de cerveza más. Pues las veinte estipuladas por el estado resultaron cortas teniendo en cuenta la cultura etílica de los invitados, a quienes ni cinco cajas de ron les fueron suficientes. Cuando mermó el presupuesto, organizaron una recolecta para completar la compra del cerdo y el pastel de chocolate. Guisaron caldosa, repartieron caramelos y por poquito colocan una piñata que regaló de broma un pariente, pero la novia se opuso con una pataleta y en eso hubieron de complacerla. Borrachos los despidieron hacia la luna de miel y borrachos los recibieron. Conviviendo con los suegros maternos, continuaron los estudios. Y aquí no ha pasado nada.

La playa era una cala gigante entrometida en un bosque de uva caleta, que persistía después de los arrecifes. Los porches de los pescadores se transformaban en kioscos que vendían cangrejos embalsamados, enchilado de cobo, sonajeros de concha, collares de caracoles o paella marinera. No había baños públicos, las letrinas de los patios se usaban de mampara al momento de cambiarse el bañador y, entre los ingresos de la comunidad, entraban las propinas por permitir pasar al servicio en caso de apuro. Llegaron cuando el sol asomaba en el horizonte su primer bostezo. Se dispersaron por la arena cada cual con los suyos buscando un espacio individual. Ellas acamparon no muy lejos de Leonardo. Por alguna razón, a Luna le inquietaba aquel muchacho que no corría como un loco por la arena jugando al chucho caliente con los demás; tampoco compitió en el juego del pañuelo por estar debatiendo conversaciones adultas con adultos entre unas cuantas botellas de ron. De lejos pudo apreciar sus gestos y madurez verbal. Casi tenían la misma edad y, sin embargo, parecían tan diferentes. El enigma de su comportamiento no dejaba de atraerle y, aunque apenas mediaron palabras, la atracción entre ambos era evidente. Tan diáfana que, a través del silencio, la interacción de sus miradas selló el compromiso. Ya de regreso a casa, Luna trató de evitar el cosquilleo que aún padecía. Intentaba deshacer esa sensación de combate entre razón y sentimiento. Intentó recuperar a la niña que la habitaba antes de cruzar la barandilla del vehículo, pero ese yo infantil se escurrió en el pasado, sin dejar huella posible. Nunca volvió a ser la misma. Aquel viaje ya había manipulado su voluntad. Cuando volcó la baranda de aquel camión tropezando con la estampa de Leonardo, el mundo acababa de parir la pasión de una historia absurda e inconcebible, pero real.

Luna y Leonardo se veían en un parque que descansaba en la cima de una loma. Lo llamaban "el parquecito fuerte" porque en este abundaba la flora y escaseaba la luz, lo suficiente como para camuflar la pasión. Lo plantaron allí con la intención de que sus visitantes gozaran de preciosas vistas, pero con otras aperturas turísticas fue perdiendo concurrencia y los próximos allegados al jardín gozaron de todo en las alturas, menos del paisaje. La vegetación se explayó a la par de su olvido. Los bancos rodeados de tanto herbaje parecían islitas esparcidas en un mar verde. A la estatua de un mártir le faltaban los brazos y el cuerpo tatuado de parejas yacía dentro de una fuente estéril. Fue la tarde después a la excursión de la playa cuando la citó a través de un encuentro intermediado por la amiga. Luna lo esperó. El sitio daba miedo. Quiso marcharse valorando la urgencia de arrepentirse. Pero llegó. Cualquier fragmento que hubiese quedado de su reflexión se abolió con su presencia. Agarrados de la mano, se zambulleron en el océano vegetal hasta anclar en uno de esos cayos de cemento. Se sentaron cruzando los pies sobre el banco y, sin evitar el cosquilleo del amor y de las hierbas, construyeron el primer beso. Los sábados iban a esas fiestas ajenas de adolescentes llamadas *descarguitas* que rivalizan entre sí para ver quién absorbía más gente. Lo mismo era en un patio, en una terraza, en una sala o en una azotea con tal de retumbar la música del momento entre bombillas rojas e intermitentes. Nada se ofrecía, solo se bailaba. Salían en grupo a zancajearlas guiados por las recomendaciones de quienes iban y volvían de ellas. Ni siquiera imaginaban a quiénes pertenecía, sí acaso una vaga información de la secundaria donde estudiaba su promotor. Cuando localizaban una acorde a sus gustos, ahí mismo se quedaban. Otras veces, sin embargo, persistían en la búsqueda para quizás acabar defraudados del fin de semana.

Un viernes, Luna y Leonardo se citaron en la alameda. Sobre las tres llegó él, frenando las gomas de su bicicleta casi al ras de sus sandalias. Nubarrones turbios teñían el cielo de gris. Los carruajes plantaban urgente sus herraduras sobre el pavimento y sus clientes asomaban la cabeza verificando el mal tiempo. Un vendedor pregonaba sus bocaditos desde un kiosco atado a una baranda apurando la bulla entre los truenos. De pronto, el cielo se cansó de advertencias y derramó de súbito un aguacero que los empapó de golpe. El vendedor apuró el cierre con la rabia muda de un día flojo. Luna subió a la parrilla de la bicicleta. Abandonaron la alameda ensartando callejones prudentes, hasta detenerse en un portal desahuciado. Recostaron la bici sobre la puerta, en la que un sello estampado abarcaba parte del marco dejando bien claro la confiscación del inmueble, como lo hiciera la Reforma Urbana con los disidentes. Leonardo colgó la camiseta exprimida encima del timón. Luna retorció la blusa puesta soltándola estrujada y tan transparente que sobre sus pezones duros parecía un velo húmedo tendido en un pecho de arcilla. Leonardo los cubrió con un abrazo y fue a parar en tres besos apresurados, impacientes, desordenados e indiferentes al diluvio y a los que corrían escapándose de él. En un diálogo de miradas concluyeron entrar. Sacó una herramienta y, sin demora, rompió la ley. Corrompió el llavín, abrió la puerta. Atravesaron el umbral. Ella apretó en vano el interruptor. La electricidad estaba cortada. Él entreabrió una persiana por donde entró un rayo de luz salpicado de lluvia. Entraron a la primera habitación. Se sentaron sobre una cama antigua de sábana fría, que se templó cuando sus cuerpos reposaron sobre ella. Se besaron. Se quitaron la ropa. Se acariciaron. El corazón les latía de prisa. Él tanteaba su sexo queriendo penetrar el vientre y ella lo esquivaba adolorida hasta que atravesó con tanta determinación el himen que se esfumó en un quejido la virginidad. Luego que la recorrieran como si ella fuese el atajo de una diligencia urgente, se levantó dolida, empapada de sangre, sudor, y de esperma, fluyendo hacia el tobillo. Feliz, aunque algo decepcionada de lo que se suponía fuese la efervescencia del amor. Alcanzó el baño para intentar borrar a lavados las pruebas de aquella travesura. No había agua. Leonardo, desnudo, se apresuró al patio con una olla de la cocina. La llenó con un chorro imponente que manaba del tejado. Ella lo observaba desnuda recostada al marco, con la intención de dibujarlo en la memoria. Pero antes que terminara el último trazo, alguien los vio. "¡Ladrones!", gritaron. Leonardo soltó el recipiente. Se vistieron de prisa y montaron la bicicleta. Los vecinos formaron un tumulto en medio de la calle bajo el chaparrón. Corrieron tras ellos. Y ellos huían. Santiago les regaló una oportuna pendiente por donde se deslizaron arrollando los baches, el dolor, y el remordimiento, con una velocidad tan agresiva que cuando frenaron ilesos al fin de la cuesta se sintieron más livianos.

En los siguientes encuentros aprovechaban la hora de la novela, cuando en las calles solo se oía el murmullo de los personajes y el comentario emotivo de los expectantes concentrados en el dilema de los televisores. Ignacio, metido en su biblioteca, no advertía su ausencia. Magdalena, absorta en la trama y con su ley de mandato neutral, ni siquiera lo notaba. Y Cachita naufragaba por siempre en sus sueños seniles. Antes que la canción anunciara el final, regresaba sin alterar la rutina. En la emisión de *La Esclava*, ambos labraron su unión en la secuencia de sus capítulos. Para cuando llegó el carnaval de ese año ya saboreaban gozosos el fruto de aquel amor. El carnaval fue la pieza perfecta que encajó en el puzle de la táctica. Ignacio inauguraba cada año el jolgorio con una devoción que hasta la misma Magdalena comprendía. De los 21 días de celebración, ella se lo tropezaba apenas 2 ó 3. Sobre esas fechas se le desorbitaba el reloj y pernoctaba con los amigos en una perpetua parranda. Magdalena intentaba capturarlo entre el paso de las carrozas, en el baileteo de las bailarinas, en las colas de las pipas de cerveza, en el arroyo de la conga, en el paso de las comparsas, en los conciertos de las orquestas, en las pistas de bailes, en los restaurantes improvisados a la orilla del mar, en los kioscos y en el tumulto que agrupaba tanta diversión. Pero no conseguía encontrarlo. Mientras, se resignaba con la compañía de Maceo, quien prefería quedarse a practicar la repostería o estudiar algún libro que andar de baileteo por toda la ciudad. Engañar a Magdalena resultaba tan fácil que Luna y Leonardo disfrutaban de la fiesta con el placer del consentimiento. Cuando se terminó el carnaval y los camiones se llevaron por montones los escombros del desorden, Luna se sintió igual de cansada como el más partícipe. La gente se repuso del desparramo y volvieron a la cordura. Cuando creyeron que ya se habían agotado todas las tácticas de sus encuentros, Leonardo usó la última estrategia: verse en casa de su abuela materna, a quien su madre ignoraba por causa de un trauma infantil. Había sufrido tanto las groserías de su progenitora que la odió de por vida. Tan pronto cumplió los 16 se emancipó de antemano. A los 19 se fue a estudiar a Checoslovaquia y regresó graduada como muchos jóvenes que, con sus ínfulas europeas, traían una retahíla de muebles modernos y sus motos ETZ, compradas a base de pasar hambre para ahorrar el estipendio.

La madre de Leonardo tenía los ojos azules y era rubia natural, pero el intenso sol del trópico había bronceado tanto su piel que hasta los que la vieron crecer juraban que se desteñía el cabello. Su elegancia congénita regalaba altanería en la exhibición de su paso. Como odiaba su parte materna, improvisó un pasado en el que una madre ordinaria no aparecía por todo el contorno de su existencia. Acaparó las mejores generaciones del padre e inventó unos antecesores maravillosos que vinieron de España e hicieron fortuna en la isla con una conducta intachable. Antes del viaje, ya estaba casada con un marino mercante, que oscilaba entre lo negro y lo mulato. Previo a que firmaran el contrato conyugal, su marido cundía el tiempo entre el océano y las mujeres. Hubo tantos engaños que ella perdió la cuenta y las lágrimas. Divorciarse aun amándolo le pareció una pérdida de tiempo en una sociedad en la que la infidelidad del hombre constaba en su ADN. Optó por entretener su autoestima para que no percibiera que el amor la pisoteaba. Entonces estudió. Mientras más infiel le era, más estudiaba. Hasta dejó a Leonardo al cuidado de una cuñada aprovechando la ganga europea. Regresó de Moscú resuelta a multiplicar los estudios. No solo aprendió varios idiomas, Sino que también se licenció en Ingeniería Hidráulica, se especializó en una de sus ramas e incluso hizo un doctorado. Cuando ya no tuvo nada que aprender, miró hacia atrás y encontró una inmensa inteligencia solitaria que vegetaba a la sombra de la traición. Ni en los mejores libros halló escrito la fórmula del ánimo ni la ecuación que resuelve la inconformidad. Entonces asumió resignada su carga. *Este niño va a ser igual a su padre*, pensó después del parto, cuando se ligó las trompas para no engendrar más mortales infieles. Por eso, no dudó en inaugurar la cacería contra Luna y Leonardo, pues desaprobaba toda relación desleal. Sin embargo, nunca descubrió que aquel amor se gestaba en buhardilla de su aborrecida madre. Mientras rastreaba a tientas los rincones de la ciudad en la búsqueda y captura de los enamorados, Luna y Leonardo se amaban con plena desfachatez en el desván. Los cuatro ladrillos de la cama sostuvieron sin reparo el traqueteo de aquella pasión donde trajinaron sin escrúpulos todo el terreno de su naturaleza. De tanto usarse y de desandar por zonas intrincadas del cuerpo, recorriendo las periferias del placer, descubrieron rincones indómitos, colonizaron el espacio y marcaron fronteras ante posibles intrusos. Así fue como sobrepasaron el cerco de la desobediencia, ingeniando tácticas para futuros encuentros. En esas, cumplió ella los 16 y él, los 18. Cuando los 255 capítulos de *La Esclava* llegaron a su fin, la esencia de ambos ya impregnaba sus almas. Y hubieran seguido jugando al escondite. Pero la madre de Leonardo, vencida ante la frustración de la búsqueda, decidió contaminar el tímpano de Ignacio Gonzáles y le explotó en su cara la noticia. Sin esperar el final de la conversación, agarró a Luna por el brazo y no se detuvo hasta el consultorio, donde el médico le exploró el himen y le confirmó el sofoco. Había traspasado el umbral de la pureza con una evidencia Que, de lúcida, el doctor se paró frente a él en la consulta y le dijo rotundo "Tienes ya toda una mujer". Luego, introdujo dos de sus dedos hacia el útero mientras con la otra mano apretaba fuertemente el vientre. Sin mucha demora expresó: "Felicidades, vas a ser abuelo. Hay un embarazo de seis semanas".

Ignacio le clavó la mirada con rabia. Ella sintió su vergüenza sangrando a la par de sus lágrimas. Su padre la miró desafiante y exclamó: "¡Eres una desfachatada! ¡Te me vas ahora mismo de mi vida y de mi casa! Y no quiero que jamás vuelvas a dirigirme la palabra".

Y se fue camuflando su rabia en una salida fugaz que ni el médico pudo despedirlo. En otras circunstancias, hubiesen zancajeado a Leonardo para reparar el daño de la honradez con un acuerdo prudente. Pero semejante suceso no podía repetirse por el tangible delito de bigamia. Por tanto, empapado de impotencia, se ausentó por unas horas de la casa para darle un tiempo cruel a la inminente partida. Se lo confirmó Magdalena cuando, mandada por el esposo, trasmitió el mensaje repitiendo la frase:

"Dice tu padre que cuando regrese ya no quiere verte aquí".

Le contó a Luna su intento de persuadir al marido para que se retractara de una decisión tan extrema. Pero Ignacio, sin dejarla terminar, le advirtió que era su hija y que, por lo tanto, también era su decisión. Rectificó que ya era mayor de edad y, para no hablar más del asunto, concluyó: "Si ya puede embarazarse, también puede buscarse la vida".

Magdalena no pudo hacer nada al respecto. Y mucho menos Maceo que no se atrevió ni a hablar, aunque no estuviese de acuerdo. Lo más caritativo que alcanzaron a hacer fue ayudarla a preparar el equipaje. Mientras echaban sus pertenencias en la maleta, la tristeza se hacía evidente. Magdalena envolvió un emparedado y lo colocó en la valija. Maceo rompió su alcancía y sacó los ahorros que acumuló con las monedas que le iban regalando y se los entregó. Luna quedó sorprendida por aquella muestra de cariño que jamás mostraron desde sus personalidades distantes. Aprendiendo que el amor también puede ser mudo, los abrazó con cariño y les aseguró que todo iba a estar bien. Madre e hijo quedaron tan impactados con aquella despedida que, sin saberlo aún, algo mermó en la inmensa admiración que Ignacio les inspiraba. Maceo, abriendo las palmas de las manos, le preguntó:

—¿Pero adónde irás?

—Me voy con Leonardo.

Fue hasta el balancín donde Cachita vegetaba su ausencia. Le dio un beso en la frente sin que esta pudiera reconocerla. Todo lo bajo que pudo le susurró al oído "Quizás este viento que me lleva, sea el mismo que me traiga. Si es así nos veremos entonces" Y salió de la casona con su maleta, sin opción de quedarse ni ganas de arrepentirse.

Luna y Leonardo planificaron la huida para esa misma tarde. Y así lo hicieron. Iban camino al ferrocarril para partir hacia la capital con la esperanza de iniciar un nuevo ciclo. Se dirigieron a la estación de trenes para por fin ser libres de escoger su rumbo. El barrio amenizaba sus tertulias en los portales, ignorando el sol bajo los techos de tejas, desprestigiando adjetivos, mientras los niños trajinaban el asfalto con sus juegos, ignorando el trajín de vidas adultas. Les faltaba muy poco para alcanzar la terminal. Y así lo hubieran hecho si la adversidad no se hubiese atravesado en el camino, justo a pocos adoquines de la vía férrea. La punzante bocina de una ambulancia los apartó de la calle apresurando la acera, dejando una estela de incógnito dolor que por inciertas razones no les resultaba ajeno. La noticia llegó detrás de la boca un vecino que corría a la par del vehículo. La sopló como una llamarada que ardió en sus oídos. "¡Tu mujer se está muriendo, compadre!", dijo el hombre sofocado y aliviado de soltar la carga. A la joven se le había agotado el ánimo. Dolida por el desprecio y aturdida por la vergüenza, se calcinó con la mezcla mortal de chispa y alcohol. Luna necesitó algunos segundos para reaccionar mientras Leonardo corría hacia la clínica. Intentaron reanimarla camino de emergencia. Cuando llegó aún chamuscada, le colocaron los accesorios del auxilio creyendo en su salvación. Pero la chica murió sin que pudiesen hacer nada para regresarla. La madre de la joven culpó a Leonardo de ser el causante de la tragedia y él, absorbiendo la culpa, se retractó del viaje y de la relación con Luna. Así se lo hizo saber esa misma tarde, cuando regresó al ferrocarril. Se detuvo frente a ella con una expresión que hablaba por sí sola. Luna, descubriendo el mensaje, exclamó:

—¡Por favor, no me hagas esto!

—No puedo irme. Lo siento —contestó, mientras evitaba extraviarse en la turbulencia de aquellos ojos verdes.

Las venas del rostro brotaron de golpe queriendo estallar. Intentó decir algo, pero no salió palabra alguna. Tragó en seco. Cuando las lágrimas comenzaron a salir de sus pupilas, abandonó la estación, disfrazando el sufrimiento con una brusca despedida. Luna, dejándose caer sobre un banco, comenzó a llorar sin límites. Lloró por su huida, lloró por su abuela, lloró por su madre, por su padre, por los chismes, por el escándalo, por la joven muerta, por su embarazo, por Leonardo, por ella y porque ya no le quedaba nada, ni abuela, ni padre, ni hermano, ni Leonardo, ni ciudad. Ni nada. Estaba sola.

Justo en el umbral de la incertidumbre. Sin un prospecto de vida. Sin instrucciones de uso para manipular el presente y cambiar el futuro, ignorando que en aquella independencia agitó partículas invisibles que pusieron a andar la máquina del universo, fabricadora de destinos. Enfrentándose a los efectos de su causa, se sentía desorientada en aquella estación, como una desconocida en la ciudad en la que había crecido, dirigiéndose como emigrante al lugar donde había nacido. Subió al tren cuando la sirena de la estación avisó la partida. Se sentó en el asiento de vinil y abochornó el doble cristal de la ventana con el vaho de su triste respiración. La maquinaria comenzó a moverse lentamente en afligida letanía. En tanto, su mano con un lento gesto de adiós se despedía de un Santiago de Cuba que se iba quedando atrás, mientras acompañaba a su destino rumbo a La Habana.

Capítulo 5

Los náufragos no eligen puerto.

Jacinto Benavente

La madre de Luna nació en un pueblecito de oriente. Su abuelo paterno fue un soldado peninsular a quien mandaron de España en defensa de las haciendas. Pero nunca peleó, pues lo emplearon de urgencia en el ingenio para manipular las modernas maquinarias que sustituyeron las manos esclavas en época de abolición. Fue un hombre concebido para trabajar, beber aguardiente y, en una múltiple secuencia de vientres alternos, preñar a cuanta mujer atrapaba y dejar descarriado un rebaño de bastardos, aunque también consumó un matrimonio civil con una guajira que paría a la par de sus contrincantes. Y de esa ilegítima unión nació la madre de Luna. Le pusieron Aurora, no por inspiración. Lo improvisó la comadrona ese amanecer cuando después del dolor de parto su madre le dijo: "Póngale como quiera". Era su décimo y último hijo, sin contar los malogrados que no pasaron de fetos. Estaba tan cansada de acarrear con el peso de sus hijos dentro y fuera del vientre al mismo tiempo de cundir rudos quehaceres, que, en vez de esperarlos con regocijo, los recibía como inversión. Apenas aprendían a caminar, se incorporaba a las faenas sin miramientos. Tan pequeñas laboraron las hembras en las cosechas que a veces se escaqueaban por los surcos de tierra y transformaban los tubérculos en muñecas con pelos de hierba y extremidades de raíces. A Teresa, la hermana mayor de Aurora, la subían sobre un banco para que pudiera alcanzar el fogón y remover la harina de maíz, mientras las menores lavaban la ropa a base de golpe contra las piedras lisas del río. Aurora fue la lleva y trae de los encargos al pueblo. Le gustaba la encomienda, pues en el camino imaginaba que se iba para siempre y emprendía la marcha con la eufórica ilusión de un mundo desconocido, hasta que al fin del trayecto se estrellaba contra la realidad y volvía de la diligencia lamentando su destino. En esos menesteres descubrió la inconformidad. Su madre le reclamaba por qué no era como las demás hermanas, a lo que ella respondía "Porque no soy como ellas". Y en cada ocasión que lo repetía se ganaba una bofetada. Pero dejó de repetirlo cuando cambiaron las cachetadas por severos castigos. De la rabia que tragó, al alcanzar la pubertad la impotencia le corrompió el carácter. Por entonces, las caderas se le dibujaron anchas, las nalgas se moldearon abultadas sin perder la flaqueza del cuerpo y un soplo presuntuoso definió su porte. Su piel extremadamente blanca delataba los cambios de humor. Cuando sentía rabia, las venas pintaban un color malva por la altura de los pómulos; con la alegría, las mejillas empapadas de un rosa tenue regalaban dulzura; dentro del miedo, sus orejas enrojecían por el calor de los nervios, y en el trance de una mentira se le teñían los párpados de un naranja que acompañaba el rojo de las orejas y el morado de los pómulos. En el intento de aniquilar su transparencia, juró una estrategia en un entrenamiento voraz. Si algo la alegraba, imaginando lo contrario llegó a sustituir el rosa por el violeta; en la mentira, enrojeció las orejas; en la ira apareció el naranja, y así, trucando reacciones se entretuvo de paso con ese juego, que alcanzó a divertirla primero, mientras engañaba a los demás, y a estorbarla después cuando se engañó a ella misma, pues de tanto relajo se le desordenaron los colores y sufrió un trastorno daltónico de su personalidad. Por las noches, desde la hamaca, viajaba a un mundo propio e imaginario donde hacía lo que le daba la gana sin rendirle cuentas a nadie. La independencia era su clímax. Le había dado cobijo desde hacía mucho a su imaginación. Pero aguantó bastante tiempo sus ansias de libertad, hasta que la estampida de la revolución le sacudiera el anhelo.

En cuanto las guajiras descubrieron que podían hacer algo más que parir, aprovecharon la oportuna tesis del amor libre y afrontaron la metamorfosis estatal con premura en las decisiones, por si todo aquello fuese una quimera.

Teresa y sus dos hermanos varones se fueron a vivir a La Habana. Lejos de las ambiciones populares por conquistar el centro de la metrópolis, se conformaron con las periferias y construyeron sus conucos en un descampado ilegal. No fundaron el lugar, pues a sus llegadas ya se conocía como el barrio de "El Yarey". Aunque sí formaron parte de la inmensa lista que el gobierno determinó para facilitar viviendas a los emigrados. Los primates de "El Yarey", con el material que iban consiguiendo, plantaron sus hogares según les venía en gana. El incremento formó una mezcolanza de chabolas con vericuetos enlazados. La falta de agua logró recolectas para contratar los servicios de un pipero, quien se llenaba los bolsillos con la misma fuerza que las mangueras llenaban los tanques. Hasta se les ocurrió enterrar un laberinto de tubos conectados a uno madre, que enganchaba en el desagüe principal de la autopista.

Aquellos inventos inyectaron en los de "El Yarey" una sincronización espontánea. Las siguientes casas no se plantaban en el desorden sino por orden de llegada y en filas paralelas que doblaban esquinas cuando se consideraban largas y con cierto espacio; sin pavimento ni acera por donde transitaban coches, se sentaban los vecinos, paseaban las gallinas, circulaban bicicletas, jugaban los niños y, si la hierba persistía en salir por encima de aquello, pastaban las ovejas. En el embullo, hasta andaban planeando construir un parque para evitar el contacto infante-vehículo, cuando intervino el Estado. Este repartió cartillas de abastecimiento, propagó la electricidad en cobros de pequeñas tarifas, censó a las familias en aras de nuevas viviendas, y por si se atrasaban los trámites, instauró CDR, no sin advertir que cerrarían la lista sin aceptar posteriores habitantes. La Reforma Urbana, comprobando que con naturaleza e ingenio se arma un barrio donde quiera y que un exceso de sexo lo repleta, tomó drásticas medidas para impedir que aquello se convirtiera en ciudad. Desalojó a los no listados, quienes se detuvieron en el camino de huida y penetraron en otro monte más lejano, dispuestos a inaugurar "El nuevo Yarey".

A tal extremo no llegaron Julio, José y Teresa, no primogénitos del lugar, aunque sí veteranos. Julio, el mayor de los varones, trabajó de operario en la Antillana de Acero, pero en los ratos libres ejercía de chapista. Innovó en máquinas productivas por las que fue galardonado, pero se aferró a la idea de abandonar el país con la esperanza de recibir más que galardones por sus inventos. Construyó una balsa en la clandestinidad junto a un grupo de seguidores. Una hora después de zarpar fueron carnada de guardacostas en las profundidades de una playa. Los condenaron a 15 años. En medio de la sanción, recibió la salida como preso político. Pisó EE. UU. repleto de arrugas y lleno de proyectos. Ejerció de jardinero, mientras sus conocimientos ya arcaicos se frustraron en la velocidad del modernismo. Vivió dos años en Miami, resignándose a la poda del césped y al dominó sin ron y sin bulla en un circuito vallado con un cartel en la entrada que advertía "Prohibido el alcohol y el escándalo". Allí posó para una foto antes de que un imprudente cáncer lo cundiera de metástasis, para regresarlo a Cuba hecho cenizas. Ante la ausencia del hermano mayor, Teresa tuvo que asumir la responsabilidad total del menor, José. Ya había abandonado la adolescencia, entrando a la juventud con una notable rebeldía. La casa donde habitaban era parecida a las demás. El suelo de cemento formaba grietas como várices de tierra. Las paredes de retazos de tablones y el techo de zinc, sujeto con clavos y pedruscos, parecía un mísero puzle. En los tiempos de aguacero, la lluvia propinaba tal paliza al metal que en las heridas remendadas de chapapote volvían a manar las goteras. El sol también se ensañaba con las láminas en aras de derretirlas junto a sus residentes, hasta la conclusión de dormir las siestas en los patios.

Allí la vegetación donaba sombra y espacio para la caldosa de diciembre. Teresa, a toda costa, intentó convencer a José de abandonar la capital y regresar al campo. Pero este, renuente, desechaba cualquier intento de persuasión. Entre el "¡No me voy!" y el "¡Sí te vas!", concluyó José la secundaria. Las notas alcanzaron un oficio de albañil que no ejerció nunca, pues se dedicó de lleno a los negocios ilícitos: formó parte de los sin trabajo en el registro de la Ley del Vago y trapicheaba la mínima partícula que se moviera ilegal en el mercado negro. Pero su fuerte radicaba en conseguir dólares americanos con los estudiantes y marineros extranjeros, únicos autorizados a comprar productos inalcanzables en tiendas de divisa. Luego vendía su carga a precios de escándalo y así sucesivamente aumentaba el capital. Pero la ganancia financiera de su contrabando la absorbía en eternas parrandas compartidas entre suculentas hembras y amigos innecesarios. Cuando su inapetencia laboral sobrepasó la barrera del descaro, intervinieron las autoridades para fijarle un plazo. Teresa, preocupada, lo incitó a buscar trabajo, y él le contestó:

—Yo no nací pa' trabajar.

—No, mi amor —respondió ella—. Tú naciste pa' joder.

Por aquella época, Teresa conoció el amor en el salón de urgencia de un hospital cuando acudió por tres fiebres altas. Un hombre pidió el último lugar en la fila, con un cólico nefrítico que lo bajó del autobús en pleno itinerario. En la larga espera del resultado de sus análisis, se compenetraron a un punto donde Teresa consiguió despeinar el recato y desgreñar la honradez. De golpe se lanzó a la tarea de acelerados encuentros en las habitaciones promiscuas de posadas lejanas. Fueron tres meses intensos de placeres contiguos, hasta que el tacto de un ginecólogo le diagnosticó un embarazo y la ecografía rectificó que eran dos. Tan pronto fue informado el progenitor de la doble procreación, suspendió las citas y desapareció en un *plis plas* del futuro de Teresa.

Y así estaba el ambiente cuando Aurora, la madre de Luna, creyó que era el momento de abandonar por fin aquel monte y materializar su mundo imaginario en la capital. A sus 17 años, sin la más mínima nostalgia del pasado, se trepó una mañana de marzo en el tren regular, que aún encarrila las líneas, solucionando problemas de distancia en los pasajeros de corto caudal que asumen dignos las continuas paradas, y mantienen la espalda recta sobre asientos de vinilo, durante veintitantas horas. Cuando el regular se detuvo en el ferrocarril y los pasajeros al desborde agotaban los medios de transporte posible para abandonar la terminal, Aurora aún permanecía en el umbral de la entrada tratando de orientar su recorrido. En la piquera de taxis, apenas quedaban dos o tres carros de vuelta. Un chofer se le acercó para proponerle sus servicios y le dijo:

"¿Pa' dónde te llevo, mi amol?". Ella sonrió por el acento extraño de aquel capitalino y, de no ser porque ya conocía la diferencia vocal entre las provincias, lo hubiese creído de otro país. Con el sosiego que caracteriza a los campesinos, le enseñó la dirección y, antes de que agarrara el maletín, el conductor exclamó: "¡Espabila, mami, que estamos en La Habana!".

El taxi abandonó la terminal, ensartó un sinfín de callejuelas abarrotadas de gente, transitó por el mercado de cuatro caminos rebozado de frutas, viandas, carnes y verduras; alcanzó el final del puerto; esperó un cruce de trenes; atravesó un puente; dejó la fábrica de plástico; logró una rotonda: continuó la calzada; pasó un hospital pediátrico, peluquerías, mercaditos, tiendas, bodegas, escuelas, zapaterías, ferreterías, fondas, cafeterías y una retahíla de comercios que mermaron en una cuesta solitaria que se desplomaba loma abajo hasta alcanzar la llanura convertida en un terraplén abandonado. Prosiguió hasta el final del terreno y se detuvo frente a una chatarrera de autobuses al destajo. Cobró el servicio y se esfumó. Mientras el taxi desaparecía entre la polvareda que levantaron las llantas, ella atravesó el cementerio metálico ensartando un montón de chabolas y apareció en "El Yarey" sin previo aviso. Alcanzó, por fin, el portal de la hermana. Encontró la puerta abierta y el radio encendido en una emisora de sobremesa. "¡Buenas!", gritó por encima del locutor mientras avanzaba hacia adentro. Escuchó golpes de agua arrojados con urgencia que salían del tanque del baño sin ducha. Volvió a soltar un "¡Buenas!" entre los siguientes chorros, hasta que, apartando la cortina, se asomó por fin Teresa observando a la hermana con la cara enjabonada:

—¡¿Ave María purísima, otro más?! —gritó, sin que el jabón le borrara la expresión de asombro.

—¿Otro qué? Preguntó Aurora.

—¡Otro problema! —respondió Teresa.

Aurora se asentó en el conuco con la condición irrevocable de terminar los estudios, verificada por el vigilante ojo de Teresa. La matricularon en el Tecnológico de Educadora Infantil, no por vocación sino porque al municipio solo le quedaba esa plaza vacante y, ante el ocio de quedarse sin hacer nada, Teresa prefirió que fuese cualquier cosa. Ella, con el entusiasmo capitalino, ni siquiera chisteó. Al principio no le quitaba ojos de encima. Incluso acudía a la escuela verificando su conducta, pero luego se fue despreocupando cuando los gemelos se empeñaron en acostarla chantajeando un aborto, los vómitos en repletarle las nalgas con pinchazos de *Gravinol*, y el mal recuerdo del desplante en aplastarle la poca voluntad que le dejaban los mareos. Aurora aprovechó las circunstancias para mezclarse con José en las parrandas nocturnas. El día que cumplió los 18, José, para celebrarlo con un regalo de adulto, la invitó al cabaret "Tropicana", donde junto a otros de su clan especulaban opulencia. La frecuencia de José era tal que los camareros le chocaban las manos en saludo cordial y algunas bailarinas le guiñaban el ojo desde el show. La química de aquella fusión tío-sobrina experimentó una complicidad que José, sin remordimientos, le presentó un amigo con el que ella se introdujo en aquel mundo de farándula, el cual le parecía confortable. Trasnochaban con las resacas de Cuba Libre y los boleros del Rincón del Filin. Completaban el fin de semana con un viernes aquí, un sábado allá y el domingo en alguna parte. Echaron en la olla de sus encuentros sexo, bailes, alcohol, parrandas, bochinches, y dejaron tan al punto el exquisito guiso del placer que cuando pretendieron echarle también una pizca de amor, concluyeron que tal ingrediente alteraba sus resultados. En el intento de disimular tantas escapadas, Aurora recuperó la estrategia de camuflar colores, pero dio igual, pues Teresa, siempre absorta en sus mareos, ni se percató del cambio. Entonces obvió la táctica y prosiguió el desparramo, hasta que en una de esas madrugadas de llegar en punta de pie para no ser vista mientras la hermana vegetaba bajo los efectos del *Gravinol*, le fallaron los cálculos:

—¡¿Qué pasa aquí, carajo?! —gritó la embarazada, estremeciendo las yaguas—. Vuelves a llegar tarde y te vas en el primer tren que salga pa' oriente.

Se le plantó en frente y le arreó una bofetada con la misma determinación con la que se había bebido cinco tazas seguidas de café para contradecir al somnífero. Ya una vecina la había puesto al corriente del relajo y el director de la escuela de las ausencias. Virándola frente a ella, la zarandeó por los hombros y chilló:

—¡Ya que no sirves pa' estudiar, entonces trabaja!

Los mellizos, del susto, decidieron ser prematuros. Aquella madrugada Teresa parió dos sietemesinos. Aurora, bajo el temor de ser devuelta al pueblo y a su insignificante vida de recadera rural, anuló de inmediato el trajín con José y los tratos con su amigo. Suspendió los estudios, pero resolvió un trabajo de dependienta en una tienda de ropa. Le urgía tanto proceder a voluntad sin que la abofetearan o chantajearan con volver a su paupérrimo pueblo que se propuso buscar el método del no regreso, ante futuras amenazas. Tanto así que se casó apurada con un respetado vecino de "El Yarey" para adquirir la libertad que tanto anhelaba.

Dos semanas de casada le bastaron para engendrar precoz a Laura, quien vino al mundo más por conveniencia que por amor. Cuando anunció la boda, su suegro se tomó la libertad de investigar su genética. Era su único hijo. Descendía de matrimonios buscados a propósito para conservar en la isla los genes gallegos. Desde sus ancestros existía la tradición de inmortalizar en las Antillas una familia legítima. No faltaba el severo control en los árboles genealógicos de futuros compromisos. Ni siquiera cuando el nuevo gobierno condenó la discriminación y dio publicidad psicológica para ahuyentar distinciones. Luego no fueron tan estrictos referente a lo gallego, no fuera a ser que por exageraciones se extinguiera la estirpe. Les bastó con el color. Blanco tenía que ser. Satisfecho con el resultado de las investigaciones, se confirmó el matrimonio.

Justo en esas fechas, los mellizos emprendieron un llanto diluvial que duró semanas. Los bañaron con verbena, les leyeron oraciones del mal de ojo, los traslucieron con rayos X, les trajinaron la sangre, les dieron infusiones de anís, les pusieron música instrumental y hasta le dedicaron una misa al padre extraviado por si ya era difunto y existía la posibilidad de que anduviera vagando en pena. Pero los gritos traspasaban las puertas ajenas y despertaban al vecindario sin solución alguna. En medio de todo, José comenzó la cantaleta de abandonar "El Yarey" con la obsesión paranoica de que lo vigilaban. Temeroso de que en la revuelta de Julio descubrieran sus trapicheos, intentaba convencer a la hermana de que vendiera su parte del censo para mudarse a otro lugar. En los mismos instantes en que los niños sollozaban la sinfonía cogiendo aire para las notas más altas, él retomaba la carga:

—Ya ves, agarraron a Julio. Si me agarran, tú serás la culpable. ¿Dónde se ha visto a alguien que no ayudase a su hermano? Además, esta casa también es mía. Vas a ver, si me quedo aquí no duro mucho. Ya tienen que estarme echando el ojo. Es cuestión de días.

Cuando no veía resultado en la tregua, se unía a la orquesta infantil y, mientras los gemelos entonaban el concierto de la quinta sinfonía de la desesperación, José en el coro repetía:

—¡Qué cosa más grande esta! Que tu propia hermana te dé la espalda. Todo por la ambición de no irse; total, si vivimos en una pocilga. Imagínate, cambiar mi libertad por una mierda de casa. Esto es inaudito, vaya, no me lo puedo creer que tu propia sangre, sangre de tu sangre no sea capaz de solucionarle el problema a su hermano. Encima el más pequeño, no si cuando yo lo digo...

Los mellizos seguían gritando. Teresa sostenía uno en cada brazo, acurrucándolos desesperada para que se callaran. Aun así, el timbre de la puerta se escuchó por encima de los gritos:

—¡Están tocando! —voseó la hermana, pero José, absorto en su discurso, continuaba el reclamo.

—No, si a ella no le importa nada, lo único que le preocupa es el censo de mierda ese. Ni que le fueran a dar un palacio. Hay que ver que el que nunca tuvo nada. Ahora se cree la habanera después que salió de los remates del campo. Esto es increíble caballero...

—¡Cállate ya, coño! —explotó Teresa—. ¡Y abre la puerta de una vez, cojones!

José, sin parar el discurso, se dirigió a la entrada, giró la manigueta y se encontró al policía justo en frente de él. De inmediato lo esposaron e, introduciéndolo en el carro policial, volvieron a la casa para comunicarle a Teresa que se hiciera a un lado porque iban a efectuar una orden de registro. Los mellizos todavía seguían chillando. Teresa con ellos. Los agentes se lanzaron a la tarea de registrar la vivienda, mientras de vez en cuando le pedían por favor que callara a esos muchachos. Registraron con minuciosidad el falso techo, rasparon columnas, abrieron colchones (incluido el del canapé), bajaron las cazuelas, desmontaron la cafetera, hurgaron en el tanque de la taza del baño, descongelaron la nevera, zafaron espejos, desarmaron adornos, desajustaron puertas, desvalijaron cajones, taladraron el suelo y precisamente ahí estaba escondido un rollo de dólares hundidos en el cemento de la cocina. Teresa quedó estupefacta. Jamás había visto ni un billete de dólar, aunque sabía que existían. Pero no que fuese un delito poseerlo. Y ahora el hecho de que los hayan encontrado en su propia casa era un asombro para ella. Estaba convencida de que por la magnitud de la investigación era droga lo que buscaban. Por eso miró al policía y le preguntó:

—¿Y tanto alboroto por el dinero de otro país que al fin y al cabo es solo dinero?

—No es solo dinero, señora —contestó el oficial— Es dinero americano.

Teresa rebasó el espasmo e intentó buscar más respuestas, pero los guardias abandonaron el hogar antes de que pudiera mendigar otra explicación. Le entregó los mellizos a una vecina y se lanzó tras ellos a la estación de policía. Con el poquito aliento que ahorró en el corretaje, pudo entrevistarse con el instructor del caso. El militar bajó la cabeza para poder proyectarla en su baja estatura y con una voz crítica soltó: "Umm, tráfico de divisa". La invitó a sentarse, halando una silla frente al buró donde se acomodó. Abrió una gaveta del escritorio y sacó un sobre amarillo, que colocó encima de la mesa con la intención de que Teresa lo abriera. Ella, aún impactada y temiendo otra sorpresa, anduvo despacio despegando el papel, sacó de allí un paquete de fotos y comenzó a ojearlas suavemente. Eran las transparentes pruebas en la trayectoria de José. En algunas, disfrazado de extranjero, pagaba en un shopping una caudalosa compra con un pasaporte falso. En otras, descargando la mercancía en casa de sus compradores mayoristas y, en las demás, ostentando salidas lujosas en lugares inalcanzables para el pueblo. El fotógrafo espía se dio gusto agotando las 36 fotos del carrete. Teresa tuvo que hacer un esfuerzo para reconocer a su hermano en aquellas fotos donde parecía un personaje extraño. Juraba que las andanzas de José no sobrepasaban el límite de aventuritas juveniles, pero ahora comprendía el calibre en el que andaba metido. La casa, cayéndose a pedazos; ella, luchando para llegar a fin de mes y su hermano, traficando con dólares americanos. Doce años de cárcel por ostentación, tráfico de divisa, falsificación de documentos, suplantación de personalidad, malversación, venta ilícita y robo al Estado, le pareció poco al fiscal que lo condujo al penitenciario del este. Con la escasez de novia para calentar el pabellón del mes y el miedo a la pérdida de la virilidad masculina, Teresa le consiguió una joven que cobraba los ardientes encuentros. La chispa del roce encendió el amor y la chica no solo dejó de cobrar, sino que lo esperó hasta el fin de la sentencia. Teresa, intercalando las visitas de Julio y José entre dos cárceles distintas con delitos diferentes, apagó la vela de los cuarenta.

Cuando Laura cumplió los dos meses de nacida, Aurora volvió a las andanzas. Retomó con tanta fuerza sus ínfulas de libertad, que pisoteaba el matrimonio con infidelidades clandestinas. Resignada a su equivocada libertad, se lanzó desaforada a los placeres para ver si así zaceaba el ocio. Pero le fallaron los cálculos cuando apareció Ignacio en ese instante fugaz que lo hipnotizó con sus armas de fémina hambrienta. No fue amor a primera vista ni hubo promesas embusteras. Fue un pacto de urgencia donde el placer de la carne se apagó más rápido que aquel único encuentro. Aunque fue suficiente para que los vecinos grabaran la imagen de aquel hombre imponente que la dejaba en un carro de chapa militar en la puerta de su casa. No supo que era casada y ella tampoco se lo dijo. Ignacio no apareció más por aquel barrio ni a ella le preocupó el asunto. Cinco semanas después con una falta de regla en el mes, le resultó evidente el embarazo. Esperanzada de que el embrión perteneciera al marido, continuó su gestación con total naturalidad. Los vecinos, convencidos de que la criatura no descendía de manera legítima de aquel matrimonio, comentaban entre dientes y esperaban ansiosos el parto para satisfacer su espera. Resignada a su aburrido matrimonio y a la frustración de independencia, esperó sin otra opción el nacimiento de Luna, quien, para su sorpresa, confirmó los comentarios de la vecindad. El marido no solo se mudó a otro barrio para procrear la réplica masculina de su existencia, sino que también renunció a Laura por posible confusión de paternidad. Ni siquiera aceptó una prueba de ADN cuando ella le juró que Laura sí era hija genética. Pero él, incrédulo del tema, queriendo romper de a cuajo con aquella relación, desapareció para siempre.

Cuando Aurora descubrió asustada esa mirada profunda en Luna, que la bañó de un verde perturbador, supo quién era el padre. Carente de maternidad y con ganas de recuperar su libertad, entregó a Laura al cobijo de Teresa y a Luna al regazo de su progenitor. Durante diez años, Aurora confundió la libertad con el libertinaje, gozando de su añorada independencia sin la más mínima responsabilidad. Hasta que aquella mañana de 1980 tres descontentos arremetieron el autobús número 79 contra la embajada del Perú para pedir asilo hacía los Estados Unidos. Ahí estuvo ella cuando un montón de personas aprovecharon la cobertura, irrumpieron el lugar y el desconcierto del gobierno abrió el Puerto del Mariel con destino a la Florida para que todo el que se quisiese marchar se fuera. Y también José, quien pidió el último en la inmensa cola y así se ahorró años de condena cuando abrieron las cárceles, con tal de salir de a cuajo de los antisociales. Aurora corrió veloz al puerto, antes que le impidiera la salida un desfile, que ya gritaba insultos a los disidentes. Tan temperamentales eran las protestas que las carnicerías agotaron sus huevos, pues fueron lanzados en cantidades contra el personal desertor. Incluso el ataque acaparó hasta a los que se quedaban por el mero lazo que les uniera a los discordes. De hecho, Teresa aún no arribaba al portal cuando el impacto de una yema le abofeteó el ojo y la clara le chorreó la mejilla. Sin tiempo a reaccionar, lanzaron otro huevo y, detrás, un cargamento que le daba por todas partes al estilo lapidación avícola. Apenas pudo cubrirse con el bolso y salvaguardar a Laura. Las estaciones de Policía no daban abasto, repletas de infantes abandonados, ni los guardias en la tarea de localizar familiares a quienes entregarles las criaturas. Después que el mar dejase de transportar disconformes y el Estado comenzara su campaña antiamericana, se presentaron en casa de Teresa para proponerle internar a Laura en una beca, donde amortizaría con el estudio su abandono materno. Estaría con ella los fines de semana y los meses de vacaciones. Con todo el despilfarro de casas vacías que habían dejado los disidentes, el Estado aprovechó la cobertura para solucionar sus pendientes de censo. Había llegado el momento esperado por Teresa. La Reforma Urbana avisó con certificados a todo

"El Yarey" la bienvenida de sus viviendas. La alegría rebosó el ambiente. Los vecinos se lanzaron desaforados a una fiesta colectiva, donde cada cual puso un detallito. Se bailó hasta la madrugada y, cuando llegó el día de abandonar el lugar, quedaron sorprendidos. Imaginaban que iban a dejar un sitio inhóspito y vacío cuando para la sorpresa de todos en la despedida se quedaban casi la misma cantidad de personas que se iban. Poco a poco fueron viniendo tantos familiares a "El Yarey" con la intención de quedarse que cuando los del censo abandonaron sus chabolas no se notaba casi la ausencia de personal, pues otro montón de no censados permanecían aún en el barrio. La Reforma Urbana, desconcertada, decidió dejar las cosas así mientras pensaba en una solución rotunda.

La nueva casa de Teresa se anclaba en un rincón de La Habana vieja, cerca del barrio chino. Su mampostería, aunque rancia, todavía demostraba resistencia y hasta podía afirmarse que lideraba entre lo decrépito de las demás edificaciones milenarias. Al porche lo resguardaba un brote de helechos salvajes que, de día, mermaba la agresividad del sol y, de noche, abanicaba con la brisa nocturna. La casa se extendía hacia atrás en una sucesión de habitaciones hasta llegar al patio posterior. El día en que los mellizos cumplieron los 18 años, Teresa partió la casa en tres y le cedió un pedazo a cada uno para imponer independencia. Ella se quedó con la parte primeriza y mantuvo la entrada original. A Juan lo ubicó en la siguiente y a Jorge le entregó la tercera. Las tres porciones quedaron a la vera de un pasillo lateral que daba entrada a las dos contiguas. No obstante, cada uno dividió su pedazo en forma horizontal aprovechando la altura colonial del techo, dejando una segunda planta interior con base de madera que disimularon, cubriéndolas con cartones para poner huevo. Aclarando pertenencias, quisieron tramitar la propiedad legal de cada parte en la Reforma Urbana por medio de un desglose. Pero las autoridades les informaron que aquella casa era un usufructo gratuito para cubrir necesidades y no una herencia que se repartiera en vida. Aclarado el tema, se hicieron los de la vista gorda y no demolieron la obra para no tener que demoler toda la vecindad, que andaba en la misma. Pero sí les pusieron una enorme multa y les advirtieron que nunca más se apareciesen por allí con semejante propuesta. La porción de Teresa quedó reducida a un ínfimo cuarto.

En cuanto Juan estrenó su pedazo de vivienda, se casó con una joven a la que llamaban la China. Pero el servicio militar lo envió a Angola junto a un arsenal de jóvenes captados para cumplir misión internacionalista. Su mujer no completaba cinco meses de embarazo cuando se lo llevaron a la guerra ajena. El día que regresó cundido de parásitos africanos y de secuelas en el cuerpo y la memoria, ya su hijo disfrutaba del tercer cumpleaños. Regresó tan cambiado que Teresa dudaba de si era el mismo. Se despertaba por la madrugada gritando en medio de una batalla ilusoria que salía de la jungla de sus pesadillas. Amanecía alerta con la convicción de que alguien pudiera atacarlo de súbito. Había perdido el horario de comer y apenas se alimentaba con exóticas recetas que él mismo preparaba, inspirado en la gastronomía selvática. Alguien le aconsejó que despistara a las alucinaciones con el ajetreo de algo útil. Para entretener al tedio, se puso a reparar calzados. Y le hubiese ido bien si no hubiera descubierto en el olor de la goma un éxtasis que lo relajaba. Olió tanto pegamento con tal de olvidar los estragos de la selva que, olvidándose de sí mismo, evaporaba su tiempo en el aroma del adhesivo. La China agarró al niño, se fue a vivir con su madre y le prohibió terminantemente volver a ver a ninguno de los dos. Juan ni siquiera tuvo la voluntad de retenerla. Siguió deambulando por los rincones de su casa con un pomo de cola pegado a la nariz. Perdió cualquier riesgo de reconciliación, la potestad de padre, las amistades y hasta el futuro. Teresa, con la esperanza de que se curase de su adicción, rompió el divisorio que antes había impuesto para darle independencia. Pero la unión no resolvió el conflicto. Los cuartos de Juan y de Teresa se quedaron como un pequeño apartamento, donde convivieron en conjunto. La sala y la cocina se dividían por una cortina de flores colgada por detrás del sofá. Entre una de sus butacas (pues la otra por causa de estrechez pasó a ser donativo de un vecino), había una mesita de noche que, al no poder ocupar su puesto de origen, cargaba una tele en blanco y negro. Con la falta de antena y las ganas de atrapar el Canal Cuatro, le apañaron al equipo un perchero abierto que, en su intención de buscar frecuencia, traspasaba la persiana e inducía alteraciones en el orden de quienes, atravesando el pasillo, temían lastimarse un ojo. Al lado de la cocina había un diminuto baño con puerta de corredera y encima de la encimera un fogón de queroseno, donde chillaba ardiente la olla *express* el olor de sus frijoles a través de una ventana que, abierta, obstaculizaba la apertura de un Frigidaire ruso. A la habitación se subía por una escalera caracol que conducía hacia una cómoda, un armario, una cama junto a la otra mesita (par del juego de cuarto), y en la pared como cabecero un cuadro del Che.

A Jorge, el otro gemelo, el asma no solo lo libró del servicio militar, sino que lo anuló de la captación de la guerra. Terminó el bachillerato sin suficiente nota ni ganas de comenzar una carrera. Consiguió con el padre de un amigo el puesto de camionero y se dedicó de lleno a la tarea de transportar para el Estado y para él el mayor número posible de mercancía. Cuando los contenedores eran bajados de los barcos, Jorge traspapelaba con sus aliados la carga y uno de los cajones metálicos iba a parar a la finca intrincada de un cliente opulento. Allí se desvalijaba el *container* y se repartían los artículos al por mayor entre los usuarios postores que revendían el género a pequeños mayoristas, clandestinos. Estos, a su vez, vendían el producto a las vendedoras ambulantes a precio de tercera mano. Cargamento que le resolvían, cargamento que se llevaba sin importarle el contenido. Pues no había tiempo para escoger la carga. La mercancía por vender se volvió tan variada que lo mismo traficaba con ropa que con menajes del hogar. Cualquier cosa venía bien para contentar su bolsillo. Los vecinos del solar vendían sus mercancías como si de un distribuidor se tratase. Pero se agotaron sus ingresos cuando la policía se lo llevó alegando enriquecimiento ilícito con dinero del Estado. Fue una época de puro trapicheo en la corrala. Las mercancías de Jorge se repartían entre los vendedores clandestinos que desgastaban las escaleras del solar, llevando y trayendo productos y dinero. Teresa nunca estuvo de acuerdo, preocupada por la libertad de su hijo. Sin embargo, por primera vez en su vida no tenía que limpiar pisos para conseguir algo de dinero. Jorge le daba un porcentaje pequeño de cada venta y eso le era suficiente para poder comer bien. Pero aquello duró poco. Pues Jorge terminó confinado en prisión con una larga condena. Teresa volvió a asumir su papel de visitadora de reos por tercera vez. Y sin dar abasto para tanto, también tenía la carga de Laura.

La piel de Laura era tan blanca como la de Aurora, pero no llegaba al punto de trastocar colores. El pelo lacio y castaño le caía con un cerquillo escaso sobre los pequeños ojos de su rostro ovalado. No era alta ni hermosa, aunque su molde de fémina merecía algún piropo. Según su expediente escolar era retraída, poco sociable y con pocas posibilidades académicas. La escuela insistía en el dilema de enderezarle las neuronas, pero sus notas mermaron al punto que alarmó al profesorado. Le asignaron un psicólogo personal, pues trocaba respuestas. De tan distante la creyeron autista; de tan bruta, subnormal y de tan indiferente, sin vergüenza. El especialista diagnosticó un pequeño retraso intelectual y acción retardada. Lo que para una persona común le suponía fácil a ella le resultaba difícil. Pensaron en cambiarla a una escuela especial, pero tampoco reunía los requisitos. Entonces decidieron dejarla al menos terminar el noveno grado. Estaba a punto de graduarse cuando súbitos desmayos interrumpieron las clases. El colegio informó a Teresa de los desvanecimientos en la alumna. Le hicieron varias analíticas de sangre. Le vigilaron el peso, la tensión, el azúcar, las heces fecales, el hígado y los riñones. Un electrocardiograma le hurgó en los latidos del corazón y un encefalograma le transparentó el cerebro. Pero a pesar de su evidente retraso intelectual, nadie descubría algo más.

Teresa la llevó casi al final de la isla a casa de unos parientes para ver si el aire del campo le retozaba el brío. Aprovechó para visitar la tumba de sus progenitores que yacían en cementerios separados. El campo empeoró a Laura. Vomitaba viendo a los cerdos revolcándose en el lodo del corral. Gruñía si las gallinas le pisoteaban los pies en el apremio de una lombriz. En una de esas ocasiones en las que se desfallecía sin previo aviso, gritó una mujer que pelaba yuca desde su portal.

—¡Esa niña lo que etá e' preñá!

El batey paralizó de inmediato los quehaceres y rodearon a Teresa.

—¡Ave María Purísima! —exclamó—. ¿Por qué no descubrieron eso?

Ahí mismo agarró la vara que retenía una tendera y la emprendió a palazos contra Laura, quien corrió. Teresa iba detrás. Ambas se ensartaron entre la ropa tendida y se revolcaron en el fango. Brincaron la cerca. Voltearon el patio. Asustaron a los perros, que anexos a las ocas se unieron a la persecución, junto a los niños descalzos y desnudos con sus barrigas infladas. Las mujeres gritaban. Las ancianas se horrorizaban llevándose la mano a la cabeza. Las dos siguieron dándole la vuelta al cerco, hasta que uno de los tíos agarró a Laura por el hombro y la detuvo. Cuando llegó Teresa hasta ella, estaba tan cansada que cayó al suelo con la caña.

—¡Esto será una cruz, Dios mío! ¡Otro más!

Los vecinos la levantaron, le dieron agua, manzanilla y trataron de hacerle ver el lado bueno de las cosas:

—Peor panchita, Tere, que tiene diez —dijo una.

—No, no, no, no —explicó otra—. Más malo Candita que tuvo trece, y hasta uno mongólico entre ellos.

La siguiente no llegó a hablar, pues Teresa la cortó tajante.

—¡Y *requete* peor yo, coño! Que, pariendo un par, siempre tengo alguno.

Una pariente socorrió a Laura en su casa, quien no salió de allí hasta la noche cuando Teresa más calmada había ido a hablar con una costurera para llevarse a La Habana los pañales bordados. Pues le resultaba el triple de barato que en la capital. Del revuelo con la llegada de las visitantes el proyector cinematográfico del pueblo mermó la clientela porque todo el mundo quería saber los pormenores de las capitalinas. Los mismos que discutían por los primeros asientos frente a la pantalla móvil les cedieron el puesto a sus rivales con tal de escuchar anécdotas en la frescura nocturna del porche. Allí Teresa revivió encantada su pretérito rural y recordó en colectivo la época en que la subían a un banco para revolver la harina de maíz. Al filo de la madrugada un pensamiento le detuvo la tertulia y exclamó:

—¿Y quién es el padre?

Ahí mismo se suspendió la tertulia. Apresuró el paso atravesando la casa en un trayecto que culminó en el último cuarto. Se acercó a la cama, alzó por un lado el mosquitero y sacudió a Laura con determinación.

—Dime, niña —preguntó—. ¿Quién es el padre?

Laura no despertó. Al día siguiente, Teresa la esperaba trasnochada en la cocina después de ingerir una cafetera de café y de sacar conclusiones apresuradas. Cortándole el paso, la atajó antes de entrar al baño. Pero Laura tampoco dijo nada. La interrogaba en vano por todos los rincones en los que se escondía evadiendo la pregunta. Ni los gritos más estrépitos, ni las suplicas más tentadoras, ni los cinturonazos más dolorosos, ni los halagos más dulces, ni las lágrimas más derramadas, ni las conversaciones más íntimas y ni los castigos más severos, la hicieron hablar. Tan callada estuvo que creyeron que había perdido el habla. Los vecinos aportaron recetas caseras a ver si así la curaban del espanto, convencidos de que la cuestión era de nervios y no de médicos. Teresa tuvo que masticar romerillo para aliviar la ronquera cuando se quedó afónica de tanto preguntar quién era el padre, sin conseguir respuesta alguna. Debido a la poca solución del problema, partieron rumbo a La Habana en busca de una solución. Teresa se apareció en el colegio con maletines y todo. Se plantó en la secretaría. Solicitó una entrevista con el decano. A los pocos minutos un profesor le explicó que el centro no estaba para ese tipo de aclaramientos y que, por favor, lo resolviera en casa. Laura entró en un ataque de llanto. Se aferró al cuello de Teresa mientras gritaba que, por favor, quería irse. No paraba de gritar despavorida sin que nadie diera crédito a tanta exageración. Salieron de las aulas los profesores, se asomaron los alumnos y luego el director. Estaba toda la escuela reunida conquistando el pasillo cuando Laura gritó con todas sus fuerzas: "¡Todos son el padre!".

El silencio reinó. Nadie se atrevía a decir palabra alguna. Pero al cabo de algunos segundos un alumno pidió la palabra y explicó que en las noches de recreo Laura había tenía contacto con distintos estudiantes. Y que, al parecer, por su condición de media boba ninguno desperdiciaba la oportunidad. Los alumnos comenzaron a hablar sin ponerse de acuerdo y toda la escuela parecía un gallinero en plena insurrección.

Teresa se desmayó ante el público. La llevaron a secretaría y la espabilaron con formol. Afirmaron que no sabían nada al respecto y que estaban tan atónitos como ella. Y para compensar el disgusto, le prometieron una exhausta investigación. Por primera vez en la enseñanza graduaron una alumna sin terminar el curso, dándole a Laura la absoluta absolución. Tía y sobrina abandonaron la escuela.

Laura tuvo su primer hijo. Ya no solo cargaba su retraso intelectual, también había adquirido una exaltada atracción por el sexo. No escatimaba en raza ni condición. Alojaba en su vagina cualquier indicio sexual. Pero los visitantes apenas se cobijaban en el instante fugaz que dura una eyaculación. Teresa la llevó al ginecólogo para ponerle una protección contra el embarazo. Pero, aun así, un par de veces le fallaron los anticonceptivos y precipitó dos hijos consecutivos sin padres ni apellidos. La trabajadora social, bajo tales condiciones, aprobó que el hospital materno le ligase las trompas. Teresa, confundida, no sabía qué opinar en cuanto el comportamiento de Laura: si es que padecía de fuego uterino, que había salido a la madre, que en realidad era retrasada de verdad o simplemente sinvergüenza. Ya había tomado severas medidas; entre ellas, la persecución. Pero Laura no entendía de claustros. Esperaba que Teresa durmiera, atascada de somníferos, y salía en busca de su Adán de turno.

Los tres niños de Laura eran diferentes, puesto que procedían de genéticas desiguales. Uno era castaño como ella con los ojos achinados, otro rubio pecoso, de apariencia casi albina y el otro, moreno, de pelo duro y facciones refinadas. A pesar de sus diferencias físicas, tenían en común la fuerza con que sobrepasaban la supervivencia. En cuanto su madre los soltaba del vientre iban a parar a manos de Teresa, quien se encargaba de criarlos, aunque las fuerzas le impusieran lo contrario. El único refuerzo doméstico que tenía Teresa era el de Juan. Frustrado por no ejercer su papel de padre, volcaba todo su furor en las tres criaturas sin tener que soltar el pomo de pegamento. Les contaba anécdotas angoleñas para que se entretuvieran, hasta el punto que los niños conocían aquella selva como si hubiesen correteado por ella. Improvisaban en el patio puestos de mando donde construían una guerra de tribus africanas, se bañaban con un chorro de agua mientras jugaban a los bomberos, erguían estatuas de fango que después desbarataban y compartían los deberes escolares. Entre Teresa y Juan, los tres niños de Laura evadían la cruda realidad de una madre atolondrada que se desaforaba en su desesperado afán de saciar su vagina. Teresa se empleó como ayudante de comedor en una escuela primaria. Juan cuidaba a los niños para que ella pudiese trabajar. Se sostenían de las sobras de comida que ella traía en una bolsita cada tarde.

El estilo de su vida bajaba ya de lo humilde a lo miserable. Pero ahí iba tirando entre la visita a la cárcel y la crianza de Laura. Tanto pasaba el tiempo apoyando a los demás que nunca más tuvo tiempo para encontrar el amor.

Capítulo 6

La vida es aquello que te va sucediendo,
mientras te empeñas en hacer otros planes.

John Lennon

El especial serpenteó el puente que precede la estación y dejó atrás el puerto para ensartar el ferrocarril con un retraso evidente. Los pasajeros se apilaron en torno a las puertas hasta que el último suspiro de la vieja maquinaria vomitara la avalancha humana sobre el andén. La cerca del exterior soportaba el peso de un montón de personas, colando las manos por los huecos de la valla para dar la bienvenida a sus allegados, mientras estos alcanzaban el umbral de la salida. Luna indagó el trayecto hacia la casa de Teresa con la dirección pinzada entre los dedos. Luego de orientarse en el camino, pisoteó un pavimento de adoquines y caminó a la vera de antiguos edificios, con la impresión de atravesar un bosque de mampostería colonial. Se apilaban todos en largas filas de portones decrépitos y sus balcones parecían ojos tristes que lloraban ropa sobre sus barandas. Alcanzó un autobús, que ensartando un enjambre de callejuelas se paró en la séptima parada. Anduvo unas diez cuadras más abajo por indicación de una señora. A partir de ahí, en las calles estrechas ya no transitaban coches y encima de los adoquines gastados afloraba algo de césped en un instinto de supervivencia. A medida que insertaba las callejuelas, los solares iban siendo cada vez más míseros. Los niños jugaban descalzos sobre el asfalto, pisoteando los rastros de antaño. Y los vecinos trajinaban el barrio con la misma naturalidad con la que los nativos manipulan el Amazonas. La casa de Teresa era de mampostería desgastada. Se cobijaba bajo un techo raso repleto de tendederas, donde un rústico palomar amenazaba con caer encima de cualquier transeúnte. El porche era amplio, cubierto de plantas silvestres, que se enredaban en las columnas queriendo alcanzar el cielo. La puerta destartalada exhibía orgullosa un número 13, pintado de rojo sobre una tablita de madera.

Luna tocó despacio por si se había confundido de apartamento y escuchó una voz tajante que dijo "Pasa". Empujó suavemente y encontró a Teresa sentada junto a la mesa del comedor, mientras sacaba la basura de dos latas de arroz esparcidas sobre el mantel.

—Buenos días —dijo.

Teresa dejó de hurgar el cereal. Levantó la vista por encima de los bifocales y exclamó:

—¡Ave María Purísima! Eres Luna.

Se levantó, puso las gafas sobre la mesa y se lanzó sobre ella en un extravagante abrazo, que a Luna le resultó ajeno, pero estremecedor. Se le paró en frente y, sin dejar de mirarla como hizo 16 años atrás, tapándose la boca, expresó:

—¡Igualita al negro!

Agarró suave su mano derecha, invitándola a sentar. Vertió sobre una olla el arroz ya limpio, cuatro vasos de agua, una cucharada de sal y un chorro de aceite. Puso la cacerola en el fogón encendido, después de haber apartado un puchero con frijoles, e inmediatamente colocó una cafetera de café sin dejar de decir: "Eres Luna, igualita, Dios mío. Qué vueltas que da la vida". Y hasta que el café se hizo notar en olor y cocción no dejó de repetirlo. Sirvió dos tazas y preguntó:

—¿Estas embarazada?

—¿Cómo lo sabes? —se sorprendió Luna.

—Más sabe el diablo por viejo que por diablo. Tú crees que tú ibas a venir sola hasta aquí por nada. Yo huelo un embarazo a tres pueblos de distancia. Parece que me persiguen. Y con la loca de tu hermana que no para de parir, ya tengo bastante.

—¿Hermana?

—Sí, hermana. Se llama Laura. ¡Verdad que no lo sabías! No, si cuando yo te cuente se te van a quitar las ganas de parir.

—¿Y dónde está?

—¿Que dónde está? Ni ella misma lo sabe. Esa se pasa todo el tiempo perdida. Y a mí me toca cuidarle los hijos. Qué cruz, Dios mío, qué cruz.

—¿Cuántos tiene?

—Tres, ya va por tres. Tres problemas que me echado yo encima. Pero yo los adoro. Los pobrecitos, de no ser por mí, se hubieran muerto de hambre. Imagínate que me dicen "mami". Pero, bueno, dejemos de hablar de la loca esa y hablemos de ti. Mañana te llevo con mi amiga pal legrado. Te sacan ese vejigo pa' fuera, y aquí no ha pasado nada. Seguirás estudiando, ¿no?

—Claro. Claro.

—Esto no es Santiago, mijita. Este barriecito se las trae. Aquí cada solar lleva sus propias leyes. Y este no se queda atrás. Los sábados por las noches hacen fiestas y con el disimulo venden cerveza clandestina. Imagínate que camuflan hasta marihuana. Pues ya te puedes imaginar las peleas que se arman. Pa' mí que la policía se lo piensa para entrar en este suburbio. Porque esto se calma, pero no se acaba. Solo de vez en cuando viene alguna que otra patrulla y se lleva un poco de delincuentes pa' que todo el mundo sepa quién lleva los pantalones. Pero al final, se procrean y vuelve la misma historia. Aquí en este solar no se puede parir, m'ija. Qué ejemplo pal muchachito. Si aquí casi to' los vecinos están echados a perder. No todos claro. Pero usted mañana se hace su legrado, y muerto el perro se acabó la rabia. Si no puedes volver a Santiago, no importa. Aquí puedes quedarte, pero otra criatura no, Dios mío. Nooooooo... eso sí que no. Mañana nos levantamos tempranito y resolvemos el aborto.

En efecto, al amanecer fueron al consultorio en busca de la doctora, quien más que ginecóloga se había convertido en su confidente con las urgencias de Laura. Luna subió a la mesa camilla. Abrió las piernas. El médico le introdujo hasta el útero dos de sus dedos vestidos de un látex transparente. Tanteando sus adentros, confirmó el embarazo. Rellenó algunos papeles y las remitió al hospital materno con una nota de recomendación para una compañera suya. La amiga le realizó un análisis de sangre y, después de verificar otra vez los resultados, subieron a la tercera planta y pidieron el último en una pequeña cola de féminas sentadas sobre un muro de cemento. Mientras llegaba su turno, las mujeres entretenían el tiempo con sarcásticos comentarios de las posibles consecuencias de un legrado: que si a una conocida le desgarraron el cuello del útero, que si a otra le dejaron otro feto dentro, que si a fulana le dio una peritonitis debido a los restos, o que si a mengana no pudo parir jamás.

Luna estaba a punto de estallar de los nervios a pesar del esfuerzo de Teresa por distraer los cotilleos. De repente, la puerta de la consulta volvió a abrirse para llamar a otra paciente y, para sorpresa, exclamaron su nombre. Tuvo que pasar sola. Se acostó en la mesa camilla con las piernas despatarradas a petición de la ginecóloga, quien deslizó con fuerza una cortina verde que encubría a varios estudiantes de Medicina preparados para una clase de Obstetricia. Todos se colocaron frente a ella. Mientras el doctor explicaba con naturalidad el proceso, ella no sabía qué hacer con su vergüenza. La doctora le ordenó toser. Mientras expectoraba, le colocó un espéculo, sin dejar de explicarles a sus discípulos los movimientos de la interrupción. Un anestesista inyectó su vena en tanto le provocaba preguntas oportunas para adormilar lentamente sus respuestas hasta desaparecerla por completo del plano de la conciencia.

Despertó de a poco en una salita de recuperaciones. Todo le daba vueltas como en una borrachera. Intentó incorporarse, pero volvió a caer. La enfermera le aconsejó más tiempo. No se lo concedió. Estaba asustada. Había vomitado el zumo que acababan de darle para reponer fuerzas. Se levantó. Y con el poco ánimo que pudo conseguir, se vistió y alcanzó a Teresa, quien aguardaba impaciente en el salón de espera. Exclamó al verla:

—¡Ave María Purísima! Si así de fácil se hubiesen resuelto las locuras de esta familia, otro gallo cantaría.

Cogieron un taxi. En el camino, Luna mendigaba aire por la ventanilla, ahuyentando las ganas de vomitar. Recostó la cabeza al espaldar y, remontada en el pasado, una brisa de nostalgia despeinó los recuerdos. Mientras el taxi la conducía a su nueva vida en la capital, Luna sentía un gran vacío en su alma. Le faltaba la madre, le faltaba el padre, le faltaba su abuela, le faltaba el amor y ahora le faltaba su hijo. Fueron muchas pérdidas en tan poco tiempo. No tenía ni idea cómo llenar todo ese terreno baldío que ahora experimentaba en su corazón. Entró en una tristeza evidente que la desanimó durante muchos días. Teresa la llevó al psicólogo recomendada por la trabajadora social de Laura, quien hacía hincapié en que se incorporara a los estudios. Pero la intención de la joven no cooperaba con la opinión.

Cuando despojó un poco la melancolía, se concentró en buscar motivos para llenarse, por lo que se sumergió en amistades peligrosas que habitaban el solar. Se acostaba tarde conversando vaguedades con amigos desempleados hasta la madrugada. Manipulando pláticas de barrio se le esfumaba el tiempo. Por el día, deambulaba el barrio buscando novedades. Teresa, quien ya estaba cansada de batallar con jóvenes rebeldes, bajó la guardia por la pereza de otro caso con el que lidiar. Cuando un vecino le advirtió del peligro en el libre albedrío de la sobrina, le recogió las riendas. Chantajeándola con el recurso de decepción, le espabiló el recuerdo de haberla acogido con amor para que ella le pagase con ese mal proceder. Luna, temerosa de que la volviesen a echar de otra casa y remordida por su mal agradecimiento, acotejó su conducta. Antes de que sus actos traspasasen lo ilegal, abandonó las tertulias nocturnas y los merodeos diurnos por el barrio. Se matriculó en la Escuela de Economía y se unió a Teresa para ayudarla en las tareas del hogar. Aún con el alma vacía, pero con el apoyo de Teresa, prosiguieron el vivir. Ensartándose cada día en la difícil senda de la convivencia encontraron el equilibrio. Después de dos años transcurridos en esa continuidad, ya las dos sentían mutuamente la conexión perfecta tía-sobrina que les provocaba mucho bien. Durante todo ese tiempo, Luna recibió y despidió amigos y relaciones que iban y venían de un modo insignificante. Trastocando emociones comunes que se mantienen al filo de lo cotidiano, proseguía su vivir. Y mientras agonizaban sus sentimientos aferrados al pasado, se entretenía con un presente inconforme. Sentía que le faltaba algún ingrediente para sacudir sus emociones dormidas. Había algo más, lo presentía. Estaba convencida de que su vida no sería una simple económica valorando presupuestos mediocres en un puesto trivial. Recordó su sueño de escritora, cuánto quería vivir en un lugar donde expresase en sus historias el perfil de su entorno. Pero sabía que era imposible. Su padre le había enseñado a reprimir sus pensamientos. Aunque se lo había prohibido por puro principio. Aquella prohibición la protegía de ser víctima de la inconformidad en un sistema conformista. Aún seguía arrastrando esas ansias de escribir aquello que en realidad quería expresar. Pero, a pesar de que desde muy joven aprendió a convivir con eso, comenzó a reflexionar sobre el tema, a cuestionarse la libertad de expresión, la libertad emocional. Sentía la necesidad de una libertad espiritual; conectar con su propio yo, ese que le indicaba que quería expresarse, salir de dentro de ella para manifestarse en virtud. Pero esa era la libertad más difícil de conseguir en la sociedad en la que vivía, carente por completo de identidad, donde todos obedecían órdenes como ciudadanos drogados de política. Ya no podía amar, al menos a quienes ella deseaba: su madre, su padre, su abuela, su Leonardo, su hijo. Ni siquiera su abuela, a quien adoraba más que a todo. La había dejado sentada en su balancín abandonada en los confines del olvido. Qué dolor. Las pocas veces que tomó valor y llamó por teléfono para saber de ella, Magdalena le contestaba apurada para salvar responsabilidades. Pues Ignacio Gonzáles había dado órdenes estrictas de no aceptar sus llamadas. Pero al menos alcanzaba a escuchar un "Está bien" de urgencia, detrás del auricular. Pasaba mucho tiempo sin llamar por no comprometer a Magdalena. Al menos tenía la seguridad de que la cuidaba. Quería conseguir dinero para ir a verla, pero su estado de estudiante no se lo permitía y el capital de Teresa no llegaba para extras. Debía resignarse a crecer, a convertirse en una adulta independiente que se costea sus gastos, pero por ahora solo era una joven independiente a la merced de Teresa. Estaba sumergida en esa carrera de Economía, por la que no presentaba ni la más mínima actitud, solo por complacer a su tía y a la sociedad.

Con las amigas no conversaba esos temas tan profundos que solo ella sentía, por temor a ser vista como un bicho raro, así como lo fue cuando sus ojos daban la metamorfosis a su aspecto. Eso la hizo volverse algo ermitaña y provocó una vaga soledad que alejaba amigos y novios. Eran esas espinas las que le clavaban. Eran esas cosas las que la dejaron vacía. Pero, aun así, recuperó la sonrisa y el buen ánimo. No satisfecha pero contenta, siguió las huellas de su monótona vida hasta que 1991 la abofeteó sin piedad.

Capítulo 7

Soy todo lo contrario a un cristo,
lucho por las cosas en las que creo
con todas las armas de que dispongo,
y trato de dejar muerto al otro
para que no me clave en ninguna cruz
o en ninguna otra cosa.
Ernesto "Che" Guevara

Aquel noviembre de 1989, Ignacio veía entretenido el noticiero de las 8 junto a Magdalena, quien, zurciendo un mantel, completaba las labores de aquel día. Cachita cabeceaba sobre el balancín vencida por el sueño, cuando el hijo, estremecido por una súbita noticia, la espabiló con un grito inesperado:

—¡Coño! Tumbaron el muro.

—¿Qué muro? ¿El del patio? —preguntó adormilada y sorprendida.

—No, mamá. El muro de Berlín.

—¡Y tanto lío por el muro de un desconocido! ¡Pues que lo vuelvan a levantar! —concluyó Cachita antes de entregarse por completo a su sueño profundo.

Ignacio presintió la gravedad del asunto. La caída del muro significaba la caída del estatus en la isla. Se acabarían los privilegios y las ayudas rusas. Comprendió que todos caerían también detrás. Y aunque digirió con ánimo la esperanza, pasaron los meses con fatales pronósticos para el siguiente año: 1990, como un volcán inactivo pero amenazante, chantajeaba con una erupción de lavas letales. El pueblo aún no lo asumía. La gente, creyendo que era pura especulación, se olvidó del asunto, dejándose llevar por el entusiasmo del carnaval. De hecho, sin temor al futuro se olvidaron del pasado y disfrutaron del presente como solo se logra en el trópico. Santiago de Cuba se entregó al ritmo de las congas, a los concursos de comparsa y a la ensalada musical que estremecía las bocinas por cada rincón de la ciudad, que trasnochaba su carnaval sobre los adoquines del paseo marítimo. El sol apuñalaba las espaldas de los barrenderos, quienes barrían el desorden de la noche anterior, mientras los carruajes de caballo pisoteaban los desperdicios con el trote suave de sus jinetes exhaustos. Las carrozas dormían a la sombra de los framboyanes y en la orilla de la bahía flotaban a la deriva un montón de platos plásticos y latas de cervezas vacías. Las esposas temían, ante una época en que las infidelidades se multiplicaban, y los hombres, de tanta alegría, se olvidaban de su estado civil. En los bancos, pernoctaban la resaca algunos borrachos, y unos cuantos noctámbulos esperaban que les sirvieran la primera tirada de cerveza del día, mientras los kiosqueros cuadraban extenuados la caja de la jornada anterior. Hasta Ignacio disfrutó cada día del carnaval como si fuese el último sin presentir que en verdad lo era. Magdalena permanecía indiferente a la parranda, sumergida en sus eternos quehaceres, sin disfrutar ni del carnaval ni del marido, quien llevaba 15 días seguidos de rumba sin que ella se perturbase por ello. Acostumbrada al paso de aquellas fechas, continuó sin alterar sus deberes, hasta el día 16, cuando una vecina le gritó desde la ventana:

—¡Magdalena!

—¡Voy! —respondió ella, apurando el paso—. ¡Voy! —repitió, y en el apuro de llegar, tropezó con un mueble de la sala.

—¡Magdalenaaaaa!

—¡Deja que llegue madre mía! —respondió al siguiente grito, al compás de las chancletas. Al girar la manivela, corrió el riesgo de quedar incrustada detrás de la puerta ante la estampida de la vecina, quien apenas respiró para soltarle la frase:

—¡Acabo de ver a tu marido con una alumna!

—Claro, mijita —contestó ella—. Si es profesor.

—Sí, sí, sí, pero no en plan de estudios. Estaban muy acaramelados.

Magdalena la miró dudosa, mientras la vecina, descifrando su mirada, juraba no estar diciendo mentiras. Miró el viejo reloj de cucú. Era la hora de la partida de ajedrez. Ignacio jamás se perdería una partida ni por el mismísimo carnaval. Incluso cuando fue a parir a Maceo llegó tarde al hospital por concluir un jaque mate.

—¿Crees que me voy a inventar algo así? —confirmó la mujer—. Bueno, allá tú. Yo ya cumplí con decírtelo. Si quieres verlo, vete al kiosco del final del paseo.

—¿Estarán allí todavía? —preguntó Magdalena.

—Si nos apuramos, sí.

Las dos corrieron rumbo al puerto. Escondidas detrás de una maceta gigante, descubrieron el delito, más allá de la barra. En un rincón aislado de aquella improvisada terraza. Aun de espalda ya lo reconocía. Tapaba el rostro de la joven en la actitud de un acalorado beso. Las rodillas de ambos chocaban con una mesita de centro, en la cual tambaleaban dos Cuba Libre por el ajetreo de la pasión. Magdalena le pidió al camarero un doble ron Santiago. Se lo bebió de un sorbo. Caminó hasta el rincón. Se detuvo. Tocó el hombro del marido, quien torció el cuello y se pasmó del susto. Vio el rostro de la joven. Era una de las estudiantes que iban a estudiar a su casa.

—¡¿Tú qué haces aquí?! —preguntó él con violencia cuando recuperó la credibilidad. Magdalena no reaccionaba.

—¡Vete ahora mismo para la casa! —ordenó—. Hablamos allá.

La amiga la agarró por un brazo y suavemente la fue conduciendo hacia la salida, mientras le susurraba que lo mejor era que se fuera y tomara sus propias conclusiones con más calma. Caminó sin prisa, pero con pasos tan firmes que parecía que marchaba hacia un objetivo concreto. Mientras andaba, recordó aquella vez en que le preguntó al marido que había sido de aquellos jóvenes graduados que degustaban sus meriendas mientras preparaban su tesis. Y él con serenidad le contestaba "No he sabido más de ellos". Incluso le había preparado al grupo un sabroso *cake* de chocolate para su graduación. Y en especial a la chica un rico zumo de tamarindo. Caminaba en profundo silencio y la única expresión que exteriorizaba eran las gruesas lágrimas mudas que desbordaban sus pupilas sobre el trajinado asfalto. Y no detuvo el paso hasta que abrió la puerta de la casa. Ignacio, quien se había adelantado en su auto, ya la esperaba sentado en el sofá. Sin dejarla hablar le dijo:

—Ahorrémonos detalles destructivos. No puedo consentir esta falta de respeto. Esto lleva a una separación. Recoge tus cosas que te vas para el pueblo. Voy a resolver un asunto. Cuando regrese, yo mismo te llevo.

Y se fue apurado. Magdalena se dejó caer sobre el sofá. El que fuese su esposo por tantos años acababa de sacarla de su vida como quien anula un contrato de alquiler. Estaba consciente de algunas aventuras pasajeras que deambularon fugaz por su matrimonio, descubiertas solo por su instinto femenino. Nada transcendental que pudiese aniquilarla. Pero una alumna... ¿Cuánto tiempo llevaba con ella que hasta ya estaba graduada? Tan joven, tan linda. Y ella desecha por el tiempo y la edad dentro de aquella casona. Siempre creyó que era la esposa perfecta que no se abandona por queriditas fugases. Estaba equivocada. Lloró al admitirlo. Aquel desprecio le provocó una hemorragia de llanto que chorreaba su dolor cual manantial de tristeza. Cuando no tuvo más lagrimas para llorar y el dolor se le tornó árido, se incorporó. Con fuerte manoseo, restregó el sollozo del rostro. Anduvo hasta la habitación. Sacó del costurero una tijera. Se enfrentó a la cómoda y tijereteó su cabello hasta dejarlo en cuadrado sobre la nuca. Con una cuchilla *gillette* rapó sus cejas y dejó una delgada línea castaña, que acentuó con un lápiz marrón. Se empavesó las pestañas con abundante rímel. Desenroscó un crayón rojo escarlata, que un día le regalaron y nunca se atrevió a usar. Tapizó sus labios con varias capas y esparció sobre las mejillas dos toques de la misma crema. Sacó del armario un vestido largo. Lo cortó sin contemplaciones arriba de las rodillas y le insertó un falso de urgencia. Se lo puso. La tela sobrante yacía en el suelo, abandonada como el capullo de una mariposa. Se empapó de perfume y se pintó un lunar en la mejilla como el punto final en el párrafo de su nuevo *look*. Agarró el bolso y salió rumbo al puerto. Llegó al quiosco. La joven sentada junto a Ignacio celebraba su triunfo. Magdalena se lanzó sobre la chica como poseída por un león de la jungla. La furia era tal que nadie lograba separarla. Le destrozó el peinado y repartió hebras de cabello por toda la terraza. Le abrió una mecha con el impacto de la mesa. Le restregó la piel por todos los adoquines. Y ya exhausta, le escupió la cara.

—¡Esto es para que todo el mundo sepa quién soy yo: ¡Magdalena!

Ignacio huyó despavorido. A la chica la tuvieron que atender en un ATS con los escasos recursos de un botiquín laboral. Y Magdalena, después de quedar satisfecha, se arregló las greñas, se acomodó el vestido, se retocó el carmín y se montó en un taxi. Siguiente dirección: la academia militar. Sabía que él había salido apurado precisamente para evitar sus intenciones. Pero no pudo ser más rápido que el taxista. Cuando quiso sacarla a empujones de la universidad, ya Magdalena pisaba el umbral del directorio. Empujó sin permiso la oficina y se encontró a dos directivos en pleno papeleo laboral. Ambos giraron la cara para ver al atrevido que se había osado a entrar de una forma tan problemática. Se sorprendieron y quedaron con la boca abierta ante aquella mujer que, exaltada, gritó:

—¿También enseñó Marx en su teoría que los maestros se acuestan con las alumnas? Su marido le abrió los ojos, como queriendo menguar el hecho de abrirle la cabeza con el puño que sostenía nervioso en la mano izquierda:

—No estaría mal —continuó ella— que incluyeran esa teoría en el manifiesto comunista. Porque el intachable profesor tiene como amante una alumna del colegio.

—¡Ya! —interrumpió Ignacio dando un golpetazo sobre el buró—. Disculpen —dijo a los presentes. Sin contemplaciones, la agarró por el brazo y la empujó afuera. Magdalena seguía escandalizando en el patio mientras él intentaba, sin perder los estribos, convencer a sus colegas de que su mujer se había vuelto loca. Pero mientras se desvivía por solucionar el asunto, Magdalena afuera multiplicó el escándalo.

—¡Que se entere toda la universidad! —decía—. El respetado profesor Gonzáles está con una alumna.

Los de adentro de la oficina salieron de inmediato para controlar el bullicio. Menos Ignacio, quien se quedó adentro escondiendo su vergüenza. Un gran grupo de curiosos se presentaron de inmediato. La seguridad del centro la sacó a empujones, pronosticándole que, si no se callaba, terminaría en la estación de policía por escándalo público. Pero ella, satisfecha de haber soltado todo su dolor, cayó la boca y se sintió tan liviana como quien suelta una carga pesada. Las lágrimas se habían ensañado con su rostro. El carmín de los labios, el rímel de las pestañas, la sombra de los párpados y el colorete de las mejillas formaron un fango de colores que encima de sus facciones daban la impresión de un cuadro abstracto. Magdalena sacó del clóset un par de maletas arcaicas, llenas de trastos y de almanaques crucificados. Las volteó de golpe sobre el suelo del comedor. Aquella retahíla de recuerdos quedó regada sobre las losas como en el inventario de una tienda de antigüedades. Completaba los equipajes vacíos con sus pertenencias y las de Maceo, cuando tambaleó el portón principal. Ignacio apuñaló el llavín en el apuro de entrar. Giró la manivela. No pudo abrir. Estaba bloqueada. Volvió a intentarlo. No lo consiguió. Lanzó una patada. La puerta vibró acompañada del marco. No logró romperla. Lanzó la segunda y atravesó a lo Schwarzenegger el umbral, y fue directo al comedor. La agarró por los brazos.

—¡Por tu culpa! —voceó sin soltarla—. Me van a sacar del partido —agregó y la lanzó contra las maletas. Ella huyó hacia la mesa. Atrapó el vaso que antes contuvo leche y luego moscas. Lo cogió bruscamente y lo amenazó con el objeto en alto.

—¡No te atrevas a tocarme!

Él la miró desafiante. Respiró profundo y, con voz más calmada, expresó:

—¡Desaparécete de mi vista!

Ella bajó el bazo, comprendiendo que ya todo estaba dicho. Ignacio dio media vuelta y desapareció golpeando la puerta. Magdalena corrió hacia el baño. Abrió el grifo del agua. Metió la cara. Dejó fluir el chorro hasta que aquel líquido incoloro, inodoro e insípido pareciese un chorro de fango mientras borraba el estropicio del maquillaje. Alzó la cabeza. Miró al espejo con expresión de romperlo. Pero se detuvo, tal vez ante el tabú de siete años de mala suerte. Salió del baño. Agarró un hacha. Se paró frente a la columna que sostenía el almanaque repleto de X. Arremetió el primer hachazo en la cabeza de la modelo del calendario. El otro perforó el crepúsculo del paisaje atravesando la pared.

Imputó palmeras, tasajeó cintura, destrozó extremidades e inmoló la salida del sol en el mar, que amanecía detrás de la figura. Una lluvia de tabique y papel caía al suelo. Los 365 días del año quedaron a la deriva entre los escombros de aquella masacre. Abril terminó avasallado por un trozo de ladrillo que le cubría del 2 al 23. Noviembre abrió una grieta a medio mes. Marzo sucumbió completo salpicado de arcilla. Un fin de semana de octubre quedó sepultado debajo de un pedregal. Mayo murió despedazado. Enero fue lapidado hasta que todos sus números agonizaron borrosos. Julio sucumbió, dejando a flote sus últimos días. A septiembre le apuñalaron un domingo. Febrero pereció en un rincón polvoriento. Agosto murió debajo de un seboruco. Junio quedó oculto en el fondo del derrumbe. Y a diciembre nunca lo hallaron, ninguna de las dos vecinas que recogieron los pedazos de años esparcidos en el suelo en desorden cronológico. Fue así como Magdalena incineró 17 años, 2 meses y 3 días de su matrimonio con Ignacio. Encantados de la rapidez con que separa una nación comunista, aquella misma tarde ambos cónyuges firmaron el divorcio. La sentencia en el papel acuñaba el veredicto del desamor. Preparó el equipaje de ella y del hijo, jurando que su próximo amanecer sería distinto y diferente. Maceo, quien ya había cumplido los 16, quería acompañarla. Pero su padre, firme, se lo impidió con la justificación de terminar los estudios. Maceo comprendió que solo la fuerte confesión de un secreto lo podía sacar de allí. Respiró valor y tan alto y claro cómo pudo, soltando el inmenso peso que llevaba en el alma, exclamó:

—¡Soy homosexual!

—¡¿Quéeeeeee?! ¡¿Que eres maricón?! —gritó el padre corriendo hacia él, con un instinto de matarlo. Magdalena agarró el cuchillo de la cocina. Se detuvo frente a Ignacio, e intercediendo entre ambos exclamó:

—No te atrevas a ponerle una mano encima. Ese es mi hijo, aunque sea maricón. Ignacio miró a ambos con desprecio, manteniendo la misma mirada durante los mismos segundos que Magdalena mantuvo el cuchillo en alto, como una escena en pausa. Ambos se miraban bombardeándose de un dolor mudo que los acribillaba a rencor. Vaciados de odio. Se dieron una tregua cuando Ignacio expresó:

—¡Se me van los dos! ¡No quiero maricones en mi casa!

Y se fue, tirando la puerta de la calle con tal brutalidad que el marco se aflojó del golpe. Magdalena respiró aliviada, pues ella tuvo pleno conocimiento de los campos forzados donde enviaban a los homosexuales, que para esas fechas ya se habían eliminado. Estaba convencida de que Maceo hubiera sido colocado en aquel sitio inquisidor bajo las órdenes de su propio padre, condenado a hacerse un hombre bajo sacrificios crueles. Para su tranquilidad ya no había represiones físicas ni inquisidores de homosexuales. Pero para su preocupación, aún seguían los rechazos psicológicos del gobierno y del pueblo. Maceo cursaba la secundaria en una academia militar. Necesitaba una justificación convincente para darle baja del ejército y llevarlo a vivir con ella a su pueblo natal. Por lo que, armados de valor, Magdalena y su hijo se presentaron ante la dirección de la academia militar que dirigía el mismísimo Ignacio, donde Maceo se preparaba como soldado de las Fuerzas Armadas. Y declaró sin tapujo alguno que su hijo no podía continuar sus estudios debido a su condición de homosexual. El subdirector por poco se ahoga cuando, tomándose un vaso con agua en pleno pasillo del colegio, recibió la noticia por boca de la mismísima esposa del ilustre decano de aquella escuela. La misma que había propiciado un escándalo contra su propio marido. "¿Su esposo ya sabe esto?", comentó el general. Incrédulo ante la situación, convocó una reunión de urgencia. Ignacio fue sometido a un estricto juicio, donde analizaron su caso y fue sancionado a no ejercer como representante militar ni miembro del partido comunista, por haber tenido relaciones con una alumna del centro y tener un hijo homosexual. Apeló la sentencia y se defendió, proclamando que la alumna ya era toda una mujer y que, en su paso por la academia, perteneció a un pasado en el que jamás tuvieron roce alguno. Y declaró que la homosexualidad del hijo no era su culpa. Que hizo todo lo posible por evitar su amaneramiento, pero se le fue de las manos. Juró ante sus superiores que el asunto con su familia ya estaba zanjado, pues ya estaba divorciado, y su esposa e hijo ya no formaban parte de su vida. "Para mí están muertos. Yo jamás traicionaría los principios de la Revolución", dijo ante todos, con un acento altanero, tragándose con orgullo aquel trago amargo del despecho, como quien se traga el purgante del olvido. Y aunque aceptaron el cumplido, no continuó en su cargo bajo el riesgo de mala influencia ante el alumnado. Le quitaron los grados al igual que su ex camarada, confirmando los sospechas que tanto temía. Le arrancaron de a cuajo todos los grados del uniforme, aunque no ante una concurrida ceremonia. Y pasó a ser un simple civil, tramitador administrativo. No siguió siendo miembro del Partido Comunista, pero conservó el puesto de presidente del CDR de su cuadra. Había perdido toda credibilidad en la escuela. Los que antes lo respetaban y hasta temían ahora lo miraban con desprecio. No volvió a ser jamás el ilustre respetado decano de la academia militar, sino el recadero administrativo que trasportaba mensajes en una pequeña moto del Estado. Su carro Lada le fue quitado por no ostentar ya el puesto que lo requería y fue entregado al nuevo dirigente de la universidad. Ya cargaba en su espalda el escándalo de Magdalena, la

confesión y deserción de Maceo, una hija embarazada que abandonó la ciudad deshonrada y la distancia con su madre por ideologías diferentes. La familia se le había escurrido de las manos como un puñado de arena. Ya no podía expresar la rudeza que utilizaba impartiendo respeto en la academia. Ahora era un simple mensajero de papeles en la misma escuela que dirigió. La humillación de ver cómo lo miraban con desprecio aquellos que antes lo respetaban era su peor desafío. No se consideraba culpable. Simplemente había decidido en el plano personal de su vida con quién estar. Sabía que nunca fue capaz de tener relaciones con una alumna que incluso ya era mayor de edad cuando la asesoraba en su tesis. Sino que la relación comenzó cuando esta salió por completo del centro y trabajaba en un lugar totalmente diferente al de él. No veía el delito. Ni aun cuando no estuviese de acuerdo con su hijo homosexual debería pagar con la culpa. Pero las leyes estaban para cumplirse. De hecho, había contribuido y apoyado esas mismas leyes que ahora se volteaban contra él. Así que se trazó la tarea de recuperar la honra. Continuar con la frente en alto era el reto más grande al que debía enfrentarse. Ni siquiera comparado con su etapa de mercenario cuando camuflado en la Sierra Maestra daba su vida por la revolución. Ni aun en todas las guerras africanas que libró. Sin embargo, creyendo que podía remediar la situación aguantó el desplante y continuó digno, aunque cabizbajo su función de mensajero del ejército.

Magdalena y su hijo no estaban satisfechos del método con que consiguieron su libertad emocional, aunque sí aliviados de tenerla y orgullosos de conseguirla. Así de libres, abandonaron Santiago de Cuba rumbo al pueblo. Al padre de Magdalena hubo que hospitalizarlo, infartado cuando ella se le presentó en los cafetales, diciéndole que se había divorciado y que a partir de ese instante viviría bajo su mismo techo con su hijo desertor del ejército y homosexual. El campesino, ya anciano, pero aún machista y agradecido de la revolución, le dijo:

—¡Primero muerto que tener que vivir con un nieto marión!

Pero Magdalena, firme como nunca lo había estado en toda su vida, contestó:

—¡Y dale con los homosexuales! ¡Coño!, ¿es que acaso no son personas? ¡Ya estoy cansada de recibir órdenes! Esta también es mi casa, que para eso me la dejó mi madre antes de morir. ¡Viviremos aquí y, si no te gusta, divide esta mierda de casa en dos!

El padre, sujetándose el pecho en posición de dolor, se desplomó en el suelo, queriendo morir. Entró en un estado de coma profundo. Vegetó por mucho tiempo aferrado a una máquina de oxígeno, mendigando un soplo de vida. Y para tensarse más las cuerdas del destino, Maceo no lograba conseguir matrícula de estudio por ser un desertor del ejército revolucionario. Ni la mejor amiga de la infancia de Magdalena, que trabajaba en Educación decidiendo las matrículas de los estudiantes, pudo hacer nada al respecto. Aunque apenada y dispuesta a resolver el problema, le aconsejó que esperasen a que comenzara el próximo curso, mientras se calmaba el escándalo y se olvidaba la cuestión. Ella podía moverse por los recursos laborales para resolverle algo, aunque en ello arriesgara su puesto de trabajo. Maceo, comprendiendo que un año era mucho tiempo para no hacer nada, comenzó a cargar con la culpa de que su mala suerte se debía a su desviación sexual. Creía que, más allá del placer que le causaba, la desgracia se había ensañado sobre él. Metido en una cama bajo las sábanas, pasaba deprimido el día y la noche, sin comer apenas, sumido en su tristeza. Le bajó la autoestima, le mermó el intelecto y ya se le consumía el ánimo cuando su madre, abarrotada de llanto, le dijo que ya llevaba diez meses sin señal de mejora; que si lo que quería era morirse se lo dijera para morirse con él, pues ya su vida no tenía sentido sin marido, sin padre y encima sin hijo. Maceo, como si le dieran una cruda bofetada, reaccionó de inmediato. Solo el hecho de imaginarse sin su madre le espabiló la tristeza. Se apartó las sabanas. Se paró de la cama. Se dio un gran baño. Fue a la cocina. Se tomó un plato de sopa. Le dio un beso en la frente a su madre y salió apurado por la puerta a ver si su tía postiza le tenía algo resuelto. Cuando volvió, trajo la noticia de que por fin había resuelto la matrícula. Ya estaba inscrito en el Instituto de Gastronomía y Comercio para el Turismo. A partir de ahí, surgió la metamorfosis de un nuevo Maceo. Saliendo de su crisálida, se convirtió en mariposa para volar alto en tierras ajenas. Pues cuando se graduó de cocinero, se especializó después en Repostería. Lo mandaron de práctica a la zona turística de la ciudad. Y por sus grandes logros ganó un concurso para participar en España por la innovación de varias recetas de su propia inspiración. Estaría dos meses ausente. Y aunque nunca se había separado de su madre, Magdalena estaba feliz, o por lo menos creía estarlo. Había aprendido a encajar en la vida su propio concepto de felicidad, que le parecía suficiente con el logro de su libertad emocional, donde escaseaban las caricias maritales que jamás tuvo y esa promesa de lealtad que nunca oyó. Con el tiempo, aprendió a construir su felicidad en base a la de su hijo, aunque a veces se afligía por la salud del padre, quien se consumía a diario chantajeado por una muerte impredecible que amenazaba constantemente con lenta agonía. Hacía mucho tiempo que le habían dado el alta del hospital para que esperara en casa su partida. Pero Magdalena, acostumbrada a cuidar del otro, lo hacía ya por inercia. Así que, sin reparos, se volcó en el cuidado de su padre como una más de sus tareas domésticas. Todo lo demás le resultaba tan exquisito como uno de sus pasteles. Amaba su repostería, amaba su libertad, amaba a su hijo. Amaba su vida. Estaba agradecida por lo que tenía. Cuando lo despidió en el aeropuerto rumbo a Europa, presintió que aquello duraría más de dos meses. Aun así, se sintió satisfecha.

La partida de Magdalena había dejado un rastro descomunal de soledad en la casona azul. No solo faltaba el olor de sus guisos monopolizando cada rincón, sino su presencia invisible, dinámica y fugaz, que recorría todo el hogar como una etérea energía acomodando muebles, fregando lozas, lavando ropa, sacudiendo polvo, regando plantas y ordenando lo desordenado una y otra vez de manera incansable y eterna. Todo el que pasaba por algún lugar de la casa tropezaba la vista con ella, mientras realizaba alguna función inmersa en sus quehaceres como si nadie le hubiese pasado por al lado y ese alguien continuaba su rumbo sin advertir su apariencia de fantasma ambulante. Ya todos estaban acostumbrados a su silencio, tan profundo como la conciencia y tan ausente como ella misma. Sin embargo, jamás nadie analizó cuán necesaria era aquella sombra femenina, tan importante en sus quehaceres que mantenía aquel caserón como una reliquia. Pulcra como la mejor virtud que ella poseía y que nadie percataba. Hasta que su alejamiento dejó un abismo de necesidad. Ignacio fue el primero en notar los azotes de su ausencia. La seguridad que tenía de haberla dejado de amar era tan rotunda como la obviedad de extrañarla. Fueron tantos años de ordenarle tareas, de abastecerse de sus servicios, de recibir un amor incondicional sin preguntas ni reclamos. Y de tener absolutamente todo a la orden del día, en una perfección de oferta y demanda que por unos instantes creyó que se había engañado a sí mismo, imaginó que la amaba. Pero se sacudió la nostalgia y cayó en la reflexión que de que ya no sentía esa atracción por ella. Comprobó que a veces la costumbre es más fuerte que el amor, aprobó su decisión de divorciarse. Absorto en su nueva relación y con una promesa de boda, intentó recuperar lo perdido. Pero recién hecha la propuesta, enviaron a la novia a una misión internacionalista a Bolivia. Aplazaron el matrimonio. Dos meses más tarde, desde el país andino, la futura esposa le comunicaba en una misiva que la distancia le había hecho saber lo mayor que él resultaba para ella. Aprovechando las circunstancias lo dejaba, para poder comenzar una nueva relación con un compañero de misión de su misma edad.

Con el abandono de la novia, la partida de Magdalena, el exterminio de sus grados, el nuevo empleo de mensajero y sus hijos borrados de su existencia, por primera vez se sintió solo. En el intento de suicidar su soledad y recuperar su antiguo puesto de director, se involucró en múltiples faenas laborales que él mismo multiplicaba. Entonces, se ausentó de la casa de una manera exagerada. Tanto se alejó que ni siquiera se dio cuenta de que aún en aquella inmensa casona vegetaba su madre sobre el balancín. Cachita comenzó a absorber los estragos que Magdalena dejó, decayendo de a poco al mismo tiempo que la casona. Ambas, la casa y ella, fueron llenándose de una perenne suciedad que se hacía notar como cómplices de una inevitable decadencia. Ignacio aparecía muy poco. Cuando advirtió los resultados, el tiempo y el descuido habían atacado a la anciana como un animal salvaje devora a su víctima. Su pelo sin peinar se enredó a sí mismo como una telaraña blanca, sus uñas crecieron hasta encorvarse, sus caderas se inmovilizaron y sus glúteos cogieron escara. Todos sus órganos se desvanecían como polvos invertidos en un reloj de arena. El doctor diagnosticó desgaste físico. Demasiado vieja para vivir. Solo esperaba un pretexto para justificarse ante la vida. Era cuestión de algunos días, tal vez un mes para despedirse de una existencia prolongada sobre la madre tierra. Ignacio aceptó el servicio de una vecina que se ofreció para cuidarla. Pero ya era demasiado tarde. Ya peinada, aseada y lista para morir, Cachita esperaba digna desde su balancín que la muerte le diera una señal de bienvenida. Sin embargo, su estructura de roble, desafiando las expectativas médicas, quiso regalarle algo de tiempo. Esperó agradecida tres meses más hasta partir con diciembre, en medio de unos aguaceros torrenciales que consumieron sin piedad 1990. Cielo, la gata, al parecer no aguantó la nostalgia de tener que sentarse encima de un balancín vacío y prefirió morir. Ambas abandonaron el mundo el mismo día del mismo año. Y así se fue Cachita, tal cual cómo llegó, bautizada desde el cielo por una lluvia celestial, que arremetió contra el féretro mientras la conducían al cementerio. Su entierro fue tan silencioso que solo se escuchaba el sonido de la tierra cayendo sobre la caja hundida en el suelo. Los vecinos de la cuadra la despidieron en la funeraria descartando el sepelio por la fuerte lluvia que amenazaba. Jacinta no pudo asistir por la extremada delicadeza de su vejez. Y sus seguidores de antaño habían perecido mucho antes que ella. Bajo la única compañía de Ignacio, el sepulturero hizo su labor de enterrarla a ella y a Cielo, entre el fanguero de agua y tierra que mezclaba el torrencial. Dijo en su momento el cavador, cuando se lo entrevistó para crear esta historia, que, a pesar del aguacero, pudo notar cómo se elevaba desde el cajón una especie de halo que traspasaba en dirección contraria a la lluvia, alcanzando el cielo. Juró que en su vida de enterrador jamás había visto algo igual. Ignacio lanzó al ataúd el almizcle chamuscado de material religioso que Magdalena había comprimido en un paño de cocina, y que él descubrió limpiando el cuarto de la difunta. Con aquella acción cerraba el ciclo de lo que fue la vida de su madre. La estela que dejó su partida fue tan arrasadora que cambió el curso de la historia. Diciembre no solo se llevó a Cachita Guzmán, envuelta en los augurios de precariedad que amenazaban al país en aquel año; sino también cualquier rastro de esperanza que quedase con él.

1991 comenzó como un volcán que ya escupía lava en su erupción, por la caída de la Unión Soviética. La isla se quedó sin la ayuda total y fraterna de su mejor aliado. Todo lo ruso fue suspendido inmediatamente. Ya no se daba ruso en la secundaria. Los dibujos animados y las películas fueron archivados. Las katiuskas ya no fueron adornos en las salas. Los mercados cerraron por falta de productos rusos en su totalidad. Los nombres de los bebés ya no procedían de fuentes rusas, sino que pasaron a ser un invento de letras mezcladas sin ningún significado, en la desesperación de parecer originales. Así aparecieron creaciones como *Yuldesky, Maldeisky, Yuriesley*, etc., en un sinfín de combinaciones alfabéticas, sin agotar la imaginación. Se suspendió la asignatura de Marxismo-leninismo. Y nadie habló nunca más del *Manifiesto Comunista*. En las ciudades, la infraestructura ostentaba elevados precios, hasta el punto en que una simple caja de cigarro podía costar el sueldo de un profesional. Ignacio, ensartándose en el proyecto de recuperar su dignidad revolucionaria, juró soportar los estruendos de aquel periodo especial. Tratando de recuperar la energía que despilfarró el año 59, se trazó la ardua tarea de encarrilar a su pueblo por la senda de la paciencia. Colaboró con los vecinos cuando las bodegas despachaban cada dos meses el café que fue semanal, despertando el ingenio de quienes aumentaban el polvo echando chícharos molidos, para conseguir cantidad en vez de calidad. Apechugó y colaboró con el orden cuando el pescado dejó de ser variedad en la carnicería y lo sustituyeron dos chicharros por personas cada quince días que alternaban entre cinco huevos y un muslo de algún pollo raquítico. Repartió multivitaminas al vecindario cuando la gente comenzó a perder la visión por causa de la mala alimentación. Y enfatizó con sumo interés que, aunque la pastilla fuese amarilla, no podían teñir el arroz con ella, alegando bajo testigos los miles de casos que corrían el riesgo de una sobredosis vitaminada en la ingesta del serial. Impuso el orden cuando dejaron sembrar cualquier terreno desolado y la gente se lanzaba sobre cualquier espacio de la madre tierra que no estuviese sobre alguna propiedad vecinal. El relajo fue tal que hubo quien disimuló con la siembra para acaparar propiedades y ahí estuvo él, informándoles a todos que el proyecto no era individual y el terreno debía de repartirse entre los vecinos. Explicó en un pequeño discurso de CDR la definición de *compañerismo*, y preguntó dónde estaba la fuerza revolucionaria de la gente que se acobardaba ante cualquier crisis. Pero entre tanta escasez, pocos hicieron caso y hubo quien no dejaba madurar las frutas o las verduras, otros que se la robaban y otros que las vigilaban. Tal desconcierto provocó divisiones de vecinos que habían sido amigos toda la vida. Ignacio, dividiendo un trozo de terreno para cada uno, ordenó que cada quien vigilase su parte. Pero aquellas leyes no pasaron de la cuadra, y los restantes habitantes del país siguieron tan desordenados que el gobierno retiró la ley. Y nadie más pudo sembrar absolutamente nada. No obstante, probaron con el mercado campesino y dieron nuevas oportunidades a los del campo, para que se desarrollasen en las habilidades con las que habían nacido, sin permitir el monopolio agropecuario. Sembraron al por mayor y produjeron grandes cosechas para los mercados, alegrándose en el fondo de que la crisis prosperara sus bolsillos. Pero el embullo duró poco cuando, ante tantos ingresos, volvieron a racionar sus ventas.

Y para entonces, como en los tiempos de Ta Tomaza, renació impetuosa la medicina verde. Tan escasos andaban los medicamentos que el médico del consultorio, antes de pasar consulta, se acercaba cada mañana a la farmacia para saber lo que podía recetar. Fue cuando las hierbas le dieron el golpe de estado a los fármacos y recuperaron el poder extinguido. Las hojas de guayaba resultaron antihistamínicas; el zen suplió a los supositorios; los óvulos vaginales resultaron cuadraditos de sábila; la caña santa subió tensiones; el tapón cesó diarreas; el tilo calmó nervios; la verbena concilió sueños; el orégano curó catarros; la cebolla menguó la tos; el tomillo limpió pulmones; el eucalipto fue mentol; la güira lavó vientres, y la manzanilla reemplazó a la metoclopramida. Los vecinos, entrenándose en el arte de la supervivencia, comenzaron a informarse sobre medicina tradicional sacando del baúl mental de los abuelos alguna documentación sabia. Hubo una vecina que le daba paseos diarios al abuelo en fase de consentimiento mientras este intentaba recordar algo del pasado. Pero el anciano, extasiado en su senilidad, no sabía ni lo que la nieta le preguntaba. Otro vecino sacó un libro de antaño con soluciones demasiadas arcaicas para la época. Las espiritistas aprovecharon para vaticinar adversidades y se ofrecieron por bajo costo a despojar al pueblo con las yerbas correspondientes. Las santeras, retomando sus costumbres, sacaron sus caracoles, consultando a diestra y siniestra y, hurgando futuros, prometían exitosos resultados a precios módicos. A una escala ancestral más alta, brotaron los Babalaos (sacerdotes orisha), que, aumentando enormemente el presupuesto de sus servicios, presumían de tener más dominio sobre los demás rangos religiosos, y de ser ellos los únicos salvadores de la situación, por poseer la autoridad de decapitar animales de cuatro patas, que eran más efectivos para salvar infortunios. Muchos de ellos no solo les arrebataban los clientes a las santeras sin compasión, sino que arruinaban la economía del cliente y subyugaban la autoestima de un pueblo hambriento de fe. Las piedras comenzaron a tomar protagonismo y volvieron a ser bañadas bajo el chorro sanguíneo de cualquier animal degollado. El cordero subió su costo por el papel importante que jugaba ante la religión. Y todo aquel que podía pagar un chivo para ser degollado sobre sus piedras orishas era un afortunado que no solo tenía la expectativa de un triunfo asegurado, sino que ante todos se volvía inmune al estar completamente protegido. Las consultas que examinaban futuros se volvieron imprescindibles. Todo el mundo quería saber si en su mañana albergaba la esperanza de salir de aquel atolladero. Para contradecir tanta demanda renacieron nuevos cultos. Y entre ellos los cristianos, quienes reprendían rituales en el nombre del Señor y retaban a los santeros para que abandonaran sus piedras y agarrasen las biblias exorcizando demonios. No obstante, en el plano católico se dispararon las promesas y las misas a difuntos. Para no ser tan tajante, la Iglesia cedió ante el folclor e incluyó entre sus bautizos a los futuros santeros, que en honor a la inquisición de la colonia no entraban al mundo de la santería sin ser bautizados. Así jugaban por si acaso a los dos bandos para estar con Dios y con el diablo, por si alguno de ellos le diese la oportunidad de salir del país. Todo un amasijo de creencias brotó, cual caldo de devociones. Todos juntos, santeros, espiritistas, chamanes, paleros, evangelistas, cristianos, escépticos y comunistas habitaban en conjunto, sobreviviendo como náufragos a la deriva dentro de su propia isla. Ignacio quería detener aquella lluvia de mixtura celestial que se precipitaba a cántaros. "¿Para qué se luchó tanto? —decía—. ¿Para qué prohibimos tanto si ahora todo el mundo hace lo que le da la gana?".

Comenzaba a sentirse traicionado por la vida. Su madre había decidido enfermarse cuando él la apartó de aquello que había sido parte de ella desde ante de nacer, su religión yoruba. La misma religión que hasta hacía poco la gente rechazaba o escondía y ahora se lanzaban desaforados ante ella como un acto de fe. Incluso él había nacido junto a las piedras orishas, en el solar de Fefita. "¡Ay, Fefita!". Recordó que él había ayudado a decomisarle el solar que provocó que ella cayera en una depresión mortífera. Recordó, además, que había crecido entre las consultas yorubas que Cachita plantaba en el caserón de Ana María Fonseca. "¡Ay, Ana!". Gracias a esa anciana sabia, no solo tuvo casa sino también aprendió a leer y a escribir bajo la sombra del árbol de tamarindo en el amplio patio de plantas curativas que él mismo chapeó para quemar todo el sequito ancestral de su progenitora. Pensó que tal vez en pos de agradecimiento, hubiera podido a ayudar a conservar el disco de Olga Guillot. Pensó incluso en Jacinta Morales, quien había cuidado de su padre cuando se quedó huérfano y a la que él apartó de su afecto de una manera brutal. Una brisa de arrepentimiento le sopló la mente. Pero se incorporó de súbito sin permitirse un ápice de sentimentalismo. Concluyó que al menos la creencia de su madre era la original, sin ánimo de lucro, con la intención de ayudar a los demás en los problemas de la vida diaria, y no esa sarta de mentiras que andan pregonando los nuevos predicadores, para lavar el cerebro de una nación comunista. No son más que unos vividores que estafan al pueblo con ese invento de religión. Admitió que deberían seguir siendo implacables ante semejante desorden. Reafirmar las prohibiciones. Controlar aún más. Pero tuvo que asumir que, aunque el mercado divino crecía a la par de la crisis, él ya no tenía la edad ni el poder para detener al credo. No obstante, controló la cola en la carnicería del barrio cuando vendían el pescado tarde en la noche para que en los muchos apagones no se echaran a perder. Colaboró con las autoridades en la captura de aquellos que adobaban las frazadas de trapear el suelo y las vendían luego en la playa como bocadillos de bistec. Acompañó gustoso a los equipos de inspectores para chequear que los cerdos fueran criados con sus respectivas vacunas e engestados con su sancocho original. Pues con la escasez alimenticia faltaron las sobras de comida casera, tuvieron que acudir a los sacos de trigo que estaban prohibidos en adquisición comercial. Y la bolsa negra los proveía con la misma rapidez con la que los consumidores lo compraban. Tan difícil se volvió la crianza de puercos y tan cara su adquisición que la famosa caldosa en las fiestas de los CDR se extinguió de la tradición, lo que provocó un desánimo brutal. Las conmemoraciones de cada 28 de septiembre fueron reducidas a un simple sopón desabrido sin ánimo de fiestas. Ni el mismísimo Ignacio Gonzáles pudo revivir jamás en su vecindario aquellos fiestones previamente preparados por Magdalena, donde en una inmensa mesa sueca cada vecino exponía un sabroso plato y se tomaba cerveza y ron con entusiasmo hasta la madrugada. Pero él enfrentaba aquel periodo especial con una sobriedad desbordante. A pesar de que su delgadez extrema delataba hambre, jamás se lo vio quejarse. Ni los más largos apagones de luz eléctrica le negaron el placer de leer. Desde su escritorio absorbía los libros a la vera de un candil. Asumió con decoro el quedarse sin la moto para sus recados laborales de mensajero cuando le suprimieron privilegios para ahorrar recursos oficiales. Incluso dio el ejemplo al ir a trabajar en bicicleta cuando las promovieron ante una donación china para aliviar el dilema del transporte. Apoyó en la tarea de obligar a los vehículos estatales, incluidos los camiones, a reducir personal agrupado en las paradas, organizados por un hombre con un uniforme amarillo, que paraba cuanto carro estatal le pasaba por al lado y lo llenaba de gente con el mismo itinerario.

Ignacio no estuvo de acuerdo cuando se legalizo el dólar. Pues él mismo había contribuido a delatar y capturar a los traficantes de divisa. Pero acató la ley siempre que contribuyera a recuperar la revolución. La traída del dólar trajo tanto revuelo que el sexo se volvió herramienta para suplir necesidades. Las nuevas prostitutas, muy cultas en un derroche de intelecto que no sabían dónde encajar, decidieron convertirse en *geishas* tropicales de los turistas. Como damas de compañía, avanzaban sobre ellos rellenando soledades, aliviaban nostalgias, promovían el diálogo, regalaban dulzura, derrochaban sexo y manipulaban el amor. Todo por un precio módico y la expectativa de un futuro matrimonio. De tan constantes se ganaron el nombre de *jineteras*, por galopar sobre su objetivo a toda velocidad. Muchos hombres agraciados, bendecidos en cuerpo y cara por la naturaleza, en calidad de chulos, buscaron el consuelo de algunas féminas con la necesidad urgente de solucionar su situación financiera. Ofrecían protección varonil y un extremo placer que las inhibiera durante el propósito, a cambio de un confort razonable. Otros, que no aceptaron venderse en cuerpo, suministraban al turismo suvenires o tabacos de calidad a bajo costo, recurriendo a lo ilegal. Y entre jineteras, jineteros, chulos y vendedores ilegales, formaron una comunidad sin reglas ni distinciones al acecho del turista. Los turistas ya no eran una especie en extinción para el pueblo, sino el mismísimo renacimiento de la más alta posibilidad de huir del país, compitiendo en resultado con la opción de los medios religiosos. Los extranjeros multiplicaron su valor. La gente se lanzaba sobre ellos con cualquier estrategia para irse sin importarles el continente, ni el país, ni la ciudad. El caso era largarse de aquella isla a toda costa. Todo el mundo quería irse, menos Ignacio, quien miraba espavorido toda aquella situación y no podía comprender por qué querían irse del lugar que les había dado enseñanza y libertad. "Se van porque son unas lacras. Yo me quedé en el 59, yo luché por esto", decía todo el tiempo como un mantra político que no paraba de repetir. Ante el hecho, convocó con urgencia una reunión del CDR para informar los cambios recientes. Mientras exponía que ya el dólar era legal y las antiguas tiendas de cheques estarían dispuestas a vender sus productos, interrumpió un vecino, ansioso por preguntar.

—Bueno, ¿de dónde sacamos los dólares, si los dólares solo los tienen los turistas?

—¡Pues de los turistas! —contestó otro a carcajadas.

Ignacio dejó claro la poca gracia del comentario y amenazó que, si había otra gracia como esa, se terminaba la reunión. Reconoció la importancia que aportaba al país el presupuesto turístico. Pero una cosa era que los visitantes exóticos fotografiaran el patrimonio y otra muy distinta era que sus curiosidades por el mundo tropical sobrepasaran lo geográfico e histórico, adentrándose sin límite en el sexo de la sociedad.

—¡Esto es insólito, compañeros! —exclamó indignado de que la juventud anduviera acostándose con extranjeros por dinero—. Es inaudito, señores. ¿Dónde está el principio comunista? —mencionó el tema de que algunas extranjeras no conformes con gastar un pasaje solo para oscurecer la dermis bajo el sol del trópico, teñían también sus vientres abriéndose al placer erótico de un miembro tropical—. Eso ya se está pasando — concluyó.

Intervino entonces Jacinta, más lúcida que anciana, desde su sillón de ruedas:

—¿Pero ¿dónde está ahí la ilegalidad, Ignacio? A ellos, Dios les dio el pene y el don de saber utilizarlo, el sentido del humor para reírse de la vida y la voluntad de burlarse de los obstáculos. A ellas, les dio la plata, el desarrollo, la soledad del consumo y el invierno. Bendito trueque, ¿cuál es el problema?

—Usted es la menos indicada para opinar —dijo Ignacio—. Así que preferiría que se callara y no hablara más.

Explicó que el comentario de la veterana fue considerado decrépito, teniendo en cuenta su avanzada edad y su trayectoria vergonzosa. Razón por la cual su mano pasó desapercibida en los siguientes pedidos de palabra.

—¿Y qué me dicen de los chulos? —retomó la palabra—. Mira que atreverse a comerciar con el cuerpo de sus compañeras de vida. De sus mujeres, señores.

—Coño, ¿qué es lo que está pasando aquí? —expuso un vecino, aquejado de no empatarse jamás ni con nacionales ni con extranjeras—. Caballero, las educaron, las graduaron, les dieron el amor libre y ahora las más bonitas se van con los turistas. Por favor, eso no es justo.

—No se preocupe. Seremos implacables con ese tipo de lacras —concluyó Ignacio y proclamó después un abreviado discurso sobre la dignidad, para dejar bien claro que cualquier miembro de la cuadra o familiar de este que se viera involucrado en un asunto con extranjeros sería procesado de acuerdo a la ley, con una condena de cuatro años de cárcel por prostitución.

Antes de dar por terminada la reunión, dijo que el gobierno estaba captando candidatos para policía, quienes serían entrenados de urgencia para ser enviados como refuerzo a la capital. Así que quien quisiera formar parte de tal ayuda se debía dirigir a él, para indicarle los pasos requeridos. Unos cuantos en la reunión levantaron la mano e iniciaron el proceso. La capital significaba mejores oportunidades y encararla con el poder de un uniforme policial ya era lo máximo. Pues por aquellos tiempos de escasez en los que escaseaba también la moral, la gente —tratando de llenar el vacío existencial que cada vez cavaba más hondo en sus corazones— se inmiscuían en la primera oportunidad que el destino le brindaba para sobrevivir.

Y en esas, uno de los enrolados para el servicio fue Leonardo, quien se reclutó como policía aprovechando que apenas exigían requisitos, en el apremio por sustituir al fuerte desfalco de protectores de la ley en La Habana. Había mermado la plantilla laboral con una exageración asombrosa en la última inspección, debido al carácter fácilmente corruptor de los capitalinos. No obstante, muy pocos en la metrópoli tenían inclinación ante tal oficio, que iba en contra de los negocios ilícitos con los que ellos diariamente convivían. Allí nadie quería ser policía. Se tomaron medidas. Buscando una conciencia más profunda en términos de política, tantearon el territorio oriental por la alta residencia en su intachable comportamiento colaborador. Al fin y al cabo, fue en oriente que se dio el grito de libertad para los esclavos; fue en oriente que los mambises dieron el toque a degüello contra los conquistadores; fue en oriente que los barbudos fraguaron la revolución. Entonces es lógico que sea en oriente donde se capten policías para reforzar el desparpajo habanero. Captaron a los más pobres, los menos estudiados, los más vulnerables y fáciles de convencer. Les prometieron casas, aumentos progresivos de sueldo y hasta preferencia para comprar en las tiendas. Así que, sin dudarlo y con un arraigado deseo de conocer la capital, se enrolaron en esa aventura hacia la tierra prometida. Leonardo fue un caso excepcional. El intelecto materno le había cultivado el impulso necesario para emprender una licenciatura que nunca emprendió. Porque perdido en la culpa torturadora del suicidio de su difunta esposa y la partida de Luna, se conformó con el servicio militar. Él mismo se presentó aun sin cita para ver si en el ajetreo del ejército se le olvidaba el pasado.

Dos años pasaron en los que libre del servicio no lo logró. Se volcó entonces al mercado laboral para trajinar sin descanso sus errores hasta dejarlos dormido en un rincón de la memoria. Pero tampoco lo consiguió. Y todas sus desilusiones se fueron mezclando en esa racha llamada "periodo especial" que auguraba un pésimo futuro. Por eso aprovechaba la oportunidad de volver a empezar. Ya no quería extraviar la culpa en la promiscuidad de sus relaciones, buscando en una lista interminable de mujeres una satisfacción infinita que jamás saciaba: yendo a los mismos lugares una y otra vez, repitiendo las mismas conversaciones de quejas sobre la crisis del periodo especial y reiterando la misma y escasa alimentación que consumía. Todo era siempre igual. Por eso se iba. Para no seguir viviendo como un miserable en aquella aburrida ciudad. Con todos los beneficios que le ofrecían, anclaría su vida en la capital. Y quién sabe si un día lejos de la culpa y el dolor, se encontrase con su amada Luna y serían felices para siempre. Sin pensarlo, se alistó en las tropas y, sin contemplación, partió sereno a su nuevo destino. Apenas llegó a La Habana lo adiestraron en un cursillo de urgencia y pasó a ser parte de la patrulla playera, encargada de controlar el apogeo de jineteras que deambulaban la playa en busca de una vida mejor.

Capítulo 8

El mejor día es el día en que el alma
tiene hambre y sed.
Karin Boye

Cuando la necesidad comenzó a engullir a la población como una hambrienta boa y el transporte ciudad-campo se hizo insoportable, comenzó a aumentar la demanda de productos en ambos lados. A los de la metrópolis les escaseaban los alimentos agrícolas y a los campesinos, la tecnología que facilitara su existencia en la espesa cotidianidad del campo. Mucha gente, repleta del ingenio que emana cuando hay que sobrevivir, decidió ser intermediaria en la situación y así garantizar un capital de supervivencia. Burlando al personal de vigilancia y con largas horas de camino y dificultades para llegar, transportaban a cada sitio la oferta que cubriese las demandas. Esquivando policías e inspectores, conseguían traer del campo cerdos, pollos, gallinas, arroz, frijoles, hortalizas, cereales y hasta ocas asesinas que traspasaban el saco de envoltura para tratar de devorar con sus picos a sus captores. En la ciudad canjeaban gran parte de los alimentos por lo que fuese: hasta utensilios de antaño que viejecitas capitalinas guardaban con nostalgia y negociaban con tristeza para cubrir sus necesidades. Aunque lo más cotizado se obtenía en el mercado de la bolsa negra. Lo mismo llevaban al campo: una máquina de moler café, un radio, un exprimidor de naranjas, un aplastador de ajos, desodorantes, jabones, un mosquitero de canastilla o una manguera; todo lo que pudiera ser cambiado por víveres.

Entre ese grupo de negociantes clandestinos estaban Teresa y Luna. Ellas caminaban durante horas por las guardarrayas de los montes proponiendo el producto y aceptando el trueque que los guajiros imponían. El regreso era aún más pesado, pues por lo general volvían con cantidades de peso que doblegaban la espalda en un pronóstico de escoliosis. Cuando agotaban el territorio, estrenaban otro. Una parte la vendían para poder volver a comprar más cosas que cambiar, y el resto se lo comían. Así fueron burlando al periodo especial durante un corto tiempo, hasta que la avalancha de ciudadanos que entraron al negocio se hizo tan espesa que mermó los ingresos a un punto de volverlo nada. La tierra no daba abasto para tanta carencia y los negociantes comenzaron a disputarse los territorios de canjeo como si fueran propios, sin contar las persecuciones policiales que revisaban constantemente el bolso de las personas en busca de pruebas ilícitas. Lo más insignificante suponía un delito, incluso la presencia de un desodorante nuevo. Por consiguiente, multas, fianzas y sentencias. Esto consiguió un miedo aterrador entre los del trapicheo, quienes muchos de ellos se retiraron del negocio. Teresa y Luna, desarmadas ante el fracaso, se debatían en un *zis zas* existencial buscando soluciones. Incluso montaron en el solar una especie de tienda clandestina, donde adquirían mercancías que entraban camufladas por la aduana a través de emigrantes consentidos, que se fueron casados o en trámite laboral al extranjero. En el pequeño espacio del apartamento de Teresa exhibían ropas, zapatos, perfumes, cosméticos y todo lo vendible. Pero tuvieron que desmantelar la tienda con urgencia cuando la autoridad comenzó a decomisarle la casa a quienes cogieran practicando el negocio. Derrotadas, buscaron otros métodos imitando a los que ingeniaban cualquier salida para subsistir, que iban desde vender comida casera, traspasar turnos en las embajadas, hasta intermediar en el proceso ilegal entre vendedores y compradores de casas y carros, sobrecargando el precio pactado. Teresa y Luna agotaban todos los recursos de supervivencia que iban encontrando a su paso. Todos prohibidos y sancionados. Compartían con el resto de los ciudadanos el riesgo de ser atrapados y la competencia de ir por delante de los demás, para no permitir que la necesidad se los coma de un bocado. Así fue cómo de a poco la población fue perdiendo humanidad y, en vez de compartir, dividían. En vez de amarse, se odiaban. Y en vez de quedarse, huían, sin importarle lo que dejaban atrás.

En la espera de un milagro, la despensa de alimentos permanecía vacía. Y del mismo modo el refrigerador, el cual tuvieron que desconectar no solo por no tener que conservar, sino también porque en los repetitivos cortes de electricidad, se averió el motor. "Total pa' lo que guardaba", comentó Teresa.

La cocina se fue convirtiendo en lugar deshabitado y donde antes hubo víveres y una alegre elaboración de alimentos, se agolpaban una retahíla de latas vacías, las cuales conservaban por si aparecía algo con qué llenarlas. Pero tuvieron que tirarlas cuando los ratones hambrientos se empeñaron en zarandearlas y no dejar dormir de noche. Menos la lata con azúcar que era lo único que tenían, la cual mezclaban con agua para entretener el estómago, y lograban un suero salvador, que incluso sustituyó en muchas ocasiones la leche de los niños. Aunque recibían un litro diario por cartilla, de vez en cuando lo vendían para comprarles alimentos sólidos. Al menos hasta que no cumplieran siete años no les suspendían el derecho al lácteo. Teresa daba gracias porque ninguno llegaba a siete todavía. Para colmo, la China había dejado al niño con su padre, para salir a buscarse la vida. Los tres de Laura y el de Juan sumaban cuatro niños por alimentar, y cada vez se hacía más difícil conseguirlo.

Juan decidió que les enseñaría a los niños a imponerse en el mundo de las necesidades, recordando las estrategias que utilizaba cuando estuvo en la guerra. Como la situación requería medidas drásticas, impuso leyes severas y soluciones extremas, que completaba con un intenso adiestramiento. Les enseñaba a freír huevo sin aceite, a lavarse el trasero con agua (cuando había agua) en vez de limpiarlo con papel (ya que nunca había papel); a ayunar, porque además de ahorrar comida hace bien para el espíritu; a agotar los juegos callejeros para transmutarlos por juguetes; a no odiarse por querer el pan del otro; y a contar cuentos a la hora de trasmitir los dibujos animados, sustituyendo la falta de corriente eléctrica. Agrupados en el portal, se entretenían narrando historias, mendigando una brisa de aire que, aunque poca, era gratis, y agradecidos de que todavía no se le ocurriese a un humano la idea de vender también el aire que respiramos, pues ya los recursos como el agua, la tierra y hasta el cielo estaban cotizados. Menos mal que el aire no, o al menos todavía no.

Juan les enseñó las técnicas de inhalación y exhalación para relajarse del estrés de aquellos momentos. Ellos lo tomaban como un juego, pero como no había nada más para hacer que escuchar a los adultos quejarse todo el tiempo, prefirieron seguirles la rima a las aventuras del tío, que —aunque extrañas— les resultaban entretenidas. Les encantaba escuchar esas historias africanas que los dejaban boquiabiertos: el tíito Juan cruzó ríos encima de hipopótamos gigantes, voló en las alas de una mariposa, relinchaban canciones de caballos divinos, venció panteras y, por poco, lo coronan rey de la selva de tan valiente. Pero como el león no quiso permitirlo, se puso muy furioso. Entonces ambos se hicieron muy amigos y cuidaban juntos la jungla para que estuviese ordenada y feliz. Los niños le atendían absortos en aquella ficción que trasmutaba lo real, olvidándose del hambre y la necesidad. En época de ciclones, cuando se inundaba la casa, los subía a todos encima de la cómoda y les hacía creer que estaban en un barco naufragando a la deriva en la espera de ayuda. Ellos se divertían, ignorando que el estancamiento del agua pudría los pocos muebles que les quedaban y dejaba una insoportable humedad que atraía microbios. El muslo y el contramuslo que tocaba por niño una vez por semana los juntaba en una sola porción concentrada, que repartía con el entusiasmo de caldosa de fin de año.

De esa manera, Juan camuflaba a los niños en aquella jungla de necesidades. Así como sobrevivió defendiendo tierras ajenas, también sobrevivía en su propia tierra, burlándose de las carencias y engañando a la adversidad. Teresa se preguntaba de dónde sacaba semejante imaginación en medio de tanta pobreza, pero él le respondía que los niños no tenían la culpa y, si no los ayudaba a suavizar sus miserias, sus infancias se perderían en la tristeza. Así como a él se le había extraviado la cordura en medio de tantos horrores de guerra. De lo mucho que Juan se entretuvo en aquella situación, inconscientemente dejó de oler pegamento. Concentrado en la improvisación de las narraciones y en el disfrute de estas, el vicio se le extinguió para siempre. "Esto es un milagro —dijo Teresa—. Qué alivio. Al menos esta miseria sirvió para algo". Y es que a veces la necesidad nos sorprende. Es como una herramienta que tenemos adelante para abrirnos camino. Un machete para cortar la maleza que nos ciega, pero no podemos verla porque jamás viene disfrazada de hacha, sino de un montón de inconvenientes que hacen que la yerba se haga cada vez más espesa sin que podamos ver jamás el otro lado que nos muestra la vida. Pero Juan, por instinto, supo agarrar ese machete y chapear tanto que despejó su camino y se vio libre del vicio en el que estaba atrapado. No había vencido las dificultades de la pobreza en la que vivían, ni tampoco solucionado la relación con su pasado en la guerra y lo personal, pero al menos ya no deambulaba por los rincones extasiado en el aroma del pegamento.

El tiempo transcurría estancados en la misma situación, cuando apareció la China: llevaba un *jean* ajustado con una camiseta azul que le tapaba las trabillas y le lucía un escote bajo, que dejaba a la luz un trozo de sujetador. Las sandalias eran blancas, de tiras enredadas que embellecían las uñas pintadas de rosa con filo en blanco mate. El pelo, alisado y suelto con un cerquillo casi sobre los ojos, sencillamente delineados con un rímel negro. Entró a la sala con un aroma elegante y abarrotada de bolsas. Soltó el cargamento en medio de la escueta sala, lo que invadió el suelo con ropas etiquetadas; cremas, champús, colonias; latas de carne prensada, aceite de oliva, quesos; galletas de sal, de dulce de coco y de chocolate; zapatos por doquier de cualquier tamaño y modelo; bragas, sujetadores, medias, peines y un sinfín de cosas que satisfacían la más mínima necesidad. Teresa, Juan, Laura, los niños y Luna miraban estupefactos aquella descarga. Cuando se convirtió en una montaña gigantesca, la China dispuso de quién era cada cosa y entregó a cada cual sus pertenencias. La sorpresa fue tal que nadie preguntó nada. Ni dónde había estado. Ni por qué había abandonado al niño. Su opulento regreso respondió las preguntas. Todos empezaron a probarse, untarse y a comerse lo que le daba.

Ella advirtió la necesidad de ahorrar pues pasaría otro tiempo sin venir. Y quizás era hasta probable que nunca volviera. Todos le dieron las gracias, aunque nadie le creyó eso de no volver y concluyeron que era un recurso para ser perdonada y valorada. Pero al menos no lo comentaron delante de ella. Disfrutaron los regalos durante un buen rato. Después del embullo, Teresa, mientras acomodaba los alimentos enlatados, se volteó hacia la China y le dijo:

—Niña, ¿pero de dónde salió todo esto?

Ella la miró de reojo y le respondió:

—Relájate y disfruta, que tengo un novio español.

Durante tres meses se reparó la nevera. Se adquirió una planta de luz en el mercado negro para mantenerla encendida. Se compró la propiedad del gas y se conectó una bombona de propano a una cocina de cuatro hornillas. Se cambiaron los colchones, se repararon las tuberías, se pintaron las paredes contra la humedad y se obtuvo una lavadora automática. Teresa intentaba recuperar la serenidad que había perdido con tanta carencia e incluso consiguió perdonar a la China por haberse ido así y abandonar al niño. Comenzaba a conseguir algo de paz. Pero cuando creyó que por fin había vencido a la adversidad, la presidenta del CDR se presentó en su casa y le comunicó que la China se encontraba detenida en la estación de policía. Pronto sería trasladada al penitenciario por el delito de prostitución. Le habían pedido que diese su declaración con respecto al comportamiento social de ella en el barrio y de paso se lo comunicase a los familiares. Lo justificó diciendo que había dado su mejor comentario, aunque no hubiese servido de nada, pues el oficial confirmó su traslado al penitenciario.

—¿Presa? ¿Por prostitución? Su novio es extranjero —alegó Teresa.

—¿Sí? ¿Y cómo lo consiguió? —dijo la vecina—. Aquí todos lo saben. En la misma zona que lo consiguió ahí mismo la agarraron. Dice el guardia que ya tenía dos cartas de advertencia.

Teresa deseó poder volar en esos momentos. Pero ante esa imposibilidad humana, salió corriendo lo más rápido que pudo. Al embestir la comisaria, ya la joven estaba montada en el carro que la conduciría a la prisión de mujeres. El veredicto ya estaba fijado. Cuatro años de privación de libertad: la mandaban al penal por depravación de su cuerpo. Mientras Teresa se debatía con el guardia de la puerta para evitar su traslado, la China la observaba a través del cristal derecho del auto. Estaba esposada y encerrada en ese ínfimo espacio preparado para reos en el asiento trasero del coche de policía. Tan atada a sí misma que ni siquiera podía limpiarse las lágrimas que brotaban de su impotente tristeza. Teresa se conmovió tanto al verla que se lanzó hacia el guardia preguntando por qué se la llevaban sin ni siquiera hacerle un juicio donde pudiese defenderse. El oficial le retuvo los brazos en el aire con una evidente fuerza mayor y, antes de soltarla adolorida, le contestó:

—Ya el juicio ha sido realizado, señora.

—¿Tan rápido? ¿No hubo aviso? —preguntó angustiada. Y él le respondió con serenidad.

—La audiencia en estos casos es inmediata. El delito lo impone. No podemos permitir esta lacra en la sociedad. Empaña la imagen de la Revolución.

—¿Y el abogado? Tenía derecho a un abogado.

—Ya tuvo un abogado. Uno de oficio. Se le da una hora antes del juicio para conversar con su defensor.

—¿Y eso se llama *defensa*? Ya su suerte estaba echada. ¿Puedo verla?

—No, ya se va al penal. Si usted quiere, busque un abogado y apele. Ya nada tiene que hacer aquí. Nosotros solo nos ocupamos del traslado. Y con su permiso, tengo personas que atender. Si me disculpa. Buenas tardes.

Teresa se echó a un lado. Tuvo que sentarse en el contén de la acera para no desmayarse al ver la mirada triste que la China exhibía detrás del cristal del auto. El conductor aceleró despacio con destino a la prisión sin que ninguna de las dos pudiera despedirse. Luego de ver cómo la patrulla policial se perdía al doblar la esquina, se levantó y abandonó la estación de policías con tristeza. Recordó aquella ocasión en que su hijo también había quedado preso. Aunque desafortunadamente más allá de su amor de madre, reconoció que era culpable del delito. ¿Pero la China? La verdad no es que le simpatizara mucho, pero le parecía injusto que cargara con cuatro años de cárcel por el simple hecho de vender su cuerpo. Era su cuerpo. No acababa de entender tan dura sanción y sentía lástima de que la muchacha no tuviese familia. Nadie que pudiera ir a visitarla durante tanto tiempo. Ya ella estaba muy cansada de llevar jabas a prisión. Primero su hermano, luego su hijo. Y ahora con esa retahíla de pequeños por cuidar. Y lo pésimo que estaba el transporte. ¡Qué va! No podía ir tan lejos a verla. "Nadie se merece algo así", comentó en voz alta, al ver cómo se la llevaban presa por conseguir cosas para cubrir sus necesidades. Seguía sin entender. Estaba atónita. Le parecía un abuso. Había oído de casos horrendos sobre personas disconformes e incluso sobre los campos de concentración para los homosexuales. Pero nunca había vivido la injusticia en carne propia, ni siquiera con alguien cercano. "¿Será que solo duele lo que nos toca?", se preguntó. "¿Cómo pudimos estar tan ciegos con esta sociedad? Primero, provocan el hambre y luego sancionan a quien la quiere saciar". Respiró profundo, buscando respuestas en el aire. Pero como no consiguió nada, se conformó con un suspiro. Sacando algo de ánimo, logró levantarse y llegar a su casa. Durante una semana no quiso hablar con nadie, solo lo imprescindible con los niños. Había tenido que pasar por muchas cosas. Pero esa injusticia la conmovió de una forma especial. Con el pasar de los días logró recuperar algo de paz y se dispuso a volver a imponer el orden en su hogar que ya comenzaba a volverse otra vez un verdadero caos.

A Juan le costó convencer al hijo de que no vería a su madre durante un buen tiempo. Pues ya le había dicho algo así cuando ella los abandonó sin razón aparente. Por lo que el pequeño respondió: "Sí, sí, sí, tú siempre dices lo mismo y luego aparece. No importa. Yo la voy a esperar". Con la euforia de haber dejado el vicio, ya la había perdonado cuando tuvo aquellos detalles caritativos con su familia. Pero el resentimiento del abandono le había borrado el amor por ella. Por lo que solo sentía una lástima que no era ni siquiera la suficiente para regresar y apoyarla en su condena.

A los pequeños les costó olvidar los batidos de vainilla, el yogur, las galletitas de chocolate, los *chupa chus*, los dibujos animados, los cumpleaños, las excursiones a la playa y los entretenimientos eléctricos. La nevera volvió a estar vacía. Así que igual que antes, volvieron a desconectarla. Teresa quiso conservar la planta de luz, pero tuvo que venderla para satisfacer el hambre. Los infantes reclamaban su estatus anterior, mientras Juan hacía un esfuerzo para ensartarlos de nuevo en el plan rústico de la supervivencia. Pero esta vez ninguno tuvo interés de proseguir con esa aventura loca y miserable del tío. Ellos perdieron el entusiasmo y Juan bajó la autoestima, aunque no al extremo de volver al pegamento. Teresa, con remordimientos a causa del destino de la China, mandó a Luna a que fuese a visitarla a la prisión. Aunque no tenían nada para llevarle, le estaban agradecidos por todo lo que hizo por ellos.

Luna llegó a la visita después de haber desafiado los conflictos del transporte, agarrando cuanto objeto transportable le adelantara tres horas de camino. Siempre quiso saber cómo conseguía la China todas esas cosas buenas e inalcanzables. Así que, saciando su curiosidad, le preguntó por los detalles. Le confesó que quería ayudar en la casa, porque se los estaba comiendo de nuevo la miseria. Y no estaba dispuesta a ser una miserable para siempre. Pero además sentía una profunda necesidad de darle un giro a su vida. No solo económico, sino también emocional, para llenar el inmenso vacío en el que se encontraba. La China le aconsejó que no hiciera nada por desesperación porque estar presa era una experiencia aterradora. Le contó del horror de la cárcel. De las peleas de mujeres por sexo y poder. De las que se volvían locas, de las que intentaban suicidarse y de las que, como ella, sobrevivían en aquel infierno.

—No te metas en problemas. Tú no estás preparada para esto.

—Nadie está preparado para una cosa así —respondió Luna—. Cuéntame. Si son dos cartas de advertencia, ¿por qué seguiste?

—Porque esto envicia. Mientras más buscas, más gastas.

—Ya habías conseguido un español. ¿Por qué no paraste ahí?

—Porque el español está casado, viene cuando puede. ¿Y de qué vivo mientras? Lo ideal es casarse. Pero es difícil. No todos se casan. Solo quieren sexo. Tener la puta fija cada vez que vengan.

—Yo voy a conseguir casarme. Te lo juro —dijo Luna.

—Para casarte tienes que andar fijo con uno para que se crea el cuento de que estás enamorada. Este mundo es dificilísimo. Si te va bien, triunfas. Pero si te pillan, te jodes.

—Yo asumo las consecuencias. Sé que lo voy a conseguir. Solo dime cuál es el mejor rumbo para esto, ¿solo eso?

—La playa —le contestó la China mirándola fijamente—. El mejor lugar, Varadero.

La alarma del penitenciario anuncio el fin de las visitas. Las dos se despidieron con un abrazo y prometieron volver a verse. Ambas se agradecieron: Luna por haberse acordado de ella en medio de tanta necesidad y la China por haber ido a visitarla. La joven, apurada por los guardias, mientras soltaba el abrazo, le dijo:

—Acuérdate de mi hijo, por favor.

—Cuenta con eso —contestó Luna, y antes de que pudieran alejarse, la China se volteó, y con una voz cruda le expresó:

—Suerte.

Luna salió de allí algo asustada, pero también desesperada. Necesitaba ayudar a su tía. Era lo único importante que le quedaba. Se aferró más a ella cuando supo de la muerte de su abuela. Aquella noticia le causó pavor. Se enteró cuando cursaba el segundo año de Economía y el 1990 le regalaba los 17 años. Sintió que una fuerte corazonada le había golpeado el ánimo. Esa mañana se levantó asustada porque soñó que su abuela le había dado un beso y, con una sonrisa muda, se alejaba diciéndole adiós. Fue directo a la cabina de la esquina y llamó por teléfono sin reparar en quién lo cogiese. Sabía que algo estaba pasando. Pero nadie respondía. Después de tanto insistir sin resultado, recordó el número de una vecina de la cuadra. Le pidió el favor de informarle si todo andaba bien por su casa.

La mujer, quien demoró segundos para contestar, le comunicó que muchas cosas habían cambiado: que Magdalena no vivía allí y que su abuela había fallecido. Aquellas palabras traspasaron violentas del otro lado del aparato y apuñalaron sus oídos. A partir de entonces, se aferró a Teresa mezclando sobre ella todos sus amores perdidos: el de su madre, el de su padre, su hermano Maceo, su Leonardo y su abuela. Todos en uno los concentró en Teresa. Agradecía sus cuidados. Los compensaba con los que nunca tuvo de su madre, de quien no volvió a saber jamás. Y los comparaba con los de su abuela que ya no estaba. La preocupación que le asignaba. El amor que le ofrecía. A esas alturas, Teresa se había ganado el honor de pertenecer a los amores de su vida. Por eso le dolía verla trabajar tanto a cambio de nada. Sacrificándose por todos. Dejando de ser para dar. Su deber era ayudarla, sacarla de la miseria a la que estaba sometida. Así que, camino a casa, tramó la idea de comenzar su aventura en la playa. Tenía la certeza que no le iba a pasar nada malo. Estaba segura de que la China había cometido errores que ella no iba a cometer. Aprendería de ello como estrategia de guerra. Porque para ella eso era su mundo en ese momento: una guerra silenciosa y emocional por conseguir su camino. Era ahora o nunca. Era para valientes y no para cobardes. La China le había abierto el camino el día en que se había aparecido con todos esos regalos que sirvieron de antídotos ante el veneno de la necesidad. No era mujer de esperar mejoras que nunca llegan, era mujer de hacer ella misma las mejoras. Había digerido la muerte de su abuela, el aborto de su hijo, el abandono de Leonardo, el desprecio del padre, las ventas ilícitas para sobrevivir. También se sentía capaz de esto. "Solo será un tiempo", murmuró para sí. "Todo es cuestión de que consiga al extranjero ideal". Si son dos cartas de advertencia, tenía dos oportunidades para conseguir abandonar la pobreza física y psíquica a la que se sometía. Estaba tan decidida que ella misma lo confirmó:

"A partir de mañana, seré una nueva Luna".

Capítulo 9

¿Qué son las circunstancias?
¡Yo hago las circunstancias!

Napoleón Bonaparte

Aquella mañana, en el doble sentido de la carretera fluían los coches con un raudo vaivén y Luna, en posición de autostop, pretendía detener alguno, antes que el sol derritiera su pulgar. De vez en cuando daba un paso atrás para evitar que aquellos neumáticos fugases le aplastasen los pies o, peor aún, las sandalias, que para colmo no eran suyas, sino que las había cogido prestadas entre las pertenencias que la China dejó antes de ir a prisión. Y aunque no pudiera usarlas desde la cárcel, se había prometido devolverlas en cuanto pudiera. Pues según la China, con solo pisar la arena los turistas estaban dispuestos a soltar los dólares con la misma disposición que el sexo. De súbito frenó un camión. El conductor se asomó por la ventanilla y esperó mientras Luna se le acercaba. Como la ruta de su itinerario no coincidía con el de ella, lo despidió amablemente. Luego paró un Lada, un Moscovich, una moto, un Chevrolet, un Cadillac y ninguno llegaba al destino, hasta que, por fin, una rastra cargada de alimentos iba rumbo a Varadero. Subió a la cabina. Se colocó las gafas de sol para evitar la imprudente mirada del chofer hacia sus ojos. Pues, aunque estaba acostumbrada a ser motivo de asombro, con aquel extraño le resultaba incómodo. Puso el bolso entre los muslos tapando la hendidura del falso de su falda. Sus piernas exhibían el brillo de la última minúscula gota de aceite frito del sartén, camuflando la piel seca. El chofer miró de reojo, pisó el embrague y se perdió en el asfalto. Las líneas discontinuas del suelo se multiplicaban infinitas por el retrovisor. El asiento, el bolso y los muslos de Luna tambaleaban por los baches.

—¿Vas pa' la lucha? —preguntó el conductor girando de modo fugaz la cabeza y sin dejar de sostener el volante. Su corazón alcanzó la velocidad de la rastra sin poder contestarle y, mientras encontraba una respuesta, sugirió:

—¿A la qué?

—A la lucha, ya sabes. Con los turistas —aclaró el chofer sin tapujos. Luna apretó el bolso firmemente a los muslos tapando cualquier visibilidad—. No tengas miedo —dijo sonriendo—. No voy a hacerte nada. Yo entiendo, la cosa está mala. No quería ofenderte, solo conversar un poco durante el viaje. ¿Tienes hijos?

—No. Sobrinos.

—Eres de las mías, mi negra. De las que arañan pa' los chamacos. Y no de las que luchan pa' los chulos. Ves, eso me gusta. Te voy a ayudar y te voy a dar el clave de una señora que alquila a las muchachitas. Es confiable, no tengas miedo. Además, con esos ojos, te comes la playa.

Habían transcurrido dos horas y media de viaje cuando el camión parqueó a la vera de una casa de mampostería. Se bajó con Luna. Entraron por la parte lateral de la casa e insertaron el patio bordeando la cocina. El chofer tocó el timbre y esperó, hasta que abrió una señora pelirroja, extremadamente delgada con pecas que le recorrían desde la mejilla hasta el cuello. Se espantó al chocar con la mirada de Luna cuando abrió la puerta de sopetón. El chofer, riéndose del incidente, después de saludarla con una sonrisa fingida, le confirmó:

—Aquí te la dejo —se volteó para Luna y antes de irse le dio un beso cordial y le dijo—. Suerte.

Inmediatamente después de que el conductor se fuera, aquella mujer se presentó ante ella como "la Pecosa" e hizo una señal para que la siguiera hasta el final de un pasillo exterior. Cruzaron el patio de cemento y, al final, estaba el cuarto de alquiler. Abrió la cerradura y entraron ambas.

—El pago es diario —expuso—. Son dos dólares y los recojo en las mañanas. No fío, ni acepto chulos, no doy comida. La cama ya está ocupada con una chica. Tú dormirás en el canapé. Ni se te ocurra traer el turista aquí y, si por casualidad te agarra la policía, tú no me conoces. ¿Entendido? Esta es tu llave. Procura entrar sin hacer bulla. Ahora no hay nadie. Ubícate como puedas.

Abrió la mano para que le depositara los dos dólares. Los apretó en un puño y se los metió en el bolsillo del delantal que llevaba puesto. Luna se sentó en la cama. Recorrió con un vistazo la habitación. Una revisión rápida y cercana que no sobrepasaban los tres metros de su mirada. Había una mesa de madera cubierta por un mantel metálico que colgaba hasta la mitad de las cuatro patas. Encima de ella, una pequeña cocina eléctrica, una olla arrocera, algunas especies y unas cuantas latas de embutidos. Al lado de la mesa, un estrecho baño con puerta de corredera. Y al otro extremo de este, una cómoda repleta de lujosos perfumes y selectos maquillajes. En el rincón de una esquina se extendía desde el techo una cuerda de goma, de la cual colgaba un montón de ropas caras, que humillaban al cordel con el peso opulento de los percheros repletos. Luna, por un instante, imaginó su ropa elegante y nueva colgando de aquella percha mientras prosperaba su economía, haciendo dinero por doquier. Consiguió el suficiente ánimo para sacar con embullo un bañador dentro de su bolso y repleta de energía se puso un bikini azul dispuesta a buscar el candidato perfecto con quien casarse.

Sin saber dónde estaba la playa y sin preguntarle a nadie por la desconfianza de que supieran que no era habitante del lugar y le llamasen la policía, caminó guiada por su intuición. Pues, aunque nunca había estado allí, sabía que a la geografía de la zona la bañaba el océano por ambos lados, dejando una extensa lengua de kilómetros de largo. Así que, si su alquiler estaba del lado costero, por lógica la playa quedaría contraria. Sin permitirse un ápice de imprudencia, se dirigió presta a su objetivo con sus gafas de sol para evitar que sus ojos la traicionasen ante algún imprudente asombrado. Ya en la playa, después de quedar pasmada con la belleza de aquellas aguas transparentes, anduvo sobre la arena a la vera de la orilla, mientras el vaivén de las olas le empapaba los pies. Algunos turistas, desde sus tumbonas, quedaban expuestos al sol frente al mar y otros resguardados bajo las inmensas sombrillas. Luna no volteaba la cara hacia ellos; solo se limitaba a caminar con la fe de que alguno la detuviese. Las nalgas se le movían al compás de un tambaleo que provocaba que sudasen sus glúteos por el calor y la vergüenza. Pero continuó su camino creyendo que pronto acabaría esa exhibición forzosa. Era como una subasta muda y personal, moviendo el cuerpo al ritmo de sus pasos y del deseo de triunfar. Aún no le decían nada y ya comenzaba a desesperarse cuando el recorrido marítimo se hacía demasiado extenso. Había ido y venido tantas veces por la misma senda que más que asombrarla ya la agobiaba el paisaje. Sintió hambre. Pensó que debía acercarse a alguno y pedirle fuego, o tal vez la hora. Aunque eso era peor que caminar. Ni siquiera sabía inglés o italiano, ni francés; debía limitarse al turismo español. Y, ¿cómo sabía a esa distancia quién era español y quién no? Si todos eran blancos y colorados. La incertidumbre se apoderó de ella. Comenzó a sentirse nerviosa. El hambre se le mezcló con los nervios, confundiéndose ambas sensaciones justo en la boca del estómago. Sin parar de andar, murmuró para sí: *Tengo que hacer algo. Mira la hora que es. Ahorita cae la tarde y no he hecho nada. Esto no es tan fácil como decían, esto es dificilísimo. Y si me agarra la noche, ay, mi madre, ¿con qué pago el alquiler de mañana y con qué compro comida? Ya empiezan a irse los turistas a comer y luego se echarán la siesta. Porque esta gente duerme siesta. Me quedaré sola en la playa y capaz que venga algún policía.*

¿Para qué hice esto? Qué va, me voy a La Habana. Yo no sirvo para esto. La China tenía razón: esto es dificilísimo. No, no, no, no, ya estás aquí. ¿Qué te pasa? Recapacita, no seas tan cobarde. No te rindas. Mira a esa negra tan fea, restregándose un beso de roqueta con ese extranjero. Sí ella que está horrible y lo consiguió, yo también puedo. Voy a seguir caminando. Caminaré más despacio, no sea que estoy muy rápida. No. Mejor voy a descansar un poco. Estoy muy cansada.

Luna se sentó debajo de un cocotero para evitar el sol abusivo, que ya le había acribillado la piel ensañándose con la espalda. Centró toda su energía en el movimiento de las olas. Con una fe absoluta, clamó al mar, convencida de que la vibración del agua la escuchaba. Y se acordó cuando de pequeña paseaba por la alameda de la mano de su abuela y esta le contaba que el agua tenía oído y escuchaba las súplicas. Con toda su disposición, le suplicó un empujoncito de suerte en esa misión tan dura por la que estaba transitando, para poder encontrar el extranjero que quisiera casarse con ella y llevársela bien lejos de allí. De repente sintió unas grandes enormes de pedirle que le trajera noticias de su Leonardo. Tenía tantas ganas de verlo, de besarlo, abrazarlo, de bailar con él, o mejor aún, de amarlo. Pero habían pasado tantas cosas que no sabía ni siquiera que había sido de él. Era preciso cerrar ese capítulo tan doloroso que solo le dejó tristeza. No quiso molestar a la virgen con esa petición que al fin y al cabo contradecía su deseo de casarse con un extranjero y marcharse del país. Así que, para no trastocar pedidos, disipó inmediatamente cualquier pensamiento perturbador con respecto a Leonardo. Y se centró en su nuevo encargo: un nuevo camino lleno de prosperidad. Sin aún terminar sus súplicas, observó que se acercaba alguien. Era un chico alto que venía directo a ella. Ya de frente le preguntó:

—¿Qué pasa? No has podido hacer nada —la vergüenza le coloreó la cara muy por encima de su mestizo e incluso del exceso de sol en sus mejillas. Sin responderle nada le escuchó decir— ¿Eres nueva?

—¿Cómo lo sabes?

—Estás ahí tan sola bajo el árbol y frente al mar. Una imagen preciosa. pero aquí nadie viene a contemplar la naturaleza. Las que tienen dinero no se arriesgan exigiéndose. Pagan la entrada y se van a la discoteca. Las que empiezan vienen aquí. ¡Si este árbol hablara!

—Empecé hoy.

Él se le agachó en frente, queriendo penetrar en sus ojos. Ella no pudo evitar el deseo de llorar y, por mucho que controló las ganas, dos lagrimones se escaparon de súbito sobre sus mejillas.

—Aquí llorar no resuelve nada. Además, con esos ojos tú haces aquí lo que quieras, mulata. Así que puedo darte un consejo de lobo viejo pa' que no te pillen de bobería. Esto es sálvese quien pueda. Las doñas no entienden con el alquiler y, si no le pones los verdes por delante, te sacan a la calle. Eso quiere decir que la pincha es dura. ¡Ah! Otra cosa: si no tienes fula, tampoco comes y dar cintura sin alimentarse no es fácil. Pero tampoco es tan difícil; el caso es tener chispa y no dejar que te quiten al pepe bajo ningún concepto. Primero lo engrampas bien con un bailecito por aquí y un cariñito por allá. Luego le metes el tablazo y, como él ya estaba emocionado con la sabrosura tropical, no pondrá pega. Lo demás ya es cosa tuya, ¿que lo quieres dejar medio loco con un movimiento de esos que ustedes sacan pa' sorprendernos? Bueno, que se reprenda el tipo y te invite a su país y que se case rápido. ¿Que prefieres pasar del tema y abrir las piernas y cobrar pa' no verlo más en tu vida? Bueno, ya vendrá otro mejor a quien atrapar y quizás con un poco de suerte te guste y todo termine como el cuento de la Cenicienta. Pero eso es el final, espabila, mijita, si quieres hacer algo. Los gastos son mínimos. Con cuatro dólares matas el día. Con dos te compras una cajita de comida en el paladar de la esquina y con dos más pagas el alquiler. Yo me vi como tú. Y peor porque yo soy hombre, para mis las cosas fueron más difíciles. Por lo menos las putas y los pájaros lo tienen más fácil. Pero un hombre en esto, mama, es difícil. Por eso muchos se meten a chulo. Pero lo mío no, lo mío es otra onda. Yo buscaba punto a las chicas pa' sobrevivir, pero a mí eso de vivir de las mujeres no me va. Mi verdadero objetivo es conseguirme una y casarme. Por eso me vine aquí, claro si aquí está la mata. Los turistas caen solitos como mangos del árbol. Menos mal que ya yo enganché la mía. Ya me retiré de esto, ahora estoy en plan acompañante viviendo la dulce vida con una noruega que no se cansa de que le den. Me tiene seco. Sí, sí, no te rías, la tipa está que no me deja respirar y eso que todavía le queda una semana de vacaciones. Lo bueno es que ya me puso la carta de invitación y dentro de na' estoy allá con un abrigo de esos gordos y comiendo y bebiendo como un rey en Noruega. Mira, voy a hacer una excepción contigo. Porque ya yo estoy retirado de esta mierda. Pero voy a tirarte un cabo pa' que te estrenes y rompas el hielo. Voy a presentarte a un amigo mío, es mexicano y está alquilado aquí cerca. Vamos conmigo y te dejo con él. No va a ser muy agradable porque está un poco viejo, pero así es esto, mi hermana, sin edad.

Caminaron hacía el apartamento, que no estaba ni a tres cuadras del lugar. Él tocó suave la puerta y no tardaron en abrirle. Era un señor bien bajito con poco pelo y una expresión de sesenta y tantos años. Se saludaron con cordialidad. El joven cogió a Luna de la mano y, dándole la vuelta, la exhibió en subasta. "Esto es denigrante", pensó, pero la cosa no estaba para pensárselo un día entero por la playa, ya tenía los pies cansados y el estómago ya estaba escandalizado del hambre. El chico se marchó con una sonrisa en la cara y un rollo de dólares que, sin contarlos, se metió en el bolsillo delantero de su *jean*. "Toma", dijo el anciano y le colocó un billete en la palma de la mano, cerrándosela. Luna no miró el dinero por vergüenza. Sin saber su cantidad, lo metió en el bolsillo del short vaquero y fue tras el turista a su habitación. El hombre la despojó de la ropa con un embullo evidente. Tranquila, se dejó llevar con cuidado, no fuesen a caerse el billete que antes había entrado. Desnuda se tendió sobre la cama y abrió las piernas rezando que penetrar fuera todo su deseo. *Saldré pronto de esto*, se dijo para darse un consuelo. Él se agachó y con la boca acarició su clítoris con un desenfreno desgarrador. Sintió deseo de salir de allí ante el asco que producía semejante escena. Pero se contuvo por la necesidad de quedarse. *Acabará pronto*, se consoló. Sin embargo, aquello no parecía acabar y tuvo que recurrir a la opción de pensar en algo mejor que la realidad de estar tumbada en la cama ajena de un lugar extraño, con un extraño amasándole el sexo sin que dejara de sentir ganas de aplastarlo. Para apresurar el tiempo, pensó de cuánto sería el billete, calculó las cosas que podía hacer con él si era de 100. Incluso, abrigó la posibilidad de celebrarle el cumpleaños a uno de sus sobrinos que estaba pronto a cumplir. ¿Pero cómo iba a pensar en fiesta con el hambre que estaban pasando? *No, mejor compraré dos sacos de arroz y dos de frijoles así, si la cosa se pone muy fea, hay comida para rato. No, no, no, mejor compraré uno de cada y lo que sobre en ropa y zapatos para todos.* Y así sobrellevaba el hecho mientras se debatía en plan "Cucarachita Martina", escogiendo la opción mejor de gastar su moneda. De repente, el extranjero detuvo sus planes y se incorporó sobre ella para penetrarla. *Dios mío* —pensó—. *Esto va a ser lo peor. Al fin y al cabo, mientras estaba abajo se veía más fácil, pero tener a este muerto encima de mí es asqueroso.* El hombre intentaba que su miembro zarazo entrara en su pubis, pero la edad y el agotamiento insistían en dejarlo tan blando que dolía más el intento. Cuando se cansó y pidió que lo ayudara, se masturbó inconforme y dejó caer la prueba de su lujuria sobre su estómago hambriento.

"Si comienzas así nunca lograrás nada. Es como estar con una muerta", expresó el mexicano. Luna se incorporó urgente para quitarse de encima esa inmundicia apestosa que le cubría la tripa como un escupitajo lujurioso de algún desviado sexual.

Ya acabó, dios mío —se dijo—. *Creí que esto no acabaría nunca*. Esperó a que él saliera de la ducha, luego entró rápido al baño para orinar y, con el temor de que le arrebatara el billete por haberlo hecho tan mal, se lavó en un santiamén. Ya vestida, salió disparada de allí sin ni siquiera despedirse. En la esquina la curiosidad no le dio más y sacó el billete despacito con intriga. Eran 50 dólares. Había hecho 50 dólares.

Nunca había tenido 50 dólares. "Me compraré tantas cosas —expresó—. Pero tengo que repartirlo bien, solo es un billete y las necesidades son muchas. Además, ese chico no va a aparecer siempre con un viejo de turno. Eso fue pura casualidad. Una ayudita de Yemayá, que oyó mis plegarias". Se sentó en una cafetería, comió descomunalmente y se fue satisfecha a pagar su alquiler. Se dio un baño profundo, pretendiendo que el jabón borrase cualquier huella que pudiese quedar de aquel viejo sobre ella. Se vistió y, mientras esperaba a que llegase la noche para reanudar la batalla, se recostó algo agobiada. De repente, vio cómo el ajetreo de la cerradura le abrió paso a una joven esbelta. Era su compañera de cuarto. Las piernas pálidas e interminables salían de una minifalda de piel, desembocando en un par de tacones al estilo sandalia. El peso de los senos sobrecargaba a un escaso top de color beige oscuro. El pelo castaño llovía en espirales sobre los hombros y algunas pecas repartidas por el dorso le daban un toque sensual. El trazo de un rímel acentuaba los párpados al sostén de un azul tenue que lindaba con las pestañas moldeadas en curva. Su paso firme propagaba seguridad y toda ella resultaba sacada de una película. Saludó amablemente. Se presentó como Yadira con una voz dulce de tono agradable. La examinó de arriba a abajo y exclamó:

—¿Te vas así pa' la discoteca? Con esa ropa lo único que vas a conseguir es quedarte pasmada toda la noche y que te lleve el guardia cuando salgas solita. ¿Ya hiciste algo?

—50 dólares.

—¿Y seguro los guardaste? No, mi vida, aquí primero hay que invertir. Con esa pinta no te mira nadie. ¿Cómo crees que puedes ir en *jean* a la discoteca? ¿Tú sabes la competencia que hay? Lo primero es para comprarse ropa *sexy*, bien *sexy*. Eso es material de trabajo, mijita. Ropa interior para deslumbrar, maquillaje y unos buenos tacones. Luego controlar el personal de los taxis, ellos son los que te salvan para no andar deambulando por las calles como carnada de policía. Buscas uno que te venga a buscar y que te lleve directito al sitio. Pero para eso hay que ser profesional y tener una ganancia segura. Toma. Ponte este vestido, ya no me vale. Mientras levantas, ponte lo que necesites de ese perchero, todo es ropa de trabajo, pero me lo cuidas, que aquí cuesta mucho conseguir las cosas.

Empieza por la discoteca de la esquina. Es la mejor para comenzar. En caso que no haya nada, vuelves a pie. Eso sí: los turistas de ahí son pobretones, no pienses que van a dar mucho. Pero para entrenarse no está nada mal. Ahora me tengo que ir. Solo vine a recoger algunas cosas. Enganché a un pepe que me dijo que me quedara cinco días con él. Yo creo que ahí me caso. Me voy. Suerte y bienvenida al club.

—Espera —exclamó Luna. Deteniendo el apuro de Yadira, preguntó—. ¿Y cómo hago para engancharlos?

Yadira volteó hacia ella y le dijo:

—Con esas pupilas, mi vida, ya yo estaría en Europa. Solo tienes que agregarle seguridad a esa mirada tan indecisa que tienes. Asoma el alma por los ojos. Si le pones fuego a esa visión, dominarás a cualquier hombre.

—¿Y cómo se hace eso? indagó Luna. Pero la chica, aún más apurada, le respondió mientras se marchaba:

—Eso no te lo puedo decir. Es algo que está dentro de ti. Es deseo, mi vida, lujuria, pasión.

A pesar de la prontitud de la chica y de la brevedad del diálogo, Luna pudo intuir una especie de energía que le indicaba que aquel efímero encuentro iba a ser el comienzo de una buena amistad. Yadira, con su sola presencia, daba la impresión de un remolino de brío que atrapaba al ambiente volviéndolo reconfortante. Aunque una triste sombra asediaba su alegría de vez en cuando, ella sabía combatirla con su carácter afable. Pero todo ello lo descubriría más adelante. Por el momento, solo se había percatado de la química que trasmitía. Y del confort que sus consejos le aportaron a su incertidumbre. Por lo que, decidida y con algo más de estímulo, se puso el vestido y caminó rumbo a aliarse con la noche. Ya en la discoteca, la música retumbaba de una manera estrepitosa. Tenía razón Yadira, la entrada costaba 10 dólares. Sacando cuentas descubrió que separando 2 para el alquiler del día siguiente y 2 para la comida ya eran 14. Así que le quedaban 32 dólares, pues en los gastos del día ya había descontado 4. Con el sobrante sacaría para comprarse una muda de ropa, y adiós saco de arroz y frijoles, ni cumpleaños ni nada. Volvería al punto de partida. Esto es más difícil de lo que pensaba. Y ahora con esa ropa tan incómoda en ese lugar, donde todas las chicas la miraban como muñeco de feria. La competencia estaba dura. Lo mejor del Caribe convertido en fémina allí se exhibía. La mezcla de razas de todas las provincias y de todos los pueblos de la isla se fundían en un arsenal de belleza latina. Todas se disputaban al mejor postor en una embestida cruel que no dejaba espacio para la filantropía. Pues todas eran inmigrantes en la playa en busca de bienestar.

Luna se detuvo en una esquina. *Tengo que pedir algo para disimular, ¿cuánto valdrá una copa?* —se preguntó—. *¿Qué?, ¿5 dólares? Esto es criminal* —pensó—. *Con ese dinero Teresa hace una pequeña compra en el mercado agrario y alcanza para dos días. Pero por eso no me voy a quedar aquí pasmada. Tengo que actuar. ¿Pero cómo? ¿Cómo funciona esto? No, yo no me atrevo. Mañana mismo agarro los 32 dólares, no 27 porque ya gasté 5 en el Cuba Libre, y me voy. Me largo a La Habana a pasar calamidades junto a los míos, ya se inventará algo. Prefiero robar. No, no, no. Ay, mi madre, ¿de dónde saco estos pensamientos tan malos? Se me está enfermando la mente. Que no, no, yo jamás robaría. Mejor correr este riesgo. Así no le hago daño a nadie. Sí, sí, sí, sí, sí. Me quedo. Será que tengo que ir a ellos. Madre mía, qué difícil es esto. ¿Cómo coño hacía la China para ganarse el dinero? Y encima la meten presa. La pobre. Todos en casa tan contentos con la comida y los niños derrochando el chocolate y desbaratando los juguetes. Qué desconsideración. ¿Pero qué hago yo pensando tanto en vez de actuar?* Luna, decidida ya a ir hacia un cliente que tomaba un trago aferrado a la barra, respiró profundo y caminó hacia él. Cuando estaba casi enfrente, se encendió la luz del local, avisando el cierre de la discoteca. Se detuvo. Supo por el camarero que solo quedaba media hora para que la gente se ajustara a la partida. De momento notó que el ambiente estaba tenso. Las chicas revoleteaban como moscas inquietas. Preguntó al mesero si pasaba algo y este le contesto que al parecer afuera estaba el camión de las avispas negras. ¿Camión? ¿Avispas negras? Todo esto le sonaba a película de acción.

—¿Qué es esto? —pregunto a una chica.

—Las avispas, m'ija. La brigada especial. Son guardias vestidos de negros que te meten dentro de un camión y te llevan a un albergue provisional. Luego reparten las chicas a sus provincias. Y las llevan directo a la estación de policía para poner una carta de advertencia. Eso si no tienes ninguna, si ya tienes dos cartas te hacen un juicio rápido y vas directito a prisión con 4 años en la cabeza.

Lo mismo que le pasó a la China, pensó Luna. Sin perder tiempo preguntó:

—¿Y qué se supone que haga?

—¿Qué? Empatarte rapidito. Porque si sales de aquí sin pepe, vas segura pal camión. El yuma te ampara. Le dices que diga que eres su novia y no pueden hacerte nada con él. Así que apúrate que estás cogidita de tiempo.

Luna escuchó sorprendida. Recordó que se había prometido no dejar que la atraparan. No podía agotar el recurso de una primera carta en el primer día que se estrenaba. Solo le quedaban algunos minutos para salir triunfante de allí. La luz de la discoteca cortaba la acción. Todo el mundo se miraba entre sí como preguntando qué iban a hacer. El turista por el que ella iba estaba invadido por un enjambre de muchachas que disputaban su presencia. De hecho, ya no había extranjero libre a quien atacar. Se sintió perdida. Comenzó a deducir que, si el camión se llenaba pronto, podía irse y así ganar tiempo para salir. Pensó que podía esconderse en el baño. Pidió perdón por desear que se llevaran a las otras y no a ella. Recordó cuando su tío Julio le dijo que en situaciones extremas el sentido de supervivencia extingue la humanidad del ser. *Dios mío —pensó— . ¿En qué me convertiré? Bueno, pero esto no es momento de pensar en eso.* Miró por el cristal transparente de la discoteca cómo se repletaba el camión. Observó el reloj. Y se dirigió al baño para esconderse. Se metió en una de las cabinas de orinar. Escuchó a la limpiadora avisar que solo daba cinco minutos para que se vaciara porque tenía que limpiar. Cuando se decidió a salir y enfrentar su destino, observó una puerta al lado del baño que decía "Almacén". Giró la manivela y, para su sorpresa, estaba abierta. Temblaba del miedo. Entró. Se escondió detrás de un muro de cajas de cerveza vacías. Se agachó en el suelo y esperó aterrada a que un milagro la sacase de allí. El tiempo no pasaba. Al menos para ella. De repente, un giro de la puerta anunció la entrada de alguien. Pensó que era la policía que había ido a buscarla. Le temblaban las piernas. Se movió para esconderse y, sin querer, tumbó una caja de ron que había al lado de ella. Se encendió la luz y la figura de un hombre la embistió. Era un señor muy gordo. No preguntó qué hacía allí porque ya lo suponía. Le dijo que no temiera, que era el administrador. Todos se habían ido. Él estaba haciendo el cierre. Le contó que ya el camión se había ido. Ella preguntó si podía marcharse, pero él le dijo que aún no, que la policía estaba de ronda y que no se alejarían de allí hasta dentro de una hora más o menos; pero que podía acompañarlo porque ya todos los trabajadores se habían marchado. Solo estaban ellos dos. Ella se sintió aliviada y dio gracias por la suerte de haberlo encontrado. Pero en segundos se dio cuenta de que la amabilidad de ese ángel salvador no era confiable cuando lo vio que la miraba fijamente y percató en él una lujuria desesperada. Se abalanzó contra ella toqueteándole los senos y le advirtió que, si salía, sería carne de cañón. Mejor era complacerlo un poco y él la protegería, e incluso la dejaría en la puerta de su casa. Luna no tuvo más remedio que acceder y dejarse manipular el cuerpo por aquel desconocido. Mandó a que se tumbase en el suelo.

Le quitó el vestido y comenzó a babosearla lentamente pasándole la lengua por toda la piel. Ella volteó la cara esquivando un beso. Sentía ganas de vomitar. Para darse aliento recordó por lo que estaba pasando la China y mejoró la ansiedad. No le quedaba otra opción que aceptar que aquel ser indeseable rasgara su vergüenza. Cuando creyó no aguantar más y quitarse esa mole de encima y salir corriendo, aunque fuese directico a los guardias, el hombre sacó un grito desgarrador de sus entrañas, y volteó un puñado de espermatozoides sobre la altura de sus senos. Satisfecho, se levantó sin mirarla. Y se vistió apresurado. Tumbada allí en el suelo de aquel almacén, se sintió miserable. Lloró. Se levantó asustada, manchada y restregada de una pasión que le era totalmente ajena. Pero aliviada de no haber sido capturada por las avispas negras.

Se incorporó y, ultrajada, volvió al alquiler. Se dio una ducha profunda igual a la que se había dado cuando el viejo mexicano la había manoseado también. Pretendiendo que el jabón lavara toda esa inmundicia, se restregó con fuerza mientras volvía a llorar desconsoladamente. Salió del baño envuelta con una toalla y se vistió, sintiendo vergüenza de ella misma. Se recostó sobre su canapé. Pensó en todo lo que le había sucedido. Reflexionó que solo triunfa el más fuerte. Y ella no iba a ser de las que se rindieran. No le quedaba más remedio que seguir luchando. Tenía que ser valiente y dominar el trabajo. Se preguntó por qué todo había cambiado tanto. ¿Dónde estaba esa Luna que era tan feliz en Santiago de Cuba? ¿Dónde estaba su Leonardo? ¿Qué había sido de él? Su corazón comenzaba de nuevo a extrañarlo. En esos momentos de crisis, ¿cómo sobreviviría? Una necesidad imperiosa de saber le destapó los recuerdos. Tenía tantas ganas de verlo, de decirle que lo amaba que nunca había dejado de amarlo; que ya no le importaba que la hubiese dejado abandonada en aquella estación; que haría lo que fuese para reunirse con él. *¿Dónde estás, por favor, Leonardo? Mi amor*, pensaba. Se imaginaba que juntos olvidaban todas las culpas que les asechaban y serían felices para siempre. Pensando y pensando, imaginando e imaginando un paraíso tropical junto a su Leonardo, se quedó profundamente dormida, perdida en el limbo hasta que la dueña del cuarto la despertó exigiendo el dinero de la renta. Eran las ocho de la noche. Todo el día se le fue entre el cansancio y el sueño. Pagó el alquiler y se dio cuenta de que no tenía otra opción que volver a salir. Miró hacia la percha que colgaba con las pertenencias de Yadira y, con el permiso que ella le había concedido, agarró un vestido escotado y se lo puso. Agregó un par de sandalias altas. Rizó su pelo con un poco de gel. Y maquilló su rostro, acentuando el verdor de sus ojos. Apuñaló el espejo con la mirada y se buscó en él. Por un instante sintió tan tangible su belleza que juró que a partir de ese día no habría hombre que ella deseara que se le resistiera. Con una determinación instantánea dominó la voluntad y salió a jinetear con una seguridad desbordante. Tanta que obvió la discoteca mediocre de la esquina y a su perverso administrador. Con los dólares que le quedaban pagó un taxi hacia la mejor rumba de la noche. Separó los 15 dólares de la entrada y calculó que aún le quedaba para el primer trago, porque los siguientes los pagarían los turistas. Llegó al lugar y, como si ya hubiera estado ahí, caminó segura hacia adentro. Le sorprendió el lujo y la belleza de la decoración. Pero no dio ni una sola muestra de ello. Para no parecer novata se sentó en la barra y consumiendo un mojito pensó: *Voy a hacer caso a Yadira. Asomaré el alma por los ojos… Pero ¿cómo se hace eso? Es más, ni siquiera sé a ciencia cierta que es el alma. He oído de ella en las novelas, pero no sé bien de qué se trata. Mi abuela trató de enseñármelo, pero recuerdo cómo mi papá le decía que no hablara bobería, que todo lo que no estaba comprobado científicamente simplemente no existía. Yo creo que tiene que ver con los sentimientos. Pero, por lo que dijo Yadira, también implica el deseo o algo así. Deseo, seducción, pasión, todo eso me suena a cuando estoy frente a Leonardo. Solo siento eso cuando lo tengo a mi lado. ¿Será por eso que siempre me decía que mirarme se le hacía irresistible? ¿Será que veía mi alma reflejada en mis ojos? Por eso que no podía evitar poseerme. ¿Pero eso qué tiene que ver aquí? Con Leonardo había amor. Esto es diferente. Esto es trabajo. ¿Será que tengo que disfrazar el trabajo con amor? No. Eso es imposible, son completamente incompatibles. Pero sí puedo agregarle al trabajo pasión. Ya sé, me acordaré de las veces que he estado con Leonardo. Así aumentaré mi energía seductora y la trasmitiré al cliente. Sí, eso haré. A partir de ahora veré un Leonardo en cada hombre. Es la única forma de asomar mi alma. Porque hasta ahora solo lo he deseado a él. Si asomo mi alma, entonces también lo asomare a él. Lo veré en cada hombre que mire y lo palparé en cada hombre que me toque. Madre mía, mira el rumbo que están tomando mis pensamientos. Sin dudas necesito un trago.*

"Otro mojito, por favor", Le pidió al camarero y bebió dos sorbos en un solo tiro. Jamás había bebido alcohol. Ni siquiera una cerveza de las que vendían a granel en los carnavales. Considerando que esta vez le era imprescindible, tomó lo que quedaba del vaso. La música comenzó a penetrar sus oídos. Observó a las chicas bailadoras que irrumpían el centro de la disco cual espectáculo al mejor postor. Se incorporó a ellas como una más del grupo. Recordó las veces que agarrada del talento de Leonardo delineaban el ritmo en el aire, dejando una estela seductora que acaparaba el ambiente. Sintió unas ganas tan enormes de danzar en sus brazos que se imaginó bailando para él.

Y bailando, bailando y bailando, comenzó a brotar en ella una energía desconocida que afloraba en forma de seducción. Su cuerpo fue improvisando una danza al ritmo de la música tan sensual que hizo que todas las miradas masculinas voltearan a verla. De repente, del verdor de sus ojos surgió la chispa de una mirada embriagadora que hipnotizaba el ambiente como la bailarina de un aren. Se había encendido en ella la llama magnética de la atracción donde los turistas ardían con aquel fuego seductor. Pudiéndose dar el lujo de escoger, esa noche se llevó al cliente más próspero del local. No solo agarró un servicio de 200 dólares, sino que, manipulando la situación sexual a su antojo, logró controlar la experiencia a la par de una profesional, sin que el asco y vergüenza arañaran su autoestima. Con una soberbia disfrazada de vanidad, volvió cada día a la playa y cada noche a la discoteca. De la playa a la discoteca y de la discoteca a la playa. No necesitó ayuda de nadie más para continuar su rumbo. Y así, de La Habana a Varadero y de Varadero a La Habana manipulaba su tiempo. Y sin ápice de descanso, continuaba su camino. Así consiguió un máster en sexo. Controlaba la situación con tanto desparpajo, que los turistas se volvían peleles ante el oleaje de su cuerpo y su mirada penetrante. En menos de dos meses ya sus morbosos ojos dominaban el área con absoluta fluidez. No fue hasta el transcurso de un año que le fallaron los cálculos, cuando distraída, dejó ir el taxi que siempre la esperaba y la agarró in fraganti la brigada especial de la policía.

Capítulo 10

No creo en el sentido filosófico del término,
en la libertad del hombre. Cada uno obra
no solo por una coacción exterior, sino también
por una necesidad interior.
Albert Einstein

Tomaron su documento de identidad y la montaron en el camión que esperaba parqueado al doblar de la esquina de la discoteca. La llevaron al albergue de selección. Algunas muchachitas llevaban días aguardando el turno de la guagua para partir a la estación de policía de sus provincias. Pues salía una vez por semana. Y otras, esperaban los trámites de un juicio *express* que las conduciría a prisión. A Luna la pusieron en el departamento de las novatas por ser la primera vez que era detenida. Tuvo que dormir allí tres noches, porque el autobús de La Habana no salía hasta el tercer día. En la mañana, una oficial vestida de verde pasaba por el borde de todas las literas y con una voz aguda gritaba:

—¡Vamos, *putananas*! Es hora de levantarse.

Después del desayuno, les informaban del plan de cada una. En el comedor se juntaban todas para ahorrar espacio. Para su sorpresa, entre la multitud del merendero, Luna descubrió a Yadira. Le contó que esa noche anterior la policía, invadió los bungalós de los turistas, sacó de la cama a todas las que acompañaban a extranjeros y que no podían justificar con documentos el acompañamiento. Yadira, que ya tenía una carta, estaba en la espera de su autobús provincial para ser trasladada a Cienfuegos. Allí sería amonestada por segunda vez y le quedaba solo una última oportunidad. Luna, mientras le hablaba, se dio cuenta de que tenía una cicatriz debajo del pómulo izquierdo, la cual nunca había visto por el excesivo maquillaje que siempre llevaba. Le preguntó asustada si eso se lo había hecho la policía. Pero ella, bajando la cabeza, contestó que no. Que había sido su marido. Le contó que se conocieron en la playa. Ambos perseguían el mismo objetivo. Se había unido a él en esa vida tan perra para hacérsela menos perra. Mientras ella buscaba hombres y él cazaba mujeres, Yadira comenzó a tener buena cotización, por lo que siempre estaba ausente. Él, a quien no le pasaba lo mismo, la esperaba encerrado en el cuarto de alquiler, por temor a ser detenido en la calle por la policía. La soledad le aumentó el ocio y el ocio le reventó la codicia. Para manipular su ira, ingería sobredosis de pastillas estimulantes, buscando drogarse. De tanta que consumía, cayó en el vicio. Se volvió sumamente violento. Le implantaba horarios excesivos con un precio fijo por noche y, como ella no se aparecía con lo presupuestado, se le tiraba encima y le daba descomunales palizas. Ella aguantó durante un tiempo porque creía que lo amaba. La imagen más cercana que tenía del amor se aferraba al maltrato desde que era una pequeña. Había crecido entre golpes. De hecho, las dos relaciones anteriores la habían adaptado al golpe. Yadira le confesó que a veces lo necesitaba. Incluso hasta ella misma le pedía que la golpeara para poder tener un orgasmo. Pero la situación se salió de límite: le proporcionó una paliza que la envió grave durante un mes al hospital y a él, directo a prisión por abuso y proxenetismo. En plena recuperación le hicieron su primera carta de advertencia. Ahí comprendió que tenía un grave problema que no sabía resolver. Se dio asco a ella misma por desear el maltrato como forma de caricia. Porque a lo que más se aferraba era el placer gratificante que venía después de sentirse maltratada. El sabor de escuchar el perdón, las adulaciones de su maltratador. Era el único momento en que se sentía importante ante alguien. Le rogaban perdón y ella, con plena satisfacción, perdonaba, entregándose al acto sexual que complace al macho. Estaba completamente perdida en una mezcla de instintos bajos. A los ojos de todos era un cero. Sin embargo, algo dentro de ella pedía ayuda. Nadie la ayudaba. Era una lacra de la sociedad. Hasta que conoció por fin a alguien que la comprendía. Era una mujer. Se compenetró tanto con ella en las confecciones que terminaron jugando al amor. Ódiando al sexo opuesto, se entregó con placer a la sutileza femenina y se confirmó lesbiana por el resto de sus días. Su cambio fue tan radical que pensó que estaba loca. Incluso estuvo ingresada en un psiquiátrico por no superar el hecho. Después de varios eléctricos y terapias psicológicas, concluyó que lesbiana se quedaba porque así lo prefería. Cuando estuvo de alta busco a su amiga y continuaron su romance sin más interrupciones. Nunca más la golpearon, ni ella sintió la necesidad de que lo hicieran. Aborreciendo al maltrato, recuperó el entusiasmo por la vida. Pero como sus vecinos la repugnaban, en vez de deprimirse se fue del pueblo buscando futuro. La psicóloga del centro le aconsejó que comenzara una nueva vida, lejos de todo su pasado. Por eso se fue a la capital con su amada. Allí la gente era algo más tolerable. Por el momento estaban alquiladas. Pero estaba ahorrando para comprar una casa en el centro. Ya le quedaba muy poco para conseguir el dinero, pero la habían agarrado.

Esta era la segunda carta de advertencia. Luna le preguntó si seguiría. Yadira le contestó que no iba a arriesgar lo conseguido. Si no le alcanzaba para comprar una casa, se conformaba con un cuarto, aunque fuese en un solar de La Habana. Ya estaba cansada de jinetear. Y no quería seguir arriesgándose a la tentación. Ahora que había descubierto el amor no pensaba dejar que se esfumase mandándola a prisión. Los hombres de ese mundo buscaban víctimas como ella para enriquecerse a costa de su flaqueza. Había que ser muy fuerte para escapar de la maldad. Nunca se sabía qué podía pasar. Minuto a minuto se arriesgaba su libertad e incluso lo conseguido. De hecho, todo lo que tenía en el cuarto de alquiler lo había perdido. Las dueñas de los alquileres se exponían a que les quitasen la casa. Pero también se quedaban con todas las pertenencias de las chicas que agarraban y ya no volvían al lugar por temor a ser apresadas de nuevo. Por suerte ella había escondido todo el dinero en su pueblo ya que la primera vez que la agarraron había perdido una buena tajada de sus ahorros. Se retiraría y se iría a la capital a iniciar un nuevo ciclo.

Yadira y Luna se hicieron muy buenas amigas. Luna le confesó que seguiría porque todavía le quedaba otra oportunidad. La iba a aprovechar. Su objetivo era irse bien lejos de allí para olvidar el pasado y comenzar de cero. Yadira partió a su provincia primero que ella. Se despidieron con tristeza y prometieron volver a verse. Luna le dejó la dirección de Teresa y una invitación indefinidamente abierta para cuando quisiera visitarla.

Cuando Luna subió esposada a la guagua de su provincia en compañía de otras mujeres, sintió una amarga tristeza. En las dos horas de camino, con la velocidad del bus la vegetación del paisaje pasaba borrosa entre sus lágrimas, y se quedaba atrás. Le pareció que así era la vida. Una película donde el carrete va dejando una secuencia de imágenes. Aquellos árboles se iban extinguiendo mientras el aire que entraba por la ventanilla le borraba a fuerza el llanto. Pensó en Yadira. Su historia le había impactado. Jamás escuchó algo así. *¿Cómo puede una persona sentir placer en el maltrato?*, pensó Si la base de toda su existencia es la búsqueda de la felicidad. Algo así le había enseñado Cachita. ¿Entonces se sufre antes de alcanzar la dicha? Eso no se lo habían enseñado ¿Cuál era el precio de la felicidad? ¿Hasta qué punto tenia alguien que sufrir para alcanzarla? Sintió miedo de querer ser feliz. Si tenía que pagar esos precios tan altos, no quería la felicidad. Pero, ¿si no quería la felicidad entonces sería igualmente infeliz? Su amiga era una buena persona y, sin embargo, se sentía miserable. Todos la juzgaban como una pecadora inmunda que había perdido el alma. *¿Alma? Otra vez esa palabra* —pensó—.

¿Será que acaso se pierde? ¿Cómo y cuándo se pierde el alma? ¿Será que todavía la tengo? Y si no es así, ¿cuándo fue que exactamente la perdí? ¿Cómo lo sabré? Se hizo un lío de pensamientos que la confundieron todavía más. Tenía 18 años. ¿Cómo podría saber el precio de la felicidad o los misterios del alma? Ni siquiera sabía lo que era, y si tenía un precio. Pero desde ese momento juró que no le pasaría lo que a Yadira. Jamás desearía el maltrato. Todo lo contrario. Buscaría a toda costa su felicidad. Tenía que haber un sistema. Un método que trajera la fórmula y ella iba a descubrirlo. Cuando el autobús frenó de sopetón anunciando la llegada, volvió en sí de sus pensamientos. Miró por la ventanilla. Ya estaban en la capital. Habían llegado a la estación de policías.

Fueron bajando una por una directamente hasta la oficina para amonestarlas con la carta de advertencia. Dos guardias estaban encargados de recibirlas para trasladarlas al interior. Al bajar del autobús fue extrema su sorpresa. Lo primero que vieron sus ojos fue el rostro del policía que la esperaba. Era Leonardo. Creyó que la angustia le jugaba una mala pasada, pero su asombro fue mayor cuando descubrió que era real. Era Leonardo. Su Leonardo. Su amor. Las miradas se intercalaron mutuamente. Los fotones que ambos emitían colapsaron en el éter. Una espesa energía etérea pero perceptible cubrió el ambiente de tensión. No podían hablarse. Ni siquiera sabían si querían hacerlo. Evitaban mirarse. En hilera, todas se dirigían por el estrecho corredor de la comisaría. Un guardia delante y Leonardo detrás. Luna, desde su posición central en la fila, sentía sus pensamientos como puñaladas invisibles. El ruido de las pisadas sobre el silencio del lugar le provocaba escalofríos. Cuando llegaron a la oficina, en cola y recostadas a la pared, esperaban el turno para poder sentarse junto a la mesa del instructor. Cuando le tocaba entrar a una, un guardia vigilaba a las demás, mientras Leonardo las conducía al interior. Les quitaba las esposas, servía de testigo en la redacción de la carta y luego abandonaba el lugar, para conducirlas hasta la salida. Seis jóvenes pasaron ante ella, acompañadas del que fue su primer amor. Su Leonardo. Hasta que le tocó por fin. Cuando él rozó sus manos para desatarla, apreció que una corriente de pasión le recorría la sangre. Sintió ganas de lanzársele al cuello, abrazarlo. Y deseó ser telepática para adivinar si también él percibía lo mismo. Pero la cordura la detuvo y con un sentido común bajo la cabeza, escondió su vergüenza. Parado a la vera de ella, esperaba impaciente, mientras el instructor redactaba la carta de advertencia. Agitaba rítmicamente los pies en tanto el jefe proseguía tecleado la máquina de escribir. El instructor se detuvo un instante y, mirándolo con una irónica sonrisa, preguntó.

—¿Está nervioso? ¿O es que acaso se está orinando?

—No, todo está bien, señor.

—Por casualidad, ¿conoce usted a esta joven?

—Para nada, mi comandante.

—Ah, creí por un momento que se conocían —dijo el jefe y continuó con la amonestación. Una vez terminada, le leyeron en voz alta las consecuencias futuras de sus actos y concluyeron el asunto para darle paso a la siguiente. Leonardo la acompañó hasta la salida. Sin decirle absolutamente nada. Huyéndole la mirada como en la estación de tres de Santiago de Cuba donde la dejó en la puerta. Por segunda vez, la dejaba ir. Luna se fue confiada. Segura de que la buscaría. Podría averiguar la dirección en su expediente y sabría dónde encontrarla. Sintió alivio por ello. Convencida de que lo haría, recuperó algo de ánimo y se fue a su casa. Aquella tarde se presentó en el solar repleta de churre y desbordada de tristeza. Teresa estaba en la cocina preparando la comida cuando advirtió su presencia. Luna se echó a llorar sobre sus brazos. La tía aprovechó para regañarla y recalcarle su preocupación. Luna le preguntó que cuando entendería que su decisión iba más allá de cubrir las necesidades. Necesitaba un cambio en su vida. Cambiar de aire. Pues estaba harta de la mentalidad antigua con la que la habían criado. Sabía que había algo más afuera de esa isla tan limitada y ella lo iba a descubrir. Necesitaba traspasar el horizonte para encontrar lo que existía en otros mundos. Teresa no entendía ese afán de enfrentarse a lo desconocido. Pero con el remordimiento de no haberse hecho cargo de ella cuando su madre se la regaló a Ignacio Gonzáles, cedió en su consentimiento y siguió aceptando su decisión más por conciencia que por convicción. Aunque el desvelo la trajinara a su antojo con crueles presentimientos e ilimitadas preocupaciones. Con algo de lástima, la volvió a abrazar. Y Luna, sintiéndose amparada, no solo se desahogó y le contó el doble amargo de haber sido capturada y de enfrentarse con Leonardo en la estación de policía. También le preguntó, sin dejar de llorar, si volvería:

—El hombre es machista por naturaleza. Más aún ese que tiene el guajiro en la sangre. Cuando te vio presa por prostitución, le echaste un jarro de agua fría. Si tenías alguna esperanza, olvídala. Que ya esto la mató.

—¿Ves, tía? ¿Por qué si se satisface uno, tiene que joderse el otro?

—Pues porque todo tiene un precio.

—¿Ves? Por eso mismo me quiero ir de aquí. Vivir en un lugar donde no te juzguen constantemente.

—En cualquier parte del mundo te van a juzgar por tus actos. Es ley de vida.

—¿Tú has vivido en otro país?

—No, hija, no.

—¿Entonces cómo lo sabes?

—No lo sé. Me lo imagino. Hombres y mujeres hay en todas partes.

—No se trata del género, tía, es cuestión de mentalidad, de cómo piensan esos hombres y esas mujeres.

—Sí, sí, sí. Pero de momento estamos en Cuba. Y eso que estás haciendo es muy mal visto. ¿Quieres libertad aquí? Pues paga lo que aquí vale.

Habían transcurrido dos días desde que se habían visto en la estación de policías. Luna no entendía por qué tardaba tanto en buscarla. Quizás Teresa tenía razón. Pero algo le anunciaba que llegaría. Comenzó a jugar con las hipótesis. Recordó el impacto de verla detenida. Tal vez había roto la imagen de la Luna de 15 años que desvirgó sobre el colchón de aquella casa abandonada por disidentes, allá en Santiago de Cuba. Pensó en buscarlo, aparecerse en el albergue por sorpresa, pero descartó la idea por el peligro de comprometer su trabajo. Deseaba que el amor en él fuera más fuerte que todo, aunque no hubiera superado la prueba cuando se despidieron en aquella estación de trenes. Quizás el tiempo le había curado el dolor. No quiso hacer conjeturas que lastimaran su espera. Mantuvo la fe y esperó su llegada. Proyectaba la visión lo más lejos posible con tal de ver su figura dirigiéndose hacia ella. Ponía en función lo máximo de su audición para escuchar sus pasos, su olfato para descubrir su perfume, su mano acariciándola entera. Y su boca ya saboreaba el beso que le darían sus gruesos labios. Pero un último sentido la traicionaba, colocándola en la realidad. Ese sexto sentido, esa intuición parpadeante que le pronosticaba lo contrario a través del miedo y la incertidumbre. Una tarde la boca del estómago le dolía, sentía una corriente en todo el plexo solar, una extraña energía recorría su cuerpo y la debilitaba a tal punto que tuvo que sentarse. Sudaba, la visión se tornó borrosa, no escuchaba el ruido callejero porque se fundió en uno con él, el paladar adoptó una espesa saliva con ganas de vomitar y las manos le sudaban en puro nervio. Estaba tan mal que se recostó al banco del portal y respiró con fuerza. De repente apareció Leonardo frente a ella. Parado allí, con su uniforme altivo mientras a ella le parecía un coloso inalcanzable. Ni el mismísimo Ignacio Gonzáles con todo su uniforme de alto rango, la había impresionado tanto como un simple y cotidiano uniforme de policía ceñido en el cuerpo del hombre al que amaba. Él extendió su mano para que se levantase. Ella colaboró y, en pocos segundos, ya estaba casi a su altura. El beso que ella planeó fue sustituido por uno más cordial, en una amistad disfrazada que se limitó a un "¿Qué tal?", de parte de él. Los dos pasaron dentro de la casa. Teresa, que preparaba algo en la cocina, lo saludó y buscó enseguida un pretexto para dejarlos solos. Haciéndole seña a Juan, salieron todos en compañía de los niños y abandonaron el sitio. En el fondo Teresa quería que volvieran porque así a su sobrina se le quitaba esa idea de jinetear y de irse del país. Una vez los dos solos. Luna le pidió que subiesen al cuarto para hablar más en privado por si llegaba alguna visita de improviso. Pasó llavín a la cerradura y subieron la escalera como dos extraños. Con la voz cortada, Leonardo comenzó la conversación.

—¿Cómo caíste en esto?

—Necesito dinero.

—¿Para qué? ¿Para él bebé?

—No, nunca hubo bebé. Me hice un legrado. Después de todo lo que pasó. Fue mejor así. Y tú, ¿por qué te hiciste policía?

—Como están las cosas, había que escoger de qué lado estar. Me prometieron casa y un aumento constante de salario. Aquí no hay término medio, o estás a favor o estás en contra. Simplemente elegí de qué lado estar.

—¿Entonces, yo estoy ahora en el bando contrario al tuyo?

—¿Estás? ¿Es que piensas seguir? Si no tienes hijo, ¿por qué lo haces? Puedes ir presa. ¿Lo sabes?

—No tengo hijo, pero me tengo a mí. ¿Es que hay que tener hijos para darle sentido a tu vida? Tengo a mi tía y a mis sobrinos. Trabajando normal no consigo nada.

Luna descubrió una lágrima solitaria y gruesa deslizándose sobre la mejilla de Leonardo, quien la miró fijamente sin interrumpir el paso de otra lágrima. Los dos se miraron y sin limitaciones se besaron desaforadamente. Detuvieron el tiempo. Las manos de él la desnudaron tan pronto como pudieron. Se quedaron desvestidos de ropa y de vergüenza; se amaron, con todo el poder que permite la pasión. Sin víctima ni victimarios, sin juicios ni razones, simplemente se amaron de una manera desaforadamente voraz con un vocablo sin censura ni atadura, hasta que el éxtasis atravesó el límite del placer y reventó en dos inmensos chillidos de satisfacción, que de tan exhausto solo permitió un profundo abrazo de agradecimiento mudo. Ella, tumbada sobre él, abarcaba una porción del brazo izquierdo y el pecho, sin dejar de mirar al techo, pensativa.

Después de un segundo de pausa preguntó.

—¿Por qué me dejaste sola en aquella estación de tren?

—Porque no hay nada más fuerte que sentirse culpable por la muerte de alguien.

—¿Más fuerte que el amor?

—Que el amor de adolescente, sí.

—Y cuando pasó el tiempo, ¿por qué no me buscaste? ¿No sentiste curiosidad de saber si tenías un hijo?

—No quise revolver el pasado. Creí que en aquella estación nuestras vidas cogieron rumbos diferentes. Aunque nunca te olvidé, no pensé volver a verte.

—¿Y ahora que me viste? ¿Qué sientes?

—Rabia. ¿Cómo fue que caíste en esto? Mi trabajo es perseguir a mujeres como tú. Es muy fuerte digerir verte entre una de ellas.

—¿Por qué tienes que juzgarme? No sabes lo difícil que es esto para mí. Te sientes poderoso con ese uniforme. Yo no tengo un uniforme para esconderme. Yo solo tengo mi cuerpo. Y no lo visto; al contrario, lo desvisto para sobrevivir.

—No hables así, pareces una...

—¿Una qué? Dilo.

—Yo sé que la cosa esta pésima. Pero esto es prostitución. No te imagino en eso. Me has desilusionado.

—Yo no vivo de tu ilusión, Leonardo. Me dejaste. Me enfrenté sola a este barrio, a esta ciudad, que, si tú no te la comes, ella te come a ti. Cuando la cosa se puso difícil, fue la única forma que encontré para sobrevivir. Esto es como un trabajo. Yo doy mi servicio. No molesto ni robo a nadie. Yo vendo lo mío. En cambio, a ti te pagan para hacer cumplir las leyes de un gobierno que ni siquiera te has cuestionado. ¿O me vas a decir que estudiaste en la academia para cazar jineteras? Te utilizan, ¿no lo ves?

—Al menos yo cumplo órdenes. Pero tú no solo te has restregado con un montón de hombres, sino que encima tienes expediente abierto por prostitución. Es muy fuerte para mí. Demasiado dolor.

—¿Dolor? ¿Me vas a hablar a mí de dolor? Dolor cuando me dejaste sola y tuve que arrancar para acá sin saber qué hacer. Dolor cuando tuve que hacerme un legrado. Dolor cuando tengo que hacer magia cada día para mantenerme. Eso no solo es estar dolida, eso es estar jodida. Y ahora tú vienes a dártela del policía moralista y del macho que necesita una esposa inmaculada. Pues entonces no soy lo que esperabas. Cambié. Para bien o para mal, cambié.

—Nunca quise hacerte daño, ni siquiera medí las consecuencias, solo me dejé llevar por la culpa. Estaba asustado. Los dos estábamos asustados. Aquí no hay culpable. Todos fuimos víctimas de la situación. Y el más fuerte es el que sobrevive.

—Y el más fuerte es el policía, ¿verdad? Entonces quiere decir que en esta historia tú fuiste el más fuerte.

—Reconoce que esto te debilita. Me vi depresivo, triste, vacío, sin ilusión ni oportunidades en medio de esta crisis. No tenía salida. Esta oportunidad llegó a mi vida cuando estaba hundido. Me dio una mejor posición. Ser policía me proporciona la válvula de escape ante la situación. Yo me hice policía para perseguir delincuentes, no para encerrar a mujeres. Pero me tocó este servicio. Ya no puedo renunciar. Es la triste realidad.

—¿Por qué no empecemos de cero? Ya no estás casado. ¿No era eso lo que queríamos? Fugarnos a la capital. Pues ya estamos aquí. Olvidemos todo y comencemos de nuevo.

—Ya no puedo. Sería un escándalo. Tendría que renunciar al uniforme. Si mis jefes se enteraran, me sancionarían. No puedo tener relación con alguien a quien persigo y encima con advertencias. Me acusarían de contribuir a la prostitución. Estaría acabado. Estaría contigo, pero moralmente destruido. Si mis padres se enteraran, si mis amigos se enteraran. Imagínate, el hazmerreír del barrio. Sin trabajo, sin familia, sin moral. Al final nos afectaría. No podría mirarte a los ojos sin imaginarme un hombre tocando tu cuerpo. Soy de la generación del 70, me crie en el machismo, crecí machista. Y para colmo trabajo persiguiendo mujeres como tú. Sé que no puedo consentirlo. Me duele mucho esta situación. No puedo verte así. Es degradante. Yo sé que no tengo, ni tienes, ni tenemos la culpa. No hemos planeado nada. Pero desde que te vi en la estación, me hierve la idea de verte vendiéndote. Es muy fuerte para mí. Soy policía y persigo a mujeres como tú. No es justo que me esté pasando esto. Esto no podre digerirlo.

—Bueno, entonces cada quien por su lado. Sigue con tu trabajo que yo seguiré con el mío. Haz que se cumpla la ley. Y recemos para no volver a encontrarnos.

—¿Te das cuenta de lo que estás proponiendo?

—No te lo estoy proponiendo, te lo estoy confirmando. ¿Hay otra opción? Como vas de macho por la vida no quieres volver. Tampoco quieres que siga luchando. De algo tengo que vivir. No nos queda otra que navegar en barcos separados por el mismo océano.

—Entiéndeme. Es difícil para mí. Me encantas. Pero no puedo aceptar como mujer una jinetera. Va contra mis principios.

—¿Sabes qué? Me da igual. Es demasiado tarde para nosotros. Mi corazón está roto. Ya no se trata de dinero, se trata de tener una vida mejor. Yo quiero ser alguien. Me voy a buscar a un extranjero y me voy a ir de aquí para empezar de cero, sin ti, sin Cuba, sin lo que soy ahora. ¿Y sabes qué? No quiero que digieras nada. No quiero tus limosnas. No tengo que esperar la aprobación de un hombre si soy digna o no de él. ¿Quién te crees que eres? Yo también soy del 70. Pero del otro bando. Del bando de la mujer sumisa que acata orden. Pero a diferencia no quiero eso para mí. Quiero ser libre. Conocer el mundo, ser yo. Aquí, en este país te dominan los padres, te domina el gobierno y también el marido. Yo con mi vida hago lo que me dé la gana. Y si tengo que prostituirme para tener libertad, lo hago. Si no quieres estar conmigo, entonces, lárgate. Voy a seguir jineteando porque me da la gana. ¡Mira, Leonardo! ¡Piérdete de mí vista!

La puerta de la sala se abrió. Luna lloró con las mismas o más fuerzas con las que lloró en aquella estación cuando se despidieron. Con la diferencia de que ya no era una niña perdida que se estremecía de miedo ante la incertidumbre del mundo desconocido que le esperaba cuando arrancase aquel tren. Ahora era una joven desorientada en el rumbo de buscar lo que realmente deseaba de la vida. Había comprobado hacia unos minutos que amaba a ese hombre; que su pasión por él traspasó el umbral de la pubertad y se exhibía doloroso ante el presente. Pero también sabía que para lograr su meta de escapar tenía que arriesgarse a hacer lo que estaba haciendo. Con Leonardo ya no tenía la más mínima opción. Por segunda vez él impuso las reglas de una separación. En la isla le esperaba un futuro monótono ejerciendo de económica en una vida cotidiana que aborrecía. Jinetear le proporcionaba el camino a la libertad. Todo se había trasmutado y lo que antes era romántico ahora era desgarrador; lo que fue pasión ahora era devorante; lo que antes fue sublime ahora se había vuelto demasiado profundo. Se la habían jugado el todo por el todo y, aunque él deseo aún estaba ahí como llama que nunca se apaga, el fuego no se avivaba por culpa de un enemigo más fuerte que hasta la misma necesidad. Un enemigo que, de hecho, provoca la necesidad.

El miedo. Todos tenemos miedo. Desde nuestros ancestros arrastramos el miedo. Cuando sobrevivían en la espesa jungla a las fieras, el hambre, las enfermedades y a la oscuridad, un miedo aterrador a morir los mantenía alerta todo el tiempo. Y ese miedo ya estaba enraizado en las progenitoras que procreaban humanos con miedo.

Nuestra madre sentía el miedo de que el feto no viniese normal, de que el parto no saliera bien. Y por tanto nacimos con miedo. Crecemos con miedo. El miedo que nuestros padres nos trasmitieron desde el primer día de nacidos. Miedo de ahogarnos, de caernos, de no crecer, de que algo o alguien interrumpa ese crecimiento. Miedo al regaño, miedo al castigo de no complacer a los adultos. Miedo de enfrentarte a tus padres. Miedo de no expresar tus verdades infantiles o de actuar como te lo pide el instinto. Miedo de dejar de ser un niño. Miedo de convertirte en un adulto y no saber qué hacer. Miedo de ser joven y cometer errores que repercutan por siempre. Miedo a las autoridades. Miedo a las leyes. Miedo de hacerte maduro y cambiar la juventud por responsabilidades que te causan pavor. Miedo a envejecer, a ser una carga familiar, a no poder valerte por sí mismo. Miedo a la soledad, miedo de amar, de decidir; miedo al dolor, miedo al placer, miedo al vacío, a la traición; miedo al silencio, al ruido, a lo imprevisto, a lo planeado que no salga como lo planeamos; miedo al éxito, miedo al fracaso. Y el más aterrador de todos los miedos: miedo a morir y no poder sentir nunca más miedo.

Era lo que realmente sentían Luna y Leonardo. Miedo. Leonardo a enfrentar día a día que la mujer que deseaba también otros la deseaban y la poseían. A desafiar la realidad y compartirla. Prefería huir, era más fácil. Pensar en ella, masturbarse con ella, fantasear mentiras. Permitirse la tortura de desearla que tenerla era destructor, pero le aliviaba el orgullo. Luna también tenía miedo, miedo a ceder y retirarse derrotada, para terminar, siendo la esposa sumisa de un matrimonio aburrido. Miedo de pasarse la vida esperando el perdón de Leonardo, recordándole sin parar los errores del pasado. Miedo a no poder cumplir sus sueños de escritora, a quedarse en ese solar mísero para toda la vida. Y convertirse en una económica cutre de un país sin economía. O en el último de los casos seguir el ejemplo abnegado de su tía Teresa dando su aliento por los demás sin pensar en ella. Todo ese miedo la rondaba, acosándola como un depredador hambriento en busca de una víctima débil. Pero ambos, ni Luna ni Leonardo contaron con el enemigo más poderoso del miedo. Ese que el miedo le hace reverencia y se aparta a un lado cuando aparece con la fuerza que lo caracteriza. Un enemigo sumamente potente: *el deseo*. Ese deseo que nace desde el fondo, que surge como un manantial y brota devorando todo lo que se le ponga por delante. El deseo es voluntad, y la voluntad es poder. Cuando el deseo crece, quema como lava de volcán. Porque cuando surge el deseo en su máxima expresión, el miedo se aparta, espera humillado en un rincón hasta que don deseo, satisfecho de cubrir sus necesidades más urgentes se queda dormido. Y ahí, solo ahí, el miedo campea como lobo para manipular la situación. Fue así como Luna y Leonardo comenzaron a convivir junto al miedo y al deseo. Cuando el miedo acechaba su territorio, ambos se alejaban. Discutían, se ofendían y prometían no volverse a ver jamás. Pero cundo el deseo se despertaba, tan solo en el primer bostezo ya atacaba, demostrando su poderío. Todo lo que antes era soberbia y desprecio se convertía en dulzura pasión y ternura. Una auténtica guerra. Una verdadera guerra emocional a la que se enfrentaban ante el paradójico escenario de sus vidas. Y mientras tanto el tiempo pasaba. Implacable en su cursar. Tan exacto como el sol, tan constante como el anochecer y tan preciso como la luna llena. Pasaba, haciendo su función de tiempo sin importarle lo que cada cual hiciese con él. Así lo hacían Luna y Leonardo, cada uno por su lado, distantes en cuerpo y unidos en alma. Él, siempre con la incertidumbre de que lo enviarían a la zona de la playa para realizar el servicio, pidiendo no encontrársela. Y a la misma vez, deseoso de verla. La veía en cada chica que arrestaba, en cada mujer que llamaba para pedir documento, en cualquier rostro femenino. A veces se imaginaba acostado en las tumbonas donde se extienden los extranjeros que él tiene que cuidar. Pensaba en su Luna, embarrándola de protector solar, radiante y sensual. Pero tomaba conciencia de que su papel era cuidar al turista, no ser turista. Su rol era no dejar que las jineteras avanzaran. Llevaban mundos tan opuestos y ganas tan idénticas. Ella, por su parte, imploraba que él estuviera fuera de servicio, para no tentarlo con un arresto. Pero a la misma vez sentía unas ganas enormes de verlo, abrazarlo, de amarlo. Lo imaginaba en todas las discotecas que entraba, en la arena, en una cafetería, en la redada de un hotel. En la cara del turista en las ansias que ponía para quedar bien en su trabajo. Rogaba para encontrárselo, aunque fuese una vez. Y ocurría. Con frecuencia, sucedía. Cuando ambos tropezaban en ese punto convergente en el que ni él sabía adónde lo mandaban, ni ella imaginaba que era justo donde ella estaba. En ese mismísimo punto coincidían. Y ya no podía haber más resistencia, no le daban tregua a duda ni a juicios. En un interactuar más rápido que el instinto, se consumían en pasión. Sin preguntas, sin respuestas, sin absolutamente nada que no fuese única y exclusivamente el amor. Pero cuando la llama se apagaba y el interruptor de la pasión permanecía en pausa, con otro puñado de reproches y reclamos, volvían distanciarse, satisfechos de placer y llenos de rencor. Tanto así que él permitía que ella deambulara con pleno conocimiento por toda la zona costera buscando la presa perfecta para casarse y salir del país, sin escrúpulo, sin remordimiento. Ella consentía sus reproches con tal de tenerlo, aunque fuese bajo estrictas condiciones de clandestinidad. Ambos echaron a la cazuela de sus guisos amor, deseo, maltrato, falta de respeto, pasión, lujuria, consuelo, atracción, promesas, desprecio y todas las emociones habidas y por haber que iban experimentando para cocinar a fuego lento ese sopón sentimental que ingerían sin reflexión, devorándose cada vez más en una relación masoquista que se volvió imprescindible. Así se mantuvieron durante dos años. Él persiguiendo jineteras. Ella, siendo jinetera. Hasta que Luna encontró por fin aquello que buscaba. Un extranjero dispuesto a casarse y llevársela del país. Se llamaba Pietro Alberdi, un empresario italiano que cumplía ese mismo mes, diez años mayor que ella. Para entonces Luna cumplió los 20.

Había llegado el día que tanto esperaba. La oportunidad de ser libre. De salir de aquel país, de ese sistema represor que tanto odiaba. Era el día de su boda. Pero no con Leonardo, sino con Pietro, un hombre apuesto que desbordaba elegancia. El aroma supremo del perfume que usaba precedía su presencia. Más que su dinero, lo más preciado que poseía era su sonrisa. La sonrisa de Pietro era cautivadora. Él mismo afirmaba que había multiplicado la fortuna a través de ella. Pues no hubo contrato que no se firmase y trato que no se consumara después de evocar su sonrisa. Sus gestos, acento y porte lo tildaban de galán, sumando en resumen el sueño de cualquier mujer. Había heredado de sus padres no solo una inmensa economía, sino también el buen legado de lo exquisito en cuanto a refinamiento, encajando perfectamente en el concepto de elegancia. A todo eso él le agregó un toque de modernidad sin modificar la esencia. Practicaba yoga, tocaba el piano, meditaba, leía todo tipo de libros con preferencia en el género de aventura. Su vida había sido tan perfecta que ansiaba desde la infancia algo más de acción en las circunstancias. Todo en su alrededor trascurría en completa serenidad. Desayunaban, almorzaban y cenaban en familia en silencio total, servidos por un mayordomo que ni siquiera insinuaba el roce de un plato sobre el delicado mantel. Sus padres hablaban muy bajo entre sí y jamás los vio discutir. Lo más aventurero que había experimentado fueron aquellas tardes que jugaba en el jardín con sus dos primos mayores. Pero eso duró poco tiempo porque luego los mandaron a estudiar a Inglaterra y él se quedó muy solo. Fue ahí que comenzó su fascinación por la lectura activa. Poseía una inmensa colección de libros que oscilaban en género como *La vuelta al mundo en 80 días* o *Robinson Crusoe*. Cada noche se imaginaba en un mundo desconocido donde al estilo *Indiana Jones*, descubría tumbas secretas, amuletos mágicos y cosas por el estilo. Pero interrumpió el proceso al cumplir los 18 años, con la repentina muerte de su padre. Su mamá lo envió a un intensivo de urgencia para que aprendiese a dirigir el patrimonio familiar pues corrían el riesgo de posibles intrusos.

No fue hasta los 25 años que demostró total autonomía y destreza en cuestiones financieras. Para entonces ya se había convertido en dueño y señor de tal fortuna tras la muerte de su madre. Angustiado por la pérdida, se trazó un plan de viaje donde marcó en el mapa algunos lugares exóticos donde encontrar aventura. Comenzó por América para variar de continente. Cuba no encabezaba la lista. Pero después de recorrer Perú y sus mágicas instalaciones del Machu Picchu, de transitar por las zonas andinas de Bolivia, de subir a la pirámide de Teotihuacán en México, y de entrometerse en la cultura maya, se le ocurrió que Cuba tenía un lugar en la historia repleto de aventura que le gustaría conocer. Fue entonces que, mientras se bañaba en las trasparentes aguas de Varadero, se encontró con Luna, quien le pareció una hermosa sirena salida del mar. Sus ojos lo cautivaron de inmediato. Pero su alegría lo hechizó. Y el galopar de su cuerpo envuelto en ese color café que la caracterizaba lo sedujo. La hizo suya durante siete noches seguidas en las que descubrió la esencia del Caribe manifestada en mujer. Tanto le gustó que quiso vivir esa experiencia, disfrutarla al máximo. Primero lo había tomado como el suceso más apasionante que jamás leyera en sus libros de aventura. Pero no conforme, prefiriendo una dosis mayor, viajó tres veces a la isla como un caballero andante en busca de dulcinea. Suspendió su gira alrededor del mundo, y encontró en ella suficiente pasión por la vida. El dinero no era obstáculo alguno. Todo lo contrario: el dinero facilitaba las cosas. Al punto que le propuso matrimonio para tenerla bien cerca. En realidad, Pietro no había sustentado la base de su casamiento en la familia tradicional que le habían enseñado. Sino todo lo contrario: quería disfrutar de esa relación indómita y auténtica que Luna le brindaba. A él le parecía extravagante y extraña, pero extremadamente maravillosa. Por otra parte, a Luna le atraía su fascinante rareza. Y aunque su regazo le brindaba comodidad y paz, no era a él a quien amaba. Pero ambos sin un amor aparente, disfrutaban ese intercambio de idiosincrasia y cultura que fusionaban en una mezcla de sexo y afecto. La tarde de la boda, Luna estaba bella. Su cuerpo ceñido dentro de un traje blanco expresamente cocido para ella en una boutique romana. Las perlas que adornaban la corona de oro eran auténticas. Hasta la maquillista viajó a la isla solo para maquillarla. Cuando la vio en persona, exclamó que "semejante hermosura no precisaba maquillaje". Pero para cumplir con su trabajo y aprovechar el viaje, se esmeró en un sencillo retoque facial que deslumbró el rostro de Luna. Una sombra mate sobre los párpados combinaba con el verde de las pupilas. Un delineado negro bordeaba el contorno de las pestañas en un diseño espectacular y un rosado tenue resaltaba el grosor de sus labios.

"Sencillamente bella", dijo Pietro comparándola con su hermosa sirena salida del mar. Luna se sintió importante. Protagonista. Ya no era la jinetera perseguida, sino la esposa del empresario. Apta para comprar lo que quisiese, con un presupuesto dispuesto a la vera de sus deseos. Los preparativos de la celebración transcurrieron tan rápido que por aquellos días olvidó su pasado y se creyó la mujer más feliz del mundo. Con la esperanza de enamorarse de aquel hombre mayor pero atractivo y atento, confió en los milagros. El entusiasmó le aplacó la nostalgia. Juró que Cuba y Leonardo pasarían a ser parte de un pasado remoto casi imperceptible. El día en que dio el sí bajo los efectos de las leyes civiles lo hizo con pleno consentimiento. Tanto que no se percató que más allá de la ceremonia por detrás de una columna, estaba Leonardo. Pasaba desapercibido, vestido de civil. Como un cliente más de aquel lugar se daba un trago en las mesitas del bar de espera. Desde ahí, divisando toda la ceremonia, observó cómo Luna se convertía en la mujer del italiano. Presenció hasta el beso del cierre y los aplausos de felicitaciones. No abandonó el lugar hasta que vio la salida de todos. Se casó Luna. Sin arrepentimientos se casó. Preparó todos sus papeles para partir a Italia. Se fue sin siquiera despedirse para no correr el riesgo de quedarse. Rauda, fugaz, abandonó la isla.

Leonardo quedó destrozado. Su corazón se volvió rebelde, lleno de rabia, de envidia, de unas ganas profundas de ser Pietro Alberdi. De tener también una italiana para poderse ir y estar cerca de ella. Él no quería que fuese jinetera; la odiaba por ello, pero no la quería lejos. Prefería cuidarla en medio de todo el riesgo que ambos corrían. Comenzó a verla en cada mujer que se topaba. Como cuando besó desaforadamente a una chica a quien llamó para pedirle documento. Se parecía tanto a Luna que no podía concentrarse en el delito. Sin previo aviso y con una pasión mortal, la besó con una fuerza tan grande y romántica que la chica le correspondió. Cuando la soltó, ambos se quedaron confundidos. "Perdón", le dijo en tono triste. Le dio sus documentos y la dejó ir sin más. Aquella reflexión le hizo temerse a sí mismo. Por eso planeó dejar la policía, pero enseguida se retractó. Lo mandarían de vuelta a Santiago o sería un ilegal en La Habana. Uno más de esos a los que sus compañeros perseguían porque no podían vivir en la capital, ya sobrecargada de orientales buscando mejora. Ya no sería un policía, sino un simple inmigrante perseguido en su propio país. Perdería los beneficios que le ofrecieron y que en la larga espera aún esperaba. No era tan simple decir "Entrego la placa por amor". Era en lo absoluto estúpido e imposible pensar siquiera en esa posibilidad de no ser policía y quedarse ilegal en La Habana sin casa, sin trabajo, sin familia y sin consecuencias de ser expulsado a su provincia. Sencillamente no se lo permitirían. Sin embargo, ¿dónde estaban la casa, el aumento de sueldo y los beneficios prometidos? En la nada. Todavía estaba en el albergue esperando lo ofrecido. Si renunciaba, ¿dónde viviría? Volver a Santiago de Cuba derrotado era lo único que le esperaba. Y eso no se lo iba a permitir ni siquiera a él mismo. Por el momento, continuaría como estaba. Seguiría siendo policía. Fue su primer precedente para su cambio de actitud. A partir de ahí, comenzó a tomar cursos para aumentar su cultura. Estaba harto de ser el oficial ignorante al que todo el mundo llamaba analfabeto. Aparcó tanto baile y comenzó a devorar libros, repasaba actitudes, purgaba sus modales y se documentaba de la situación mundial, manteniéndose al día con las últimas novedades. No es que mucho supiera, pues las fuentes de enseñanzas en la isla estaban algo retrasadas de la modernidad, lejos de Internet y de la revolución tecnológica. Pero respecto a gramática, redacción e historia universal algo había aprendido. Incluso introdujo un poco de inglés ante la necesidad de hablar con algún turista. Era el policía más raro que circulaba La Habana, tanto que llamaba la atención. Sin embargo, mientras más se instruía, más ganas le daban de ser policía. Porque estaba atrapado en aquel oficio del que después de repugnarle le sacó partido. Bajó la guardia con las jineteras. Veía a Luna en cada uno de sus rostros. Sin querer las llamaba *Luna*. Poco a poco fue haciéndose con el espacio y llegó al punto de ser popular entre todas. Era el donjuán de las jineteras: las cuidaba, las protegía, ellas lo recompensaban con regalos y mimos, y se volvió en un santiamén su Robín Hood. Le faltaba su Luna. ¿Por qué no lo llamaba? No sabía de ella. Había pasado un año desde que se fue y él ya no era el mismo. Estaba dispuesto a dejarla jinetear, hacer lo que ella quisiera para recuperarla. Ya la había perdido tres veces.

Cuando el dolor de los celos le taladraba los huesos no quería volver a verla nunca más. Juraba arrancársela del pensamiento para borrar de su cabeza esa absurda idea e inmoral de poseerla por encima de sus principios. Deambulaba, la maldecía, se emborrachaba. Las veces que la extrañaba se le volvía un tormento, se despertaba llamándola en medio de la noche. Lloraba, imploraba, se masturbaba y se quedaba dormido con el olor a ella que sacaba del recuerdo. Estaba hecho un lío, confundido, desorientado y de esa manera iba orientando su vida. Sin darse cuenta de a poco, fue cayendo en el deseo de ser un turista y no un policía. Cediendo a la tentación en aceptar sobornos para acumular riqueza y utilizando el cargo para obtener poder. Acostándose con honradas y prostitutas. Perdonando culpables e inocentes. Y juzgando a víctima y victimarios, continuó su rumbo. Así fue cómo Leonardo, intachable al principio, terminó sucumbiendo al soborno y a la corrupción. Había cambiado tanto que evadía los espejos para evitar la vergüenza de encontrarse consigo mismo.

Capítulo 11

Yo no sé lo que es el destino,
caminando fui lo que fui,
allá dios que será divino,
yo me muero como viví.
Silvio Rodríguez

Ignacio caminaba la alameda en un recorrido dominical, recordando sin querer toda la trayectoria de aquel paseo marítimo sobre su vida. De niño jugaba en aquel parquecito donde el tobogán estaba tan pegado al mar que, al deslizarse, parecía lanzarse sobre el oleaje. Le asustaba pensar que se zambulliría de repente. Pero al final, una cerca separadora le advertía del límite, y le resultaba divertido. Recordaba el alboroto que entre todos los chiquillos propiciaban al parque, cuando Ana María los cuidaba, mientras sus padres concluían las secciones espirituales con Cachita. Siempre la vio como una abuela cariñosa y tierna que lo mimaba por encima de las malcriadeces propias de un niño. Cuando murió Ana María sintió su falta. Por aquella época estuvo a punto de experimentar la soledad. Primero se fue Ana, luego su padre. Sin embargo, supo evadir la tristeza de esas dos grandes pérdidas al enrolarse con la Revolución. Sumergido en su misión de salvador de la isla, apenas se percataba que su madre se había quedado sola en aquella casona tan inmensa, repleta de sus recuerdos. Sabía que sufría al verlo camuflado en la Sierra Maestra, soportando las penurias del perseguido. Pero siempre lo recibía disfrazada de serenidad para no estorbarle sus planes. Siempre la amó, pero jamás se lo dijo. Ni siquiera cuando peregrinaba senil por su memoria, aislada de la realidad desde su balancín. Así de solo se sentía. Paseando un domingo por la alameda sin compañía. No como aquellas secuencias de tardes dominicales en las que, junto a Magdalena, llevaban a los hijos a disfrutar del descanso. A Maceo le gustaba saltar por encima de los bancos de cemento, pero se contenía ante sus regaños. Siempre se mantenía distante. Nunca advirtió todo su esfuerzo en convertirlo en un hombre. Aunque no se lo decía, lo amaba. Era su hijo, un varón, un macho, su ejemplo. Hasta que lo decepcionó. Por mucha tristeza que sintiera, no podía superar el hecho de su desviación sexual. Eso era una daga que le punzaba en la herida de saber esa terrible verdad. Supo por un vecino de Magdalena, al que se encontró por casualidad, que ganó un concurso internacional de gastronomía y vivía en España. Por lo menos le quedaba el consuelo de que estaba lejos y no tenía que ver cómo desprendía las plumas de su desviación sexual. Esa carga le pesaba mucho. De hecho, le había dicho al señor que se callara y no siguiera contando porque él no tenía hijos. El hombre bajó la cabeza y se fue sin despedirse. Aun con el consuelo de no ceder ante la homosexualidad, le dolía haber fracasado como padre. ¿Y Luna? La hembra. En vez de terminar una carrera y graduarse orgullosa, preñada de un joven casado con solo 15 años. Qué vergüenza. La madre del muchacho le restregó su indecencia. Y la esposa tan joven se suicidó de pena. No podía consentir tanto descaro por parte de sus hijos. Hubo un tiempo en que estuvo dispuesto a perdonarla. *¿Dónde estará?,* se preguntaba. La idea de haber tenido un nieto lo alegraba y, a la misma vez, lo entristecía. Aquella vez agarró el tren para ir a verla. Y se apareció en casa de Teresa. No se atrevió a tocar la puerta. Una mezcla de orgullo y miedo lo detuvo antes de entrar. Cuando iba a dar la vuelta para irse, la vecina de al lado le advirtió que no estaban, pero que podía esperar en su casa. Con la amenidad que caracteriza a los isleños, entre una colada de café, le contó con detalle de las actividades de Luna. Sin saber, por supuesto, que era el padre. Aquella mujer envuelta en una amalgama de quejas y compasión, retrató en segundos, la vida de todos los habitantes de la casa de Teresa. Incluida su hija Luna, con la que se tomó la mayor parte. "Así está la juventud hoy en día", concluyó para quedarse satisfecha. Ignacio abandonó el lugar bajo la adulación de la vecina, quien le indicaba que no se fuera que ya Teresa estaba por llegar. Justificando una despedida forzosa, se fue de inmediato. Tuvo que sentarse un rato en el parque contiguo al solar con tal de que no lo tumbara la sorpresa. Su hija había sido jinetera y vivía en Roma casada con un italiano. Recordó toda la campaña que emprendió contra ellas, tildándolas de lacra. Era asfixiante. Sus dos hijos. Uno pájaro y la otra jinetera. El país se había vuelto un caos. Ahora ser promiscuo era normal, ser fiel era señal de mala suerte. En sus tiempos había más cordura. El hombre era infiel en la más absoluta clandestinidad. La mujer aguardaba amorosa a que pasasen sus fogosidades. Ya no, al hombre no respetaba a la mujer ni la mujer al hombre. Qué relajo. Todo el mundo se engañaba y la tasa de divorcios iba en acenso. Las familias se separaban de una manera sorprendente, eliminando tíos, primos, sobrinos, hermanos abuelas, madres y padres que partían hacia otros países sin la culpa del desprendimiento. Con el pretexto de mandar dinero, justificaban la huida y dejaban a los que se quedaban envidiando su posición. Y ya nadie quería estudiar. Las matrículas en las carreras descendían por el abismo de la ignorancia y las nuevas maestras eran tan inexpertas que estaban más para aprender que para enseñar. La juventud estaba perdida. Y los mayores perdieron la conciencia. Definitivamente le faltaba el aire. Respiró tristeza. Exhaló resignación. Y pactando con la soledad, volvió a Santiago de Cuba.

Ignacio se sentía cansado. Tanto en lo físico como en lo moral. Su carga ya se le hacía demasiado pesada. Tenía que lidiar a diario con la pérdida de Cachita, la partida de Luna, la decepción del hijo, el término de su matrimonio, el desprecio de la amante, la destitución del cargo, la inconformidad del pueblo y la humillación laboral. Demasiado peso para también arrastrar con unos principios que empezaban a tambalearse con tanto equipaje sobre su espalda. Se sentía abatido de soportar al intolerable orgullo de tener esa fastidiosa carga de ni siquiera hablarles a sus hijos. Estaba agotado de sacudirse el amor para aceptar el hecho de que se estaba quedando cada vez más solo, justificándolo con un "No me importa, tengo la Revolución". Lo único que le quedaba era eso, su Revolución. ¿Y qué había hecho con él? Sumergiéndose en un montón de preguntas, tanteaba respuestas, buscando consuelo. Esa Revolución aniquilaba su trayectoria sin siquiera cuestionarlo. Tasajeaba su moral como si chapeara el césped. La misma Revolución a la que entregó su juventud. Aquella que lo elevó y ahora lo lanzaba a la nada. ¿Quién fue? Un alto dirigente del gobierno, respetado por el pueblo. ¿Que era? Un simple mensajero, llevando y trayendo recados absurdos de una sociedad burocrática. Se dio cuenta de la inutilidad de su labor desde la primera vez que ejecutó el puesto. Nunca se hubiera dado cuenta cuando estaba en el poder. La soberbia le impedía observar. Pero ahora tenía la oportunidad de hacerlo. Observaba cómo iba de aquí para allá en papeleos interminables que no solucionaban nada. Fue entonces cuando agudizó los sentidos y percibió cómo el soporte donde se recostaba su revolución lo carcomía un montón de leyes ilógicas que pronosticaban el derrumbe. Cuando se impone la ley, la arrogancia no cuestiona. Aplica. Cuando se acata la ley, la impotencia reflexiona. Deduce. Fue desde abajo que pudo observar el lento desplome de los cimientos que él mismo construyó. Calculó cuánto hubiera aprovechado el cargo para cambiar algunas cosas. Pero ya no tenía voto en asuntos de Estado. Sus palabras ya no trascendían más allá del CDR. Solo acataba órdenes, una tras otra sin explicación alguna. Pensó que se le podía dar al pueblo el esclarecimiento del porqué de las cosas para que colaboraran con ideas. Y así entre todos llegar a un acuerdo de comprensión y no de imposición. Él ya lo experimentó en su vida privada. Se pasaba todo el tiempo imputando y causando temor. Y el resultado fue quedarse completamente solo.

Pensó que, si explicaban el fin, la gente podía ayudar a los medios. Pues ya no estábamos en la era del machete o el fusil. Ya ni siquiera tenía valor el arma más usada para hipnotizar al pueblo: el poder de la palabra. Fueron las palabras las que convencieron al país. Décadas de discurso sobre ellos. Mantras políticos que lavaron el cerebro de la población. Ya la gente no estaba dispuesta a escuchar, ellos querían ahora hablar. El eterno monólogo del Estado estaba silenciado por un pueblo sediento de hablar. ¿Por qué no se cedía ni un solo instante la palabra? Esta vez no era como el 59, esta vez no había nada que quitarle a nadie, ya nadie tenía nada. Era más bien una cuestión de dar, de dar la oportunidad de escuchar. Desde su nuevo puesto de mensajero, se dio cuenta del problema. Sentía la obligación de proponerlo. Al fin y al cabo, él fue uno de los principales colaboradores de enmudecer a todos. Tenía la profunda responsabilidad del remiendo. Nadie lo podía callar. Él era Ignacio Gonzáles, un colaborador fiel, un participante leal. Todavía creía en la Revolución. Antes de juzgarla, creyó posible la rectificación. Por lo tanto, reclamó una conversación con sus superiores. Deberían escuchar sus nuevas ideas reformadoras. Redactó un texto en el que expuso sus planteamientos donde en su primer párrafo explicó:

El pueblo no tiene la culpa. Los acostumbramos a lo fácil con la ayuda de los rusos y ahora les quitan los beneficios de golpe. No pueden asumirlo. Hay que explicarles. Hay que decirles que nos equivocamos. Que podemos rectificar y volver a levantar la sociedad juntos. El país está ahora como un adolescente que ya no recibe beneficios de papá y mamá. No saben enfrentar esta crisis. Están desorientados. No pueden imponerles que resistan. Hay que enseñarles cómo superarlo. No es tan difícil si el gobierno y el pueblo se unen.

Propuso, además, que los vecinos aportasen sus opiniones abiertas en las reuniones del CDR. Así se sabría cada descontento de la población y se buscarían soluciones. De hecho, él mismo era un descontento en busca de solución. Fue desde su insatisfacción que descubrió la necesidad de saciarla. Recalcó la importancia de la opinión de cada cual. La solución podía estar entre los 11 millones de habitantes que habitaban la isla. Las ideas provendrían de la población. Así el pueblo no le echaría por toda la culpa al gobierno, ni el gobierno les echaría la culpa a ellos. Sería una cosa de dos. Planteó que los comercios en vez de estar estatalizados, se pudieran arrendar a los civiles en pos de pequeñas empresas, que inyectarían entre renta e impuesto un ingreso sustancioso, además de generar puestos de trabajo y satisfacer la demanda. Pues así ni el pueblo le roba al Estado, ni el Estado extorsiona al pueblo. Destacó que, precisamente por su amor a la Revolución, estaba dispuesto a ayudar en la reconstrucción de su desplome. Era su obligación como principal colaborador del sistema. El pueblo no sabía. Estaba desorientado en la carencia. Había que explicarle el porqué de las cosas; compartir soluciones; impedir que el país se vaciara insatisfecho para seguir proyectando su insatisfacción aún lejos de la isla. Urgía la necesidad de rescatar valores, de pedir perdón ante las masas y remendar errores. Un pueblo con hambre no escucha. La necesidad lo ciega. Pero si se lo incentiva a participar buscando soluciones que resuelven el conflicto, entonces la esperanza resuelve. "Rompamos con todas esas ideas absurdas de acaparamiento. Dejen que el pueblo se exprese y compartamos los resultados", concluyó Ignacio después una inmensa lista de proposiciones. Cerró el sobre con la lengua humedecida y se dirigió a la sede del Partido Comunista. Como ya conocía perfectamente el camino, se apresuró hacia la oficina del máximo representante y colocó la carta sobre el buró, exclamando:

—Vengo a exponer mis ideas.

—¿Y quién es usted para exponer ideas? —le contestó el comandante que ostentaba el cargo, mirándolo de arriba abajo como si nunca lo hubiese visto.

—Usted me conoce bien. Sabe que hice la Revolución.

—Ya lo dijo, "hizo". Cuando usted fue destituido de grado y cargo, borró su huella. Y hágame el favor y retírese que tengo mucho trabajo por hacer.

—¿No va ni siquiera a leerla?

—No, no voy ni a abrirla. Pasará al departamento de sugerencia para ser revisada. Ya tendrá respuesta. Ahora retírese.

Ignacio, conociendo las medidas aplicadas a los desobedientes, se retiró digno esperando su respuesta. No tardó la reacción: 24 horas después de la entrega le llegó una citación del partido. Le comunicaron que a partir de ese instante ya no sería más presidente del CDR por ser un peligro de contaminación verbal ante los vecinos. Desde ese momento era un simple civil, igual que el resto de la población, y le advirtieron que nunca más se tomase atribuciones de esa índole para intentar buscar soluciones a cosas que le pertenecían a departamentos ajenos a él. Antes de abandonar la oficina, se le aclaró que sus comentarios fueron obviados de un análisis judicial, por su apoyo en la creación del sistema. Pero, sin más indulto, no soportarían otra mala actuación de su parte. Sin nada más que objetar, lo dejaron ir, sin permitir reclamos. Ignacio caminó mareado hacia la salida. Tuvo que recostarse al poste de la calle, creyendo que se caería.

De repente se le hizo un nudo en la garganta. Como si el tubo digestivo se le cerrara, no pudo respirar por segundos. Mientras se desplomaba al suelo, un fuerte golpe en el pecho dado por un transeúnte provocó su reacción. Recuperó el aliento. Estuvo a punto de morir. Y aquel hombre desconocido le había salvado la vida. En tanto el señor le preguntaba si ya estaba bien, se daba cuenta de que no solo en ese instante, sino que después de muchos años por fin había vuelto en sí. Le dio las gracias con un abrazo sincero. Y sin soltarlo aún, le dijo:

"He vuelto a nacer".

En el camino de ida a su casa recordaba a su hija Luna. Cuando apenas con 15 años quería tener su propio criterio y él se lo impidió. Imaginó cómo se sentiría. Quiso rebobinar el momento. Pero el tiempo es implacable con las reglas. No hay vuelta atrás. Solo queda el arrepentimiento. Se conformó con eso. *¿Por qué no me escuchan?*, pensó. *¿Por qué me excluyen? Yo hice la Revolución. Yo quiero hablar. Me tienen que escuchar.* Convencido de que alguien lo escucharía, volvió a redactar otros documentos repitiendo lo que pensaba. Se elevaría a las esferas más altas del gobierno. Iría al mismísimo comité central. Con la decisión que lo caracterizaba, se dirigió a la estación de trenes. Y esa misma tarde de 1994, partió rumbo a la capital.

La Habana parecía una ciudad fantasma poseída por obscuros edificios que disimulaban su ruina con la falta de luz eléctrica. Su gente, sonámbula entre los muros de aquel bosque de cemento caducado, buscaba como si fuesen zombis algo de brisa entre la desesperación de querer dormir. El sol del Caribe acribillaba el asfalto desencajando rostros, arrugando miradas y empapando pieles de sudor, que destilaban rabia de inconformidad. Los perros callejeros deambulaban exhaustos de buscar y no encontrar algo para no morir. La gente pisoteaba el pavimento yendo y viniendo con la desesperanza en su andar. Y casi toda la arquitectura colonial que impactó en antaño amenazaba con caerse sobre los transeúntes provocando el pánico. La que fue la ciudad más linda de América se desvanecía sin piedad. Ignacio tragó en seco mendigando aire, ahogado por la podredumbre de tanta basura acumulada por doquier, más el tufo de orine y alcohol que despedían las paredes de los solares. Pero avanzó digno, como el macho que era, hijo de mambí, luchador de la Sierra, con el valor de un hombre dispuesto a defender su patria a cualquier costo. Decidido a exponer sus ideas de la misma forma que lo hizo en el 59, se dirigió al comité central con firmeza. No lo dejaban pasar. Le propusieron una cita. Solo hasta que insistió proporcionando nombres importantes de compañeros de lucha, le concedieron entrar, después de obtener permiso ante una llamada interior. Un guardia lo condujo hasta una oficina invadida por un fuerte aire acondicionado que aniquiló de súbito el sudor que traía de afuera. La voz ruda de un excompañero —a quien conocía pero que por su semblante altanero no se atrevió a saludar— le preguntó:

—¿Qué lo trae por aquí? Hable rápido y sea conciso.

—Vengo a exponer mis ideas.

—Pues bien, lo escucho. ¿Qué tiene que decir?

Primero contó todo lo sucedido en Santiago de Cuba, cuando intentó una comunicación con los altos dirigentes de su provincia y lo expulsaron del partido. Luego de resumir sus proyectos, sacó del portafolio los documentos y se los entregó, firmado de su puño y letra. El teniente echó una hojeada al primer folio y, sin proseguir al segundo, lo miró fijamente y le entregó todas las hojas.

—Guarde todo eso, Ignacio. Y haga el favor de no circular esos documentos. Sus opiniones parecen peligrosas, desorbitantes, fuera de contexto y sin coherencia. Aquí para quitar y poner leyes está el gobierno.

Ignacio agarró los papeles y aclaró:

—Ante todo, quiero que sepan que yo amo la Revolución y, si estoy aquí, es para salvarla —el teniente se sentó sobre la punta de la mesa y con una sonrisa irónica dijo:

—¿Salvarla de qué? Usted no es ningún Superman ni nada por el estilo. Bajo mi opinión profesional, usted necesita ayuda psicológica. Al parecer las cosas por las que ha pasado últimamente le han trastocado el cerebro.

—Oiga, ¿me está diciendo que estoy loco? Usted me conoce bien. Luchamos juntos en la Sierra. Sabe que di mi vida por esto ¿Qué pasa? Soy yo. Ignacio Gonzáles, el Trovador, ¿recuerda?

—Aun no estoy confirmando nada. Le estoy advirtiendo que necesita ayuda profesional. Y precisamente porque colaboró con la Revolución es que tenemos estas excepciones. Pero ya me está colando la paciencia con sus ínfulas de héroe... ¡Espere! No hable. Déjeme terminar. Seré condescendiente con su caso y lo mandare ahora mismo a que lo analice el ideológico para ver qué nos resume en base a su comportamiento. Y dependiendo de los resultados tomaremos una decisión.

Ignacio fue trasladado a un departamento del edificio donde un psicólogo lo acribilló con una retahíla de preguntas alternativas. Después del interrogatorio, tecleó sobre una máquina de escribir su impresión, especificando un profundo desorden mental que repercutía en bipolaridad causado por su fracaso personal. Agregó una fuerte crisis de ansiedad alentada por la situación económica. Lo remitió a la consulta de psiquiatría y concluyó el asunto. Una vez que el índice presionó la última tecla que concluía el diagnóstico, lo extrajo de golpe y se lo entregó al guardia que lo acompañaba. Otra vez conducido a la oficina del teniente, esperó algunos minutos a que este leyera el prescrito y luego se lo extendiera para que comprobase por él mismo los resultados. Ignacio leyó su pronóstico. El teniente esperó a que terminara con los brazos entrelazados sobre el pecho, y solo cuando Ignacio dio señales de concluir la lectura, le dijo:

—¿Ve, compañero, que usted necesita ayuda?

Ignacio, comprendiendo que ya más nada podía hacer, no tuvo más nada que decir. Le confirmaron que continuaría de baja como soldado, debido a su enfermedad mental. Así como también estaba confirmada su cancelación de empleo y los asuntos del CDR. Le asignaron una modesta pensión de deshabilitado. Y le advirtieron que jamás volviera a molestar al Estado con esas opiniones tan estúpidas, porque se verían en la penosa obligación de recluirlo en un hospital psiquiátrico hasta su completa recuperación. Ignacio, más cuerdo que nunca, caminó hasta la salida y abandonó el lugar. Llevaba en sus manos los resultados del diagnóstico, el turno para el psiquiatra y la exposición de sus ideas. Inmediatamente después de doblar la esquina rompió en pedazos los papeles y los lanzó al aire, regalándoselos al viento. Su esperanza era nula. ¿Quién más lo iba a escuchar? Si el mismísimo comité central le dio la espalda. ¿Había algo o alguien más alto que ellos? Que él conociese, no. Para otros, sí. Para otros, la esfera más alta era Dios. Pero él, no conocía a Dios.

Ya había caminado bastante buscando la estación de trenes. Tanto, que el sol le arrebató la ira y le dejó un sudoroso cansancio que le inhibía en algo la decepción. Cuando necesitaba sentarse para retomar aliento, una avalancha humana se le atravesó en el camino dando gritos de inconformidad. Asombrado, activó los sentidos, comprendiendo que se trataba de una protesta masiva. La gente estaba desesperada. Gritaban, lanzaban piedras a la vidriera de las tiendas, de las carnicerías. Parecían poseídas. Buscaban soluciones sin medir las consecuencias. Ciegos de hambre y mudos de impotencia, montones de inconformes le pasaban por al lado como ráfagas de rabia. No creía lo que observaba. ¿Quiénes eran los que se atrevían a experimentar un mitin? Era impensable. Quiso controlar el caos, ayudar a instalar el orden y controlar el desconcierto. Entender qué pasaba. Pero los pedruscos volaban por encima de su cabeza como pelotas de tenis. Los tropezones que impactaban contra él lo zarandeaban sin tapujo de un lado a otro de la multitud. Los gritos de reclamo estallaban en sus tímpanos. Sin perder aún los estribos, se aferró a un poste de luz para evitar la colisión.

Con dificultad pudo sostenerse entre el despilfarro de empujones. La gente lo zarandeaba. El escándalo lo abatía. Sin soltarse del poste como quien aguanta una tormenta que lo embiste sin piedad, reclamaba control. Pero nadie lo escuchaba. Mientras más proclamaba cordura ante la situación y pedía por favor que lo escuchasen, que tenía cosas importantes que decir, más empujones recibía. "¡Por favor, escuchen, cambiemos esto, tengo métodos, proyectos!". Pero en vez de escucharlo lo empujaban.

Cuando su fuerza no pudo sostenerlo más y su garganta ya no podía emitir la voz, con un ahogo profundo que le aplastaba el pecho, cayó desplomado al suelo. Intentando levantarse entre la avalancha, escuchó la onda lejana de alguien que decía: "Oiga, señor ¡Apártese que lo aplastan!". Sin fuerzas para levantarse, se arrastró buscando la acera, repleto de lágrimas que no podía contener. Sin alcanzar el objetivo, se desmayó bajo el contén.

Despertó estaba sobre una camilla del hospital de emergencia. Solo. Tirado sobre una delgada colchoneta empercudida, y arrinconado en una esquina del pasillo para no entorpecer el paso de los transeúntes que deambulaban buscando socorro. Cuando vino el médico para darle un diagnóstico, lo escuchó decir:

—Tuvo usted un pre infarto. Se salvó de milagro. No puedo ingresarlo porque no hay cuarto disponible. Con lo de la manifestación, esto está que no da más. Ahí le indico el tratamiento. Pero si no se cuida, será mortal. ¿Alguien lo acompaña?

—No, estoy solo.

—¿No tiene familiares a quien avisar que vengan a buscarlo?

—No.

—Pues entonces espere a que la cosa se calme afuera y váyase con cuidado.

—¿Qué pasa afuera?

—¿Que qué pasa? De todo. La gente se lanzó para la calle. Y esto no da abasto de heridos, desmayados y todo lo que se pueda imaginar. Al que le va a dar un infarto es a mí que me tengo que dividir en veinte pedazos. Total, para el salario que me pagan.

Concluyó el medico mientras le entregaba los documentos del alta y lo despedía con un fraternal "Cuídese". Ignacio, mientras caminaba despacio buscando la salida, comentaba consigo mismo: "Lo sabía. Sabía que algo así iba a suceder. Lo advertí.

Advertí que el pueblo no sabía manejar la situación. Están demasiados acostumbrados a que les digan lo que tienen que hacer todo el tiempo. ¿Y ahora qué pasa? Desbordaron su límite. Nadie les explica nada. Nadie les da soluciones. Ay, mamá, si por lo menos estuvieras aquí para echarme un refrán de esos que solo tu sabiduría soltaba...".

En su lenta retirada del hospital, recordó a Cachita. La imaginó curando a todas esas personas con plena satisfacción. Sin esperar retribuciones, solo por el goce de su pleno conocimiento. La visualizó dando brebajes, colocando ungüentos, o taponando heridas. ¿Cuánto había dudado de su sabiduría? ¿Cuánto la subestimó en los confines del olvido por su ilustre Revolución? Pero ya era tarde. Cachita Guzmán ya estaba muerta. No podía remendar su falta. Lloró de impotencia. Clamó su perdón desde el recuerdo.

—Tanto me lo decías, mamá. Llegó la época de las consecuencias. Repetías sin parar que hay tiempos de siembras y tiempos de cosechas. Ahora recojo las cosechas que sembré cuando te aparté sin compasión del beneficio de la caridad. Cuando subestimé tu sabiduría ensombreciéndola con mi nueva doctrina. Confundí las cosas, mamá. Mezclé ideales con tradición. No tenía derecho a entrometerme en tus conocimientos. Eran solo tuyos. Te pertenecían por genética. No era yo el más indicado para cortar de a cuajo con tus creencias. Perdóname, mamá. Yo no creía en esa religión que aún me parece absurda. Pero reconozco que era tu religión. Tu punto de vista. Debí respetarlo bajo todos los conceptos. Perdóname, mamá. También estoy recogiendo la cosecha que sembré con Magdalena convirtiéndola en la figura decorativa de un hogar sin pasión. Contribuí a la frivolidad de la relación por conveniencia. Empañando sus virtudes siempre a la sombra de mi triunfo. Recojo la cosecha que sembré cuando le di la espalda a Luna, para no traicionar mi moral. Sin buscar soluciones para el problema. Sin el más mínimo apoyo. Cuando no percaté que Maceo pasaba mucho tiempo bajo la sombra de su madre rellenando la ternura que yo no le daba. Ahogado en el espacio de un padre ausente. Cuando los expulsé a todos de mi casa y de mi vida sin contemplaciones. Cuando me involucré ciegamente en una revolución que me enamoró con sus promesas, volviéndome implacable. Alcancé el anhelado fin justificando los medios. Pensé que podía cambiar el rumbo de las cosas. Sin saber que, en realidad, lo que cambiaba era mi propio rumbo. Ahora, mamá, recojo la cosecha que sembré de cara a todos, cuando le di la espalda a Dios.

Cuando el llanto ya no pudo ir a más, se detuvo para volcarlo sobre una pared. Allí, recostado al tabique, sintió la presencia de su madre. Se levantó sobresaltado.

"¡Imposible! —exclamó—. Los muertos no andan por los pasillos de los hospitales".

El susto le mermó la emoción y la energía invisible se esfumó de golpe. Apaciguó el llanto. Pensó que quizás sí estaba medio loco. Pues ya andaba por el umbral de la decadencia, donde los años conspiran sin piedad con el tiempo, para juzgar el pasado. Se dirigió a la parada del autobús con dirección a la estación de trenes para volver a Santiago de Cuba. La parada estaba desolada, no había servicio de guagua. Lo habían suspendido.

Notó tensión en el ambiente. La gente caminaba apurada. Unos que iban y otros que venían ajetreados trasmitiendo desesperación. Caminó calle abajo buscando su objetivo. Presentía que algo pasaba. Se detuvo en un parque. Se acercó a un anciano sentado en silla de ruedas y le preguntó:

—¿Qué pasa? ¿Ya no hay manifestación?

—Mejor que eso. Llegó el comandante y mandó a parar. El tipo se apareció en medio de la protesta y dijo que todo el que se quiera ir del país, que se vaya. Imagínate. La gente está alborotada.

—¿Pero ¿cómo? ¿En avión?

—Qué avión ni avión. Por el mar.

—¿En lanchas?

—En lo que sea. ¿También les van a poner el trasporte? El que no esté de acuerdo, que se lance al mar. La gente está como loca fabricando balsas. ¡Eh…! ¿Y usted no se va? Aproveche. Cogieron de buena al tipo porque hoy es su cumpleaños. Mire qué regalito le ha dado el pueblo. Apúrese que después lo quitan.

—No, señor. Yo no voy a ninguna parte. De hecho, no entiendo por qué se van. Que luchen aquí, coño. Como lo hice yo. Si todo el mundo se va, ¿quién arregla esto?

—Oiga, pero usted está loco. No se da cuenta de que esto no hay quien lo arregle.

—Claro, si todo el mundo se va, claro que no.

—Oiga, aquí todo el mundo sabe que los que mandan son los de arriba.

—Es cierto. ¿Pero quiere que le diga cuál es la diferencia entre ellos y esos que se van?

—¿Cuál?

—Que ellos nunca se fueron. Lucharon. Inventaron estrategias. Y derrocaron a Batista. Con esa fuerza con la que se lanzan al mar. Si me hubiesen escuchado, entre todos cambiaríamos esto.

—Pero usted no se ve la facha. Con lo viejo y destruido que está no puede luchar contra nadie. Se lo digo, móntese en una lancha de esas y allá en el yuma le dan, aunque sea una pensión. Si yo tuviera mis piernas, esta conversación sobraría. Porque ya anduviera llegando a la Florida.

—Bueno, bueno. Yo me voy a mi Santiago. Si se quieren ir que se vayan. Aquí nadie entiende nada. Y después dicen que yo soy el loco.

Ignacio, sin querer tentar al infarto, calló sus comentarios y se despidió del señor. Observó cómo pasaban caravanas de camiones con gente saludando eufóricamente a los transeúntes que, entre gritos, alentaban sus despedidas. Estaba atónito. Aún permanecía con la boca abierta ante la escena. Todos huían desaforados en cualquier medio que tuviesen. Las llantas de los autos multiplicaron su precio. Los únicos carros salvados del desmantelamiento fueron los encargados de llevar los disidentes hasta la playa. Quien no corría con la suerte de tener goma, ni dinero para comprarla a contrabando, vendía su casa para adquirir una balsa. Si no tenía goma, ni dinero ni casa, se debatía entre las opciones de lanzarse a nado o en la más desesperada no solución quedarse en la isla. En el barrio del Yarey algunos residentes despalillaron sus casas para construir botes con el mismo entusiasmo con que la armaron. Cuando se pensó que ya se habían agotado los recursos del neumático en el país, descubrieron el poder flotante de los tanques vacíos. Ahí mismo cobró valor el precio de los recipientes. Las fábricas tuvieron que proteger hasta los de basura porque en un descuido les sacaban el desperdicio y se llevaban el envase. Todo lo que flotaba se convirtió en oro. Lo mismo daba una plancha de poliespuma que algunos colchones de corcho. El mar se volvió una inmensa alfombra azul que acogía a los desesperados, quienes se lanzaban hacia el peligro como única salvación. Se puso de moda la oración del náufrago, que multiplicó las ventas entre sus vendedores. Se iban hasta los presos a domicilio que terminaban en casa los últimos meses de su sanción, como el caso de Jorge, el hijo de Teresa, quien vendió todos los muebles de la casa en la urgencia de pagar el puesto en una lancha improvisada que un vecino diseñó. Prometiendo mandar dólares, traspasó todo sin remordimiento, y dejó la sala completamente vacía. Laura, obsesionada con hallar a la madre perdida que nunca encontró, se unió a Jorge. Sus tres hijos se quedaron con Teresa. Quisieron llevarse a Juan, pero no lo consiguieron, porque juró que bajo ninguna circunstancia dejaría a su madre sola con tantos muchachos que cuidar. Y advirtió que ni se iba él y mucho menos el niño. La China aprovechó que terminaba la condena en casa y se unió a Laura y a Jorge. Partieron los tres de inmediato.

—¡Ave María purísima! ¡Esto es una locura! —exclamó Teresa con la mano recostada en la mejilla mientras observaba cómo la desesperación se apoderaba de la ciudad. A esas alturas se había ido tanta gente que bajó de un buen tirón el censo en la población.

Ignacio, respirando profundo, continuó despacio hasta la terminal de trenes. Compró el boleto, subió al tren y se acomodó en uno de los asientos de vinil pegado a la ventanilla. Recostó su tristeza y, mientras la maquinaria se movía con destino a Santiago de Cuba, abrió su portafolios, sacó hoja y pluma y reflexionó sobre el papel:

No fue para esto que luché en la Sierra Maestra. ¿Es esto "Mi Revolución"? No luché para ver cómo la gente huye sin defender sus ideas. Me dejan solo. Todo el mundo se va. Y ahora quedo como un loco que habla bobería. ¿Es que nadie se detiene a pensar? ¿Es que no hay un joven con suficientes cojones que guíe este proceso? Qué ignorancia. José Martí dijo que en la unión está la fuerza. ¿Por qué en vez de irse entre todos no hacemos una nueva Revolución? Ya no tengo fuerzas para combatir, pero tengo ideas, la experiencia de haber estado arriba. ¿Hay acaso algo más valioso que eso? Pero nadie lo ve. Ahora resulta que soy un loco. Bueno, si se quieren ir, que se vayan.

Ignacio abandonó la estación de trenes y se subió a un coche de caballo para alcanzar su casa al final de la alameda. Mientras el calesero galopaba lentamente sobre los adoquines, pensó en los extensos años en que aquel paseo marítimo había sido testigo de la evolución humana. En ese mismo puerto descargaron miles de esclavos traídos de África para satisfacer los placeres coloniales. Meditando sobre la esclavitud, escribió con urgencia sobre otra hoja de papel:

¿Cuándo fue exactamente que el hombre sintió la necesidad de poseer a otros? ¿Por qué? ¿Por supervivencia o por superioridad? ¿Por qué quien cree tener la verdad la impone por encima de otras verdades, alegando que la suya es la correcta? ¿Cómo lo supo? ¿Qué poder lo empuja a utilizar la fuerza? Sin dudas, "la ley de la jerarquía". Al parecer, el hombre pronto se dio cuenta a través de la misma naturaleza, que de hecho marca la diferencia en los elementos. El sol evapora al agua. El agua apaga al fuego y el fuego extermina la madera. Y aunque sea una contribución necesaria para la supervivencia. Al fin y al cabo, es jerarquía. Y ahí va el hombre, dueño del libre albedrío y en vez de asumirlo como una mezcla divina de colaboración, lo vio como poder e inventó una escala de dioses de menor a mayor repartiendo un atributo natural a cada uno. Todo el mundo atribuye su punto de vista sobre la verdad, que queda muy aplastada debajo de miles de años de imposiciones sobre ella. Y cada cual la defiende por encima de su propia vida. ¿Pero acaso eso que defiende es la verdad verdadera? ¿O una capa más que asfixia lo auténtico? En esa confusión el hombre evitó confundirse y simplemente escogió un bando. Fue ahí donde nació la sumisión. Desde el día que el primer humano inventó un dios, se esclavizó así mismo.

Incluso él mismo se había extraviado en el camino. Inconforme con esa teoría de dioses que los mortales defendían sobre la Tierra, buscó consuelo en otra doctrina. Cayó en el ateísmo total. Y la Revolución le brindó esa posibilidad. Alentó sus contradicciones, o al menos cubrió la insatisfacción que sentía en ver tanta gente dependiendo de las tiradas del caracol para tomar decisiones, de deshacer los pecados a través de un padre nuestro. Había crecido viendo cómo sobrellevaban la pobreza con velitas a la virgen, moviendo con su fe montañas de conformidad mientras los poderosos los aplastaban con sus injusticias. Sintió verdaderamente odio por las religiones. Luchó contra ellas. Fue ahí que su punto de vista prevaleció sobre los demás. Se creyó poseedor de la verdad y colaboró para imponerla. ¿Y qué paso? Se desvió de rumbo, cuando creyó cambiar el rumbo de las cosas, y se fue a la deriva con sus propias decisiones. Se unió al bando que apoyaba su teoría; al bando que descartaba la existencia de un dios. Los mismos que en medio de esa guerra contra las deidades se volvieron dioses. Todo comenzó por un sueño. Un hermoso sueño de regalar libertades al prójimo. Y fue tan bonito. Apasionante. ¿Cómo puede un sueño enfermarse de poder? ¿Cómo puede extraviarse en la suprema autonomía de las leyes? ¿En qué momento dejó de ser un idealista para convertirse en tirano? Fue en el mismo instante que se involucró con la ley de la jerarquía. Ante el miedo atroz de no perdurar y ser solo un sueño con peligro de extinguirse, dejó de ser sueño para convertirse en poder. Ahí fue cuando la solución provocó el conflicto. Las ideas son esperanzas, planes, proyectos, que se alimentan de la pasión, y el ímpetu los impulsa, los eleva hacia los resultados. Pero los resultados ya no son ideas, se convierten en logros. El logro se transforma en orgullo, que, en exceso, se vuelve soberbia. Y la soberbia es la silla donde se sienta el poder. Cuando el poder se pierde o amenaza con perderse, te ves obligado a levantarte para sobrevivir. Solo ahí lejos de esa comodidad jerárquica que te regalaron tus proyectos vuelves al punto de partida para recuperar el ímpetu. Entonces es cuando te das cuenta de que no era hacia allí donde te dirigías al principio. Tristemente te vuelves la caperucita que distrajo su objetivo, dejándose convencer por el lobo. Y era así como se sentía Ignacio, perdido en el camino, tratando de encontrar lo que hacía mucho tiempo atrás en verdad buscaba. Pero presintió que era demasiado tarde. Estaba de nuevo en el bando de los soñadores y no de los poderosos. Con el agravante de un escaso estímulo. Para salir de ese círculo se necesitaba aquello que le sobró de joven, entusiasmo. Y era precisamente eso lo que le faltaba ahora. Los años le mermaron ese frenesí de antaño que lo condujo a la gloria. Estaba decepcionado, sumido en una profunda reflexión.

Cuando alguien reflexiona, se envuelve en un proceso filosófico que estanca la acción. El furor de la juventud aniquila la comprensión. El joven no comprende; actúa, obedece a sus instintos. El viejo no actúa; comprende, negocia con sus instintos. Ya en ese punto del camino se resignó al fracaso. Unas inmensas ganas de expresarse fueron saliendo de adentro de él. Como podía comunicar todo aquello que descubría dentro de sí en una sociedad carente de expresión, pensó en la posibilidad de escribir un libro. Un diario que captara hasta el más mínimo de todos sus pensamientos y se gestara en absoluta clandestinidad. Un libro de su trayectoria y de su evolución, que dijera en silencio todo lo que nunca pudo gritar. Para ello lo inspiraría en la frase del apóstol de la patria José Martí, cuando dijo: "En silencio ha tenido que ser [...], porque hay cosas que para lograrlas han de andar ocultas".

Así lo había decidido cuando bajó del coche de caballo y le pagó al calesero. Abrió la puerta del caserón azul y respiró sus recuerdos. Exhaló en un suspiro un chorro de nostalgia. Revisó su cartera. No tenía dinero. Fue a la repisa de la sala y escogió varios adornos que se exhibían desde la época de Ana María. Los colocó en una bolsa y salió con ellos rumbo al mercado negro. Ni siquiera sabía qué pasos dar. Jamás compró nada ilegal. De hecho, conservaba todos los recibos de sus compras en un cajón del escritorio por si debía justificarlos. Llamó a un joven de su cuadra y le encargó la tarea de vender los adornos. El muchacho, no queriendo desechar la oportunidad de obtener aquellas reliquias por tan bajo presupuesto, le liquidó al instante. Era negocio seguro. Se despidieron satisfechos y planificaron seguir negociando. Ignacio agarró el dinero y fue directo a la tienda del dólar. Por primera vez tenía dólares propios. Pensó en cuánta gente fue presa por poseer dólares. Los mismos con los que ahora él pagaba una botella de ron, un rollo de puros y dos paquetes de café. Volvió a la casa. Volvió a respirar profundo, exhalando otro chorro de nostalgia. Preparó y bebió café. Abrió la botella de ron y brindó consigo mismo por el nuevo Ignacio. Encendió un tabaco. Se encerró en su despacho. Comenzó a gestar su libro de confecciones tecleando la máquina de escribir y arrojando sobre ella todo lo que la inspiración le dictaba. Comenzó con este párrafo:

Hoy comienzo a escribir con el posible riesgo de volverme loco. De hecho, dicen que ya lo estoy. Pero créanme que todavía no. Aunque hay que estar loco para digerir lo que estoy tragando. Por eso, sin descartar esa opción, escribo desde hoy en todo mi sano juicio, y con mis cincos sentidos. Por si acaso no puedo escapar de la locura. Aquí al borde de la demencia no voy a pedir perdón y mucho menos arrepentirme. Voy a

escribir para sacar todo eso que llevo dentro de mí hasta quedarme plenamente vacío. Y
solo entonces, cuando esté vacío, podré volverme completamente loco.

Entre sorbos de ron, buches de café y bocanadas de humo, Ignacio fraguaba palabras que le brotaban del alma. Intercalaba pequeños descansos con canciones de Silvio Rodríguez, las cuales proyectaba sobre las cuerdas de la guitarra. Solo salía de la habitación para cubrir las necesidades básicas del ser. Se preparaba comidas rápidas y económicas para abreviar el tiempo. Solo iba a la calle a negociar con el vecino y a comprar algo de víveres, ron, tabaco y café. Los días transcurrían sobre él como ráfaga de tiempo que se le abalanzaba sin piedad. Sin importarle afeitarse, comer, bañarse, vestirse e incluso dormir, continuaba absorto en sus escritos sin dejar de fumar y de ingerir alcohol, inspirando a su musa con las trovas de Silvio. Pero los adornos comenzaron a escasear y el presupuesto mermó. Tuvo que descartar comprar en "La shopping". El ron de etiqueta fue sustituido por el callejero que se robaban de las fábricas. El café también resultaba de las mezclas inventadas para incrementarlo. Y los víveres provenían de mercancías desviadas del Estado. Cuando ingerir alcohol se le hizo una necesidad superior a la de alimentarse y el presupuesto no alcanzaba para comprar el callejero, se conformó con el de pésima calidad, que vendían de manera clandestina, fabricado en casas. Así, sumergiéndose cada vez más en lo profundo de la decadencia, fue fraguando su libro, sin perder el talento de expresarse.

Capítulo 12

Es mejor el uso de las riquezas
que la posesión de ellas.
Fernando Rojas

Mientras al país lo aplastaba el peso del periodo especial, en el núcleo de Roma vivía Luna, en un apartamento a todo lujo. Por primera vez, Luna no tenía que levantarse sobresaltada para planificar el día. Ni inventar cómo evadir policías para avanzar sobre su presa. Se sentía anfitriona. Transitaba por la senda del buen vivir, refinando modales, aprendiendo italiano, conociendo el arte, destapando la literatura, descorchando vinos y descubriendo el placer de la elegancia. Pietro la embulló para que cumpliese su sueño de escritora. Pero antes debía tomar cursos de redacción, gramática y ortografía para que debutara en su primer libro por la puerta del éxito. Por esto, comenzó aprendiendo italiano para dominar el idioma del país. Los días entre semana desayunaba sola, pues su marido salía muy temprano a dirigir la empresa. Y ella se levantaba más tarde. Sentada en el extremo superior de la mesa de comedor, degustaba apetecibles manjares dignos de una excelente mañana. Contemplaba toda la ciudad desde el ventanal. Roma le parecía espectacular. Su arquitectura prepotente pregonaba su historia por doquier con un toque de belleza. Se envolvía en el hechizo de aquella mágica vista. Pero sus pensamientos viajaban de prisa en busca de Leonardo. Y lo traía ahí, justo al lado de ella para que desayunaran juntos. Lo extrañaba tanto. Conversaba con sus recuerdos, contándole cómo cada noche lo sentía a su lado, encarnando el cuerpo de Pietro. Tendido en la cama con su pecho escultural, enredado entre las suaves sábanas de raso; haciéndole el amor con lujuria, despertando junto a ella y desayunando juntos.

Luna agotaba la mañana dándose baños reparadores, masajes, ejercicios, en las clases de idioma, en cursos de arte y en aumentar la cultura. Almorzaba al mediodía con su esposo. Y cuando él regresaba a sus reuniones, ella alternaba paseos entre ir de compras por las mejores tiendas de la ciudad, a la peluquería o tomar cualquier aperitivo en alguna cafetería importante. Toda una vida suntuosa. Se sentía extraña. Intuía que debería sentirse feliz, pero no sabía cómo hacerlo. No estaba acostumbrada a tanto lujo. Intentaba acotejarse, pero el pasado insistía en carcomerle su memoria. Creyó que resultaría fácil enterrar lo vivido. Pero aún retumbaban en sus sentidos la casona de Ana María Fonseca, las canciones de su abuela arrullando su llanto, las historias que contaba, su amor incondicional, los reclamos del padre, el ajetreo de Magdalena, la inconformidad de Maceo, los juegos callejeros de infancia, el viaje en tren a la capital, su nueva vida de adolescente, el legrado, el ajetreo del solar, el ruido de los cláxones, los pregoneros que la despertaban a deshora, la voz de Teresa regañando a los niños o maldiciendo la carencia, los vecinos quejándose de la crisis y las estrategias de ataque que debía utilizar para alcanzar su objetivo. ¿Por qué si era tan asfixiante evocaba esos recuerdos? No podía evitarlos. Por más que se esforzaba en evadirlos la acosaban todo el tiempo, como quien reclama una deuda. ¿Acaso le debía aún algo a su pasado? ¿Por eso la instigaba incansablemente chantajeándola con ataques sorpresivos que le causaban angustia? Esa era la sensación que le daba cada vez que el recuerdo la amenazaba infraganti. ¿Qué es lo que debería pagarle a la vida? ¿Cuánto? ¿Cómo?

¿Dónde? ¿Por qué? En momentos de desesperación, le gritaba "¡¿Qué quieres?! Déjame en paz. No te debo nada. ¡Ya te dejé atrás!". Pero no respondía. El pasado no habla, se queda mudo una vez que se consume, pero se expresa como un fantasma que acosa en la oscuridad. Cerraba los ojos, se tapaba los oídos. Todo inútil. Cuando recorría la ciudad la acompañaba la voz de la tía refunfuñando sus quejas. La configuración de aquellos bellos edificios se le transformaba en la mágica decrepitud de las edificaciones habaneras. Las avenidas repletas de *motorinas* italianas, se convertían en callejuelas santiagueras colmadas de bicicletas chinas. Era perturbador, aunque soportable. Pero había un recuerdo demasiado coactivo. El más persistente de todos que la desesperaba: Leonardo. Cada vez que Pietro la tocaba, las caricias de Leonardo le recorrían la piel, provocando deseos más profundos. Leonardo en el sexo era tosco, rozando lo brutal, la estremecía entera. Pietro era dulce, tan delicado en cada gesto que la desesperaba. Leonardo bailaba con ella envolviéndola en una danza sensual. Pietro no bailaba, pero la había enseñado a escuchar una música italiana esplendorosa que le fascinaba. Ambos lados le atraían. *Si pudiera unir los dos en uno*, pensaba. A pesar de desear a Leonardo con todas sus ansias, había algo en el italiano que la atraía, pero que no llegaba a amor. Todavía lo percibía como un cliente. Nunca dejó de sentirlo. Lo mejor que pudo conseguir al respecto fue un afecto sexual y una relación fraterna que la conducía al agradecimiento. No más que eso. Hurgó en sus emociones para ver si encontraba algo más aceptable. Pero no lo obtuvo.

La figura de Pietro le resultaba un amigo cariñoso y complaciente que le brindaba conocimiento y seguridad. Él le enseñaba sin reprochar sus errores. Con él no solo aprendió a comportarse, sino a comprender las cosas más incomprensibles. Pietro raras veces juzgaba. Tenía una solución en cada planteamiento y sus decisiones casi siempre eran certeras. Su perfección la irritaba. Más que marido le parecía un maestro. En una ocasión de esas en las que le enseñaba a tocar el piano, Luna suspendió las clases y le preguntó:

—¿Estás seguro de que perteneces a este este planeta?

Él, mirándola fijamente, evocó una sonrisa y le dijo:

—Con toda seguridad caí del cielo para hacerte feliz.

Pietro le contaba que, aunque ella creyese que su perfección traspasase lo aburrido, era aún peor antes de conocerla. Su risa le había cambiado la existencia. Se había dado cuenta de que la hiperactividad de su carácter removía sus deseos. No había mayor riqueza que estar a su lado. De nada servía tanta fortuna sin una compañía apetecible con quien compartirla. Era ella con quien quería reír, amar, equivocarse, sentir. Era ese rasgo indómito, rebelde, salvaje de su esencia el que amaba. Esa parte de ella que zarandeaba sus cuestionamientos. Ese trozo ilógico que dislocaba su razón.

"Me faltabas tú para complementar mi vida", le dijo. La amaba tanto, y tanto se lo demostraba que eso hacía que el día a día se le volviera más liviano. Pero no al extremo de extinguir la tristeza que envolvía en sus lujos. Su vida en Roma era como un regalo cubierto en papel celofán. Estaba ahí, por comodidad, por vivir una vida digna y sentirse valorada. ¿Acaso lo había conseguido? ¿O seguía siendo la misma miserable disfrazada de riqueza? Percibió que se había estafado a ella misma comprando una falsa realidad. En lo más profundo de su verdad, quería agarrar toda esa fortuna y compartirla con los suyos. Comprarle una hermosa casa a Teresa, mejorar la vida del solar, conseguir que su padre la perdonase, montar una hermosa pastelería para su hermano y, sobre todo, lograr que Leonardo viese en ella una mujer triunfadora digna de su amor. Pero ese no era su dinero. No era un caudal fruto de sus esfuerzos. Era la fortuna que Pietro había multiplicado con su inteligencia comercial. No estaba disponible para compartirla con Leonardo. En efecto lo que le tocaba era esa parte donativa que adquiría por los servicios de esposa complaciente y bella. Esa era su inversión. Habían pactado ante las leyes un negocio matrimonial donde prometía amarlo y respetarlo. Cumplía la segunda función sin poder alcanzar todavía la primera. Por lo que no se sentía merecedora monetaria de tal cometido. ¿Por qué no lograba amarlo? ¿Sería acaso una malagradecida? Cuánto se esforzaba. Cómo derrochaba atención en el intento, pero no lo conseguía. Lo más fácil que creyó alcanzar era lo más difícil que pudo hacer: aprender a amar. Confirmó que el amor no es una teoría que se repasa hasta grabarla en la memoria. El amor es acción. Ataca sin previo aviso. No se puede invocar las palabras mágicas "Y se hizo el amor", porque no procede. El amor no es la herramienta con la que esculpes tu vida. El amor es el material que la forma. Comprendiendo eso, no tuvo más iniciativas de ofrecer sentimientos que no tenía. Cuando optó por descartar esa opción, ya había transcurrido un año de fallidos intentos en los que el 1994 se asomaba con un frío enero. Para entonces, obtuvo la tarjeta de residente permanente en Italia con la que viajó por fin a Cuba. Pietro no consintió que fuese sola y la acompañó de inmediato.

Después de doce horas de viaje, el avión aterrizó exitoso en el aeropuerto José Martí de La Habana. Teresa la esperaba. Cuando atravesó la línea que separa los que vienen de los que esperan, Luna se lanzó encima de la tía con un embullo que llamó la atención del público. Las dos se abrazaron fuertemente y durante algunos minutos lloraron, hasta que Pietro las separó para evitar el triste contagio entre los presentes. Más calmadas, sonrieron y caminaron enlazadas de la mano. En el mismo aeropuerto, Pietro contrató un carro de alquiler con chofer incluido. Y se fueron emocionados a casa de Teresa. Los vecinos del solar hicieron coro para recibirla y ella los saludó a todos con un gesto de mano mientras giraba alrededor de la corrala consumiendo la bienvenida. Se sentía importante. Parecía una artista famosa que había llegado de una gira de éxito. Había traspasado tantas veces el portón de aquel solar y podía percibir cómo detrás de cada mirilla se escondían ojos curiosos a la espera de sus expectativas. Que si llegó a deshora, acompañada, que si andaba con turistas... Todos sus movimientos de ida y vuelta los controlaba el chisme de aquel solar que ahora la recibía como la triunfadora. Eran vecinos entrometidos, escandalosos y chismosos, pero también amenos, cordiales y solidarios. Por lo que no era raro que sintiese por ellos una mezcla de antipatía y aprecio. Luna traía regalos para todos. Ordenó una fila comenzando por los niños y donó presentes que oscilaban desde juguetes hasta productos de aseo y enseres del hogar. Esa misma tarde rompió una piñata repleta de chucherías en el medio del patio central de la corrala. Repartió dulces y regaló caramelos. Vinieron niños de solares aledaños a disfrutar de la fiesta. Cuando cayó la tarde y se fue el último niño cargado de regalos y alegría, respiró satisfecha. Los hijos de Laura y de Juan, impacientes por ver las sorpresas que les traían, preguntaban a cada minuto cuándo abrirían los equipajes. Pero Teresa los regañaba por imprudentes. Pues estaban esperando que se acabara la fiesta para repartir el menaje familiar. Ya caída la noche cerraron la puerta de la casa y, en medio de la sala, voltearon tres maletas inmensas con ropa y calzado para todos los de la casa. Los niños saltaban por todo el salón probándose vestimentas. En medio de tanta algarabía, Luna sacó de otro maletín cuatro consolas de juego con sus respectivos discos y provocó, sin buscarlo, que llorasen de alegría. Mientras saltaban como locos por su regalo favorito, Luna se encogió de pena, recordando el día en que la China se apareció cargada de cosas. La pobre terminaba su sanción como presa domiciliar esperando cumplir sentencia para incorporarse a una nueva vida. Pero no queriendo entristecer la alegría, dejó a los pequeños atormentando al italiano de cómo funcionaban esos aparatos y Luna aprovechó para conversar con Teresa. Le explicó que en la mañana saldrían a buscar una hermosa casa para comprársela, con un inmenso portal, un patio grande y con suficientes cuartos para todos los niños. La tía, conmocionada, le contestó que no hiciese eso porque las compras eran ilegales y, si el Estado se daba cuenta, perdería la casa, pero le agradecía el gesto de tanta bondad. Luna le recordó que el dinero marcaba la diferencia y que donde estaba la ley también estaba la trampa. Buscaría una casa cuyo dueño fuese hombre, se casarían y luego él firmaría un documento que le cedía la propiedad bajo divorcio. Ya la gente lo andaba haciendo. El único problema era que la separación no podía ser en menos de diez años. Por lo que corrían el lance de que el vendedor reclamara su espacio dentro de la propiedad y Teresa no pudiese echarlo por ley. Pero era un riesgo que habría que correr. La tía insistía que no y ella que sí, y llegaron a un acuerdo mutuo. Ni para una ni para la otra. Con la seguridad de hacer las cosas más legales, recurrirían al recurso de la permuta, que sí era permitida. Le darían al vendedor la casa de Teresa como trueque y un dinero por encima, así la venta quedaba camuflada y la propiedad segura. Confirmado. A la mañana siguiente salieron a buscar un intermediario, y en menos de una semana ya Teresa disfrutaba de una hermosa casa en pleno vedado, tal y como se la había pronosticado su sobrina. Luna la amuebló completa y, con las magias que hace el dinero, la decoró perfecta. Conspiró en el mercado negro la compra de un Chevrolet 59 que todavía conservaba su presuntuosidad de antaño. Buscó un profesor de automovilismo para que le diese clases a Juan y le resolvió la licencia de conducir sin practicar la prueba. Antes de que pasaran diez días, la vida en casa de Teresa dio un vuelco abismal, tanto que les costaba acostumbrarse. Tenía hasta una empleada que venía todas las mañanas a ayudar en las tareas del hogar.

Teresa la regañaba constantemente recalcándole lo mal que hacía las cosas, y echándola a un lado, se ponía a realizarlas ella misma. La mujer estuvo a punto de renunciar, pero se contuvo por el buen salario que Luna le propuso y que luego le mandaba en euros directamente desde Italia. Teresa insistía en que ella no estaba manca y aún podía limpiar como siempre lo hizo. Sin embargo, Luna la persuadía con el pretexto de que ya estaba mayor y debía descansar. Para que su tía se entretuviera y dejara en paz a la empleada, Luna le armó un hermoso jardín en la terraza. Así mataba el aburrimiento regando y podando las plantas. Teresa estaba contenta. Nunca había experimentado a la par abundancia y paz. Su vida siempre estuvo repleta de carencias y en constante sosiego. Ahora que Juan se buscaba sus pesitos trabajando en el Chevrolet del 59, que Jorge y Laura se marcharon a los Estados Unidos, que tenía una hermosa casa y que Luna estaba bien casada, se sentía satisfecha y al menos compensaba tantos años de agobio. Habían pasado dos semanas desde que Luna completó los preparativos del bienestar de la tía. Una vez terminados, Pietro le comunicó que debía volver a Italia para atender asuntos de negocios pendientes en la empresa. Pero ella le pidió algunos días después para ir a Santiago de Cuba a finalizar deudas pendientes. Su marido la abrazó dándole su apoyo. Ella le prometió que en una semana más se reuniría con él y quedaron en ir a cenar a modo de despedida, pues él partiría en el primer vuelo con destino a Roma.

Escogieron el 1980, un restaurante colonial que precedía la bahía. Presuntuoso frente al mar, dejaba observar las embarcaciones que entraban y salían del puerto, dándole a la vista un toque de nostalgia. Aquella noche Luna se vistió de azul, con un vestido sesgado que pronunciaba un escote espectacular. Bella en sí misma, se bajó del auto ayudada por la mano de su marido, quien previamente le abrió la puerta para facilitarle la salida. Avanzando hacia la entrada del restaurante colgada del brazo de Pietro, parecía una diva disfrazada de sirena. Todos se voltearon a verla. El portero halagó la bienvenida y un eficiente camarero los condujo a una mesa ubicada a la vera del mar. Pidieron vino de entrada y algunos entremeses apetecibles. Ella comunicó su ida al baño, y él, sonriendo, le pidió que no demorase. Ya en el lavabo, Luna observó el tenue movimiento de dos jineteras camufladas de acompañantes. Mientras se retocaba su maquillaje, escuchaba el murmullo de las conversaciones entre ellas. Hablaban de una posible redada en las afueras del restaurante. La policía rondaba el lugar esperándolas afuera. No estaban casadas con turistas ni ellos tenían visas familiares que justificaran sus lazos. Por sus acentos no eran habaneras. Serían presas seguras de la brigada especial. La estremeció un malestar. Se recordó a sí misma. Recordó a la China y recordó a Yadira. Recordó a su Leonardo.

Recordó el dolor. Buscando soluciones inmediatas, intervino en el diálogo y propuso: "Voy a ayudarlas".

Las condujo hacia su mesa. Le explicó la situación al marido y le rogó que la esperase un rato porque iba a sacarlas del lugar, amparándola con su residencia italiana. Si las detuvieran, dirían que son amigas a las que invitó, pero que ya se marchan a su casa. A pesar de que el exterior estaba cundido de policías al acecho de una víctima, las tres salieron serenas del lugar, confiadas del triunfo. Salió con ellas, las montó en un taxi, les dio algo de dinero para que cubrieran la frustración de una noche perdida y las despidió gustosa. Las chicas, agradecidas, le lanzaron un beso desde el cristal del auto mientras se alejaban del sitio. Luna cruzó la calle y, cuando disponía la vuelta al restaurante, un súbito presentimiento le volteó la cara y la estrelló contra una profunda mirada. Era Leonardo. Su Leonardo. Más soberbio y atractivo que nunca. Tembló de amor. Se le acercó. Las miradas se cruzaron. Un nudo en la garganta le obstruyó el lenguaje. En el intento de conseguir algunas palabras, apareció Pietro, parado frente a ella reclamando su presencia y preocupado. Dirigió su atención hacia Leonardo y preguntó: "¿Pasa algo, oficial?". Leonardo vibró de impotencia al ver a aquel hombre, rico e interesante, agarrando suavemente el brazo de Luna. De su Luna. Reclamando el espacio que le pertenecía. Tragando en seco, obtuvo algo de serenidad y con voz concisa expresó: "Absolutamente nada. Puede continuar".

Marido y mujer se dieron la vuelta y retornaron al restaurante para proseguir su cena. Leonardo se viró en dirección contraria y apretó duro los ojos para contener la ira que le salía en forma de lágrima. Ahora ella era respetada. Los mismos guardias de seguridad a los que evadía para entrar a la discoteca la observaban sin poder acecharla. Aquellos meseros que menospreciaban se debatían sus propinas. Hasta los que alguna vez chantajearon con delatarla, ahora la cuidaban. Y allí estaba ella, intocable frente a él, con un elegante Pietro entrometido entre los dos. No hubo excusa posible para continuar mirándose a la cara con una inmensa gana de abrazarse. Se sintió infeliz, mal, desvalorado, se juzgó tan miserable que apresuró el paso y se escondió detrás de un muro para vomitar la rabia. La cena fue tensa. Un silencio profundo se sentó junto a la mesa. Por muchos intentos que provocó su marido para hacerla reír, no lo conseguía. Ella se disculpó con un justificable dolor de cabeza, causado por el contratiempo de las chicas perseguidas. Y con el mismo pretexto abandonaron el lugar.

Ya en el hotel, Luna apuraba el tiempo para que Pietro se quedara dormido. Le pareció una eternidad, pero cuando cayó rendido sobre la cama, ella salió desesperada en busca de Leonardo. Volvió en taxi al lugar. No se bajó. Le señaló al chofer a quién quería buscar y, dándole una propina, consiguió que fuese en busca de él. Ella lo esperaría a dos cuadras del restaurante para no levantar sospechas. Leonardo se montó en el auto y se fueron a una costa bien lejos de allí. Ambos en la parte trasera del taxi se entrelazaban en besos y abrazos que no daban lugar a las palabras. El chofer miraba por el retrovisor de vez en cuando excitado por el morbo de tal pasión. Cuando el carro se detuvo en un litoral desolado, se bajaron juntos, dejando al conductor apartado y en espera. Llevaban consigo un litro de ron. Sentados en los arrecifes, antes de darse el primer trago a pico de botella, se miraron a los ojos y se plantaron otro profundo beso, que los condujo al desnudo. Se abrazaron, mordieron, arañaron y consumieron el deseo al extremo de no sentir las puntas de los arrecifes acribillándoles la piel anestesiada de amor. Cuando el éxtasis de ambos se fundió en un grito que se explayó hacia el horizonte, descansaron en paz. Sin dejar de abrazarse. Ya vestidos, volcando sus miradas sobre el mar iniciaron una conversación. Ella preguntó:

—¿Qué tal te ha ido?

—Igual, más de lo mismo. A ti no tengo que preguntarte —dijo él—. Lograste lo que querías.

—No todo es lo que parece.

—¿No eres feliz?

—¿Sin ti? Jamás. ¿Volverías conmigo?

—¿Sin él?

—Con él. Ahora no puedo dejarlo. Me da pena. Ha hecho una inversión muy grande para mi familia. Pero podría buscar el modo de que vivas en Italia, cerca de mí.

—¿Te das cuenta de las cosas que planteas? Primero consentí que jintearas. Pasé por encima de mis principios para aceptarlo. Y ahora quieres que me vaya contigo para ser tu amante. ¿Qué, me vas a tener en un apartamento encerrado? Además, tú sabes que un policía no puede irse tan fácil de este país. Y ser tu amante es peor que ser tu chulo. Si no acepté antes, mucho menos ahora. Aguantaré como un hombre.

—Chico, ¿tú nunca quieres hacer nada para colaborar con esta relación? Soy yo la que siempre intenta arreglarlo.

—¿Y cómo? Proponiendo cosas indecentes constantemente. Además, ¿qué voy a hacer yo en Italia, si yo no sé ni hablar italiano?

—Pues aprende. Tienes otra opción. A ver dime una tú, que te crees tan inteligente.

—Quédate conmigo. Renuncia a todo. Ya no aguanto más estar sin ti. Comeremos candela aquí. Pero juntos.

—Cuando yo quise, tú no querías. ¿Qué pasa ahora? ¿No te preocupa tu moral de macho y policía?

—Ya no es como antes. La gente aquí ha perdido la decencia. Ya a nadie le importa nada. Además, ya tú no eres jinetera. Divórciate y ven a vivir aquí.

—Sí, para que me saques el pasado todo el tiempo. Además, ¿con que? ¿Con tu sueldo de policía?

—Me gano algunos pesitos extras.

—¿Soborno?

—No. Ayuda. Cuando te fuiste, la situación se me volvió insoportable, me hice amigo de algunas jineteras y me ayudan. Eso es todo.

—¿Chulo?

—No. Colaborador.

—No quisiste que yo lo hiciera y permites ayuda de otras.

—No es lo mismo. No eres tú. Yo las cuido y las protejo. Ellas trabajan en paz y yo limpio mi conciencia de estar metido en esta mierda, con unas leyes y un gobierno que la verdad no entiendo.

—Entonces sal de esto. Mírame a mí: me fui y soy otra. Vivo bien y quiero compartirlo contigo.

—Con él, te dije que no. Cuando seas una mujer libre, me avisas.

—Cuando sea una mujer libre, no tendré el dinero para sacarte de aquí. Es ahora o nunca. Para sacarte a ti se necesita mucho dinero. Y esta es la única forma. Confía en mí.

—Chica, todo lo tuyo es el dinero. Siempre con el mismo tema. ¿Sabes qué? Vete. Dejemos las cosas como están. Yo jamás podre darte ese lujo. Has cambiado. Tú ya pisas muy alto. Ya no eres Luna. Ahora eres doña Luna. Es tarde. Vete al hotel. Déjame solo. Necesito pensar.

Después de insistir sin encontrar acuerdo, Luna se dio cuenta de que ya era muy tarde, tanto en la noche como en su relación con Leonardo. No podía correr el riesgo de que Pietro se despertara y se diese cuenta de su ausencia. Se montaron en el auto. El silencio se apoderó del carro. El chofer miraba en intervalos por el retrovisor viendo cómo cada cual en posición contraria observaban paisajes opuesto desde las dos ventanillas. Separados, sin siquiera el roce de una mano en común, llegaron cerca del restaurante. Leonardo se bajó sin despedirse, y tiró la puerta tan fuerte que el conductor protestó. Luna, sin dejar de mirar por la ventana, le indicó que arrancara y se fue sin pronunciar adiós directo al hotel. En el camino de ida las lágrimas se multiplicaron. Pidió disculpas por no poder evitarlo y rompió un llanto crudo que duró todo el trayecto sin dejar de pensar:

¿Por qué no tuve el valor de decirle que sí? Que vendría a Cuba a vivir con él. Pero, ¿para qué? Para cuando la necesidad apriete tener que volver a jinetear. Olvidarme de un futuro hermoso para ser la esposa de un hombre machista que jamás perdona. No quiero terminar como Teresa, olvidada en el tiempo pegándome la paliza de limpiar comedores para sobrevivir. ¿A cambio de qué? Amor, una pasión que no se si sobreviva en medio de tanta miseria. ¿Por qué las cosas siempre tienen que ser como él quiere? Pues no. Esta vez tampoco cedo. Si en verdad me amara, buscaría el modo de estar conmigo en cualquier país. ¿Por qué tengo que vivir yo aquí? Que viva él si quiere allá. Ya yo no soy aquella niña que él dejó sola. Ahora soy la mujer que se defiende.

Cuba, definitivamente, no era el paradero feliz para ambos. No lo consentiría. Volvería a Italia y centraría todas sus fuerzas en amar a Pietro. Lo intentaría las veces que fuesen necesarias con tal de aniquilar ese amor tan absurdo que sentía por Leonardo. Lo lograría, aunque para ello tuviese que arrancarse el corazón.

Después que se bajara del auto, Leonardo se incorporó al puesto de trabajo. Sin embargo, no podía concentrarse en la labor. El tiempo que estuvo con Luna había pactado con su compañero de ruta el margen de ausencia. Pero necesitaba más tiempo para reponerse del disgusto. Aquella no era una noche para estar persiguiendo jineteras. Acababa de perder otra vez al amor de su vida, por lo que, alegando vómitos, consiguió el permiso para retirarse. Resolviendo la retirada, su compañero lo acompañó. Aislados de todos, buscaron una costa tranquila. Se sentaron sobre una roca, donde Leonardo descargó el dolor contra las olas, llorando chorros de tristeza.

—¿Por qué no puedo tenerla? Y lo peor es, ¿por qué quiero tenerla? Esa mujer no es buena, le gusta el dinero. No es honrada, se prostituye. ¿Qué me ata a ella, maldita sea? Esos ojos. A veces quisiera arrancárselos para que no pueda mirar a nadie. Esa mirada de bruja que hace que pierda la voluntad. Hasta dónde he llegado por el amor de esa mujer... ¿Por qué siempre tiene que ser a escondidas? Un amor secreto siempre al margen de la ley. ¿Quién coño inventó las leyes? Estamos tan atados a un código de moral que arrastramos desde hace tantos años, compadre, que nos hemos vuelto adictos al orgullo. Es la sociedad quien crea hombres machistas y mujeres sumisas. Entonces llega una rebelde y te destroza la vida. ¿En qué me he convertido por amor? Me hice policía con la ilusión de progresar. La capital es una meta muy alta para la gente de pueblo. Todas las capitales exigen. La competencia te tienta. La vida rápida, la modernidad, un montón de estupideces que te absorben en un constante consumo. ¿Un guajiro policía en La Habana? Fíjate qué estúpido. Parece el título de una comedia. Un policía encajando en una ciudad donde todos, casi todo el mundo, viven de manera ilegal. Aquí todo el mundo roba, vende, trapichea. No hay control, compadre, no hay control. ¿Y ahora quieren que sea yo quien pare el desorden? No. Y en medio de toda esta porquería, Luna. ¿Ahora propone que me vaya para Italia? ¿Qué voy a hacer yo en Italia? Si La Habana me queda grande. ¿A hacer qué? ¿A vivir de sus limosnas? Nunca. Si yo me fuera de aquí, sería con mi propio dinero. Yo no soy hombre de vivir de las mujeres, yo soy un macho, coño. Por otro lado, está tan linda, esos ojos me miran y me vuelve loco. Cuando la tengo cerca, no me importa nada. No me importa enfrentarme al mismísimo gobierno y me degrado, coño, me degrado a un punto que sin engañarme a mí mismo se lo aceptaría todo. Pero recapacito, loco. Y calmo la furia. Cuando se calma esta bestia interior, vuelvo a la realidad de que no puedo, no puedo caer tan bajo. Quisiera tener mucho dinero, mucho, mucho dinero para llevármela lejos, bien lejos, a una isla desierta y tenerla solo para mí, sin obstáculos, sin prejuicios, sin miseria.

—Entonces deja la bobería, compadre. Y vete con ella pa' Italia —interrumpió el amigo.

—¿Con el dinero de él? Jamás, hasta ahí no llego. Ese dinero se lo suelta por restregarse con ella. Yo no voy a aceptar eso, compadre. ¿Sabes qué? Voy a conseguir dinero y me voy de este país. Necesito volver a empezar.

—¿De dónde, m'ijo? ¿Te volviste loco? No te van a dejar salir. Tendrías que irte escondido. Para eso se necesita mucho y lo que luchamos aquí es una mierda.

—De dónde, no sé, pero que lo consigo lo consigo. Es hora de que yo actúe, compadre. Esa mujer está loca por mí, buscando siempre la forma de que estemos juntos. No la culpo, la única forma que tiene es su belleza. Pero yo le voy a demostrar que yo no soy una mierda, que yo soy Leonardo. Voy a conseguir ese dinero y me voy a largar de aquí. Escribe esto que te estoy diciendo.

—¡Ahora sí te quemaste! Un policía queriéndose ir del país y sin un medio. Te vas a meter en candela, compadre. Deja el desespero, te van a coger y te van a meter una bola de años. Y ahí sí que no la vas a ver más, ni en foto. Mira, quédate aquí. Olvídate de esa mujer, y sigamos trabajando como hasta ahora, buscándonos unos pesitos sin complicarnos la vida.

—Está decidido, hermano, voy a ponerme en función del objetivo. Ni una palabra a nadie de esto. A partir de ahora, me arrancaré a esa mujer del pecho y buscaré la forma de salir de este país.

—¿Pero para dónde?

—Pa' donde sea, compadre. El caso es salir de esta mierda.

A la mañana siguiente Pietro tomó el primer vuelo rumbo a Roma, para incorporarse a sus asuntos comerciales. Luna, después de despedirlo, se trasladó hacia el aeropuerto nacional y voló hasta Santiago de Cuba. En el instante en que la ciudad se hizo visible desde la altura, sus ojos se humedecieron de emoción. Un inmenso mar azulado tiritaba luz tocado por la magia del sol. La serenidad del agua le daba forma de alfombra celeste satinada, que precedía una cadena montañosa de espesa vegetación. Le pareció hermoso. Cuando el taxi transitó toda la alameda para alcanzar la casona azul, un escalofrío le recorría toda la piel desenvolviendo los recuerdos. Las imágenes del paseo marítimo se fundían con sus vivencias pasadas y provocaba nostalgia. El conductor se detuvo justo frente del porche. Mientras pagaba el servicio, estuvo a punto de regresarse. Todavía sentía esa sensación de respeto por el padre. Tanto, que a esas alturas de su vida se sintió la Luna adolescente que, incumpliendo la hora de llegada, invocaba una estrategia para no ser regañada. Pero superando el trance, sonrió un poco aliviada. Subió los tres escalones que conducen al portal de barandas corroídas. De repente, tuvo la impresión de que su abuela aún estaba sentada en el balancín del portal acariciando a Cielo, la gata. Se estremeció de tristeza. Tocó la puerta. Nadie respondía. Giró la manivela. Estaba abierta. Entró despacio mientras con una voz cortada exclamó:

"¡Papá!". No obtuvo respuesta. Avanzó más adentro. Volvió a expresar, pero un poco más alto: "¡Papá!". Se dirigió al despacho y, algo asustada, abrió la puerta. La cabeza de Ignacio estaba tumbada sobre las cuerdas de la guitarra, acostada encima del buró, dando una imagen de moribundo. "¡¡¡Papá!!!", gritó Luna corriendo hacia él. Lo zarandeó duro, pero el padre gorjeaba palabras enredadas en la baba que emitía. Ella observó el alrededor, buscando un motivo para justificar la escena. Todo el ambiente olía a tabaco y alcohol. Varias botellas de ron se exhibían vacías, tiradas por el suelo, y trozos de puros masticados rebozaban la habitación.

Ignacio estaba completamente borracho. Jamás lo vio en esas condiciones. Siempre fue divertido y le gustaba beber de vez en cuando, pero nunca causó una impresión como esa. Aquel despacho era su templo. Lo recordó todo pulcro tocado por las mágicas manos de Magdalena, quien no dejaba posar ni la más mínima partícula de polvo sobre el lugar. Se sentó sobre un pequeño sofá que antes estaba afuera para recibir íntimas visitas y lloró sin pausa durante un rato. El padre, inconsciente, aún no se había percatado de su presencia. Cuando terminó de vaciar su angustia, se incorporó para levantarlo. Sin fuerzas, pero con voluntad, lo llevó hasta la cama. Lo acostó y le acomodó la cabeza. Le quitó los zapatos. Sus calcetines hedían un olor de tiempo acumulado. Los cogió suavemente con la punta de los dedos y los echó a la basura. Salió a la calle para buscar una vecina que limpiase todo aquel churre. La encontró al instante sin dificultad alguna. La mujer, alegrándose de lo bella que estaba, la saludó con una emoción sincera. Le contó todos los datos del declive del padre. Luna lloraba mientras escuchaba los detalles, que oscilaban desde la separación con Magdalena hasta el momento presente, incluida la muerte de Cachita. Agradeciendo la información, pagó por adelantado los honorarios del servicio de limpieza y se fue al cementerio mientras la vecina cumplía con su labor.

El cementerio de Santiago de Cuba, más que lleno de muertos, está lleno de leyendas. Mientras caminas en busca de una tumba en concreto, vas divisando los panteones colmados de historias alrededor de sus lápidas. Héroes, cantantes, presidentes, comandantes, escritores y muchos más difuntos que marcaron su huella en la Tierra antes de partir hacia la muerte. La tumba de José Martí expresa su majestuosidad en un altivo mausoleo convertido en atracción para turistas: eternamente encendida, vigilada por dos guardias juveniles que se remplazan en periodos de tiempo tan largos que se ha dado el caso de los que se desmayan por no aguantar el tirón. Erectos ante la tumba han de guardar posición de mimo, conservando el recuerdo del mártir. Más allá, en un modesto rincón descansa Pepe Sánchez, el inventor del bolero. Y aunque no era mártir, bien merece un honorario panteón por la ingenuidad de ese género musical, tan profundo que ha estremecido a tanta gente. Estrada Palma (el primer presidente de Cuba), Compay Segundo (el Sonero) y tantas figuras que no pasaron desapercibidas, aun después de muertos.

Luna avanzó hasta el final´, donde bajo a una frondosa ceiba estaba el sepulcro de su abuela. Lo había cedido el gobierno cuando la despojaron del conuco de la colina y el patio inclinado de plantas curativas. Todos sus difuntos fueron trasladados a la nueva bóveda para ocupar en propiedad el terreno en el que se fraguó parte de la Revolución. Allí reposaban los restos del taita y la chaman, de Ta Tomaza, de Ignacio Gonzáles (padre), de Ana María Fonseca y de Cachita Guzmán. Toda una familia de difuntos a los que Luna les puso un inmenso jarrón repleto de jazmines. Sacó la foto de la abuela y, llorando sin retén, le pidió perdón por no haber estado a su lado los últimos días de su existencia. Le contó todo lo que le había sucedido, le contó su amor por Leonardo, su matrimonio con Pietro y hasta las condiciones en que ahora se encontraba su padre. Le dijo que la extrañaba, que lo más cerca que estuvo del amor después de ella fue con el apoyo de Teresa, su tía. Le comunicó que estaba planeando amar a su esposo y olvidar a Leonardo, y le pidió ayuda y consejos en el cursar de su camino por la vida. Porque solo su sabiduría de antaño podía evitarle los peligros. Lamentó que nunca pudiera explicarle lo que un día le auguró: "El viento que nos lleva es el viento que nos trae". Ya serena, le dijo: "Te amo abuela", para luego marcharse.

Cuando regresó a la casona, estaba tan limpia que de repente creyó que lo había hecho Magdalena. Ignacio aun dormía la borrachera roncando sobre la cama, inconsciente de todo. Agradeció a la vecina y la despidió gustosa. Volvió al despacho. Comenzó a observar los libros buscando algo, no sabía qué, pero buscaba con un instinto que desconocía. Abrió las gavetas laterales del buró y las cerraba de nuevo. Fijó la vista en la máquina de escribir y descubrió un escrito desgarrador. Su padre estaba narrando reflexiones sobre un papel. Volvió a abrir los cajones y agarró un montón de papeles. Leyó y leyó, y descubrió que el Ignacio firme y tajante en los criterios que ella conocía, comenzaba a cambiar sus opiniones hacia un punto de vista diferente. Si le hubiesen dado a leer esos manuscritos, no lo creería. Pero estaba ahí, justo en su despacho, frente a su máquina de escribir y a sus trozos de sus confesiones. Descubrirse así mismo no es un delito. Crecer en espíritu es un deber. ¿Por qué se escondía detrás del alcohol para expresar su verdad? Creyó tener la respuesta: el arrepentimiento. El arrepentimiento devora, hace trizas el orgullo. Cuando alguien se arrepiente, cede ante la soberbia con la que erró. Y su derrota lo expone al perdón. El perdón es el complemento del arrepentimiento. Pero, aunque arrepentimiento y perdón son compatibles, uno ennoblece y el otro degrada. El perdón es un antídoto cuando nos envenenamos de errores, un bálsamo de la equivocación. Pero no es fácil pedir perdón, corres el riesgo de negarte a ti mismo el perdón y castigarte con reflexiones que no van más allá del íntimo espacio de la soledad. Así veía Luna a su padre a través de sus escritos, arrepentido, pero aún no apto para suplicar perdón.

Cuando todavía repasaba los folios de confección, Ignacio la interrumpió y le arrebató de la mano los papeles con un tufo a alcohol que ahogaba.

—¿Quién eres tú para registrar mis cosas?

—Esto que has escrito es muy lindo, papá.

—Eso no es de tu incumbencia. Hazme el favor de dejarlo y retírate de mi casa. No eres bienvenida.

—Por lo que leí, pensé que habías cambiado.

—Tú no tienes que pensar por mí. Yo tengo cerebro.

—¿Por qué no nos reconciliamos? Ya no eres el mismo. Mírate. Estás viejo, destruido. Necesitas ayuda. Déjame ayudarte.

—Yo no necesito ayuda de nadie y menos de ti que eres una jinetera.

—Estás bebiendo demasiado, me lo dijeron los vecinos.

—Esos lo que son una partida de malagradecidos. Me da la gana de beber. Yo bebo con mi dinero. Y sal de mi casa.

—¡Papá!

—Te dije que salieras de mi casa. ¡Ahora!

Sin contradecir decisiones como siempre lo había asumido, abandonó la casona impulsada por la furia. Le preguntó a una vecina los números de teléfono de Magdalena y esta se los entregó gustosa. Incluso se donó para que pudiera llamarla desde su casa. Magdalena se emocionó tanto cuando levantó la llamada que tuvieron que esperar algunos segundos para que calmase el llanto. No la había visto desde que cumplió los 16, cuando se fue a la capital embarazada. Le contó que Maceo andaba de gira por España realizando cursos de repostería y que se acordaba mucho de ella. Luna concretó la dirección de Magdalena y esa misma tarde se le apareció en el pueblo porque sentía la inmensa necesidad de abrazar a alguien de su pasado familiar. Y ella era la única que se lo permitía sin reclamaciones ni rencor. Cuando se bajó del tren, Magdalena la esperaba con la dedicación que la caracterizaba. Se abrazaron fuertemente y lloraron por algunos segundos. Por primera vez salía a la luz un cariño que se mantuvo empañado durante su infancia. Luna acababa de descubrir una Magdalena afectiva que no conocía. Pasó esa noche, hablaron hasta el amanecer y entrelazaron las experiencias que habían vivido ambas durante su ausencia. Luna, agradecida por el cuidado que tuvo desinteresadamente con su abuela, la volvió a abrazar. Magdalena sugirió que no se esforzara por amar a nadie porque eso era una pérdida de tiempo, en la estúpida excusa de buscar la felicidad. Sin extenderse en sermones, acudió a la sabiduría de su madurez y le propinó un consejo: "La vida te va dando con el presente lo que necesitas.

Simplemente disfrútalo antes que se convierta en pasado y sea demasiado tarde".

Luna agradeció la recomendación y se durmieron tranquilas. A la mañana siguiente, se despidió. Le entregó un sobre con dinero para que se lo entregase a su hermano cuando retornara de su gira por Europa. En él le dejaba una carta y suficiente dinero para que en su próxima partida se quedase en España y montara una pastelería en el centro de Madrid. Estaba convencida de que con los conocimientos de su hermano el negocio sería un éxito. Magdalena hizo el ademán de no aceptarlo, pero Luna la convenció, alegando que en esos momentos de su vida le sobraba el dinero, que se había hecho la promesa de ayudar a los suyos y que Maceo se lo merecía. "¿Este no es mi presente? —le dijo—. Pues tengo derecho a escoger con quién disfrutarlo".

Magdalena la besó y la despidió calmada. Luna se montó en el tren y se alejó del pueblo con la sensación de haber hecho lo correcto. Ya en el aeropuerto de Santiago de Cuba, cogió el vuelo que salía para La Habana y, sin dilataciones, ese mismo día partió para Italia con el firme propósito de ser feliz al lado de Pietro. Recordando las palabras de Magdalena, calculó que su matrimonio era ahora su presente. Y aunque los recuerdos de Leonardo empañaran su objetivo, lo iba a lograr. No iba a permitir que el pasado la acosara sin descanso. Pactaría con él. Aprendería a soportarlo. Era inevitable. El presente incluye al pasado. No hay presente sin él. También abarca al futuro. No hay futuro sin un presente. Ambos, pasado y futuro, son complementos del tiempo. Pero el verdadero, el real, el protagonista de la vida misma, es lo que hay. Que en realidad existe. Quería quitarse la maña de inventarse futuros en planes abstractos que absorbían sus momentos. Eso es. Viviría el momento. Y su momento ahora era Pietro Alberdi.

Capítulo 13

La cobardía es asunto de los hombres, no de los amantes,
los amores cobardes no llegan historia amores, ni a historias,
se quedan allí. Ni el recuerdo los puede salvar...
Silvio Rodríguez

Cuando en el 1994, los oficiales de policía se reforzaron fuertemente para asegurar el orden en aquel inmenso caos de balseros desesperados que huían hacia el mar montados en cualquier cosa, Leonardo fue uno de los que encomendaron tan difícil tarea. Las balsas partían desde la playa como botes de urgencia y a él le tocaba mantener la calma en aquella locura. El inmenso mar del Caribe parecía una avenida por donde transitaban improvisadas barcas en la desesperación de huir. Y los haitianos abandonaban Haití, aprovechando la oportunidad de mezclarse entre el éxodo masivo. Un enjambre de cubanos y haitianos revolucionaban el mar. Los guardacostas americanos interceptaban a los balseros identificando nacionalidades, enviaban a los cubanos a la Base Naval de la Bahía de Guantánamo con el objetivo de evitar el peligro que suponía lanzarse al mar con nulas condiciones. Permanecían allí ubicados en carpas hasta nuevo aviso. Hombres, mujeres, ancianos y niños rebozaban la base militar a la espera de una respuesta de asilo. Leonardo vio tanta gente partir que por unos instantes se imaginó montado en una de esas balsas con destino a Italia. Trazó incluso su travesía en la memoria y se visualizó abrazando a Luna en las costas italianas con una pasión arrolladora que ni el cansancio del trayecto hubiese podido quitar. Pero despertó del letargo cuando se acordó de la promesa de sacarse a esa mujer del corazón. Entonces imaginó que se iba, pero a un lugar desconocido para iniciar una vida mejor. Deambulaba por los recovecos de la quimera cuando regresó de súbito al darse cuenta de que una mujer, desde la orilla, desmontaba de una barca y daba señales de socorro con la mano. Pedía desesperada que la ayudaran, porque su hijo se había caído del bote. Su marido se tiró a buscarlo, pero los dos se estaban ahogando. Él no podía entrometerse en los asuntos del mar, su misión era solo mantener el orden y ver cómo todos abandonaban la isla. Aquello le correspondía al socorrista, quien no daba abasto en la secuencia de ahogados. Su instinto de humano le quitó las botas y toda la indumentaria policial que lo anclaba a la tierra. Saltó al agua de un tirón.

Nadó hacia el objetivo y trajo al infante hasta la orilla. Le aplicó los primeros auxilios y le salvó la vida. La madre no dejaba de darle las gracias, sin dejar de abrazar al pequeño tirado sobre la arena. Cuando se disponía a virar al mar para buscar al padre, ya este atravesaba la playa envuelto en llanto por la culpa de no encontrar al hijo. Cuando el hombre divisó a su esposa aún aferrada al pequeño, corrió hacia ellos. Los tres formaron un abrazo indivisible de emoción. De repente, ella se apartó, miró al esposo, quien de tan asustado se le había extinguido la voz, y le comunicó que no pensaba repetir esa locura. Agarró al hijo por el brazo y caminó apurada para abandonar la playa. El marido, sin poder hablar aún, la seguía conforme con la decisión, hasta que se perdieron de vista. La barca quedó abandonada sobre la orilla. Leonardo, con la intención de vestirse otra vez de uniforme, miró la balsa frente a él. De súbito, cogió toda la indumentaria policial, abrió raudo un hueco en la arena y la enterró. Se montó en el improvisado bote y comenzó a remar lo más rápido que pudo. Cuando tomó conciencia plena de su acto, ya andaba en alta mar. Descubrió que tenía alguna provisión para el viaje, incluido algo de comida. Pero revisando las mochilas no encontró el elemento principal de un marinero. La brújula. Pensó que aquella familia se había lanzado al mar a la deriva sin una guía siquiera y con aquel menor. Comenzó a hacer conjeturas de cómo pudo caerse el pequeño sin que lo advirtieran sus padres, pues no le había dado tiempo a preguntar. Como fuese, aquella situación había servido para que él se fuera. Por fin tenía una válvula de escape. Estaba libre. Pensando que podía pedir asilo político en Estados Unidos, se contentó. Imaginó una vida feliz que le animó la incertidumbre del balsero. Conforme con la decisión tomada, remó sin instrucciones precisas hacia la tierra prometida. Cuando llegó el anochecer y la luna hermosa se reflejaba en el mar en calma, sintió paz. Estaba en el medio de la nada. Detuvo los remos y consiguió un sosiego interior que lo impulsó a pensar en Dios. *¿Quién es Dios?*, se preguntó. En toda la trayectoria de su infancia casi nunca lo habían nombrado. Sus padres, eternamente comunistas, no hablaban de Dios. Pero lo escuchaba mencionar en su abuela Cuca, en la historia de religiones, en los viejitos del barrio o en las películas. No tuvo ningún contacto directo con él. Jamás pensaba en eso. ¿Por qué ahora de repente? En medio del océano, en un punto perdido del Atlántico, pensaba en Dios. Reflexionó sobre el tema. *¿Es que dios se nos manifiesta así en pensamientos sin previo aviso? ¿Quién es en realidad? ¿Aquel quién nos da la vida?* La madre nos trae al mundo y a la madre, la abuela y a la abuela, su bisabuela.

Pero cuesta abajo en el árbol genealógico de la vida, ¿quién trajo a la primera mujer que procreó? Sin ninguna duda era obra divina. ¿Por qué ahora le surgían preguntas que nunca antes se había cuestionado? Miró el mar y luego el cielo. *¿Cómo es que nací bajo este mismo cielo y nunca antes me había cuestionado esto?* Había vivido toda su vida rodeado de naturaleza, pero jamás se había fijado en ella. Ahora, dependía totalmente de ese ambiente que lo rodeaba; no de pensamientos influyentes de hombres obstinados, ni de la miseria del país, ni del comentario de los vecinos, de nada. Ahora solo dependía exclusivamente del viento, del cielo, del mar, de la estabilidad de su marea, de la suavidad del aire, de la misericordia del sol y de la indiferencia de los depredadores marinos. Su vida dependía de esos factores. Elementos creados por obra de Dios y no del hombre. Y si así de perfecto estaba diseñado el mundo desde su creación, ¿por qué inventarse entre humanos moralidades absurdas que desafían lo divino? Estupideces convertidas en ley. La ley de los hombres y no de Dios. Él mismo había despreciado a Luna por defender su moral. Se había hecho policía por sentirse poderoso y, por querer mantener el orden, su vida se convirtió en un tremendo caos. ¿Y dónde terminó? Remando y reflexionando en medio del Atlántico. ¿Adónde iba? ¿En busca de qué? ¿Del amor o de la libertad? ¿O de ambos? Amar a quien le dé la gana sin importar ser juzgado por la sociedad, y obtener esa libertad espiritual, que va más allá de todas las libertades. La libertad de espíritu, de ser capaz de hacer algo por instinto sin cuestionamientos ni prohibiciones. Solo fluir. Dejar que las emociones se expresen libremente; que se equivoquen y rectifiquen las veces que sean necesarias para el alma. Sin tener que depender de aprobaciones ajenas. Simplemente fluir. Respiró profundo y entró en un trance meditativo tan profundo que se quedó dormido sin saber en qué preciso instante se lo llevó a la deriva el viento. Caída la noche, la atmósfera envolvió una ventolera que lo hizo despertar. Amenazaba un ciclón. El aire zarandeaba al bote. Las olas chocaban contra las paredes. Sin previo aviso, la barca se enredó con la corriente a una velocidad de espanto. Leonardo, aguantando con fuerza la vela, se aferraba a la vida. Comenzó a llover. La lluvia, el mar y el viento se sorteaban la nave, amenazándola a sus antojos. Leonardo rezó. No sabía rezar. Pero lo improvisó. Agarrado al mástil, esperó que ese dios desconocido le ayudara. Pero nada cambiaba. Su fuerza comenzaba a debilitarse. Cuando creyó que ya no había salvación para su desespero, el bote se volcó de súbito y se sumergió hasta el fondo del mar. Sintió cómo su respiración le advertía el fin. Intentó subir a la superficie. Se le hacía eterno. Se llenó de pánico. Deseó morir. De repente, una energía extraña pero rauda lo subió de golpe. Respiró por fin. Miró a su alrededor. Frente a él, descubrió un trozo de tierra. Nadó tan fuerte como pudo hasta alcanzar la orilla. Pisó la arena consolado de que fuesen las costas de Miami y se desmayó sobre ella. Un escaso rayo de sol le abrió las pupilas, inyectándole algo de energía. Oyó voces. Descubrió la presencia de un rostro mestizo que trataba de reanimarlo.

—¿Dónde estoy? —preguntó debilitado.

—México —le contestaron.

—¿México? —se sorprendió. La corriente lo había arrastrado hacia la provincia de Mérida, concretamente a la isla de Holbox. La guardia costera lo condujo a un albergue para refugiados. Le tomó declaraciones y le explicó que debía tener un proceso de investigación antes de decidir su caso. Quince días estuvo recluido en compañía de cinco náufragos más, a quien la corriente del Golfo les jugó la misma trampa. La barca en la que navegaban se volcó con la marea y aún cuatro de ellos continuaban desaparecidos. Al cabo de dos semanas, sin previo consuelo de una buena resolución, se apareció un guardia para comunicarles que todos serían deportados. Leonardo protestó, pidió asilo político e incluso intentó fugarse, pero todas sus intenciones fueron inútiles. Trasladados con escolta hasta la ciudad continua, los condujeron al aeropuerto de la localidad. Los montaron en un avión y aterrizaron en la ciudad de La Habana. Leonardo fue sancionado por irresponsabilidad laboral al abandonar el puesto de trabajo en el momento que el orden público dependía de su labor. Destituido del uniforme, no volvió a ejercer jamás de policía y lo desterraron a Santiago de Cuba. Seis meses de privación de libertad, alimentando pollos en una granja avícola fue el veredicto final. Se había quedado sin trabajo, sin cargo, sin Luna y sin libertad.

En el rumbo de su nueva vida se sentía peor que cuando estaba a la deriva. Para él, continuaba siendo un náufrago a la merced del viento. Sin embargo, algo en él había cambiado. Sabía que ese mundo detrás del horizonte era real, alcanzable. Y lo deseó aún más que todas las cosas. Ya ni siquiera se trataba del amor por Luna, era algo más: una fuerza curiosa dentro de sí que lo volvía inconforme. No era alimentando pollos como quería terminar su futuro, tampoco como un ex convicto al que nadie emplea y todos desprecian. Cuando se montó en esa barca por primera vez, sabía que ya nada era igual. Debía escapar, volver a intentarlo. No volvería a rendirse como a los 16, agachando la cabeza para no sentirse culpable. Ni como lo hizo a los 18, enrolándose en el oficio de policía para evadir la crisis. Ni peor aún a los 20, desaprovechando la oportunidad de estar con Luna para complacer el orgullo de las apariencias. Ya lo tenía decidido. Lo volvería a intentar.

Después de contactar a algunas influencias y amigos de la infancia contrariados con el sistema, consiguió la fuga. Salir del penal le fue fácil, por ser un penitenciario al aire libre sin demasiada vigilancia. Aprovechó la noche, después del pase de lista. Mientras todos dormían en los largos albergues cumpliendo su pena, se dirigió al baño y saltó por la ventana por orden de un guardia que ya lo esperaba del otro lado. Le dio un uniforme y las instrucciones para salir de allí sin ser detenido. Y como no hay nada más lógico que ir contra la lógica, salió sereno como un escolta más en el cambio de turno. Al salir del penal lo esperaba un carro que lo trasladaría hacia una zona costera. Allí, soltó el uniforme y lo cambió por una humilde ropa de pescador. En medio de la madrugada lo esperaba un bote pesquero camuflado entre la espesura del mar. Tenía que lanzarse a nado porque el bote estaba ubicado bien adentro para evitar sospechas. Nadó lo más rápido que pudo con la guía del plan en su memoria, hasta que alcanzó la balsa. El hombre que lo esperaba se lanzó en sentido contrario y lo dejó solo hacia su objetivo. Ya había cobrado el negocio a través de un intermediario. El bote poseía alimento y provisiones de socorro. Con el pretexto de la pesca y una documentación falsa, se adentró en alta mar hasta traspasar aguas jurisdiccionales. Una vez allí, descansó un poco; estaba agotado de tanto remar.

La densa noche le recordó la vez anterior que estuvo en contacto directo con esa parte tan intrínseca de la naturaleza como lo era la profundidad del océano. Recordó cómo por poco muere en el intento de subir y cómo en medio de tanta desesperación deseó morir. Recordó los diálogos internos que tuvo con él mismo en torno a Dios. Pero decidió no tocar más ese punto porque pensar en Dios lo había confundido de ruta. Les dejaría el tema a los religiosos, pues al parecer su caso no era un asunto de Dios sino de los hombres. Y se prometió a sí mismo que esta vez no podía equivocarse. Remaría hacia el norte y no pararía hasta llegar a los Estados Unidos para comenzar una nueva vida, lejos del pasado maldito que lo perseguía en el trópico. Sin embargo, no contaba con un factor primordial en todo proyecto: el conocimiento. Y es que Leonardo no tenía ninguna información de marina. Sus ganas de irse eran tan grandes y la necesidad de hacerlo tan urgente que obvió el detalle más importante de todo navegante: la orientación. En el plan de su fuga no hubo tiempo ni posibilidades de conseguir una brújula. Y otra vez ese aparato extinguido. Jamás pensó depender tanto de una. En las tiendas no las vendían y comprar una en el mercado negro levantaría sospecha. Además de no tener idea de cómo funcionaba una brújula, era un ex policía de la zona de la marina y nunca había tenido y ni siquiera visto una. Recordó que su misión en la playa era perseguir jineteras y no obtener conocimientos sobre el mar. Pero sin reclamos a su autoestima, se resignó al hecho y se encomendó al instinto. Miró al cielo buscando la estrella polar para orientarse, se lo había aconsejado el pescador antes de abandonar la barca, pero esa noche el cielo no estaba estrellado. Además, tenía un problema en el caso de que la noche se despejase: ¿cómo iba a reconocer la estrella polar? Nunca observaba las estrellas. No tenía tiempo ni ganas de hacerlo. *¿Quién en estos tiempos se dedica a eso? Ni siquiera los poetas modernos*, creyó. Estaba en un verdadero aprieto. Tenía 23 años y no conocía una brújula, ni sabía de constelaciones de estrellas. Cayó en la cuenta de que en realidad sabía poco de las cosas. Nació en Santiago de Cuba, se crio en Santiago de Cuba, vivió con informaciones limitadas a Santiago de Cuba. Lo que más había aprendido en la vida era a bailar, a tomar ron y a andar con mujeres. Qué bien se le daba bailar, lo disfrutaba tanto que nunca creyó que hubiese algo mejor en la vida. No fue hasta que llegó el periodo especial que las ganas de bailar se le confundieron con las ganas de progresar; entonces buscó nuevos horizontes más allá del baile y de Santiago de Cuba. Cuando pudo salir de aquella pequeña ciudad que lo ahogaba, se hizo policía con la intención de evolucionar y *paf*, lo enviaron a perseguir jineteras. Remó con más fuerza. Qué futuro tan sombrío le esperaba en aquella isla. Menos mal que apresuró el aprendizaje, ampliando un poco su cultura para no pasar como un analfabeto ante los habaneros. Sin embargo, instruirse en navegación nunca se le hubiera ocurrido.

Cada cubano debería pasar un cursillo sobre el tema, pensó. *Viviendo en una isla nunca se sabe cuándo tienes que lanzarte al mar. Sería como un intensivo de supervivencia. Te entrenan para esconderte en los refugios como alerta de bombas y pasan de largo el hecho tan importante de que estás rodeado de agua por todos lados. En caso de urgencia, ¿cómo sales de allí?* Recordó que el objetivo del sistema era precisamente ese, no salir de allí. Sintió pena. ¿Cómo no se había percatado de eso?

Después de un largo recorrido, de haber comido, dormido, remado y vuelto a remar, divisó una luz intermitente en el medio de la madrugada. La lógica le hizo pensar que era un faro. Se preguntó si la Florida tendría un faro. Pensó que todo lugar con mar tendría uno. Eso era símbolo de tierra para el marinero. Se alegró. Recordando el mapa de la isla, le resultaba algo imposible haber llegado tan rápido a costa americana, si supuestamente debía subir todo el litoral hasta alcanzar el golfo, hacer una izquierda e ir hasta Miami. ¿Y cómo fue capaz de hacer semejante recorrido sin conocimiento de navegación? Y en tan poco tiempo... Dudó. Aferrándose a la buena suerte, remó hacia tierra y desembarcó en ella con la fe de alcanzar su objetivo. De repente, un hombre se acercaba. Era de raza negra y estaba descalzo. Sus ojos amarillentos parecían enfermos y hablaba raro.

—¿Dónde estoy? —preguntó en español, esperando que lo entendiera, y el pescador bilingüe por conveniencia, le contestó.

—Haití.

—¡¿Haití?!

En efecto, estaba pisando las costas de Mole de San Nicolás. No había barajado esa hipótesis. ¿Quién quiere ir a Haití? Aquello estaba peor que Cuba. Pero sin vuelta atrás, buscó posibilidades. Claro. Recordó: Haití tiene frontera con República Dominicana, y de allí puede llegar a Puerto Rico, que es zona americana. ¿Cómo no se le había ocurrido? Era una mejor opción que andar naufragando sin brújula en medio del Atlántico. Sin demora, temiendo a una posible deportación, le ofreció algo de dinero al hombre para que lo llevase hasta la frontera. Y sin más preámbulo, penetraron en la selva ensartando matorrales, cruzando ríos y sobreviviendo hasta que alcanzaron los límites de la provincia de Dajabón. El guía le comunicó que era el fin de la travesía y, antes de regresar a San Nicolás, le consiguió un contacto. Leonardo agotó lo último del dinero que poseía y cerró el trato con otro dominicano, quien lo cruzó al otro lado escondido entre la maleza. El hombre le advirtió que después de ahí ya no era asunto suyo. Debería seguir sobornando para seguir. Pero como el presupuesto no alcanzaba para más, se quedó escondido por aquellos contornos, temiendo a que las autoridades lo devolvieran a Cuba. Con sus conocimientos de guajiro, sacó de los recuerdos las veces que vivió con su abuelo en los profundos cafetales de la Sierra Maestra. Y se adentró en la selva más cómodo que asustado. Avanzó sin rumbo comiendo lo que la naturaleza le ofrecía, trepando árboles, bebiendo del río y escondiéndose de cuanto ser viviente pudiera acercársele. Cuando lo venció el agotamiento, buscó un rincón para descansar.

Tengo que llamar a Cuba —pensó—. Calmar a mi madre. Debe estar desesperada. Pero, ¿en este monte dónde voy a conseguir un teléfono? Me gustaría llamar a Teresa para que me dé el número de Luna. Necesito comunicarme con ella. No. Mejor espero. No me atrevo a llamar. Los teléfonos estarán pinchados. Ya las autoridades deben estar buscándome. Sabrán que es una llamada internacional y alertarán a las autoridades dominicanas que hay un guardia desertor del país. Pedirán que sea devuelto para ser procesado. No quiero correr ningún tipo de riesgo de ser deportado. Me quedaré por

estos alrededores a ver qué pasa. Aquí en esta selva nadie me descubrirá. Aguantaré
unos días hasta que pueda desenvolverme solo.

Batalló durante algunos minutos contra el sueño por el peligro de quedarse dormido en medio de aquella jungla perdida. Pero la naturaleza ganó la batalla y lo dejó completamente rendido. Vagaba por los confines de una pesadilla cuando despertó al sentir la presencia de algo. Abrió bien los ojos buscando evidencias y descubrió frente a él a una mujer que lo observaba. Le sonrió en plan de armonía, con una boca desdentada. Su cuerpo se dividía en rollos de grasa envuelta por la piel, que de tan negra lucía purpura. Los senos le caían sobre el vientre inflado. Una melena desgreñada, las uñas negras por el churre y el desecho del ropaje le daban el aspecto de indigente. Ella le preguntó quién era, su nombre y el motivo de andar deambulando por la selva. Después de que Leonardo le contara su condición de náufrago fugitivo, lo invitó a su casa. Vivía sola, en un bohío remoto que de tan inclinado parecía derrumbarse. Le contó que había sido repudiada por la aldea, acusada de adulterio. Los hijos le fueron arrebatados por el padre y ella vivía confinada en esa choza distante de los demás. Cuando entraba, agachando la cabeza para no pegarse con el tronco del umbral, lo primero que observó fue una olla tiznada con objetos de brujería. La aldeana practicaba el vudú. Se retractó al entrar. Pero sin otro remedio, entró. Le brindó comida. Se sentó en la mesa para degustar lo que le habían preparado y, al ver el mejunje de yerbas mezcladas sobre el plato, insinuó un gesto de arcada que contuvo para no menospreciar el socorro. Tragando en seco, probó dos bocados y, disimulando un dolor de barriga, salió al retrete a vomitar. Como necesitaba quitarse el horrendo hedor que llevaba encima, a falta de ducha se bañó en pleno patio con el agua estancada en una vieja tanqueta. Cuando ella lo vio medio desnudo, sus ojos se desarmaron ante aquel cuerpo perfecto del macho ideal. Nunca había visto algo así. Ni en las películas, pues nunca había visto televisión alguna. Allí ni siquiera había luz. En aquel trozo de selva nadie se preocupaba por la constitución del cuerpo. Los parásitos abultaban los vientres de los habitantes, el sol les arrugaba la cara, las ramas de los árboles arañaban las espaldas, la alimentación amarillaba los ojos y todo un sinfín de contrariedades que escondían por siempre la belleza. Percibiendo la lujuria, Leonardo sintió miedo, pero se acomodó. Acordó quedarse algunos días bajo el consentimiento de la aldeana hasta que encontrara el modo de evolucionar en la isla. Desde ese momento, comía lo que él mismo elaboraba con temor a ser envenenado. Había oído que por allí preparaban un polvo mágico que convertía a la gente en zombi. Y para bañarse se escondía detrás de algún árbol, para evitar las miradas lujuriosas de aquella hembra.

Pero fue todo en vano, pues cuando con su desarrollado ingenio le componía el conuco, la mujer lo observaba lasciva con ganas de caerle encima. Le gustaba Leonardo. Tanto, que en plena madrugada se le coló en la hamaca con la intención de ser usada. Él la rechazó con respeto, disimulando la repulsión. Pero ella insistió cada madrugada hasta que le dejó bien claro que si no la amaba se tendría que marchar, pues era prácticamente imposible mirarlo por el día sin tenerlo por la noche. Sin opción, Leonardo tuvo que acudir al retraso sexual por el que transitaba en tantos días de abstinencia para poder penetrar la vagina de aquella mujer insaciable que lo reclamaba a gritos. La viró de espalda y con un movimiento fugaz sació su deseo. Ella, insatisfecha, reclamaba más, insistiendo que el beso se incluyera en el roce corporal que pretendía. Él, sin elecciones, tuvo que cumplir con el pedido hasta que no lo soportó y le exigió retractase. Durante los siguientes días era la misma cantaleta, donde se le agotaron los recursos de la justificación. Cuando su voluntad no aguantó el chantaje y deseó entregarse a las autoridades que seguir en esa trama, partió de madrugada, escurriéndose entre la maleza. Corrió tanto entre la selva, que antes del amanecer alcanzó el pueblo aledaño. Para evitar el contagio de sentirse tan próximo a la aldeana acosadora, apenas descansó. Sin tregua en su trayectoria, continuó alejándose de poblado en poblado huyendo de la policía migratoria, bajo la orientación de campesinos cordiales, quienes dentro de su pobreza lo socorrían con alimento y agua. Así viajó durante horas hasta alcanzar un caserío que en distancia con la aldeana le pareció suficiente. El barrio se llamaba Cerro de Capotillo. Las condiciones del lugar de infrahumanas pasaban a surrealistas. Las viviendas agolpadas en filas se mostraban destartaladas, envueltas en madera y zinc, amenazando con derrumbarse ante cualquier transeúnte. Las calles eran zanjas de tierra que separaban las casas en dos bandos. Los habitantes sobrevivían entre la inmensa violencia del lugar. Los tiroteos de peleas entre bandas eran tan comunes que las balas volaban al descuido de una víctima cualquiera. La venta de droga era el motín de disputa entre ambos clanes. Y en medio de toda esa polvareda de agresión, también vivían buenos mortales que cargaban la desdicha de la escasez, como una familia cristiana, que le brindó cobijo en cuanto lo vieron desorientado en aquel barrio infernal. Venían del culto guiados por el jefe de familia, que además era el pastor de la única iglesia evangelista del barrio. Sedientos de un jugo, se detuvieron en la misma cafetería donde Leonardo pedía limosna para calmar el hambre. Les llamó la atención no haberlo visto nunca en el lugar y, por su acento, descubrieron que era ilegal. Después de que Leonardo contara su historia, aquel hombre de Dios le brindó su hogar.

La familia de cristianos constaba de tres hijas pequeñas, dos jóvenes adultos, el pastor y su mujer. Eran tan pobres que dormían en una sola habitación en un conjunto de literas, pero tan nobles, que compartieron con él un trozo de sus miserias. Caída la noche, Leonardo durmió en la sala sobre una vieja colchoneta. Entraba ya la madrugada cuando no podía conciliar el sueño. La fuga de la aldea había sido tan rápida que apenas tuvo conciencia del rumbo que seguía. Solo, en el silencio profundo de esa noche, pudo meditar sobre las cosas que le estaban sucediendo. Se marchó de Cuba buscando un futuro mejor y lo que había encontrado hasta ahora era pura pobreza. Cada vez más se topaba con aquello por lo que huyó: la carencia. ¿Hubiera estado acaso mejor de policía? ¿Aun, aunque su autoestima se desboronara por la injusticia de la opresión? Pero, ¿qué era mejor? ¿Ser injusto o ser pobre? Ambas punzaban igual. No se había hecho policía por vocación, solo por cubrir unas necesidades que nunca le cubrieron. ¿Por qué cuando se dio cuenta de esa gran mentira no viró a Santiago de Cuba y siguió con su vida anterior? No. Prefirió seguir cubriendo esas necesidades al precio que fuera necesario. Y es que cuando te muestran el camino de la abundancia, es difícil retroceder a la ignorancia. ¿Era codicia o realización lo que impulsaba su búsqueda a la prosperidad? Por lo que fuese, ya no podía parar. Pensó en Luna. Cuántas veces la despreció por restregarse con hombres a cambio de dinero. ¿Y él? Que se metió a la policía a cambio de beneficios, persiguiendo jineteras para ganarse una casa y un sueldo digno que nunca le dieron. Y que, en medio de tanta decepción, se corrompió encubriendo a los que perseguía, buscando esos beneficios que jamás obtuvo. ¿Acaso eso no era prostitución? Cuánto tuvo que complacer a la aldeana fogosa con tal de resolver su conflicto, se cambiaba por cobijo. ¿Dónde está el límite por el que decides prostituirte? ¿Hasta qué punto llegas para decidirlo? ¿Qué extremo de la desesperación roza tu autoestima? Un montón de preguntas sin respuestas zumbaban en su cabeza como mosquitos depredadores. Había perdido tanto el tiempo reprochándole a Luna su mal comportamiento y, de un modo tardío y cruel, acababa de comprenderla. Todavía temblaba al recordar a esa aldeana lamiéndole la piel como una perra ruina, ridiculizando su impotencia. ¿Cómo pudo sentirse Luna el día que le tocó su primer cliente? ¿En quién pensó? En él. Porque no había dejado de pensarla ni un solo instante mientras penetraba aquella mujer rural, cerrando los ojos para imaginarla a ella. Cuánto la extrañaba. Cuánto quiso echar el tiempo atrás y rectificar su error. Pero ya era tarde. Estaba tirado en el suelo de un salón en los confines de un barrio paupérrimo, sin un futuro aparente. Y ella, allá por Roma tocada por la fortuna de un marido rico y, para colmo, atractivo. Qué vueltas que da la vida. Su Luna, su gata. La Luna que con 15 años besó a escondidas en el parquecito fuerte, terminó tan lejos e inalcanzable de sus proyectos. ¿Qué iba a hacer? No lo sabía. Se dejaría llevar por las circunstancias hasta que el azar se compadeciera de su turbulencia y lo tocara con un poco de suerte.

Ya llevaba un mes en aquel lugar, haciendo todo tipo de ayudas y remiendos para compensar el hospedaje. Caminaba durante horas buscando un trabajo, pero escaseaba tanto que si no alcanzaban para los nativos menos aún para los forasteros. Lo único disponible en cuestiones laborales traspasaba lo ilegal. Pero el pastor le advirtió que ni siquiera rozara palabra alguna con maleantes porque allí hasta el aire estaba contaminado de corrupción. Se despertaba con el alba para zancajear faena y se acostaba temprano exhausto de no conseguirla. No tenía amigos y le estaba prohibido escuchar merengue o bachata por ser canciones del diablo. Él deseaba tanto bailar. Era bailando la única forma que conocía para evadir las penas. Cuando en el barrio sacaban las bocinas a la calle para emitir a todo volumen los ritmos dominicanos, la familia de cristianos cerraba puertas y ventanas y, leyendo la biblia, esperaban con fe que cesara el escándalo. Leonardo también debía encerrarse sin comprender por qué un ritmo tan sabroso no podía ser escuchado. Pero, sin opción, se unía a la clandestinidad de los rezos. Dependía de la familia de cristianos. La poca labor que sacaba realizando trabajos forzosos por limosnas de sueldo, con ellos la compartía. De tanta miseria, acrecentó su fe. Recordó los pensamientos que tuvo de Dios en medio del océano. Y creyendo que ahí podía estar su solución, accedió a participar los domingos en el culto ascendiendo al pedido de la familia, quienes querían entregarlo a toda costa a los brazos del señor. En la misma casa todos los participantes canturriaban cánticos religiosos. Emocionados, caían al suelo bajo la supervisión del pastor. No desplomarse sonaba a ateísmo. Mientras todos iban derrumbándose al compás de la música, Leonardo permanecía asombrado en su silla sin atrever siquiera a levantarse. Sentía pena de no tener ese impulso de pararse y desvanecerse como lo hacían los demás. De hecho, le resultaba ridículo. Pero avergonzado de esos pensamientos de burla intentaba concentrarse en otros temas para no pensar en ello. Por mucho que tratase de disimular ni le salía el desplome ni le brotaban los cantos. Un día, el pastor, preocupado por su escepticismo, conversó sobre el tema intentando convertirlo a base de sermón. Leonardo, deseoso de algún día expresar su opinión con libertad, creyó que era el momento y rechazó la propuesta alegando poca devoción. El pastor, algo enojado, le insinuó que, si no sentía la llamada divina, era porque sus pecados superaban su fe.

Le aconsejó que obtuviera una biblia y fuese por el caserío promoviendo la palabra del señor. ¿Pecado? Si sinceridad y pecado eran lo mismo, entonces era pecador. Con la bulla que caracteriza a un cubano, le dijo:

—Me fui de Cuba para no seguir las órdenes de un presidente que jugaba a ser Dios. No asistía a cultos, pero te obligaban a ir a reuniones. El mismo perro con diferente collar. ¿Por qué tengo que acabar con ese librito debajo del brazo, tocando puertas para convencer a la gente? ¿De qué? ¿De algo que yo mismo no siento?

—Usted falta el respeto —le dijo el pastor—. Dios es la máxima autoridad.

—Sí. ¿Y por qué cuando estaba perdido en el mar pensando en él, me desvió de ruta? ¿Y por qué no tumba el régimen castrista? ¿O por qué no acaba con la delincuencia de este barrio? Es más, ¿por qué no acaba con su miseria? ¡Ay, por dios!, ¿en todas partes engañan al pueblo? Perdóneme, padre, pero estoy harto de dioses que no hacen nada.

—Estás perdido, ¿lo sabes?

—Sí, padre, lo sé. Por eso me fui de Cuba: para encontrarme. Quiero libertad. La mía, la propia. La que yo experimente sin órdenes de nadie. Perdóneme otra vez. Pero su dios no me convence.

Leonardo comprendió de inmediato que sus expresiones con el pastor no le conducirían a una relación afable y duradera. Debía haberse callado y obedecer, omiso las orientaciones. Pero estaba cansado de obedecer. Sin darse cuenta, esas retahílas de palabras salieron de su boca como un chorro de energía que deseaba soltar. Sintió pena de que fuese el pastor quien pagase las consecuencias de ese vómito de verdades que hacia tanto tiempo quería gritar. Cuántas veces no se mordió la lengua para no contestarle a sus superiores la diferencia de opinión entre ambos. Pensó en cuántos de sus compañeros aplicaban la violencia contra la población para desahogar la rabia de sus inconformidades. *Pobre pueblo mío*, pensó. Expuesto a las decisiones improvisadas de policías insatisfechos sin vocación, que más que mantener el orden buscan méritos para obtener beneficios. Cuánto tiempo no taponeó su garganta aplicando leyes que ni él mismo entendía. Ahora le ocurría igual con su amigo el pastor. Sin darse cuenta, en vez de dialogar las diferencias, arremetía contra quien intentaba ayudarlo. Maldita prepotencia que se forja acumulando frustraciones. Pidió disculpas por su aceleración verbal. Pero también juró que jamás iba a callar lo que sentía, aunque eso le costara la muerte. ¿Qué hacía toda esa gente pobre siguiendo ciegamente las órdenes de un pastor escandaloso que, en nombre del señor, exorcizaba demonios? Todos estaban fanatizados. Todo lo que hacían era en nombre de señor, mientras se entregaban indefensos a la miseria. Pero nadie hacía nada para acabar con la violencia de aquel barrio. Estaba agradecido. Muy agradecido de su hospitalidad. Pero quería salir de allí. Como aún no podía, llegó a un acuerdo con el pastor para limar asperezas. Él no predicaría, pero acompañaría a los expertos así ambos quedaban satisfechos. El pastor apreciaba la espontaneidad de Leonardo, su disposición para el trabajo, su alegría y la nobleza escondida en el temperamento que hacía que su familia se sintiese segura. Sin embargo, rechazaba en él su carácter impulsivo, la desesperación en sus decisiones y la manía de vanagloriarse, ante todo. Por otra parte, Leonardo no soportaba que aquel hombre lo acechara con sermones tratando de convencerlo de lo que, para él, era inconvencible. Despreciaba su sumisión y su ignorancia, aunque admiraba su humildad, su paciencia y el amor por la familia y, sobre todo, casi envidiaba su inmensa fe. Diferentes entre sí, compartían camino. Mientras el tiempo pasaba, los dos se hicieron tan amigos que terminaron discrepando dentro del marco de un diálogo fraternal. Y aunque nunca se ponían de acuerdo, siempre imperaba la amistad.

Doce meses multiplicaron la desesperación de Leonardo. Sin dinero para seguir y sin recursos para virar, naufragaba a la deriva en un mar de incertidumbre. Definitivamente tenía que llamar a Teresa. Era urgente comunicarse con Luna. Volver a verla. No había dudas. Ya no le importaba con cuántos hombres se hubiera acostado. Ya no le interesaba medir las consecuencias de su amor por ella. Simplemente la necesitaba más que a nada en el mundo. Inclusive más que a Dios. El dinero era su problema. Por su falta, vagaba en la carencia. Por eso había perdido a Luna, cuando no tuvo el capital suficiente para evitar que se prostituyera. Por la falta de dinero, sufrió la humillación de ver cómo Pietro Alberti se casaba con ella en sus narices sin que pudiera evitarlo. Por eso, estaba hundido en un recóndito pueblo dominicano, sin rumbo aparente. Era el dinero lo que lo condicionaba. Recordó que de niño el dinero no importaba tanto. Había crecido aislado de la modernidad, pero conforme con lo que tenía. Sus aspiraciones más altas, hasta que fue un adolescente, era ser el mejor bailador. Como nació en un sistema donde todo era propiedad del gobierno, creció carente de proyectos de empresa. Ningún niño de su entorno soñaba con ser empresario, rico, magnate o algo por el estilo; eso estaba muy taponeado en el subconsciente. El dinero no era un problema para los adultos. No se pagaba casa, no se pagaba escuela, no se pagaban impuestos; solo se obedecían órdenes y se cumplían leyes. La isla era una fiesta. Todo el mundo disfrutaba de las donaciones rusas. Los niños a estudiar y los padres a conformarse con lo que tenían sin sospechar que mucho más existía. Pero cuando todo acabo, cuando aquel muro de Berlín cayó, derrumbando con él la conformidad del cubano, se abrió la caja de pandora esparciendo entre la carencia la inmensa necesidad de conocer lo desconocido. Qué ironía. La felicidad de antaño consistía en recibir beneficios rusos a cambio de odiar al enemigo y a quienes se unieran a él. Unas cuantas ofensas contra el bando norteamericano empapadas de rencor y ya, solucionado el hecho de continuar aptos por la senda del vivir. Pero tuvo que derrumbarse el muro para que se cayera también la pared que cegaba el progreso. Y ahí surgió "don dinero". La felicidad de entonces estaba muy lejos de ser lo que fue. Ahora el enemigo dejaba de serlo cuando su rostro representó el billete codiciado. Lo que antes había resultado la serpiente tentadora de poder y avaricia, se convirtió de repente en la tierra de las oportunidades. Aquella que habitaba detrás del muro y que ahora podía divisarse plenamente. La tierra prometida a donde todos querían ir, aunque les costase la muerte. La palabra *patria* se sustituyó por *exilio*. Ya nadie quería odiar al enemigo; todos querían convivir con él, para obtener lo que este simbolizaba: dinero. Pero nadie cayó en la cuenta de que una sociedad criada para no ver más allá de sus narices no puede enfrentarse de súbito al universo sin límite, porque corre el riesgo de extraviarse en su inmensidad. Muchos de los que dispararon sus ansias de progreso dispersadas en el firmamento buscando prosperidad, tentaban al peligro de que se les fuera el tiro por la culata en el intento de matar de golpe la escasez. Y en esas andaba Leonardo, ensimismado en su objetivo capital, sin la más mínima noción de medir sus consecuencias. Su propósito principal se convirtió en dinero. Hasta un punto que lo invocó de la manera que fuese, destapando la codicia. Y de tanto desearlo lo atrajo, bajo el principio irrefutable de la ley de atracción.

Fue una tarde cuando, parado en el portal, escuchó entre murmullo la conversación de dos hombres que dialogaban tumbados sobre la pared que cubría el exterior de la casa. Tramaban el negocio de lavar un buen capital sacándolo de la isla con destino a Europa. Necesitaban un tercero y no tenían a nadie de confianza para entregar el trámite. Estaba en juego mucha riqueza por trasladar, incluidos diamantes, joyas y costosas obras de arte. España era la ruta para entregar todo el motín. El riesgo era inmenso, pero las ganancias recompensaban el traslado. Leonardo permaneció callado. Pensó que poco tiempo atrás se hubiera llevado esposado a esos dos directo a una cárcel segura. Pero las cosas habían cambiado. Deseaba tanto una oportunidad así que esperó sigiloso la ocasión de entrometerse en el diálogo para ofrecerse como ese tercer candidato que buscaban.

Como un zorro hambriento, midió a sus presas y, en el punto justo de la conversación, se introdujo sin previo aviso: "¡Yo soy el que buscan!".

Los hombres hicieron el ademán de atacarlo, pero notando su acento extranjero, detuvieron el intento. En plan más calmado, uno de ellos preguntó:

—¿Escuchaste?

—Todo.

—¿Y?

—Que estoy *obstinao*, compadre. Necesito dinero. Yo hago el trabajo.

—Espera, no es así. Hablaremos con el jefe. Mañana a esta hora volvemos y te damos una respuesta.

—OK. Mañana sin falta estoy aquí.

Aquella noche, Leonardo no durmió pensando en la propuesta. No iba a perder esa oportunidad. Iba a trasladar todas esas cosas porque necesitaba el dinero. No iba a llamar a Luna para comunicarle la miseria por la que transitaba. Sin nada que ofrecer, descompensaría mucho la propuesta de que volviese. No. Cuando su capital fuera digno, entonces solo así marcaría su número. ¿Quién lo iba a decir? Leonardo, lavando dinero. En Cuba la gente vivía de lavarlo. Lo hacían por instinto, sin saber siquiera lo que era. El trapicheo en la bolsa negra era normal para el mundo urbano. La mayoría de la población no tenía cuenta de banco, así que el movimiento económico clandestino se manipulaba entre las manos de la sociedad. Podría decirse lavado menor. ¿O es que acaso la ganancia de las ventas de objetos robados al Estado no era lavar dinero? Lo era. Y casi todos lo hacían. ¿O es que comprar casas y carros por encima de sus prohibiciones no era lavar dinero? Lo era. Y también se hacía. Y es que Leonardo venía de un país donde lo ilegal sobrevivía a la par de la ley. ¿Cómo podía limitar de lo incorrecto sus diferentes niveles de escala? No sabía hacer eso. ¿Y ahora? Fuera de la isla pretendía lavar a un grado mayor. ¿Quién lo iba a decir? El joven tímido al que obligaron a casarse con solo 15 años para cubrir la honra de una novia desvirgada. El policía de la brigada especial que luego no quiso ser policía y naufragó en tierras desconocidas para llegar al punto de lo que estaba por conseguir. ¿Cómo se mide la gravedad de un delito? ¿O es que cuando se consiente parece menor? ¿Qué hay de malo en hacer lo que la gente permite? ¿Quién provee la acción? El gobierno, el Estado o las circunstancias. No había pensado en eso antes. ¿Era un delincuente por colaborar con lo ilegal? ¿O simplemente era un superviviente agarrándose a cualquier oportunidad? ¿Acaso sus actos estaban justificados ante su escasez? ¿De dónde provenía el dinero que debía lavar? Ni lo sabía ni le interesaba. En ese momento de su vida ignoraba esa hipótesis porque el velo de la necesidad le empañaba la razón. Lo único que Leonardo en ese instante pretendía por sobre todas las cosas era dinero. Se imaginó próspero, cubierto de prendas de oro, conduciendo un carro de lujo, viviendo en una ostentosa misión acompañado de su bella Luna. Luego de especular pensamientos de riqueza manifestados en un mundo imaginario, se quedó dormido. A la siguiente mañana, ayudó a la familia de cristianos en sus quehaceres del día. Y en cuanto cayó la tarde, esperó en el portal su anhelada respuesta.

—Bueno, ¿y qué?

—El trabajo es tuyo.

—¿Cuándo comienzo?

—Ahora mismo.

—¿Ahora?

—¿No es que estabas *apurao*?

—Sí, sí, sí, es que esa no me la esperaba.

—Te llevaremos con el jefe para concretar bien los detalles.

—OK, yo ya estoy listo.

Esa tarde, Leonardo conoció al Pardilla, que era como le llamaban al jefe, quien en realidad era un intermediario del dirigente del clan. Radicaba en Europa, pero coincidió que por entonces resolvía negocios por allí. El Pardilla era un hombre bajo, con una espalda exageradamente ancha; la cara a medio afeitar dejaba un cuadrado bien delineado sobre su barba. Una gorra deportiva cubría una calvicie que en intermedios destapaba, arroscándose la cabeza durante la conversación. Miraba fijamente a los ojos punzando la vista y su voz ronca producía temor. Leonardo notó cierto presentimiento que al principio lo desconcertó en la duda de seguir. Pero luego, confundiéndolo con ansiedad, lo descartó. Le preocupaba más conseguir el objetivo que poner a prueba su intuición. Después de ser presentado e investigado bajo una minuciosa secuencia de inesperadas preguntas, se concretó el negocio. Comenzaría con traslados más sencillos para poner a prueba su valor. Supervisarían el éxito de sus entregas. Y solo después de estar homologado por el jefe supremo de la cuadrilla, quien nunca daba la cara, pasaría a formar parte de los grandes traslados a Europa.

—¿Te quedó claro, cubano? —dijo el jefe, sin dejar de clavarle la mirada.

—Clarísimo — contestó Leonardo dejándosela clavar.

Comenzó con un periodo de prueba en el que, superando obstáculos, subiría a escalas mayores. Su primer encargo fue mandar dinero a Colombia a través de Western Union. Eso le pareció tan sencillo que no comprendió dónde estaba el delito. Le dieron un nombre y una dirección, y lo dejaron en la puerta de la agencia para su envío. Superada la orden, le pagaron 60 dólares y quedaron en llamarlo para la siguiente aprobación. Nunca había tenido esa cantidad de dinero en sus manos. Su sueldo de policía en dinero cubano no superaba los veinte dólares, y las ayudas que recibía de las jineteras no llegaban a tanto. Cuando lo regresaron al caserío, su alegría era tal que no la disimulaba. La mujer barría el portal. Él embistió la entrada con una alegría poco común. Ella, sorprendida, preguntó:

—¿Qué pasa? ¿Te ganaste la lotería?

—Nos ganamos la lotería —dijo Leonardo. Le quitó la escoba y le enseñó el dinero.

—¡Que te reprenda el señor! ¿De dónde tú sacaste tanto dinero *pol* dios?

—Hice un trabajito y me pagaron bien.

—Tú me *peldonas*, m'ijo, pero no hay trabajito por aquí que valga eso. Respóndeme, muchacho. Ese dinero *he'* del diablo, ¿*veldad*?

—Eso me lo gané yo.

—Fíjate bien lo que te voy a *desil*. Si tú anda en negocio sucio, mejor te me va de aquí. *Polque* esta es una familia *honrrá*.

Leonardo bajó el cabeza avergonzado, dudando de su comportamiento, pero recuperó el embullo cuando recordó que su propósito no era quedarse en ese lugar, y que para continuar debía ser implacable en su proceder. Sin más intentos de justificación, guardó los billetes en el bolsillo de su pantalón, se despidió agradecido de los cristianos y salió a buscar alquiler en los contornos de barrio. Encontró cobijo en un pequeño cuarto de renta por el módico precio de 50 dólares. El baño estaba afuera y era compartido por tres inquilinos más, que colindaban con él en habitaciones continuas. No tenía cocina, por lo que debía comer en el colmado de la esquina, donde vendían los menús más baratos del lugar. Con la firme decisión de aumentar sus ganancias, esperó ansioso el segundo encargo mientras compartía a todo volumen bachatas y merengues con sus vecinos, debatiendo temas en torno a varias botellas de ron. Le parecieron graciosos y alegres, y para nada diabólicos. Sacó la cuenta de que en aquel barrio había de todo, y que no todos eran delincuentes. También vivían buenas personas con destinos diferentes, que se refugiaban en la bebida o la religión para engañar su realidad. Después de tres días cuando fue llamado para comprar en la capital un montón de mercancías que constarían a su nombre y después debían venderse a menos precio para recuperar el dinero. El motín era amplio: desde equipos electrodomésticos hasta muebles de hogar. Todo adquirido en distintas tiendas a bajo costo. Leonardo era trasladado de comercio en comercio, donde adquiría los productos mientras era supervisado por un acompañante. Luego fue embarcado en contenedores con destino a Colombia a nombre de supuestas amistades que allí lo recibirían, pero en verdad serían vendidos nada más traspasar la aduana para recuperar la inversión. Ya el pedido iba destinado a compradores seguros. Por toda esa jornada de trabajo en la que se sumergió quince días entre compras y envíos, le pagaron 500 dólares. De la emoción no quiso regresar al caserío y buscó renta en un barrio mejor de la capital. Sin exponer sus delitos al conocimiento popular, nunca dejó de visitar al pastor y a sus amigos del cerro del Capotillo, aliviando sus miserias con algo de caridad. Mientras su presupuesto aumentaba a la par de su codicia, realizaba encargos que cada vez iban a mayores. Cuanto más riesgo, más ganancia. Y cuanta más ganancia, más aumentaban los riesgos. Resolvió la residencia dominica y más adelante la nacionalidad. E incluso montó una empresa fantasma en la que se movía todo tipo de lavado de dinero. Le pagaban una buena comisión por mantener libre de sospecha el movimiento económico que transitaba por la compañía. Se compró un carro al contado y refinó el vestir. Cumpliendo los caprichos de sus emociones, se entregaba a los placeres del sexo y la gozadora sin límites de consumo. Aunque su economía era bastante suelta, no ostentaba aún el ingreso que esperaba, pero se mantenía conforme hasta ser digno de efectuar el golpe mayor, trasladando grandes riquezas a Europa. Para eso debía aparentar ante las leyes ser un empresario próspero de inversiones por España. Ya había hecho tres viajes a Madrid para concretar algunas compras de propiedades. Pero debía esperar un tiempo en venderlas para no ser el blanco de duras sospechas. Cuando llegase el momento de vender, le dejarían un apartamento para él y un buen fondo de dinero, pero por el momento el proceso estaba incrementando y en espera. Todos los movimientos se daban bajo la supervisión del Pardilla, quien intermediaba ante el jefe principal de aquella mafia y al que nadie veía. En tanto Leonardo, disfrutando de las ganancias, entretenía a la conformidad con la ilusión de sus proyectos. Cuando creyó que su capital merecía la pena, decidió comunicarse con Luna. Habían pasado tres años desde que pisó tierra haitiana. En todo ese tiempo no supo de ella. Sin embargo, no dejó ni un día de recordarla. Sin pausas, descolgó el teléfono y marcó el número de Teresa. Después de saludarla, comunicó el pedido. Pero del otro lado escuchó:

—¿Para qué tú quieres el número de mi sobrina? ¿Pa' joder? Hazme el favor y déjala tranquila, que ella está muy bien con su marido. Y no me llames más pa' esa bobería.

Leonardo escuchó el sonido continuo del teléfono. Teresa le había colgado. "¿Por qué? —susurró en voz alta—, ¿qué le pasa a esa mujer? ¿Se cree que el italiano ese es mejor que yo? Le voy a demostrar que yo también tengo dinero. Es más, voy a conseguir ese número, aunque tenga que ir a Italia a buscarlo". Pensó por unos segundos dónde podría conseguirlo hasta que recordó a Yadira. Luna no dejó de visitarla en sus viajes a la isla. Se habían hecho buenas amigas. Incluso él le resolvió algunos favores. "Ya está. Yadira es la clave", dijo y marcó su número. Pidió el teléfono y ella, sin cuestionamientos, se lo dio. Volvió a marcar emocionado y después del tercer intentó por fin Luna contestó.

—¿Pronto? —dijo ella en italiano.

—Soy Leonardo —escuchó Luna para su sorpresa e inmediatamente volvió en sí.

—¿Qué? Pensé que estabas muerto.

—¿Puedes hablar?

—Sí, sí, dime. Estoy sola.

—Necesito verte. Me voy a volver loco sin ti.

—¿Dónde estás?

—En Santo Domingo.

—¿Pero haciendo qué?

—Sobreviviendo, mami, sobreviviendo. Pero eso es algo que después te cuento. La pregunta es: ¿todavía me amas?

—Más que a nada en este mundo.

—¿Vendrías conmigo?

El silencio se apoderó del diálogo por algunos segundos. Ambos permanecieron alertas, hasta que Luna, tragando algo de orgullo, expresó:

—Eso habría que planteárselo. Me propuse olvidarte.

—¿Y lo has conseguido?

—Todavía no. Pero estoy en ello.

—Nena, a estas alturas ya no hay más nada que plantear. Es ahora o nunca. Te pregunto por última vez, y es en serio: ¿vendrías conmigo?

Y otra vez el silencio, penetrante en su respuesta. Luna miró hacia la silla donde lo imaginaba con el teléfono aún en la mano. Observó la ciudad a través del ventanal y con firme decisión le dijo: "Hasta el fin del mundo".

Capítulo 14

Ve por el camino que desees,
que la maldad te hunda y te entierre.
Frida Kahlo

Roma andaba en pleno invierno. Enero descendía la temperatura de los termómetros tanto que los ciudadanos se guardaban en sus casas bien temprana la noche para no correr el riesgo de congelación. Aquella noche en concreto, la calle estaba prácticamente vacía: si acaso algún transeúnte obligado por sus compromisos pisoteaba apurado el pavimento. Luna se levantó de madrugada con el propósito de irse. Su marido dormía profundamente. Encerrada en el baño, llamó a un taxi, no fuera hacer que escucharan su voz. Diez minutos de espera le avisaron, en los cuales decidió ir saliendo para encontrarlo afuera. Ya tenía preparado un pequeño equipaje con algunas cosas básicas que pudiese necesitar. Leonardo le había dicho que lo dejase todo. No quería nada que procediera del capital del italiano. Pues él tenía suficiente dinero para comprárselo allá. Además, en esa huida de urgencia no podía cargar con el armario. Aunque le hubiera gustado llevarse sus calzados, la ropa y la colección de joyas que fue acumulando con exquisitez. Pero sorprendiéndose a sí misma lo redujo todo a un simple equipaje de mano. Despacio y sin zapatos, bajó las escaleras que conducían al salón. Agarró el abrigo. Se lo puso. Abrió la puerta de salida y descendió en el ascensor hasta el piso principal de la entrada. No demoró la espera. El taxi llegó enseguida. Se montó detrás, mientras el conductor guardaba la maleta en el maletero. Cuando el auto arrancó en su partida sintió una presión en el centro del pecho que incluso la asustó, y soltó un fuerte gemido. "¿Está usted bien, señora?", preguntó el chofer frenando de súbito. Ella respiró y expiró profundamente, y dijo. "No se preocupe, puede continuar". El taxi avanzaba mientras ella veía la imagen de una Roma desolada y fría, presintió que así se sentiría Pietro cuando supiera de su ida. *¿Qué estoy haciendo, dios mío?* —pensó—.

¿Por qué le hago esto? ¿Por qué siempre tengo que tomar decisiones en torno a lo prohibido? Siempre escondiéndome. Siempre fugitiva. Tuve que tomar la decisión de irme a La Habana cuando mi papá me botó de la casa. Fue algo obligado por las

circunstancias. Me hice un legrado porque Leonardo me dejó sola embarazada y Teresa no podía ayudarme. Fue otra decisión que tuve que tomar desde la obligación. Comencé a jinetear porque la necesidad me obligó. Me fui del país también obligada por la necesidad. Y ahora que soy libre de elegir, me voy a escondidas obligada por la vergüenza. Pero es que Pietro no se merece esto. Siempre ha estado pendiente de que sea feliz. Se casó conmigo sin importarle mi condición de prostituta. Sus detalles, su delicadeza, su disposición para colaborar con la ayuda de mi tía y el interés de que yo aprenda. Ahora nada ni nadie me obliga. ¿Por qué me voy, así como una miserable? Es tan feo de mi parte irme así sin una explicación. No se lo merece. Y yo tampoco me merezco seguir huyendo. Por primera vez, decidiré mi vida sin la influencia de nadie. Esperaré a mañana y le explicaré todo. Tendrá que entender. Me iré de todas formas, pero no como una cobarde. Sería traición. No se lo merece.

Ya el taxi había avanzado lo suficiente cuando Luna de repente mandó a darse la vuelta. El chofer giró de inmediato y se dirigió de nuevo al punto de partida. Luna pagó la cuenta y regresó al apartamento. Escondió el equipaje en el clóset. Se desvistió y se metió en la cama junto a su marido sin poder dormir, pensando cómo iba a plantear su despedida a la mañana siguiente. Era sábado. Pietro no trabajaba los fines de semana. Los consideraba sagrados para pasar en familia, por lo que aprovechó para desayunar con Luna. Ella lo esperaba en la mesa. Venía del baño con olor a él, esparciendo a su paso el aroma de su perfume. Sonrió gustoso. Le dio un beso de bienvenida y se sentó junto a ella, frente a la silla de los recuerdos, donde desde su imaginación, Leonardo desayunaba con ella cada mañana. La miró fijamente y le dijo:

—Te noto extraña ¿pasa algo?

—No. Nada.

—Yo sé cuando tienes algo que decirme. A ver, ¿qué es? ¡Estás embarazada!

—No. No estoy embarazada.

—Entonces, ¿qué hay que yo no sepa?

Luna permaneció callada por unos segundos. Bebió un sorbo de mimosa para enardecer al verbo y soltó:

—Me voy.

—¿Adónde? ¿A Cuba?

—No. A Santo Domingo.

—¿A buscar qué?

—El amor.

—Quieres dejar de hablar así y contarme de una vez qué está pasando.

—Leonardo. ¿Te acuerdas del chico del que una vez te conté?

—Sí. ¿Qué pasa? Lo has vuelto a ver.

—No. No he vuelto a verlo. Pero me voy con él. Lo siento. Voy a hacerle caso a mi corazón. Siento que debo hacerlo. Lo siento. De verdad que lo siento.

—Creía que me amabas.

—No, Pietro, jugaba a amarte, pero aún no lo he conseguido.

—¿Estás segura? Quizás lo que sientas por él sea solo deseo. Lo más intenso se alcanza no en tener, sino en desear.

—Sí, Pietro, estoy segura de amarlo. Lo amo desde que era una niña.

—Si lo tienes así de claro, avanza. No pienso detenerte.

—¿En serio? ¿No me guardas rencor?

—En lo absoluto. Sabía que querías irte de Cuba. Me casé a conciencia de ello. Lo hice para que pudieras cumplir el sueño de escaparte de allí. No por posesión, sino porque se lo debía a tu sonrisa. Al principio creí que podías irte en cualquier momento. Pero ya hay algo que me intriga y que quiero me aclares.

—¿Qué?

—Han pasado cuatro años viviendo juntos en los que te creía feliz. En los que has tenido libertad de irte. ¿Por qué ahora que él aparece y no antes? Analiza si realmente lo amas o estás cumpliendo una deuda de atrás con tu subconsciente.

—Es que…

—No. No me respondas ahora. Asegúrate de que la decisión que tomes sea la correcta porque tendrás que asumir las consecuencias. Te dejo libre el espacio para que tomes lo que necesites, si decides irte. Prefiero salir a caminar un rato para que reflexiones tu decisión. A mi regreso, encontraré la respuesta.

Pietro se levantó de la mesa y abandonó la casa con firme decisión sin dar tiempo a cualquier reclamo de Luna, quien tampoco hizo ningún ademán de hablar. Ambos en silencio se despidieron y dejaron una estela de tensión que se rompió cuando Luna chirrió la silla para levantarse apurada. Fue al clóset y agarró la maleta. Se sentó en el salón durante un rato para no tropezarse con Pietro. Aprovechó para llamar un taxi. No quería reflexiones. ¿Cómo iba a dudar de su amor por Leonardo? Claro que era amor. ¿Qué otra cosa iba a ser desde que era una adolescente? No había nada que plantearse. Definitivamente iba a estar con el amor de su vida. Siempre esperó este momento. Sin vuelta atrás, ya todo estaba decidido. Y más ahora que había limpiado el remordimiento de irse a escondidas. Por fin, por primera vez era una mujer en verdad libre. Era la primera decisión que tomaba sin presiones de gobierno, de prejuicios o de necesidad. Una decisión completamente tomada desde el libre albedrío. Era su decisión. Después de ser avisada por el chofer, agarró el ascensor y apuró la partida. En el aeropuerto, sacó el pasaporte italiano y compró el siguiente vuelo para Santo Domingo. Tenía cuatro horas para que Pietro la llamase al celular rogándole que volviera. Pero no lo hizo. Cuatro horas para ella arrepentirse y volver. Pero tampoco lo hizo. Mientras esperaba el aviso de abordaje, se comunicó con Maceo. Siempre hablaba con él, era su confidente. Todas las semanas lo llamaba para conversar. Maceo le contaba del progreso efusivo de la pastelería. Incluso ya la estaba liquidando para quedarse en propiedad con el lugar. Los lazos de amistad que la unían a su hermano se fraguaban con el tiempo. Maceo le aconsejó que no siempre se puede seguir al corazón porque puede ser una falsa alarma y que, en vez de los sentimientos, pueden hablar los resentimientos. Ella le respondió que Pietro le había dicho algo parecido, pero que esta era la oportunidad que había estado esperando durante mucho tiempo, y la iba a cumplir por encima de todo. Maceo sintió pena por el italiano, pero se consoló con la felicidad de su hermana. "Si es lo que quieres, ve por él para que nunca te arrepientas de no haberlo hecho", dijo. Se dieron un beso ruidoso por el teléfono y se despidieron hasta la próxima llamada.

Mientras Luna esperaba el eterno llamado de su salida, Pietro caminaba sobre los fríos adoquines del centro. No quiso coger el auto por el malestar que sentía. La partida de Luna le clavó muy duro las entrañas. Se consideraba fuerte con una autoestima elevada. ¿Pero quién no se derrumba en cuestiones de amor? Pietro suspendió por unos días su presencia y asistencia en la empresa, para sumergirse de lleno en el profundo análisis de su realidad. No era hombre de buscar culpables; más bien su temperamento se inclinaba al perdón. Pero necesitaba entender el por qué, para justificar el cuándo. Sabía que era su obligación reponerse ante cualquier golpe que le diera la vida. Sin embargo, nunca imaginó lo duro e improvisto que pegaba el amor. La decisión de Luna había golpeado todos los planes y proyectos que construía para ambos.

¿Será que al amor no le gustan los planes?, se preguntó. Era todo más lindo al principio cuando el más mínimo detalle surgía de súbito, espontáneo y oportuno. Cuando las expectativas estaban en pausa, dándole paso a la acción. Por un momento creyó que Luna lo amaba. Incluso estaba convencido. Se lo decían sus ojos cuando le explicaba algo, y su verde intenso se dilataba observándolo. ¿O es que acaso aquello era admiración?

Qué enredo. Juraba que esa atención desmesurada que reflejaba placer era el amor. Juraba que era amor cuando le enseñaba estrategias sexuales que descubrían puntos de éxtasis, y ella disfrutara de la pasión en medio de la paz. Qué absurdo. Tanto que había estudiado, aprendido y experimentado en los libros más íntimos del *Kamasutra* para ahora no saber si en ese placer entra el amor.

Pietro estaba confundido. Durante siete días estuvo aislado, meditando y reflexionando para descubrir exactamente qué era el amor. *¿Qué es el amor? ¿Qué es el amor? ¿Qué es el amor?*, se preguntaba al amanecer, al mediodía, a la tarde y antes de acostarse. Buscaba la respuesta en los sueños lúcidos, en su experiencia espiritual, en las pesadillas que provocaba su insatisfecha curiosidad, en las señales de imágenes u objetos que se atravesaban ante sus cinco sentidos e incluso buscaba la respuesta más allá de su intuición. Pero no encontraba nada contundente. Lloró tanto que no creyó posible que el cuerpo segregara tantas lágrimas. Uno de esos días en que ya le dolía el corazón de tanto extrañarla, se sintió tan infeliz que descubrió que amor y felicidad son tan compatibles que podían ser la misma cosa. *Claro* —se dijo—, *la felicidad nunca podemos apreciarla en su totalidad porque parte de ella siempre permanece lejana. Es tan inmensa, tan universal, tan infinita que abarcamos en ella el trozo que nos pertenece en el ahora.* Y así es el amor. El amor es presente, pero es eterno. Todo el universo es amor. Es buscando el amor que nos procreamos. Es buscando el amor que triunfamos o erramos. Buscando el amor buscamos también la felicidad, sin saber que las dos se funden en una sola acción que se llama presente. Amor y felicidad no se atan a nada ni a nadie. Experimentan el momento, durante el sentimiento sutil se vuelve denso. Es una energía infinita disponible en el espacio para condensarse y volverse a evaporar. Constantemente se trasforma. Hay amor en todas partes en que las mentes humanas lo dispongan. Llega, viene, se va y así sucesivamente como el ciclo de la vida y de la muerte. Descubrió que había sido el hombre más feliz de la Tierra durante el tiempo que Luna estuvo a su lado porque estaba experimentando en presente el amor. Ahora ella buscaba otras formas de manifestarlo a través del deseo. ¿Cómo podía culparla? Todos tenemos derecho a consumir ese elemento tan vital que lo divino nos deja disponible para nuestro consumo. El amor no se puede enjaular como pajarito, ni ahorrar como una cuenta de banco, ni mucho menos someterlo a la esclavitud. Porque es libre, neutral, habita en quien lo invoca, pero se escapa de quien lo espanta. Ya lo entendía todo. Por las razones que fueran, Luna estaba convencida de que amaba a Leonado, sus pensamientos lo llevaron a él por la atracción. Él solo no era suficiente para mantener activa entre ambos esa poderosa energía del amor.

Se necesitan dos para eso. Y Pietro respetó su decisión. Ahora que sabía que amor y felicidad eran una misma cosa se sintió agradecido de haberlo sabido. Agradeció a la vida por la oportunidad tan hermosa que vivió con Luna. Prometió nunca planificar afecto, ni retener cariño. Y comprendiendo que el amor abarcaba mucho más allá de lo marital, juró amarse a sí mismo y ser feliz por el resto de su vida. Su rencor se volvió nulo, su comprensión aumentó y su paz interior era tanta que ni siquiera cerró la posibilidad de volver a tener a Luna algún día. Dejó que el mismísimo amor con su libre andar decidiera dónde posar su placer trasmutado en felicidad. Él estaría ahí, dispuesto para albergarlo en cualquier forma en que se le presentase. Siempre abierto para dar y recibir amor. Satisfecho se levantó para ir a su trabajo y siguió sereno su paso por la vida.

Cuando el micrófono de la terminal del aeropuerto anunció subir al avión, Luna se precipitó de primera. Viajó sin dormir y, al término de diez horas, aterrizó en el Aeropuerto Internacional Las Américas, de Santo Domingo. Estaba tan nerviosa que, abatida con unos cuantos retorcijones de estómago, fue a parar al baño después de pasar la aduana. Parada frente al espejo del lavamanos, retocó su maquillaje. Suspiró profundo y sin equipaje que recoger, caminó hacia la salida con su pequeña maleta de mano. Leonardo, sentado en la cafetería del aeropuerto, movía constantemente las piernas sin poder detenerlas. Ya iba por la quinta cerveza cuando el interlocutor anunció que el vuelo procedente de Italia acababa de aterrizar. Sintió dolor de barriga, un malestar de urgencia que lo condujo al baño. Salió más aliviado, pero no calmado. Se detuvo en la línea colindante de espera y en tan solo unos segundos divisó la presencia de Luna. Venía hermosa. La percibió como una ráfaga de viento que se le abalanzaba encima cuando ella se le arrojó para ser cargada. Con las piernas abiertas y pinzadas a su cintura lo abrazó tan fuerte como pudo. Él le correspondió de igual. Se besaron tanto que llamaron la atención. Agotados de abrazarse, se incorporaron de pie y salieron de mano en busca del parqueo. En el camino, Leonardo la apretó contra el pecho y le dijo:

"¡Mami, qué ganas tenía de verte!".

Para Luna habían alcanzado el punto máximo de la felicidad. No podía creerse que estuviesen juntos. Habían pasado tantas cosas y ahora Luna y Leonardo sin prohibiciones, sin prejuicios, sin compromisos les daban rienda suelta a sus deseos. Cuando llegaron al apartamento, Leonardo había preparado una sorpresa especial. Nada más abrir la puerta la embistió un grupo de mariachis que, con voces de ángeles, cantaron una hermosa ranchera.

Luna lloró de emoción. En la mesa había un candelabro con dos velas ya encendidas y una botella de ron. Leonardo sirvió dos vasos. Le entregó uno a ella y le dijo:

—Yo sé que estabas acostumbrada al vino, pero aquí en el Caribe somos más de ron. ¿Te molesta?

—Para nada, mi amor. Contigo tomo cualquier cosa.

Y brindaron celebrando el encuentro. En cuanto los mariachis abandonaron el apartamento (después de la quinta canción y de consumir unos cuantos tragos de ron), cerraron la puerta a la par, pero sin ponerse de acuerdo. Detrás del umbral se desnudaron con las ansias acumuladas de tanto deseo. Parecían bestias irracionales amándose sin restricciones de palabras y acción. Con fuerza brutal se amaron en la mesa; el candelabro cayó sobre el suelo y se apagó su luz. El mantel se estrujaba con las nalgas de Luna, mientras Leonardo la penetraba feroz chirriando el movimiento. Gritaban, se mordían, se chupaban y hasta se golpearon cuando un estruendo de éxtasis les provocó un orgasmo mutuo. Tuvieron que abandonar rápidamente la mesa que amenazaba con derrumbarse. Sonrientes y llenos de esperma y amor, brindaron con otro trago por el encuentro feliz. Pasaron siete días de un fervor interminable. Cada vez que se miraban se amaban. Se amaban en la cocina, en el baño, en el comedor, al levantarse, al acostarse, en el sofá y en todos los rincones posibles del apartamento, incluido encima de la lavadora, la meseta, en el clóset y hasta valoraron hacerlo encima del balón del gas. Pero por ser altamente explosivo desecharon la idea y se conformaron con amarse en la terraza. Cuando pasó la tormenta sexual, que dejó una brisa de calma que mermó la imaginación sin extinguir el deseo, volvieron a la normalidad. Leonardo le contó por paso toda su trayectoria lejos de ella: desde que la había espiado escondida en su boda hasta el momento de recibirla en el aeropuerto. A Luna le pareció tan fascinante su aventura que decidió anotar cada detalle en su diario. En los momentos en los que él salía a realizar diligencias, ella aprovechaba para escribir. Así como lo había hecho con todo lo que experimentaba a su alrededor.

Mientras el tiempo transitaba imparable, Luna y Leonardo estrenaban convivencia más allá del deseo sexual. Nunca habían vivido juntos. El destino les frustraba cualquier intento de concordancia. La primera discusión comenzó por Teresa. Luna la había llamado para saber cómo andaba, pues lo tenía de costumbre cada semana. Leonardo reprochó tanta comunicación alegando que Teresa lo trató mal cuando quiso obtener el teléfono de ella. Nunca se lo dio y él tuvo que recurrir a Yadira. Por más que ella le confirmase que su tía era una de las personas que más amaba, Leonardo no entraba en razones. Hasta que la tensión lo obligó a ceder, pero no a entender. Acordó que las llamadas semanales se convertirían en quincenales. Y ella, reclamando independencia económica, amenazó con buscar trabajo. Cuando tocaba el día de llamar a Teresa, él se apartaba en un rincón ignorando la conversación. Maceo fue otro dilema. Leonardo le echaba siempre en cara su condición sexual. Sus relaciones con homosexuales eran nulas, porque su temperamento machista no se lo permitía. Ella a toda costa se opuso e implantó por ley que las llamadas a su familia eran sagradas. A él no le quedó más remedio que aceptar cuando vio que iba en serio eso de ponerse a trabajar. Luna comenzó a dejar currículo como maestra de Lengua para niños que desearan reforzar sus estudios. A esa altura con tanto estudio de gramática tenía un dominio perfecto del verbo. Leonardo le rogó que le dedicara el tiempo a él porque sentía mucha necesidad de ella. Sentirse solo podía tentarlo a las mujeres, aunque le juró que estaba totalmente revindicado como mujeriego. Pues su belleza eclipsaba cualquier posibilidad. Tanto la mimaba en amor y pasión que ella cedió sin dificultades, y se convirtió en su mujer y dama de compañía. Y en esa paradoja de corrección y placer sobrellevaban sus distintas naturalezas. Pues solo concordaban donde justamente se vencían: en el sexo. En la intimidad a ella le gustaba que él la llamara *mi puta* y él imploraba que ella le confirmase que era suya. Cuando despertaban exhaustos de sumisiones y ofensas que los conducían al máximo placer, retomaban la rutina en el difícil arte de convivir, donde dos temperamentos se funden para exponer el concepto de pareja. Ella no estaba dispuesta a desechar las cosas que había aprendido al lado de Pietro; pretendía incorporarlas a su modo de vida: como degustar una buena comida, beber un buen vino, recrearse de una interesante lectura, observar una obra de arte, disfrutar de una buena conversación. Pero esas cosas estaban muy lejos de la personalidad de Leonardo, quien prefería diariamente un buen plato rebosado de arroz con carne porque su objetivo no era alimentarse sino llenarse, acudiendo a la cantidad y no la calidad. No le gustaba leer y aborrecía el arte. Le apasionaba el deporte y su *hobby* favorito eran las fiestas caseras donde con un grupo de amigos bailaban hasta la madrugada, mientras consumían grandes cantidades de alcohol y hablaban sobre temas urbanos que se volvían repetitivos durante toda la noche. Luna prefería ir a bailar solo con él. Como en la época en que hacían la pareja de baile perfecta ante el público que embelesados los miraba. Pero Leonardo de vez en cuando tiraba un pasillo con ella, porque en la mayoría de las ocasiones el merengue destronaba a la salsa, por solicitud expresa de los invitados. Y no es que a ella no le gustase bailar cualquier ritmo con él, porque bailar con Leonardo era la gloria; sino que ya había aportado otras cosas a su vida que también se le hacían necesarias como ir al cine, cenar en restaurantes, ver alguna obra de teatro o simplemente sentarse en una terraza para avivar el momento con un buen café, y no siempre con tandas de sorbos de ron. Él prefería las películas violentas, las series de gánsters y capos. Ella optaba por filmes profundos que hacían pensar. Todo condujo a un diálogo escaso que se limitaba a conversaciones esporádicas y básicas. En aquellos momentos de sus vidas, Luna y Leonardo se descubrieron en polos tan opuestos que hasta ellos mismos se sorprendieron. Cada faceta en la que se reencontraban sus personalidades se acentuaban cada vez más diferentes. Sin embargo, el ardor del sexo permanecía intacto, incorruptible a los factores externos del temperamento. Y así, sin tener nada en común, prosiguieron sus vidas en conjunto sin que sus discrepancias mermaran la pasión. Los fines de semana, cuando empezaban las fiestas hogareñas y la bachata retumbaba las paredes del apartamento —entre la bulla de amigos, escándalos y ebrios que gozaban al compás de la música—, ella cedía su rato intentando encajar en el espacio, luego se iba a la cama y abría una libreta para escribir sobre sus hojas, hasta que Leonardo se acostaba reclamando su pedante actitud. Una de esas noches en las que ella se retiró digna pero tediosa del jolgorio casero, él se le paró frente a la cama y le dijo:

—Ven acá, chica, mira que tú escribes. ¿No te aburres?

Ella lo miró fijamente a los ojos derrochando verde en su mirada y le contestó:

—Y mira que tú bailas, ¿no te cansas?

A Luna no le gustaban esas fiestas tan groseras donde no había conversación para ella en ese ambiente. Por alguna razón incomprensible para sí extrañaba los diálogos con Pietro donde los dos debatían cualquier tema aún sin estar de acuerdo, pero en plena democracia verbal. Podía expresarse, sacaba de adentro sus opiniones y los demás la aprobaban o rebatían con total cobertura. Los dos conversaban hasta la madrugada tomando vino y escuchando música bajo el albor de la luna los domingos a la noche. Y ella, mientras miraba el cielo estrellado, recordaba a Leonardo, queriendo quitar a su marido y colocarlo a él para introducirlo en esa noche mágica. Y ahora, estaba al lado de Leonardo, reviviendo esas quimeras a la vera de la terraza del comedor. Pero él le decía que era un aburrimiento estar tanto tiempo solos, que mejor convidarían a los tigres para pasar una noche divertida. Y otra vez el escándalo y la parranda que dejaba al otro día el apartamento repleto del reguero de una noche de resaca.

Ante los amigos de Leonardo, Luna era una hermosa mujer pedante que se tenía subida la belleza, y se insinuaba muy fina debajo de una base falsa que la tornaba engreída. Nadie se lo decía por lo claro para evitar enfrentamientos. Pero aquella era la sensación que percibía mientras compartía su amistad con ellos. Y así lo comprobó cuando una de las conocidas le dijo borracha en la cocina mientras preparaba aperitivos, que no se molestara por lo que iba a decirle pero que todos la opinaban antisocial y pretenciosa. La mujer automáticamente se disculpó comprobando su imprudencia. Pero ella la calmó diciéndole que todo estaba bien y no pasaba nada. Desde entonces comenzó a sentirse culpable. Creyó que el casamiento con Pietro le había subido los humos de la vanidad, por lo que se trazó el plan de cambiar de actitud. Intentaba compenetrarse más en las fiestas, aunque su vocabulario no concordaba con el ritmo de las conversaciones. Bebía, bailaba y hasta hacía el ridículo queriendo ponerse a la par de sus visitantes. Cuando se dio cuenta de que su conducta discrepaba con sus deseos, paró de inmediato y volvió a mantener la misma actitud distante del principio. Se dio cuenta de que había salido de Cuba para ampliar sus horizontes, para encajar en el perfil que su interior le exigía; no para terminar de fiesta en fiesta confundiendo la alegría con el desenfreno, contentando al amado para no provocar infidelidades. Ella salió de Cuba buscando libertad. Y aquello no era libertad, sino libertinaje. Sí le gustaba divertirse, pero de otra manera. Recordó cuando era niña las fiestas sabáticas que su padre protagonizaba con sus compatriotas. Se hablaba de política, pero también se cantaban canciones al ritmo de una guitarra o se bailaba hasta la madrugada mientras Magdalena preparaba aperitivos sin parar. No quería ser Magdalena. Todo el mundo se divertía menos ella. Cansada de complacer a los demás en constantes pedidos contra su voluntad. Recordó también aquellos sábados en los que su marido la llevaba a teatros y conciertos de música clásica y ella reclamaba un poco de diversión más efusiva. El teatro y los conciertos le gustaban, eran entretenidos, pero no divertidos. Comenzó a exigirle a Pietro un poco más de acción en cuestiones de entretenimientos y, persuadiéndolo, lo arrastró hasta las discotecas de Roma. Le gustaban, pero él no sabía bailar la salsa. Bailaba tan bien con Leonardo, los dos concordaban en cada paso. Era tan sensual enredarse en sus brazos al compás del ritmo, que la noche romana se le volvía aburrida sin él. Mientras Pietro se desvivía por evocar pasos de baile desconocidos en su argot, ella se burlaba de sus intentos ridículos, evocando la presencia de Leonardo. Sin embargo, ahora que ya lo tenía a su lado para bailar eternamente toda la salsa disponible, sus ganas se esfumaban en el ambiente inadecuado. Mientras bailaban se olvidaba del entorno y se extraviaba con él en un mundo perfecto, pero al final de la pieza se incorporaba insatisfecha al grupo. Y es que Leonardo disfrutaba la vida al modo superlativo. No buscaba términos medios. Intentaba explicárselo. Se desvivía por demostrarlo. Pero sin tomarla en cuenta, continuaba su actitud sin que ella pudiera detenerlo. Cada vez que le reclamaba, él le decía: "Yo soy así. Así nací y así me moriré". Por eso no le contestaba en cada ocasión que le preguntaba "¿Por qué no puedes complacerme?". Y es que esa pregunta ya tenía respuesta. Simplemente no encajaba en el perfil que le mostraba. Por otra parte, él no lo comprendía. Era absurda y anticuada esa tontería de querer refinarlo a toda costa. Él era Leonardo, un guajiro bruto de Santiago de Cuba, que le decía al pan, pan y al vino, vino. Sin rodeos. ¿Qué cosa es esa de estar bebiendo licores? Eso no era de macho, los machos bebían ron y cerveza. ¿Qué hacía él viendo obras de teatro o películas románticas? Definitivamente Luna quería convertirlo en un amanerado. Los verdaderos hombres hablaban alto, decían *pinga* y *cojones* en el momento preciso para demostrar su hombría. A un hombre blando lo cogen de bobo, lo trajinan. Por eso luchaba por tener dinero como fuese para imponer su poder. Sabía lo que era vivir bajo un yugo opresor, siempre acatando órdenes y subyugándose ante leyes irracionales. No y no. Debía imponerse ante la vida. Crecer en poder, para que nunca nadie más le dijese lo que tenía que hacer. Tomaba cerveza y ron porque eran cosas de machos. Fiestear era su cultura, así que daría fiestas por el resto de su vida y hablaría alto y claro como lo enseño su folclor para sentirse cubano. Todo eso le comunicó de una vez y por todas a Luna cuando ella intentó concluir una celebración echando a todos del apartamento. Todos se fueron enfadados y los dos se quedaron en la sala mirándose las caras con ganas de matarse. Después que Leonardo expuso sin detenerse su punto de vista concluyó: "-Yo soy así, nena. Pero te amo".

Aquella noche Luna amenazó con marcharse. No era ese el Leonardo que ella quería, metido en negocios ilícitos y con unas ganas insatisfechas de diversión. Leonardo, sin demostrarlo, tembló de miedo. No estaba dispuesto a perderla por muy macho que fuera. Llegaron a un acuerdo. Suspendería las fiestas y trataría de a poco complacerla en sus gustos siempre y cuando no se excediera en el refinamiento. La empresa seguiría andando hasta que lo mandaran a Europa, faltaba muy poco para dar el gran golpe. Luego se retiraría del trapicheo ilegal y en España anclarían sus vidas de una manera perfecta. Tan satisfecha estaba con la propuesta que lloró de felicidad. Abrazados, se entregaron al amor como solo ellos podían hacerlo, amándose entre caricias fundidas en la ferocidad de su pasión. A partir de entonces, Leonardo se trazó la ardua tarea de cambiar. Se quedaba dormido en los cines viendo películas aburridas mientras ella lo tocaba con el hombro, intentando despertarlo, y él se despertaba asustado disimulando atención. Bebía sorbos de vino pequeños y, cuando ella se distraía, los mezclaba con refresco para digerirlo mejor. Digería finos platos de restaurantes exóticos pero un poco después de la salida paraba en una cafetería cualquiera para completar el hambre con un sabroso pica pollo. En momentos de acuerdos bailaban merengue y bachata hasta el anochecer en discotecas del centro. Y mientras intentaban compenetrar en una sola expresión, llegó el gran momento esperado. Leonardo fue llamado para concretar el gran golpe final que tanto esperó.

Citado por el Pardilla, le expusieron los detalles del negocio. Llevaría puestas encima joyas de valor incalculable, mucho dinero en efectivo y en el equipaje obras de arte camufladas. Pasaría desapercibido por su condición de empresario. Todo su aspecto y preparación apuntaba a un acaudalado hombre de negocios que visitaba a Europa para vender propiedades. La cuenta del banco estaba repleta de dólares, dispuestos a ser consumidos en el extranjero mediante compras por transferencia bancaria. Ya tenía incluso los compradores para sus mercancías. La tajada de beneficios que llevaría en este negocio era inmensa. Pues era la recta final de su trayectoria lavando dinero. Con las ventas cerraría el trato con el Pardilla. Se quedaría con un apartamento y dinero, y sería próspero y feliz para siempre. El viaje ya estaba concretado. Luna iría un día antes. Lo esperaría en el aeropuerto de Barajas. Nunca quiso mezclarla en sus asuntos ni ella hizo ni siquiera el ademán de hacerlo. Ninguno de los dos tocaba el tema desde la última vez que discutieron al respecto. Ella insistía en que se retirase a tiempo y que comenzasen de cero. Él continuaba confirmándole que ya no podía salir, tenía propiedades a su nombre y compromisos demasiados grandes para abandonarlos. Amanecería con un tiro en la cabeza sin llegar siquiera muy lejos. La convenció de que ya este era el fin de esa racha de ilegalidades. Le prometió control e integración honrada en la sociedad, pero solo después de este gran golpe. Despidiéndola en el último vuelo con destino a Madrid, quedaron en reencontrarse a la siguiente tarde cuando él llegase.

Madrid recibió a Luna con el bochorno de un caluroso agosto. Cogió un taxi y fue directo a un hotel, pues no quería mezclar a Maceo en aquel trámite. Ni siquiera lo llamó para decirle que iba a España. Desde que supo los negocios de Leonardo mermó un poco sus llamadas para no verse en el compromiso de contarle nada. Con Teresa le pasaba igual. Cada vez que ella le preguntaba en qué trabajaba su marido, ella mentía diciendo que en un taller de mecánica. Pensó que cuando todo pasara ya no tendría que disimular y se sentiría más liviana. Tenía unas ganas enormes de ir a Cuba y ver a Teresa. La extrañaba, incluso a los niños y a Juan. Quería volver a intentar una reconciliación con su padre. Pensaba mucho en él desde la última vez que lo vio tan mal, volcado en la bebida. Pero ese era el precio que debía de pagar para estar con Leonardo. Prefería esperar que toda esa carga de ilegalidades pasase para comenzar por segunda vez una vida armoniosa, como lo había conseguido con Pietro. Sintió tristeza, pero se recuperó conformándose con que a la siguiente tarde todo habría pasado. En cuanto Leonardo saliera ileso de ese viaje tan peligroso ella llamaría a su hermano para abrazarlo y conversar. Por el momento se mantuvo en secreto. Estaba tan ansiosa de que todo pasara que se tomó una pastilla para dormir y no tener que atormentarse toda la noche con pensamientos desesperantes. Pero el ansiolítico no hizo ni el más mínimo efecto. Dio tantas vueltas en la cama para poderse dormir que decidió levantarse y esperar el alba recostada en un sofá que adornaba un rincón de la habitación. *¿Por qué he estado de acuerdo con esto?* —pensó—. *Esto es tremendo problema ¿Y si lo agarran? ¿Otra vez sin él? Qué manía de estar siempre pensando lo malo. Todo le va a salir bien. Se lo merece. Ha luchado tanto por conseguir dinero. Está obsesionado. Le dije que saliera de esa mala vida. Pero ya es tarde. Cuando volví a su lado ya estaba metido en eso. Podría virar con Pietro y seguir en Italia. Mi vida era tan tranquila allí, pero extrañaba tanto a Leonardo. ¿Será que las cosas nunca son completas? Pobre Pietro, estará destrozado. Me imagino su dolor. Por poquito logro amarlo. Comenzaba a adaptarme a él cuándo reapareció Leonardo. Mi Leonardo. ¿Será verdad lo que me dijo Pietro? Que me asegurara que mi amor no fuera una deuda de atrás con mi subconsciente. ¿Será? No lo creo. Leonardo me hace sentir mujer en la cama. Tiemblo cuando me ama. ¿Y Pietro? Es verdad que aprendí muchas cosas a su lado que me gustaban. Con él me sentía yo: original, auténtica. Es que Leonardo es tan egocentrista que una tiene que hacerse a un lado para darle paso a su presencia. Al lado de Leonardo, soy una proyección de mí que ya ha perdido brillo. Pero lo amo. ¿Es amor? ¿O es pasión? Pues si es así, es tan fuerte la pasión que nubla al amor. No. El caso es que ya estoy aquí, con él a su lado. Estamos a punto de ser felices. Cambiará. Lo sé. Ya lo estaba intentando. No voy a abandonarlo ahora. Aunque no esté de acuerdo con esa locura, lo voy a apoyar. Todo saldrá bien y viviremos por fin en paz. Trataré de dormirme. Lo necesito. Pero no puedo. Hasta mañana no estaré tranquila cuando Leonardo esté a mi lado. Mi Leonardo.*

Luna esperaba ansiosa en el salón de espera de la terminal del aeropuerto de Barajas. No había dormido en toda la noche con sus reflexiones. Lo único que deseaba en ese momento era ver salir a Leonardo y tirársele en los brazos como cuando lo hizo en el aeropuerto de Santo Domingo. Cuando el locutor anunció el aterrizaje, sintió esa punzada en el pecho que siempre la estremecía. Presintió que algo andaba mal. Sudó. Le bajó la tensión. Compró un café cargado y se lo bebió de golpe. Se detuvo en el salón de bienvenida. Se recostó sobre la cerca separadora y, sin dejar de rezar en pensamiento, esperó. Leonardo se bajó del avión seguro de sí mismo. Sereno como lo había hecho los tres viajes anteriores. Pasó la aduana sin problemas y se dirigió a la estera para recoger su equipaje. Tuvo que esperar un poco porque el suyo se demoraba. Comenzó a desesperarse y a pensar en las ganas que tenía de salir de allí y abrazar a Luna que lo esperaba del otro lado de aquella inmensa pared. Por fin su equipaje. Respiró aliviado y se dirigió a la salida. Antes de salir había dos bifurcaciones que llevaban un cartel cada una. Leyó el primero: "Algo que declarar". Leyó el segundo: "Nada que declarar". Sin titubeos, optó por la segunda salida y caminó recto para luego abandonar la estación. Un guardia en observación dirigía a quién detener y a quién no. Una pequeña fila esperaba las instrucciones del oficial. Leonardo había logrado evadir su atención. Con los equipajes montados en el carro de transporte se dirigió a la salida. Cuando las compuertas se abrieron de par en su sucesión intermitente, Luna aprovechó para lanzársele encima apenas traspasase el umbral. Un eufórico abrazo celebró la llegada. Y mientras intercalaba pasión en un solo beso, Leonardo escuchó a sus espaldas una gruesa voz ibérica que, tocándole el hombro, le señaló:

—Oiga, señor —se le congeló el aliento. Sin opción, soltó a Luna, miró al oficial y preguntó:

—¿Qué pasa?

El guardia, mientras lo esposaba, dijo:

—Queda usted detenido por lavado de dinero.

Luna y Leonardo se miraron fijamente con ganas de escapar. Pero no pudieron ni siquiera repetir el abrazo. Leonardo ya estaba fichado desde hacía mucho tiempo. Sabían todos sus movimientos y calculaban que en cualquier instante podía intentar vender las propiedades para convertirlas en dinero. Era cuestión de tiempo. Pero los enlaces con la mafia estaban tan bien hilados que estuvieron a punto de confundir a los policías que tramitaban la investigación. En el último instante llegó el aviso al aeropuerto de Barajas y en ese mismo momento comenzó su captura. Ya todo estaba perdido.

No había vuelta atrás. Esposaron a Leonardo justo en brazos de Luna y se lo llevaron sin despedida. Mientras ella lo veía alejarse esposado y agarrado por el brazo de un oficial de policía, él le gritaba "¡Te amo!" congelándole el corazón. Estaba tan atónita que se asustó cuando un guardia la tocó por el hombro para comunicarle que podía marcharse porque estaban conscientes de su inocencia. El tratado era únicamente con Leonardo.

—¿Puedo ir con él?

—No.

—Pero, ¿adónde lo llevan?

—A la comisaría.

—¿Y dónde es?

—Averigüe. ¿No vino usted sola hasta Madrid? Entonces bien sabe desenvolverse. Estaba atónita, desorientada en las consecuencias. ¿Qué haría? ¿Adónde iría?

Perdida, comenzó a llorar sobre un banco cuando notó que la levantaban lentamente por el brazo. Un hombre moreno le dijo:

—Te llevaremos a donde está.

Luna, alzando la mirada a la vez que se levantaba, contestó:

—¿Quién es usted?

—Un amigo de Leonardo. Vamos, no podemos perder el tiempo, hay que sacarlo de ahí.

—Sí, sí, vamos.

Le indicó que subiera a un auto que esperaba afuera del aeropuerto. Ella subió. Había dentro dos hombres más. La saludaron afables y le comunicaron que estaban dispuestos a ayudar. Ella asintió con la cabeza y el chofer, después de mirar por el retrovisor, apretó el acelerador. El vehículo avanzaba y avanzaba y aquellas personas no decían nada. Cuando creyó que el recorrido era demasiado largo, preguntó cuánto tiempo faltaba. Le dijeron que tuviera paciencia y esperase, pero con una voz menos cordial. Para no ser imprudente permaneció callada, manteniendo la fe en un trayecto que ya duraba una hora. Estaba mareada. Todo había pasado muy rápido. Pensó en Leonardo. ¿Dónde estaba? Todo parecía tan extraño. ¿Quiénes eran realmente esos hombres tan raros que ni siquiera hablaban? Confirmó que no debió montarse en ese auto con esos desconocidos que recorrían caminos extraños de Madrid. Comenzó a preocuparse. Pidió que la bajaran ahí mismo, que ella buscaría el modo de encontrar sola a Leonardo. Le dijeron que no. Se puso nerviosa. Exigió bajarse. Comenzó a gritar que la dejaran ir, mientras tecleaba rápidamente el botón de la puerta para lanzarse a plena velocidad.

El chofer apretó el acelerador. El auto parecía volar. Su acompañante le agarró el cuello y la apretó fuertemente con el brazo derecho. Le faltaba el aire. Intentaba respirar. Un trozo de algodón taponeó su nariz con un olor tan penetrante que de súbito la desmayó.

Capítulo 15

Ahora comprendo cuál era el ángel
que entre nosotros pasó,
era el más temible, el implacable, el más veloz.
Y ahora comprendo en total este
silencio mortal. Ángel que pasa,
besa y abraza, ángel para un final.
Silvio Rodríguez

El auto ensartó una vereda apartada para introducirse en un terraplén donde se detuvieron. Aquel lugar no tenía ni el mínimo indicio de estación de policía. Estaba desolado y lo único divisible era una casa de dos plantas. Luna, ya preocupada, preguntó si ahí estaba Leonardo. Le respondieron que sí. Bajaron del carro. Cuando entraron, pudo darse cuenta de que era una especie de bar. Lo estaban limpiando dos mujeres jóvenes con aspecto de infelices. Luna comenzó a sentir miedo. ¿Qué podía hacer Leonardo en ese lugar? Traspasó con los hombres más allá de la barra y entraron a una especie de oficina donde la esperaba sentado sobre la mesa del buró un hombre calvo que llevaba la barba delineando un cuadrado. Era el Pardilla. Y allí estaba esperándola. Mientras la observaba de pies a cabeza, con una voz irónica le dijo: "Eres muy hermosa".

Luna temblaba. Las piernas apenas se le sostenían. El Pardilla le arrebató el bolso de la mano. Lo colocó encima de la mesa y continúo observándola dando vueltas alrededor de ella como una hiena a su presa. Luna pensó: *¿Cómo sabía de mí si jamás me mezclé en los asuntos de Leonardo? Qué pregunta ingenua*, rectificó. Cuando se trata de tratos con la mafia, todo lo saben. No podían exponerse a pérdidas. En el caso de que algo inesperado sucediese, ella sería el aval. Pero, ¿cómo lo harían? Otra pregunta inocente que el Pardilla le contestó cuando dejó de observarla, interrumpiendo sus pensamientos.

—Trabajarás con nosotros y pagarás la deuda de tu novio.

—¿Qué? Yo no tengo que ver con eso. Eso es asunto de ustedes con Leonardo.

—¿Me vas a decir que no sabías en lo que andaba tu noviecito? Aquí nada es gratis. Aquí todo se paga y tu novio nos debe un montón de plata. ¿Qué hago? ¿No cobro? No, mi amor, con esos ojitos tuyos triplicas el pago.

—No tienen derecho a hacerme esto.

—Mira qué cómica la bebé. Yo no solo tengo derecho, yo tengo el poder de hacer lo que se me dé la gana. Hagamos un trato pa' que veas que no soy tan malo. Tú colaboras tranquilita y nos pagas las deudas. Un tiempecito con nosotros. No es tanto. Verás que con esos ojitos la sacas bien pronto. Luego te vas pa' tu casita y aquí no ha pasado nada. Así que mejor te portas bien o de lo contrario será peor. Hay chicas aquí que ya llevan cinco años. ¿Tú te crees? Por rebelde. Colabora y quedamos empatados. Mira. Palabra del Pardilla.

—No voy a colaborar con nada. Primero muerta.

—No, mami, muerta no te queremos. Tú, muerta, no nos sirves de na'. Vivita y coleando es cómo vas a pagar. Tú pagas porque pagas. Y tu noviecito tampoco se queda tan mansito. A ese lo cogemos cuando entre a la cárcel. Por flojo y no saber hacer las cosas.

El Pardilla, mirando hacia uno de sus secuaces, dio la orden de que se la llevasen al cuarto con las demás. La condujeron a través de un largo pasillo con puertas colindantes y, en la última entrada, la introdujeron a empujones. Había un montón de jóvenes tiradas en el suelo con cara de asustadas. Uno de los hombres le indicó que se uniera a las demás y esperara allí hasta nuevo aviso. Se fue y trancó la cerradura. El ruido del cerrojo estremeció sus sentidos. Los hechos pasaban tan rápido y eran tan absurdos que incluso creyó que soñaba. ¿Por qué le estaba pasando eso? ¿Cómo fue que terminó allí? Intentó calmarse para averiguar. Preguntó de forma general a todas las chicas quiénes eran, cómo podía salir de allí. Ninguna contestaba. Parecían extranjeras con idiomas diferentes. Se desesperó. Comenzó a llorar suplicando ayuda y pidió, por favor, que, si alguna hablaba español, inglés o italiano, le explicara. El silencio abismal la desesperaba. Cuando se rindió, metió la cabeza entre las piernas y siguió llorando desahogando su rabia. Sin esperarlo, una voz baja con acento colombiano que salía por detrás del grupo le dijo:

—Llorar no te resolverá nada. Al final tendrás que obedecer.

—¿Pero por qué?

—Porque lo manda el Pardilla. Este es su segundo negocio después del lavado de dinero. Algunas son traídas con contratos falsos de modelos y otras pagan las deudas de sus parejas. Como tú.

—¿Y por qué tú sabes todo eso?

—Porque yo era la mujer del Pardilla. Sabía que estaba metido en lavado de dinero, pero no en esto. Cuando lo descubrí, le dije que quería dejarlo porque no estaba de acuerdo. Me fugué y me envió aquí para que aprendiera a respetarlo.

—Dios mío, ¿cómo salgo de esto?

—Es difícil. Muy difícil. Yo diría que imposible. Nada se le escapa de las manos al Pardilla. Ya te tenía en la mira hace mucho tiempo.

—Entonces, ¿tú lo sabías?

—Lo sabía, pero no podía hacer nada. Perdona, no es nada personal. Ni siquiera te conocía. Simplemente se trataba de tu vida o la mía.

—¿Y ahora?

—Nada. A hacer lo que te digan. Si te revelas, te inyectan heroína.

—¿Qué es eso?

—Una droga. Lo hacen para enviciarte. Cuando la tienes en sangre dependes de ella y ya no puedes vivir sin eso. La pides a gritos y en la desesperación te prostituyes a gusto con tal de inyectarte. Ellos controlan las dosis.

—Esto no me puede estar pasando.

—Es bien cierto y no eres tú sola la que pasa por eso. Mira a tu alrededor. Estas son las que trajeron ahora. Todas esas puertas del pasillo son cuartos donde están las que ya trabajan. Cada pedazo tiene un espejo que se ve desde afuera, pero tú no ves al que te mira. Tienes que exhibirte como un escaparate. El cliente escoge y va a tu cubículo después de pagar. Nunca ves el dinero. Ellos te hacen una cuenta en la que supuestamente te van liquidando deudas. Según ellos. Pero lo cierto es que no hay papeleo ninguno. Trabajas y trabajas hasta que no sirves para más nada. Luego te matan o te lanzan para la calle como un estropajo que ya no sirve. Muchas terminan de vagabundas por las calles y otras mueren por la necesidad de la droga.

—¿Y cómo puede haber hombres tan degenerados que paguen estos servicios?

—Desgraciadamente los hay. De ellos vive el Pardilla.

—¿Y la policía? ¿Por qué no los descubre?

—Es un poco complicado. Esta gente trabaja bien. Aquí los prostíbulos son permitidos, por eso es fácil mezclarlos con el tráfico de mujeres. Creerán que trabajan por su cuenta.

A cada rato meten redadas y desmantelan un montón de prostíbulos ilegales. Pero el Pardilla tiene contactos que le avisan. Lo tiene todo controlado. Todavía no han podido comprobarle nada.

—Y tú qué sabes tanto, ¿cómo puedo escaparme de aquí?

—No puedes. Absolutamente nadie se le escapa al Pardilla. Ese hombre es el diablo en persona. Así que, si vas a seguir llorando, hazlo todo lo que puedas. Porque llegará el día en que te quedarás sin lágrimas y no tendrás más nada que llorar en este infierno.

—¿Y aun sabiendo todo eso por qué estabas con él?

—Por amor.

—¿Por amor? ¿Qué clase de amor es ese que permite esta crueldad? Tú eres igual que ellos.

—La crueldad se disfraza. Tú misma estabas consintiendo el lavado de dinero de tu novio y no sabías que ese movimiento salía de este. ¿Lo ves? Nadie es lo suficientemente inocente. Sin darte cuenta, apoyabas al Pardilla. Y ahora te paga con la misma moneda.

—¡Cállate! Yo no soy un monstruo como él.

—Ni yo tampoco, y por eso estoy aquí. Cuando me di cuenta, empezaron mis reclamos al Pardilla. Descubrir todo esto fue muy duro para mí. Ya lo amaba con todas mis fuerzas. Me hizo su mujer. Lo conocí con 14 años. Yo vivía en la calle. Prácticamente me crio. Sabía de los demás movimientos, pero de este no. Cuando viajé la primera vez aquí lo supe. Me horroricé. Tuve varios días sin dormir pensando en todas estas muchachas inocentes arrancadas de sus familias. Le reclamaba, pero siempre me golpeaba. Le tengo miedo. Me escapé dos veces y las dos veces me encontró. Me dijo que tenía miedo de que lo denunciara así que, para que aprendiera la lección, vendría un tiempo con ustedes para que supiera de lo que era capaz de hacer. Las dos amamos incondicionalmente. Las dos consentimos a nuestra manera. Las dos estamos aquí pagando nuestros propios errores. Admítelo.

—Cállate, por favor. Cállate. Yo quiero salir de aquí. Dios mío. Sácame de aquí.

La cerradura se abrió. Todo volvió al silencio. El mismo hombre que la trajo la agarró por el brazo y se la llevó mientras ella pataleaba preguntando adónde la llevaban. La introdujeron a empujones en un cuarto sumamente pequeño y la dejaron encerrada allí durante un rato. Ella no paraba de llorar. Clamaba a Leonardo, a su padre, a su abuela, a Dios. Lloraba. Pedía ayuda, golpeaba las paredes, se mordía, y del estado de ansiedad y claustrofobia, hasta se orinó encima de tanta mezcla de rabia, miedo y dolor. Ni siquiera se había dado cuenta de que era observada. Del otro lado del inmenso espejo que ejercía de pared frontal estaba ubicado el bar donde los clientes consumían sus bebidas y disfrutaban del espectáculo mientras alrededor de todo el recinto, de manera circular, se exhibían todos los cubículos transparentes de las chicas. Y en una de las mesas más allá de la barra de estriptís estaba el Pardilla, disfrutando de la desesperante escena que protagonizaba Luna. Tres secuaces junto a él se reían a carcajadas. Aún era temprano y no estaba abierto al público. La estaban preparando para su extremo. Aquel lugar era exclusivo. Sus clientes eran específicos. Era un antro especializado en las fantasías sexuales de consumidores aberrantes. Pagaban para que les complacieran en terribles caprichos que abarcaban masoquismo y humillaciones lujuriosas. Más que prostíbulo era una especie de corporación sadomasoquista que ofrecía a la carta servicios exóticos para usuarios exigentes. Y en lo profundo de aquel infierno se exhibía Luna en el cristal de su cubículo. La belleza de sus ojos atraía más clientes de lo normal. Las lágrimas de dolor que brotaban a través del espejo le daban un morbo especial.

Luna tuvo que dejarse orinar la cara, comer excrementos, sangrar, dejarse golpear, caminar como gata por toda la habitación, suplicar maltrato y todos los detalles más burdos que se le ocurriese al más morboso de los morbosos. Su vientre no daba abasto para tanta penetración ni su cuerpo soportaba las palizas propinadas por el Pardilla cada vez que se negaba a colaborar. Le aplicaba golpes que no marcaban la piel, pero la estremecían. Al principio, lloraba tanto que los ojos le punzaban. Pero cuando entendió que el llanto no era su salvación, entró en un trance de rebeldía que se abalanzaba violenta sobre los clientes devolviéndole entre el placer un odio feroz. Estaba tan inconforme con la vida que no podía creer que existiera un dios. Pensó en su abuela y en todo el poder de sus santos. La evocaba de noche y de día suplicándole socorro para su desgracia, pero solo obtenía pesadillas confusas que no podía descifrar. Soñaba con fieras que la atacaban, que volaba y que corría. Pensó en Leonardo. ¿Dónde estaba? ¿Por qué no iba a sacarla de allí? Según el Pardilla, estaba preso en Santo Domingo. ¿Sería cierto? Seguramente sí. Estaba tan arrepentida de haber vuelto con él. Nada de eso le hubiese sucedido. Pero aun así lo extrañaba. Él no hubiese permitido que le hiciesen una cosa así. Nunca la maltrató, ni siquiera cuando tuvo que aceptar el hecho de que jineteara. No obstante, el amor de los dos, era dañino. Ninguno de los dos midió las consecuencias de aquel peligro. Eso no era Cuba con sus negocios internos que se desenvuelven en barrios urbanos. Eso era la mafia. La cara exacta de la maldad. El dolor la atacaba tanto que duplicaba sus fuerzas mostrando su inconformidad. Por mandato directo fue inyectada con heroína para no correr el riesgo de más negaciones. "Si no lo hace a las buenas, lo hará a las malas. Drógala ya", dijo el Pardilla la primera vez que dio la orden. Cuando aquel veneno penetró en sus venas canalizando su sangre, llegando al cerebro y repartiéndose por todos sus órganos, sintió una corriente caliente que le electrocutaba el cuerpo. Una oleada de euforia le llegó en pocos segundos. Una sensación de placer muy intensa la recorrió entera. La piel se le erizó y el dolor de la angustia disminuyó de inmediato. Se remontó en un letargo parecido al sueño y lo confundió con armonía. Durante una semana fue inyectada y le causaba el mismo efecto. Al cabo de 10 días se le suspendió la dosis. Durante las siguientes 10 horas, la boca comenzó a secársele. Sintió escalofríos. Mientras el reloj adelantaba sus manecillas, comenzaron los calambres, el calor, el lagrimeo y la ansiedad. Para las siguientes 24 horas ya sus piernas pataleaban instantáneamente, los dientes le rechinaban, el ritmo cardíaco se le aceleraba, el pulso disminuía y gritaba de desesperación. Fue entonces que llegó el Pardilla, quien la observaba a través del cristal, y volvieron a inyectarla, para que recuperara de inmediato esa oleada de placer absoluto. Para entonces, su cerebro estaba ya acostumbrado a esa sensación agradable y, en busca de ese placer, cada vez pedía más. No importaban los efectos negativos que luego provocase, siempre insaciable y sedienta de placer, pedía más. Era la única forma de evadir la realidad. Y así, el sufrimiento mermaba, mezclándose de a poco con la desvergüenza de no importarle absolutamente nada. Mientras el tiempo pasaba y los maltratos y las dosis aumentaban, quedó embobecida por los golpes y la droga. Ya no era ella. Su autocontrol había desaparecido. Sus funciones mentales se volvieron limitadas y la memoria de a poco se le desaparecía. Apenas se alimentaba. La delgadez se apoderó de su figura. Dormía poco. Era una especie de zombi que obedecía órdenes que escuchaba de una voz lejana desde su letargo. Actuaba como robot dejándose llevar por la inercia de un sexo corrompido entre miles de hombres extraños que la poseían con insanos propósitos. Se borraron sus recuerdos y el pasado quedó empolvado en un rincón de su memoria. De vez en cuando recordaba pequeñas lagunas de imágenes conocidas. Cuando eso le pasaba, se asustaba tanto con las visiones de rostros desconocidos que deseaba suicidarse. Las voces de Cachita, Ignacio, Leonardo, Teresa, Magdalena, Maceo, Ana María y hasta la de la madre retumbaban en sus oídos en una mezcla de reclamos, consejos, lamentos y quejas. Sin que ella supiera quiénes eran, gritaba que la dejasen tranquila. En sus pesadillas, veía manos que se extendían en el espacio queriéndola ayudar, pero cuando iba a agarrarlas se desvanecían.

Todo un enjambre de confusiones se le mezclaba con el horror que estaba viviendo. Pero la necesidad de la heroína era más fuerte que hasta el deseo mismo de morir. Para entonces el verdor de sus ojos había disminuido a un triste gris como una tarde de invierno cubierta de niebla. Tenía grandes ojeras. Su semblante, de tan triste, estaba desencajado y su delgadez se acrecentó perdiendo completamente la elegancia de antaño. Habían pasado cuatro años desde que estaba en aquel antro. Ni siquiera se acordaba del trato de libertad que había pactado con el Pardilla la primera vez que entró a aquel lugar. De hecho, ni siquiera se acordaba que tuvo una vida anterior, donde había sido regalada por la madre, criada por su padre y en el regazo de su abuela; que se había enamorado de Leonardo y había quedado embarazada; que había huido a la capital a casa de su tía en busca de refugio; que se hizo un legrado (que la dejó estéril) por miedo a ser madre soltera; que se había prostituido para conseguir su libertad; que se había casado con un maravilloso italiano que la amaba y a quien abandonó persiguiendo la pasión; que había terminado pagando sus errores lanzándose al precipicio de la humillación. ¿Qué le quedaba? Nada. No solo se había extinguido su memoria y su belleza, sino también su voluntad. Sumida en los confines del vicio, suplicaba una dosis de heroína.

Así estaban las cosas cuando apareció el Pardilla en su cubículo. Esa tarde la dosis que se le administraba diariamente había sido suspendida. Ya llevaba 8 horas de retraso.

—Vamos a ver, Luna. Me has pagado muy bien la deuda, con intereses y todo.

—¿Deuda? ¿Qué deuda? —ella ni siquiera sabía de qué estaba hablando—. Yo a ti no te debo nada. Dame mi dosis, por favor.

El Pardilla, sin poder evitar la risa, le acarició el cabello mientras ella, arrodillada a sus pies, le suplicaba la dosis del día.

—Estoy muy contento contigo. Y para que veas que tengo palabra, ya eres libre. ¿Ves? Qué fácil fue colaborar conmigo. Dale que te vas pa' la calle.

—¿Calle? ¿Adónde voy a ir? Necesito inyectarme. No conozco a nadie. No tengo dinero.

—Ah, no. Eso no es asunto mío. Ya no me sirves para nada y lo único que das ahora es pérdida. Ningún cliente quiere estar contigo. Mírate. Eres un estropajo y tan drogada que ya ni haces bien lo que te dicen.

—Me portaré bien, lo prometo. Haré lo que quieras. Pero no me saquen a la calle, ¿qué va a ser de mí?

—No te quejes tanto que te soltarán en un polígono para que te prostituyas por tu cuenta. ¿No lo entiendes? Ya eres libre. ¿Pero no es que querías tanto tu libertad? Después dicen que soy malo y, ves, son ellas las que luego no quieren irse. Pero trato es trato. No puedo seguir perdiendo dinero contigo. El cuarto va a ser ocupado por una nueva que acaba de llegar. Y pa' que veas que no soy tan malo, te voy a regalar la última dosis, esta va por la casa. La siguiente te la luchas tú solita —el Pardilla le entregó la jeringuilla y, mientras Luna se inyectaba desesperada, le dijo a sus secuaces—. Llévensela y tírenla en el polígono.

Los mismos hombres que la trajeron desde el aeropuerto hasta aquel lugar la arrastraron fuertemente por el brazo, mientras ella suplicaba que no se la llevaran toda drogada. En el medio del pasillo tropezó la mirada con una chica joven y hermosa que era conducida para sustituirla. Las dos miradas se fundieron en una. La frescura en los ojos azules de la chica le bañó la tristeza de su mirada gris como un golpe de ola en el mar sobre los puntiagudos arrecifes.

Sin más retrasos, en pleno invierno de enero, Luna fue lanzada desde el auto a una calle oscura y alejada, en un polígono de Madrid. Había un frío aterrador. Tres mujeres ya maduras se calentaban al lado de una fogata improvisada. Llevaban un abrigo largo, pero por dentro estaban completamente desnudas. Luna observó cómo después de calentarse un rato alrededor del brasero se quitaban la gabardina y se paraban durante un rato en la acera para esperar un servicio. Los carros paraban cerca de ellas y pactaban precios. Ellas se introducían en el auto y ahí mismo consumían el hecho. Luego, volvían corriendo a la hoguera para volverse a calentar y así sucesivamente, toda la noche. Luna se acercó para que le explicaran, pero las mujeres la echaron como fieras de su territorio ya marcado. Caminó más adelante sin poder soportar el crudo invierno, buscó cartones por el suelo para taparse.

Cuando creyó que estaba algo mejor, salió de su guarida para averiguar dónde estaba y cómo se sobrevivía allí. Fue cuando vio a una mujer bien mayor casi desnuda que pedía clientes haciendo seña con la mano. Podía ser su madre. Intentó recordar quién fue su madre, pero su falta de memoria no se lo permitió. Se acercó a la señora mientras se sacudía el frío con la fricción de sus manos y le preguntó qué era ese lugar. La mujer, mirándola de arriba abajo y asombrada de su ignorancia, le respondió:

—Un polígono, bonita. Esto es un polígono.

—Pero, ¿qué es? ¿Un prostíbulo al aire libre?

—No, esto son almacenes, pero por la noche trabajamos aquí porque es apartado y no nos molesta nadie.

—¿Por qué esas mujeres del fuego me echaron cuando fui a preguntarles?

—Porque esas no van de libres. Esas tienen sus chulos que las controlan. No pueden hablar con nadie; trabajan toda la noche bajo vigilancia.

—¿Y tú tienes chulo?

—¿Yo? ¿Tú crees que con esta edad puedo tener chulo? Tengo 60 años, ya no soy rentable. Trabajo pa' mí. Además, nunca lo tuve.

—¿Y qué haces aquí tan vieja?

—Eh, pero mira esta qué fresca. ¿Y tú qué haces aquí tan fea? Pues lo mismo que tú: ¡putiar! He pasado toda mi vida *putiando* y así me moriré.

—¿Y tienes clientes?

—Hay cliente pa' to'. Pa' las viejas, pa' las negras, pa' to' el mundo.

—¿Cómo puedo conseguir heroína?

—Va, ya sabía que ibas a preguntar. Se te nota la pinta a la legua. Yo no me drogo. Pero hay un desgraciado que viene y se la vende a las chicas.

—No tengo dinero.

—Pues, claro. Por eso estas aquí. Como tú hay muchas. Ahora déjame trabajar que me estás haciendo perder el tiempo. Mira, búscate un rinconcito pa' ti. Trabaja de noche y temprano te esfumas que, si te agarra la policía, te llevan. Seguro que eres emigrante. ¿De dónde eres?

—Qué se yo.

—Mira pa' allá, está tan perdida la pobre que no sabe ni de dónde es. A esta lo que le queda es na' pa' pasmarla. Mira, toma este dinerito pa' que tengas pa' tu dosis de hoy. ¡Y tira pa' allá! ¡Ala!, que tengo que trabajar.

—¿Cuánto pagan?

—Aquí, no te hagas ilusiones. Un servicio no pasa de 10 euros. Pero es rapidito. En el mismo carro lo matas. Total, pa' lo que tú lo quieres.

—Pero, ¿dónde voy a dormir?

—Pero bueno, que yo no soy información. Yo tengo que trabajar y tú ahí dándole al palique. ¿De dónde tú saliste? *Tas* más perdida que una aguja en un campo de lechuga.

—Por favor, dime adónde ir.

—Ah, no sé, tú verás. Únete ahí a los que están debajo del puente. Yo tengo mi casa, pero no puedo llevarte porque vivo con mis hijos y mis nietos y ellos ni saben que ando en esto. Yo les digo que duermo en casa de una amiga. Pero la verdad es que ya no puedo dejar de hacerlo, es un vicio. Lo he hecho durante toda mi vida. Ya no puedo parar. Es como esas viejas que juegan a las máquinas o al bingo a escondidas. Es así, mi vida ha sido dura. Es así. Pero dale, tira lejos a buscar tu rincón que la noche apremia y pa' mí esto está cada vez más difícil. Dale, hija, tira pa' allá. Y no vengas más por aquí que siempre no puedo ayudarte.

Luna caminó despacio con el billete enrollado en la mano. Escogió un rincón y esperó a que pasara su primer cliente. Había visto cómo lo hacían las primeras. El frío la atacaba, pero la necesidad de drogarse lo compensaba. Los autos pasaban lentamente buscando chicas. Cada cual ofrecía sus servicios en modo de competencia. La señora tenía razón. Había para todas. Incluso a ella se le acercó un carro. El chofer le gritó por la ventanilla.

—Oye, tú, ¿cuánto cobras por una chupada?

Ella lo miró aguantándose al cristal de la ventanilla y le respondió.

—Una dosis de heroína.

—No, no tengo eso, pero toma 5 euros pa' que reúnas. Y dale que estoy apurado.

Fue su primer cliente. Mientras trascurrían los días, se fue acostumbrando a la vida en el polígono. Por la noche trabajaba camuflada entre los almacenes cerrados. Cuando tenía suficiente para su dosis, se retiraba debajo del puente, donde se inyectaba para atrapar al placer. Pasó el invierno bajo periódicos y cartones. No se bañaba y comía de las sobras o limosnas que recibía. En esas llegó el verano y el otoño, y transcurrió un ciclo anual de la vida. Y sin que el sol, la lluvia, la luna, la nieve o el aire interrumpieran su proceso de evolución, ella seguía confinada en el abismo de su monotonía.

Capítulo 16

Todos quieren cambiar el mundo, pero
nadie piensa en cambiarse a sí mismo.
León Tolstoi

La pastelería de Maceo era un éxito rotundo. Se había convertido en referente de los dulces más exquisitos. La originalidad nunca vista en las recetas de otras dulcerías hacía único al lugar. Nunca estaba vacía. Los ruidos de las conversaciones ambientaban las mesas repletas de comensales que degustaban en grupo una merienda apasionada por los diálogos. Maceo no daba abasto de cumplir encargos a domicilio porque los clientes, en su exigencia de calidad, preferían que él mismo elaborase esas exquisiteces. Él no solo preparaba los dulces, sino que personalmente se encargaba de comprar sus ingredientes para asegurarse de que no hubiera falla en la eficacia de estos. Dos veces por semana se dirigía al mercado para escoger los géneros y después frecuentaba los almacenes de la harina para hacer el pedido y palpar con sus propias manos el producto. Cogiendo la autopista, en 15 minutos llegaba al polígono donde estaba el depósito que lo surtía. Últimamente le pasaba algo a él, bastante raro. Cuando efectuaba la bajada de la autopista y doblaba a la derecha debajo del puente para insertarse en el polígono, la figura de una mujer le llamaba la atención de una forma intuitiva. La primera vez que la descubrió, tiraba de un carro de compras, repleto de cosas que, al parecer, recogía en la calle. Lo estaba acomodando en un rincón del lugar. Su silueta, aunque totalmente destruida por el maltrato, le recordó a la de Luna. Sintió vergüenza de comparar a su hermana con una indigente. *Por dios* —pensó—. *Eso no puede ser.* La idea de no haber sabido más de ella lo atormentaba. Había pasado tanto tiempo sin saber que a veces la creía muerta. Teresa lo llamaba a cada rato desesperada buscando una respuesta, pero Maceo siempre le decía lo mismo, que no sabía nada. Ambos, para descartar la muerte, le achacaron la culpa al hecho de que Leonardo se había enfadado con Teresa por no darle su número. Seguramente con su actitud de macho guajiro le prohibió comunicarse con la familia. Esa era la hipótesis barajada, hasta que Teresa fue a Santiago de Cuba para saber de Leonardo, pero su familia tampoco sabía de él. Teresa se sintió todavía más desesperada a tal punto que desató una diabetes emotiva.

Aquella mujer cómo se parecía a la hermana. Debía ser el subconsciente que de tantas ganas de querer verla le jugaba malas pasadas. De todas formas, pensó: *Pobre mujer. ¿Qué le habrá pasado para terminar así durmiendo bajo un puente? ¿Qué hará de noche? ¿Cómo se buscará la vida?* Maceo no podía parquear por la posición del lugar, los carros pasaban rápidamente como balas disparadas por una ametralladora, pero intentaba acercarse lo más que podía. Siempre lanzaba 10 euros con dirección a ella, que caían en el carrito. Luego salía rápido, deseando que Dios la bendijera. Todas las semanas hacía la misma operación hasta que al cabo de un año, llegó la Navidad. Maceo, creyendo que darle dinero destruiría aún más su autoestima, decidió prepararle unos ricos pasteles y llevárselos al puente. Parqueó el carro en una posición de peligro porque los demás autos pitaban sin cesar, pero creyendo que solo sería entregarle los dulces, se bajó del carro. La miró a los ojos y por poco se desmaya. Era Luna. Su hermana. La hermosa Luna. Se espantó tanto de su fealdad que comenzó a llorar. Los carros pitaban desesperados para que se quitase del medio.

—¿Quién eres? —dijo ella, sorprendida.

—Soy Maceo, tu hermano.

—¿Hermano? Yo no tengo hermano. Vale, no sé quién eres, pero necesito drogarme, por favor. Dame dinero, te lo pido.

Maceo la abrazó fuertemente y comprendió que aquellos 10 euros semanales que le tiraba la ayudaban a drogarse. Estaba drogando a su propia hermana sin saberlo. Aquella que le había dado sin vacilaciones el dinero para que comenzara el negocio de la pastelería. Por ella su talento se había expandido y había conseguido la fama. Le ofreció llevarla a su casa, pero Luna no quería. Tuvo que engañarla con darle droga para que accediera. La montó en el carro y se la llevó a su apartamento con la esperanza de que al verlo recordase algo. A Luna le fascinaba su decoración. Las veces que fue a visitarlo, elogiaba su arte para decorar. Estar junto a su hermano le ofrecía una paz reconfortante. Pero los esfuerzos fueron en vano. Luna tocaba los adornos con extrañeza como si nunca hubiese visto uno. Maceo la separó de la repisa y la condujo hasta el baño. Él mismo le dio una buena limpieza bajo las amenazas de la hermana de irse de allí si no le daba droga y la hipócrita promesa que le hizo Maceo de conseguírsela si se portaba bien, con tal de lograr amaestrarla. En medio de esos diálogos de batalla entre el

"me voy" y el "no te vas", Luna miró fijamente a Maceo y le propuso: "Podemos tener sexo si me consigues la droga". Maceo la miró con una profunda tristeza. No pudo contener las lágrimas, la abrazó tan fuerte que Luna se quejó del daño y, mientras lo apartaba, le dijo: "¡Qué raro eres!".

Después de asearse y comer, Luna seguía exigiendo su dosis y Maceo no sabía ya qué hacer. Estaba desorientado, era completamente un inexperto en este caso. Lo único que tenía claro era que no debía dársela. Luna, comprendiendo que allí no iba a obtener lo que quería, se acercó a la puerta mientras él buscaba una cobija para taparla. Desde la habitación, él pudo sentir el portazo que dejó su rauda partida. Corrió tras ella, pero ya le llevaba la suficiente distancia como para no alcanzarla. Agotado de perseguirla por las escaleras, se sentó en un contén para respirar un poco. Volvió al apartamento y se dio cuenta de que faltaban dos adornos valiosos. Luna le había robado. Su hermana querida, aquella que lo había ayudado a montar su negocio. Aquella que le había dado la fianza para que obtuviera ese hermoso departamento en el centro de Madrid justo al lado de la pastelería. Su hermana ahora corría desesperada después de robarle para drogarse. Eso era algo que le costaba digerir. Se dejó caer sobre el sofá y lloró tanto que se quedó dormido de dolor y cansancio.

A la mañana siguiente, Maceo ni siquiera se presentó en la pastelería. Desde el teléfono dio órdenes precisas de lo que se debería hacer para el día y partió urgente en busca de su hermana. Estaba en el mismo lugar. Evidentemente había vendido los adornos y se había drogado de nuevo. Otra vez la montó en su carro bajo la misma promesa de darle lo que quería. Y así sucedió una y otra vez: Luna siempre veía la forma de escaparse y engañarlo y se llevaba cualquier objeto. Incluso hubo una ocasión en que él recogió todos los objetos de valor de la casa y los guardó en cajones bien sellados para no tentarla. Pero la hermana siempre veía el modo de huir. Atravesaba la ventana. Rompía el llavín. Siempre buscaba estrategias de escape con éxito en la fuga. La última vez que la llevó a su apartamento, le puso el punto final al asunto, cuando se vio acorralada en la habitación que Maceo cerró con tres llaves para que no se escapara. La desesperación fue tanta que Luna comenzó a gritar con desgarro taladrándole el alma. Abrió la puerta y ella salió como una fiera por encima de él directo a la cocina. Lo amenazó con un cuchillo y se fue corriendo. La paciencia de Maceo comenzaba a tener un límite, estaba valorando el hecho de ayudarla a drogarse para no verla sufrir. Era un infierno verla suplicar por droga, llorar, arrastrarse, humillarse con tal de conseguirla. La desesperación de Luna no tenía fin y él ya no sabía qué hacer.

Sentado y derrotado sobre el sofá, recibió una intuición: contrataría a la mejor clínica de desintoxicación. Después de indagar en profundidad, se presentó en la más eficaz con avales de grandes recuperaciones en pacientes completamente perdidos. La directora le explicó que el paciente tenía que estar completamente de acuerdo con su ingreso, pero que en casos extremos recibían pacientes que ya atentaban contra su vida y la de los demás. Tenía que probarlo. Maceo comenzó a recopilar pruebas de las andanzas de Luna: de cómo recibía a los clientes en el polígono y se exponía en plena calle a servicios obscenos para recibir dinero para drogarse. La siguió, fotografió y grabó los intentos de robo y de asalto que hacía para conseguir sus propósitos. Y le enseñó los videos de cuando instaló una cámara en su casa para tener constancia de las reacciones de la hermana. Llevó todo eso a la clínica y aprobaron su ingreso. Cuando pidió el presupuesto, era inmenso. ¿Cómo iba a pagar tanto dinero?

—¿Qué me garantiza que yo gaste esto y no se cure, doctora?

—Le garantizamos el 100% de su curación.

Maceo miró toda la recopilación de datos que había obtenido de los pasos de la hermana y, sin dejar de mirar, confirmó que al día siguiente estaría allí con ella y con parte del dinero.

Metiéndose en los barrios más intrincados, buscó una dosis de heroína para poder convencerla, pues ya ella no creía en sus promesas y solo lo utilizaba para comer. Se la enseñó desde el carro y pudo lograr que se acercara. Ella se sentó al lado del chofer. Él comprendía que debería dejar que se drogase porque cuando ella descubriese su mentira, sería capaz de tirarse del carro. La única forma que tenía para llevarla a la clínica era drogada. Cuando Luna metió la aguja en su antebrazo ya morado de tantos pinchazos, a él le recorría una corriente por la sangre como si también le drogaran el alma. Respiró profundo y tragó en seco con las manos puestas en el volante. Cerró los cristales, le puso el cinturón y la condujo directamente a la clínica. Cuando llegaron al lugar, Luna preguntaba dónde estaban y él dijo que estaban en un sitio donde había mucha droga, que se dejara llevar para que pudiera disfrutar del lugar. Luna, feliz, permitió la entrada. Una vez adentro, la estaban esperando dos hombres con una silla de ruedas para sentarla. Ella quiso resistirse, pero Maceo le dijo que se dejara llevar. Estaba tan drogada que no relacionaba el lugar con una clínica. Cuando se la llevaron en la silla a lo largo de un largo pasillo, Maceo creyó que se llevaban con ella un trozo de él mismo.

—Qué duro es esto —le dijo a la doctora.

—Créame que sufren más los que están afuera. Ahora mismo ella ya no tiene noción de lo que hace. Su sufrimiento dejó de serlo cuando traspasó el límite de lo soportable. Lo primero es desintoxicarla. De la memoria se encargan el tiempo y los cuidados.

Maceo se fue por orden de la directora. Le dijeron que a partir de ahí era trabajo de ellos curarla. Podía visitarla todos los domingos y los días entre semana llamar o ir para saber cómo evolucionaba. Le dieron el presupuesto de todo el tratamiento descontando lo que ya había dado de antemano. La cifra era tan kilométrica que no sabía cómo iba a conseguir tanto dinero, pero encomendándose a los milagros, se consoló. Puso un cartel en la pastelería de "Se vende". Cuando el ayudante que lo colocó terminó de exhibirlo con el toque final de la puntilla, tembló de arrepentimiento. Su local, su afamado local en venta. Todos le preguntaban por qué lo vendía si estaba a tope de gente, con unas ventas más que evidentes, y él con la cabeza gacha y la desilusión a flor, se limitaba a decir: "Por problemas personales". La gente que leía su tristeza no se atrevía a seguir indagando y provocaban especulaciones, hacían comentarios que iban desde una traición amorosa hasta un desfalco con Hacienda. Y mientras los chismes iban y venían, él preparaba los trámites de la venta con un cliente que aprovechó la ganga. Maceo se desprendió de la pastelería con una mezcla de arrepentimiento y satisfacción. Todo el trabajo arduo que había pasado para levantarla se le fue en el mismo instante que estiró su mano para firmarle a la directora del hospital el cheque. El comprador, aprovechando sus dones de pastelero, le propuso un sueldo por ejercer el oficio en su nuevo negocio, pero Maceo no aceptó porque el compromiso con su hermana lo tenía absorto. Vendió también el apartamento para estar más desahogado con su presupuesto. Se alquiló en una renta más aceptable. Contrató a un detective para que investigase todos los pasos que condujeron a Luna hasta ese efecto. Se dedicó a reunir todas las pruebas posibles e hizo un expediente del caso porque su intuición le decía que la maldad había reinado sobre el destino de su hermana. Como ella no tenía ni memoria ni razón para contarle, lo averiguaría, aunque se le fuese la vida en ello.

Decidió después de tantos años ir a Cuba. Debía explicarle a Teresa frente a frente la situación antes que la depresión de no saber de Luna la matara en vida. De paso buscaría a su madre para que viniese a España con él. Necesitaba sus cuidados y ternura para enfrentar este golpe. Tenía que cumplir la difícil misión de informarle a Teresa sobre el estado de Luna. La había engañado por teléfono diciendo que Luna estaba ingresada, pero por enfermedad. Teresa insistía en saber qué enfermedad era que no podía hablar con ella.

Estaba tan desesperada que multiplicaba las llamadas a Maceo para saber algo. A pesar de que este le decía que conservara la calma, ella se desesperaba aún más. La incertidumbre de no saber la mantenía en pie con la esperanza de que apareciese. Sin límites en su desesperación, le gritó a Maceo exigiéndole a través del teléfono que le dijera dónde estaba su sobrina porque se iba a morir de tanta espera. Maceo, comprendiendo que no podía seguir mintiendo, le dijo que estaba ingresada sin memoria en un hospital psiquiátrico. Él también estaba destrozado. Por eso había decidido ir a Cuba a buscar a Magdalena para que lo apoyase en esos momentos tan duros. Le comunicó que saldría a la mañana siguiente para la isla y que haría una primera parada en La Habana para explicárselo todo. Teresa esperó despierta en el portal las nueve horas de vuelo más el tiempo requerido de facturación y recogida de equipaje, hasta que Maceo se apareció en su casa. Se le lanzó encima, mandó a Juan a llevarse a los muchachos y escuchó.

"No voy a engañarte más, Tere. Te contaré la verdad", dijo Maceo. Sacó de un maletín todas las fotos y los videos de Luna y se los enseñó a Teresa.

—¡Ave María Purísima! Esta no es mi niña —dijo Teresa horrorizada y se llevó las manos a la boca.

—Lo es, sí. Y hay que ayudarla —contestó Maceo.

—La culpa la tiene el hijo de puta de Leonardo. Lo sabía, por eso no quise darle el teléfono. Pero insistió, coño, hasta que lo consiguió. Pobrecita mi niña.

—No, Tere, la culpa no es de nadie. Ella decidió irse con él. Nadie la obligó.

—¿Y dónde está ese sinvergüenza? ¿Cómo fue a parar Luna en esto? Por dios.

—Eso es lo que no sé. Lo estoy averiguando. Todo está en investigación. He contratado a un detective. Por él supe que Leonardo está preso en Santo Domingo por lavado de dinero. Pero cómo Luna llegó a ese punto no sé. De hecho, voy a llevar el caso hasta sus últimas consecuencias. Los culpables pagarán su castigo.

—Ay, mil gracias. Yo quiero ayudar. Quiero cuidar a Luna. Llévame con ella, por favor —suplicó.

—No puedo, Tere. No tengo dinero para tanto. Lo he vendido todo para ayudarla. Vine a buscar a mami para que me echara un cabo, porque ella tiene nacionalidad española, es solo el pasaje. Sacarte a ti lleva un proceso largo de carta de invitación, investigación económica. Lo siento, Tere, no puedo.

—¿Cómo puedo ayudar a mi niña? —dijo Teresa llorando a cántaros—. Desde aquí no puedo hacer nada.

—Ni desde allá tampoco, Tere. Ella no conoce a nadie. No tiene memoria. Sería por gusto. No te preocupes, se recuperará. Tú tienes que ser fuerte porque cuando se recupere pienso traerla aquí, contigo, para que la cuides.

—¿Verdad? Ave María Purísima. Eso sería un milagro.

—La clínica me ha asegurado su recuperación. Tan pronto salga, te la traigo.

—¿Me lo prometes?

—Prometido.

Teresa y Maceo se abrazaron como solo lo saben hacer las personas que unifican sus dificultades. Ella no dejaba de darle las gracias entre tantas lágrimas. Maceo tomó café y se despidió con un beso. Cuando iba a salir del umbral para emprender su partida, Teresa le exclamó desde el portal: "Oye, Maceo, tú tienes tremendos cojones. Eres más hombre que el más macho". Maceo la miró sonriente, respiró satisfecho y, encontrando por fin una pizca de alivio para tanto dolor, dijo antes de marcharse: "Gracias, Tere".

A partir de ahí Teresa no tuvo más consuelo. Recordó la tristeza tan profunda que había sentido por la China cuando se la llevaban a prisión acusada de prostituta. Esta vez se multiplicaba su dolor en tantas partes como le era posible romperse un corazón. Dejó de comer, no dormía y entregó su tiempo a toda vía posible de solución. Con los santeros, hizo brujería. Con los católicos, derrochó oraciones. Con los difuntos, proclamó misas. Y con ella misma mantuvo esperanzas, esperando que Luna pisara su casa para poder cuidarla.

Con destino al pueblo natal de su madre, Maceo se dirigió al aeropuerto. Para que la tirada fuese más corta iría en avión hasta Santiago de Cuba y de ahí partiría en tren hasta el pueblo. Desde que se fue a los 16 años nunca más había pisado la ciudad. Lo prefería así para evitar dolorosos recuerdos. La imagen de su padre la tuvo durante mucho tiempo, pero había aprendido a olvidarla. Cada vez que hacía un intento de llamarlo para reconciliarse con él, Ignacio le colgaba firmemente el teléfono después de decirle: "Yo no hablo con maricones". Cuando Luna le contó de su visita a Santiago y del manuscrito que había descubierto, Maceo hizo otro intento de acercamiento, pero su padre ni siquiera lo dejó hablar: otra vez colgó el teléfono y le volvió a decir: "Ya te dije que yo no hablo con maricones". Definitivamente había decidido dejar ese capítulo en el fondo de sus recuerdos. Pero ahora estaba ahí, en plena cuidad. No había excusa para no llegar. Cogería un taxi para la estación de tren, pero antes pasaría a verlo. Si era preciso, no entraría, solo rondaría la cuadra. Les preguntaría a los vecinos, a aquellos mismos vecinos que lo abofetearon con ofensas por su condición de homosexual después de haber abandonado la militancia. En el vecindario lo saludaron cordialmente, como si fuese una persona diferente. Cuba había cambiado y mucho: los homosexuales ya no se veían como un bicho raro dentro de la sociedad, había más tolerancia entre ellos y la gente del pueblo, siempre con residuos del pasado, pero no al extremo de la gravedad. Pero algunas personas todavía conservaban ese rencor de antaño, ese odio injustificable que les acrecentó el tabú. Y entre ellos, su padre, quien no había tolerado ni su desprecio por el gobierno ni su condición de homosexual.

Los vecinos le dijeron que no entrara porque Ignacio no estaba en su casa. Apenas paraba allí. Se la pasaba todo el tiempo en la calle. El alcohol de tan baja calidad le había afectado y ahora era un mendigo que peregrinaba por la ciudad gritando improperios contra el gobierno. La casa siempre estaba vacía; solo iba a dormir por la noche. No había muebles, ni siquiera cama; todo lo había vendido para beber. Lo único que quedaba intacto era el balancín que se exhibía triste en medio del inmenso salón y el buró de roble que se ahogaba bajo papeles abandonados en medio de la biblioteca, repleta de polvo. La cocina estaba completamente vacía y solo quedaban las paredes desnudas. El azul lo había vuelto a arrancar el salitre y las tejas volvían a caer como frutas maduras. La casona lloraba su tristeza, maltratada por el tiempo y olvidada por el hombre.

Maceo salió a buscar al padre con las instrucciones de los vecinos, quienes ya sabían su ronda. Cerca de los alrededores, se detuvo ante un hombre extremadamente delgado que llevaba una barba larga hasta la quijada. Estaba vestido de miliciano con un uniforme que, de tanto churre, escondía el verde olivo detrás de un marrón oscuro. Gritaba frases como "Abajo la Revolución". Daba discursos incoherentes en los que se disfrazaba algo de verdad. Protagonizaba el personaje de un presidente en medio de su locura. Era su padre. Ignacio había perdido completamente el juicio y transitaba por las calles de Santiago evocando a los ciudadanos desde la incoherencia su aparente verdad. Maceo creyó que el destino se había ensañado con él. Aprovechando que llevaba encima la cámara con la que recopilaba información para el caso de Luna, se dejó llevar por el hábito que ya tenía de grabarlo todo, y tomó fotos y videos de la condición de Ignacio. Cuando terminó, se quiso morir. Primero su hermana y ahora su padre. Sus emociones no daban para tanto. Qué hacer, no lo sabía. Por lo menos a la hermana pudo drogarla y llevarla al internado. Pero a su padre, ¿cómo podía ayudarlo? No hay dinero que cure la locura. Con dinero podía lograr que desintoxicaran a Luna, y con terapias que recuperara la memoria. ¿Pero la locura? No había oído ningún caso de alguien que se recuperara de ella. Era un viaje sin retorno. Intentó acercársele. Poco a poco. Lentamente. Cuando estuvo lo suficientemente cerca, le dijo: "Hola". Ignacio se viró hacia él y le dijo:

—Compañero, ha venido usted a alistarse a las tropas.

Maceo contuvo las lágrimas y le siguió la corriente.

—Sí, señor —le dijo.

—No, no, no. Usted debe de decir: "Sí, mi comandante" —contestó el padre—. Repita eso.

—Sí, mi comandante —dijo Maceo con un tono entre sufrimiento y risa, mientras escuchaba al padre darle un discurso sobre tácticas de guerrilla camuflándose en la selva. Después de hablar sin parar, Maceo le preguntó si tenía hambre. Y el padre le respondió: "Un verdadero revolucionario no tiene hambre jamás. Sus ideas lo alimentan".

Maceo cruzó a la cafetería de enfrente y le compró un plato de comida. Ignacio se lanzó hacia el alimento, desesperado. Sentados los dos en el banco de aquel parque, comieron juntos compartiendo temas de guerra. Maceo aprovechó la ocasión para intimar:

—¿Tuvo usted hijos, mi comandante?

—No, la guerra no me ha dado espacio.

—¿Y nunca se casó?

—Tampoco. Pero no me arrepiento. La Revolución es toda mi familia.

Maceo, sin dejar de seguirle la corriente, le dijo que ya era tarde y debían descansar. Ignacio le dijo que no tenía casa, que tenía una guarida en la que se escondía y había que esperar a la noche para que el enemigo no viera su llegada. Esperaron un rato con otras conversaciones militares y, en cuanto la oscuridad tiñó la tarde, se fueron a la casona. Entraron despacio mientras algunos vecinos veían la escena y Maceo, con un gesto de silencio, les indicó que se callasen. Su padre se tiró en el suelo de la sala sobre las losas que estaban en un rincón y se tapó con trapos sucios. Preparado para dormir, le dijo al hijo: "Silencio, hay que descansar para recuperar fuerzas para mañana. La lucha será fuerte. Duerme, compañero".

Maceo esperó a que se durmiera y comenzó a buscar evidencias del manuscrito del que le había contado Luna. Entró a la biblioteca. Algunos libros regados por el suelo, el abandono y la peste hicieron que los ratones se apoderaran del lugar. De repente, debajo de un montón de libros carcomidos por los roedores, sobresalía la punta de una hoja de papel. Separó la pila de libros y descubrió para su sorpresa todos los folios amontonados. Los colocó sin tiempo de leerlos en la gaveta del buró. Pensó en llevárselos y repasarlos lentamente, pero presintiendo que no era el momento y sabiendo que andaba en cosas más apremiantes, postergó su lectura. Los guardó bien en el cajón y abandonó la biblioteca. Salió a la calle y le preguntó a la vecina si quería limpiar la casa como lo hizo la otra vez con Luna, pero esta vez ella dijo que no, porque cuando intentó volver a limpiarle, Ignacio la sacó a empujones. Ya él estaba una etapa en la que no razonaba. Era mejor dejar las cosas así. Maceo entendió que ni él mismo lograría limpiar toda esa inmundicia sin consentimiento. Regresó adentro, le dio un beso en la frente al padre y se fue a resolver el proceso de su hermana. Convencido de que no podía dividirse en dos, prorrogó el asunto del padre y se fue a la estación de trenes, en busca de Magdalena.

Su madre lo recibió con los brazos abiertos. Sin tiempo que perder, alistó sus maletas y se fue con su hijo rumbo a España. Maceo necesitaba que Magdalena se ocupase de Luna cuando él viajara a Santo Domingo para esclarecer más su investigación.

La primera vez que Magdalena pisó la clínica para ir a ver a Luna, sus ojos se llenaron de lágrimas. La tristeza era tan profunda que necesitó más aire para no ahogarse. A través de un cristal, veía el resto de lo que quedaba de ella. Luna la observaba, extrañada de quién era esa mujer que la miraba fijamente con lágrimas en los ojos. Con todo el empeño que la vida le regaló, Magdalena puso lo mejor de ella en el cuidado de Luna. La ayudaba a soportar el martirio de la desintoxicación, y le multiplicó el ánimo. Y mermándole la tristeza, le hablaba con ternura para que dentro de su amnesia y dolor se familiarizara con el afecto. Y así, como una vez rebosó sus atenciones sobre la casona, Ignacio, Maceo, el CDR, su padre y Cachita, le dedicaba sus días a la rehabilitación de Luna, por amor y por práctica.

Maceo acudió de inmediato a la última cita con el detective privado. Supo todos los detalles finales de la investigación. Las piezas del puzle ya estaban armadas. El caso estaba cerrado. De hecho, ya lo dominaban las autoridades. La mafia quedó descubierta y la red desmantelada. El Pardilla y sus secuaces fueron deportados a República Dominicana, a la misma cárcel donde Leonardo cumplía su sanción. El encuentro fue drástico y el resultado, fatal.

Todo empezó cuando el Pardilla dio la orden expresa a sus secuaces de que se aseguraran de que Leonado estuviese controlado. Tenían la misión de que no abriese la boca con respecto a ellos. Había que eliminarlo como fuese. Vivo, más que ganancias, le daba riesgos. Había que eliminarlo a toda costa y Leonardo lo sabía. Por eso se preparaba para actuar ante cualquier ataque. Si de algo le había servido ser policía, era haber conseguido un sentido de la observación perfecto. Al acecho, calculaba la agresión de cualquier enemigo que pudiera atacarlo por la espalda. En su celda se entrenaba cada día, y fuera de ella iba sumando aliados tras cada pelea que ganaba. Sabía que tarde o temprano iba enfrentar al Pardilla. Sabía que algún día lo tendría enfrente, no sabía si adentro o afuera, pero lo tendría. Mientras tanto, se conformaba con volcar su rabia en cada hombre que lo atacaba en nombre del Pardilla. Así fue ganando seguidores hasta que, sin darse cuenta, ya tenía su propia pandilla y se había convertido en el jefe del clan. Tanto así que hasta le pedían permiso para hacer cualquier cosa y dominaba el trapicheo dentro de la cárcel. De alguna manera había alcanzado el poder que siempre persiguió, pero nunca hubiera imaginado que sería en la cárcel. Así transcurrían sus días: sobreviviendo. La única visita que recibía era la de su amigo el pastor. Nunca dejaba de ir a verlo ni de tratar de convencerlo de que se entregara al señor. Pero Leonardo le decía que ya era demasiado tarde porque sus planes con el Pardilla eran tan horrendos que ni el mismísimo Señor lo acogería en su reino. Si no hubiese sido por la atención del pastor, no hubiera superado esos primeros días en la cárcel, cuando creía que iba volverse loco de desesperación. La idea de dónde pudiera estar Luna lo atormentaba totalmente y la falta de libertad lo estremecía. Prefería mil veces naufragar en el mar que estar en ese lugar de infierno. Esperaba emocionado cada visita que el pastor le hacía, pensando que le tenía noticias de Luna, pero el hombre le decía que no sabía absolutamente nada y le preguntaba si quería que llamase a su familia, pero él no quería para que sus padres no sufrieran la triste decepción de un hijo preso y la impotencia de no poder verlo. Fue ahí que se le ocurrió que el pastor llamase a Teresa, a Maceo y hasta a Yadira, para saber de ella. Pero cuando le trajo la respuesta, nadie sabía nada. Se había esfumado. Entonces comenzó a sospechar que el Pardilla tenía que ver algo con eso. Aquella incertidumbre acrecentó su odio. Y empezó la guerra entre los dos bandos. La ofensiva entre uno y otro se hizo tan personal que, como respuesta de su contrincante, recibió un paquete. Se lo lanzaron a la ducha mientras se aseaba en el baño con extrema precaución. Envuelto en nailon para que no se mojase, cayó sobre la loza de la bañera. Apagó la ducha y agarró el paquete. Sin enjuagarse, se enrolló en la toalla y lo abrió.

Eran fotos. Comenzó a ojearlas. Del susto se le cayeron de la mano. Las recogió nervioso, impaciente y se fue a su celda para verlas con más seguridad. Se sentó sobre su cama y ojeó una por una. Era Luna. La secuencia de las fotos demostraba la evolución de su decadencia. Desde el momento en que parada en el aeropuerto lo esperaba tan bella, hasta que se transformó en ese residuo humano de aspecto horrible. No podía creerlo. Su dolor era tan grande que dio un grito desgarrador, como cuando un lobo le aúlla a la luna. Su furia le transformó la cara. Su compañero de celda tembló pensando que alguna metamorfosis sobrenatural lo estaba transmutando a monstruo. Del tiro, se echó quieto en un rincón para evitar ser víctima de semejante ira. Pero de repente, Leonardo restregó las fotos por su cara, luego se las apretó al corazón y lloró con la fuerza de un coloso. Lloró como ningún hombre había llorado jamás. Así lo confirmó el testigo cuando le preguntaron. A partir de ese momento, el odio de Leonardo por el Pardilla fue tan inmenso que no pensaba en otra cosa que matarlo. Todas las noches se imaginaba la forma en que lo haría. Recurría a todo límite de la imaginación para pensar métodos jamás inventados, en la forma más atroz de matar a un ser humano. El pastor se horrorizó cuando confesó su proyecto. Lo reprendió en nombre del Señor por desearle la muerte a un semejante, y más aún de esas maneras que pregonaba y de las que él no quería saber. Amenazó con no ir más a verlo si seguía platicando esas barbaridades mundanas. Y Leonardo, por no agotar el único rayo de luz que le quedaba, calló sus impulsos ante el pastor. Para no perder la rabia, la escribía. Llenó hojas enteras de todas las cosas que haría cuando tuviese delante al Pardilla. La desesperación por lograr sus objetivos era tal que una noche le gritó a Dios que no creía en él, y que para que le demostrara su existencia quería le pusiera al Pardilla delante para matarlo con sus propias manos. *Yo nunca te he pedido nada. Ni siquiera te he molestado con recitos estúpidos. Pero ahora escúchame. Tráeme a ese hijo de puta, y lo demás déjamelo a mí.*

Y así ocurrió. El día que Leonardo supo que el Pardilla había llegado a prisión y específicamente a su galera, le dio las gracias a Dios por primera vez en su vida. Esa madrugada redactó una carta. Le dijo a su compañero de celda que la guardara por si moría, que era lo más probable, porque descargaría tanto su odio sobre él que posiblemente muriera de rabia.

Había llegado el momento del encuentro, ambas pandillas habían pactado la cita. Sería en el salón adonde los llevaban a leer. Ahí se encontrarían. Todos ya estaban preparados para echarse a un lado. El grupo del Pardilla llegó primero, seguro de su propósito.

Altanero y fresco, el Pardilla esperaba a su enemigo con evidente seguridad de triunfo. De repente, todo el mundo se calló: Leonardo entraba con el rostro disfrazado del mismísimo diablo. Fuera, los otros vigilaban a los guardias. El Pardilla ni siquiera se levantó. Desde su silla dijo:

—Vamos a ver, cubanito, que se te han subido los humos. Y aquí el que manda soy yo.

—Levántate y enfréntame como un hombre. ¡Maricón! —exclamo Leonardo.

Los dos bandos se echaron a un lado. Se plantaron uno frente al otro. Un miembro de cada pandilla revisó a cada uno y después se dio la orden de ataque como si de una competencia se tratara. El primer golpe lo dio el Pardilla. Leonardo le concedió ese honor para alimentar su furia. Se enredaron en golpes salvajes, propinándose una paliza espectacular de ambos lados. Todo el mundo animaba y Leonardo sabía que no le quedaba mucho tiempo antes de que llegaran los guardias. Así que, acelerando su cólera contra su contrincante, agarró una silla con fuerza descomunal y le zafó una pata. Nadie se metía ante la fuerza de aquel Goliat. Empuñó el palo de la pata y clavó todas sus astillas en la cabeza del Pardilla. Sacó de la cabeza el cabo ensangrentado, lo viró de espaldas y clavó el tronco en el colon de su rival. Lo hizo una y otra vez y al mismo tiempo decía: "Esta va por Luna. Por todas las mujeres que tenías. Y por el amor que me arrebataste. No querías que te pagaran la deuda. Ahora soy yo el que te cobra, hijo de puta". Y lo viró adelante, para meterle todo su puño en el corazón. Estaba como poseído, nadie podía pararlo. Ni siquiera los guardias que ya estaban allí, en el intento de detenerlo. Las venas del cuello parecían reventarse. Sin opción y para evitar un motín, un guardia disparó su pistola y la bala fue directa al corazón de Leonardo. Quedando en pausa ante la muerte y poniendo su mano en el pecho para detener la sangre, gritó "¡Luna!", y cayó al suelo. Murió en el acto.

El pastor reunió todo el dinero que pudo para reclamar su cadáver, pero de tan pobre no pudo hacer nada por enviarlo a Cuba. Le entregaron todas sus pertenencias y le dijeron que lo llevarían a una fosa común. Maceo se hizo cargo de su repatriación y les entregó a sus padres las cenizas. El pastor le dio a Maceo todas sus cosas: fotos, escritos y una carta en especial para Luna. Antes de que se fuera, intentó convencerlo de que se entregara al Señor, pero Maceo le dijo que él creía en la Virgen del Cobre y que era su favorita en el mundo celestial. Se despidieron, prorrogando su amistad. A su regreso a España, la clínica le comunicó que el alta de Luna ya estaba en proceso. Después del tiempo indicado de espera, Maceo y Luna abandonaron el hospital y volaron a directo a La Habana.

Capítulo 17

Un cambio de sensación es un cambio de destino.

Neville Goddard

La tarde en la que Pietro esperaba la hora del almuerzo con un breve aperitivo acompañado de un vermut rojo, se detuvo frente a la televisión por una noticia que le paralizó su andar. Daban la premisa televisiva del caso de Luna. El informe decía: "Desmantelan una red de prostitución que traficaba mujeres latinoamericanas, obligadas a prostituirse bajo el efecto de la droga. Las jóvenes estaban enclaustradas en el local y eran sometidas a brutales maltratos. El caso más sorprendente fue el de la joven Luna Gonzáles, quien después de sufrir horrendas aberraciones se volvió adicta a la heroína. Fue su hermano quien descubrió la red a través de un detective y ayudó a la policía a capturar a los culpables. La chica, después de desintoxicarse, se enfrenta a la pérdida total de la memoria. Triste caso, ¿verdad? Pero por lo menos queda la tranquilidad de que los culpables ya recibieron su castigo".

Pietro tuvo que sentarse para no caerse de golpe sobre el suelo. Había recordado tanto su rostro desde el momento de su despedida y ni siquiera imaginaba lo que estaba sucediendo. Pensó que ni en los libros más oscuros de aventuras podía encontrarse una historia así. Luna, la joven bella e indómita de quien se había enamorado, fue obligada a prostituirse, era drogadicta y no tenía memoria. Demasiado dolor. ¿Por qué le había pasado eso a ella? Tan buena, tan alegre, tan dulce, tan bella. Qué dolor. Qué pena. Qué lástima tan profunda al imaginársela todos estos años ultrajando su esplendor. ¿Qué podía hacer para ayudarla? Aún era su esposa ante la ley. Todavía la amaba. Se sintió culpable. Quizás si no la hubiese dejado ir, las cosas no hubiesen llegado a ese punto. Pero le abrió las puertas de la libertad con demasiada premura. Apenas intentó convencerla. Creyendo en el poder de albedrío, especuló su regreso. ¿Qué podía hacer un caballero ante una dama que niega amarlo? No tuvo más opción que apartarse y dejar que se alejara. La cuidaba tanto. La mimaba. Se desvivía dándole gustos para complacerla. Era su sirena. Su Luna. Su amor. Qué dolor. Qué rabia. Qué tristeza. Iría a buscarla. Tenía que verla. Ayudarla. Y quizás con un poco de suerte, recuperarla.

Pietro hizo inmediatamente las maletas y se fue a Cuba, así como lo hizo la primera vez que le dio por recopilar aventuras en el continente americano. Tocó la puerta de Teresa con la firme convicción de recuperar el amor. Teresa, sorprendida ante él, casi se desmaya en el umbral y gritó: "Ave María Purísima, es el italiano. Bendito sea Dios".

Pietro, a pesar de la tristeza, sonrió y la abrazó amablemente. Cuando estuvo frente a Luna, se espantó al ver el cambio abismal que el maltrato y las drogas habían hecho sobre su sirena. Tuvo que disimular y encerrarse en el baño para llorar a sus anchas. Le rasgaba el alma ver aquella escena de Luna preguntando quién era él. Su mirada había perdido totalmente el brillo y el rostro desencajado, dentro de su extremada delgadez, le daba aún un aspecto de drogadicta. No lo podía aguantar. Pensó en la opción de marcharse y nunca más volver. Salió con la excusa de un recado y empujó el acelerador con prisa. Su mirada se fundía con el asfalto de la autopista que conducía al aeropuerto. Qué espanto, qué desilusión. Qué afortunado fue cuando había venido al Caribe buscando aventura y descubrió una preciosa mujer con aspecto de sirena. Qué injusta era la vida. Ahora su rostro estaba agotado, mustio como niebla que tapa el paisaje. Aquella chica tan bella que compartía con él su frescura; el salto de adolescente a joven lo dio a su lado. Le enseñó cosas que le resultaron interesantes, como cuando aprendió italiano, a refinar sus modales, desvelarse al amanecer para saludar al sol, demorarse al dormir para despedir la luna, tocar el piano, leer, saborear comidas exquisitas, beber un buen vino o caminar descalzos sobre la hierba para contactar con la tierra. Habían vivido tantas cosas lindas que en su momento ella no valoró y que ahora no recordaba. Pero le hacía tan feliz su sonrisa; lo bien que le hacía su mirada y lo placentero que era amarla. Si tan solo pudiese despejar esa niebla que envolvía su rostro, para que volviese a brillar. Era un reto. Luna ni siquiera tenía memoria. No sabía que podía encontrarse al final del proceso. ¿Valía la pena arriesgarse? No estaba seguro del resultado final, pero decidió que era la aventura más inquieta que podía tener. Lo confirmó. Ayudaría a su recuperación. Y aunque no recuperase la belleza o la dignidad, lo haría en honor a aquellos cuatro años que compartieron juntos. Entonces, dio una vuelta completamente prohibida en dirección contraria para incorporarse a la senda de vuelta. Los carros aledaños le pitaban reclamando la infracción. Agradeciendo que ningún policía de tránsito lo viera, continuó su camino a casa de Teresa. No podía abandonar a Luna. La había conocido prostituyéndose para encontrar su libertad y ahora regresaba a su vida completamente devastada por la búsqueda. Aun así, continuaba casado con ella. Había jurado amarla y respetarla. Era un compromiso con ella y era un compromiso con Dios. Volvería a ayudarla. La sacaría de ese abismo para que volviese a ser la misma.

En confabulación con Teresa, Pietro se unió a la tarea de devolverle la alegría y la belleza a Luna. Le traía ramos de rosas blancas. La llevaba a cenar, le pagaba los mejores fisioterapeutas, las mejores dietas, los mejores reconstituyentes y los más modernos avances de recuperación física. Cuando no fue suficiente, la ensartó en un *tour* mundial que abarcaba los seis continentes y lo más interesante de sus respectivos países. Por África, visitaron los mercados de Marrakech, las cataratas Victoria en Zimbabwe, y también fueron a Tanzania y a Kenia. Por Europa, recorrieron el mercadillo de Camden en Londres, los baños turcos de Estambul, los palacios de San Petersburgo, los canales de Venecia y hasta fueron a un crucero por el río Sena en París. En América, vieron la selva amazónica, las Islas Galápagos, las playas de Cancún, los bosques verdes de Costa Rica; el glaciar Perito Moreno de Argentina; Ouro Petro en Brasil; el Gran Cañón del Colorado y Nueva York, y hasta las cataratas del Niágara en Norteamérica. Subieron hacia el Polo Norte para insertarse en Alaska y luego bajaron a Oceanía: la playa de Bora Bora, Luna Park y todas las maravillas de Australia. Para completar la gira, terminaron en los glaciares de la Antártida en busca del pingüino emperador. Cuando ya estaban exhaustos de andar, regresaron a Cuba y Luna recuperó su esplendor corporal; incluso estaba más encantadora, al punto que su marido la amó todavía más.

A Luna le gustaba estar cerca de él, le inspiraba seguridad y volvió de a poco a recuperar la risa. Estaban tan compenetrados que Pietro temió que recuperase la memoria y se acordara de que no lo amaba. Pero como su compasión era más grande que su instinto, cedió ante el hecho cuando decidió que se arriesgaría. Por lo tanto, sin miedo a los resultados, se trazó la meta de que recuperara la memoria. De viaje en viaje, la llevó a los mejores psicólogos del mundo, pero Luna no entraba en razón. Todos los informes coincidían en que fue su organismo el que apagó la señal del recuerdo como medio de defensa y era su mismo organismo quien tenía que volverla activar, como un proceso natural que podía ocurrir en cualquier momento. Entonces sin apuro ni control, suspendieron el tratamiento y le entregaron los resultados al tiempo. Mientras tanto, Pietro continuaba con el intento de insertar a Luna en la senda del amor. Poco a poco, ella fue adentrándose más y más en los terrenos del afecto hacia él. Preocupada por cómo no pudo amar a un hombre tan especial en el pasado, se lo preguntó. Y él le dijo:

—Tenías demasiada sombra para ver mi luz.

—Y si amé tanto a ese tal Leonardo como dicen, ¿por qué no siento nada por él?

—Porque ya no está en tus recuerdos. Son los recuerdos los que enmarcan la vida.

—Entonces vivir es recordar.

—Algo así.

—¿Qué pasará con nosotros si vuelvo a recordar?

—No lo sé. Pero es un riesgo que tenemos que correr.

Pietro, acostumbrado a las aventuras, consiguió serenidad y se entregó a la espera sin perder ni un instante de vivir el presente junto a Luna; no fuera ser que lo traicionase el futuro. Y en medio de ese toma y dame de amor incondicional, apareció Maceo comunicando que su padre se estaba muriendo de cirrosis hepática. Rectificando que no quería interponerse entre el precioso idilio, le pidió a Luna que lo acompañase a Santiago de Cuba para despedirlo. Sería muy triste que muriese solo. Y aunque ella no recordaba nada sobre ese padre que ahora agonizaba, aceptó de inmediato. Pietro, aprovechando para ver sus asuntos en Italia, despidió a los dos hermanos hacia la provincia oriental y prometió volver en poco tiempo.

Mientras Ignacio esperaba la muerte en la casona azul, los cambios en la isla se multiplicaban, avanzaban lentos sobre una transición que pasaba desapercibida en el embullo de la gente por poder hacer lo que antes no podía. Se fueron dando varios permisos, suspendiendo el castigo de antaño, como padre que va levantando la sentencia mientras considera que los hijos la van mereciendo. Obediente, el pueblo acató las nuevas leyes de cambio. Y como un símbolo de condescendencia estatal, se lanzaron eufóricos a manifestarlas. Ya podían tener a sus nombres teléfonos celulares, sin Internet, pero con el servicio básico de llamadas, para no embullarse con la información que Google ofrece al curioso o la experiencia en vivo que brinda YouTube. Ya nadie censuraba cantantes ni canciones. Los nuevos cantantes de la nueva trova, en vez de apoyar, protestaban. Los *reguetoneros* prefirieron acoger un lenguaje más vulgar que detonara el sexo en sus estribillos; y los raperos cantaban quejas ateniéndose a las consecuencias. Grandes terrenos de tierra estatal se entregaron a los campesinos dispuestos a trabajarlos; aunque algunos las entregaban por falta de herramientas. Todos tendrían acceso a los hoteles y compartirían la comodidad con el turismo, aprobados los alquileres y consentida la venta de casas para que los matrimonios recuperen intimidad, que estaban en peligro de extinción ante masivos divorcios. Fueron cedidos al pueblo los administrativos estatales como barberías, zapaterías, peluquerías, puestos de vianda y locales de reparación de electrodomésticos, para que las ganancias de esas acciones básicas las ganase el pueblo, pagando sus respectivos impuestos. Los artesanos a sacar licencia y a demostrar sus habilidades en kioscos callejeros; y los más atléticos, a aliviar el transporte conduciendo bicitaxis, en un ir y venir paladeando por todo el centro de la ciudad. Los médicos, a Venezuela para intercambiar intelecto por petróleo, y en compensación, a acumular estímulos por el tiempo prestado canjeado por casa o vehículo (una sola de las dos opciones, para no acaparar propiedades). El amor libre pasó a libertinaje en todo su esplendor: mujeres con mujeres, hombres con hombres, mujeres con un hombre, hombres para una mujer, en un orden de factores que no afectaba al producto. El pan nuestro de cada día, racionado a uno por persona a un precio bastante prudente. Y el que quiera más, a pagarlo más caro, expuesto por la libre en variedades improvisadas que abarcan hasta una flauta de color amarillo. Menos tensa la Ley del Vago ante tanto desempleo, buscando alivio en los contratos particulares del cuentapropista. Los mariscos, aún ilegales, a venderlos escondidos merodeando tiendas y barriadas. Los carros de antaño, a volverse transporte público, que resultaron caros e imprescindibles, con una ingeniosa decoración que multiplicaba asientos para más clientes. La religión, a reproducirse en toda su diversidad, siendo la santería la más poderosa e imprescindible como símbolo de integridad popular. Ecuador abrió sus puertas, libre de visado. Muchos vendieron sus viviendas y propiedades para acelerar las ganas de conocer el mundo. Los que regresaban traficaban artículos para compensar el viaje y repetían la acción. Y los que nunca volvían traspasaban las nueve fronteras siguientes que desembarcan en Norteamérica. Los disidentes recuperaron protagonismo viajando a la isla para restregar prosperidad y confirmar la evolución del mundo ante el atraso del país. Y en medio de toda aquella metamorfosis, Ignacio Gonzáles, desde su locura, no pudo apreciar cómo el rumbo de las cosas iba cambiando. Tanto era el alcohol que consumió que su hígado, cansado de resistir, lo abandonó al lumbral de la muerte. Esperando despedirse de sus hijos —sin saber que lo eran—, se aferraba a la vida desafiando un milagro.

Capítulo 18

Cambiar el mundo, amigo Sancho,
no es locura, ni utopía. Sino justicia.
Don Quijote de la Mancha

El avión aterrizó en Santiago de Cuba y se inyectó en el aeropuerto con un sereno declive. Aunque Luna acudía allí para recordar su pasado, no reconoció la ciudad. Ni siquiera en el asombro de verla tan bella desde la altura, cuando merodeaba sobre el hermoso mar que curva su tierra. Maceo tenía la esperanza de que, camino a la casona, reaccionase. Pero no pasaba nada. Ni siquiera en el recorrido alameda abajo, donde encima de un coche de caballo se observaba la vida cotidiana de los santiagueros. Sus esperanzas se desvanecieron cuando entraron a la casona y Luna preguntó quién vivía allí. Maceo reservó las explicaciones para una posible sorpresa. Ella exploró toda la casa merodeando los rincones en busca de pistas. Tocaba las paredes. Respiraba el ambiente mientras su hermano la observaba evocando un milagro. Pero nada sucedía. Sin preámbulos, la condujo a la habitación, donde su padre yacía moribundo. Desde su demencia, esparcía palabras al aire, que tan débiles apenas se oían. Luna se acercó bastante a él para observarlo. Miró a Maceo y le preguntó:

—¿Quién es?

—Papá —contestó el hermano.

Luna sintió un leve mareo que la trasladó al pasado, en un intento fallido por recordar. Tuvo que aguantarse para no caerse. Ignacio, interrumpiendo su labia, le preguntó a Maceo:

—¿Y esta quién es? ¿Una compañera de lucha? No la había visto en la Sierra.

Maceo la pellizcó para que le siguiera la corriente. Luna le sonrió mientras dos lágrimas se le escapaban sin que pudiera evitarlas. Su padre la miró extrañado y le dijo:

—¿Por qué usted llora, compañera? No hay motivos para llorar. Al contrario, hemos alcanzado la victoria. Sonría por favor, sonría.

Luna se apartó asustada. Salió rápido de la habitación y Maceo fue tras ella. No entendía nada. Aquel hombre desconocido, que supuestamente era su padre, estaba muriéndose en medio de la locura. Y ni ella lo recordaba a él, ni él la reconocía. Aun así, sentía una gran opresión en el pecho que la ahogaba. Maceo le aconsejó que se relajara un rato y luego volvieran a entrar a la habitación para acompañarlo en su muerte, porque no le quedaba mucho tiempo. Luna se sentó en aquel balancín que ya había llamado su atención. Comenzó a moverse lentamente sintiendo una paz extraña que le parecía lejos, más allá del planeta, esparcida en el universo. Mientras entraba en un estado de armonía, una voz melódica susurraba a sus oídos una canción de cuna:

Drume negrita
que yo va' compra' nueva
cunita que va' tendrá capite'
que va' tendrá cajcabel.
Si tu drume yo te traigo un mamey
muy colorao'
Si no drume yo te traigo un babalao
que daaaaa pau pau.

Con aquella voz dulce y maternal se quedó completamente dormida. Soñó que esa melodía tenía el poder de elevarla. Fue subiendo hacia el cielo y flotaba encima de una nube. El cielo, completamente despejado, permitía su vuelo en aquella alfombra de algodón celeste. Percibió que algo la observaba. Se incorporó para ver quién era. Justo al lado de ella había una hermosa gata parda de abundante pelaje que la miraba muy atenta. Cuando fue a inclinarse con intención de acariciarla, unos profundos ojos verdes le clavaron la mirada de un modo impactante. De repente despertó. Asustada. Todavía tenía la imagen de aquellos ojos verdes penetrando en su visión. Se levantó sudorosa y entró a la habitación. Maceo, al verla, le preguntó asustado:

—¿Y ahora qué pasó?

Luna lo miró y le dijo:

—El viento que nos lleva es el viento que nos trae.

—¿Y eso qué quiere decir? —le preguntó el hermano, alzando los hombros.

—Ya sé quién soy.

Maceo respiró con alivio, soltando por fin la cruz de su carga. Luna había recuperado la memoria. Ambos se abrazaron fuertemente, sin querer soltarse ni un solo instante. Lloraron en conjunto. Ignacio, extrañado, sonreía desorientado. Luna, mirándolo con ternura, le preguntó:

—¿Puedo abrazarlo, señor?

—Sí, cómo no. Los compañeros se abrazan. Venga usted también, señor Maceo. Celebremos la victoria juntos.

Los tres se abrazaron fuertemente exprimiendo cariño. Toda culpa se desvaneció en el aire, se esfumaron los rencores y el amor prevaleció por encima de todo con la más bella complicidad. Cuando se separaron, la magia de la vida les regaló una sonrisa. Luna, aborreciendo la locura, se estremeció de lástima, pero comprendió que a través de ella pudo abrazar a su padre, mermó su pena y prorrogó la sonrisa. De repente, Ignacio emitió un leve quejido y murió al instante. Luna y Maceo lo besaron en la frente. Y le desearon buen viaje.

Maceo no percibía en su hermana ningún otro recuerdo. Mientras los médicos forenses preparaban el cadáver para el velatorio, se había dado cuenta de que recobraba su memoria de a poco, por lo que se reservó la carta de Leonardo para cuando ella pudiera recordarlo. Juntos vistieron al padre y se encargaron de los preparativos del funeral. Prefirieron no velarlo, por la escasez de simpatizantes. Llevaba tanto tiempo loco que apenas tenía amigos y los que tuvo alguna vez ni siquiera se acordaban de él. Para evitar la vergüenza de verlo abandonado en una funeraria, lo llevaron directo al cementerio. Cuando lo enterraban, solo estaba rodeado de Maceo, Luna y Magdalena, quien fue a decirle que por ella se fuera tranquilo porque no le guardaba rencor. Ignacio pasó a formar parte de los difuntos en el panteón de Cachita. Sin ceremonia de honor como el soldado leal a la patria que fue; sin medallas de conmemoración por los aportes que realizó por la Revolución; sin ningún indicio que pudiera hacerlo inmortalizar ante los ciudadanos. Estaba enterrado un mártir muy lejos de la tumba de José Martí. Ni siquiera el turista más curioso tropezaba con su historia en el silencio de aquel cementerio. Toda su trayectoria acababa de ser sepultada. Y su cuerpo descansó, ignorado por el pueblo, junto a sus ancestros, a cinco metros bajo tierra. Toda la ciudad de Santiago de Cuba continuaba el ajetreo de sus rutinas ignorando que, en el silencio más intrincado de la soledad, había muerto un héroe. Aquel joven de 20 años que convirtió la Revolución en su premisa principal, siguiendo los pasos del padre e ignorando los consejos de su madre. Aquel que, con 22 años, se unió a los guerrilleros en la Sierra para alcanzar la Revolución, que sin dudas logró; aquel que se hizo hombre censurando cantantes, quitando propiedades, silenciando bocas y enseñando su dogma como director en una academia militar; aquel que maduró dirigiendo mentes y opacando facultades, hasta que su primer error lo enviara al descenso; aquel que en el descenso recapacitó sin opción, apuñalando su ira sobre manuscritos; y que tanto descendió, que, en el impulso de la caída, se hundió en la locura. Cuando regresaron a la casona para restablecer el orden, Luna, acomodando la biblioteca, descubrió todos los folios que componían las confecciones con la que el padre elaboraba su libro. El último documento que había escrito antes de abandonar la cordura le estremeció los sentimientos. Sin renunciar a la emoción, prosiguió sin parar la lectura:

Descubrí muchas cosas a través del silencio. Tantas, que comencé a apreciarlo. Si se valora el poder del silencio, se honra al lenguaje. Hasta el punto que, si el dinero fuese sustituido por las palabras, todo el mundo organizaría sus pensamientos. El silencio se convertiría en un inmenso salón donde la gente reflexionaría sus decretos. Nadie derrocharía el lenguaje hablando estupideces. Las personas se volverían más sabias, por lo tanto, cometerían menos errores. El presente se tornaría tan valioso que el pasado sería perfecto. Nadie tendría que reprocharse nada porque la mente estaría depurada de maldad. Por lo tanto, desaparecerían las sentencias que quedarían absurdas ante tal sincronización. La ley se reduciría a un pequeño código de orientación, basado no en conjeturas mundanas sino en comprobados resultados de felicidad. Y la constitución de cada país incluiría definiciones como amor, amistad, compasión o altruismo. Entonces, si no hay dinero por el que pelear, ni leyes que acatar, y lo más preciado en el planeta fuese la palabra del hombre, ya no tendría sentido el racismo, fanatismo, narcotráfico, esclavitud o corrupción. A nadie se le ocurriría corromper o subyugar la palabra de la que depende su existencia. Se acabaría el acaparamiento económico, porque el dinero sería un privilegio de pocos, pero palabras todo el mundo tiene. Enriquecerse con ellas no sería un problema de escasez, sino de pereza. Imagínate que compraras una casa tan solo dando tu palabra de crear en ella un hogar feliz. Nadie acapararía propiedades porque la demanda exigiría la oferta. Imagínate que los obreros produjeran para satisfacer las necesidades y, en vez de sueldo, intercambiaran productos satisfaciendo entre toda la demanda. Los recursos de la naturaleza estarían disponibles todo el tiempo bajo la supervisión de personas competentes. Los presidentes se escogerían por honor y no por privilegio. En las escuelas, se enseñaría menos de mártires y más de maestros que dejaron su sabio legado. Y se aprendería de hombres de ciencia, que consiguieron el progreso de la tecnología y de la civilización. Los niños aprenderían el goce de ser padres y la gran responsabilidad de traer un humano al mundo. Crecerían todos con una visión humana diferente. La religión no existiría ante la idea universal de que es el hombre el que crea. Y lo más parecido a un dios sería una naturaleza perfecta y justa que, en vez de castigar, provea.

Por lo que la palabra adoración *se convertiría en* agradecimiento. *El arte acapararía el talento y no la comercialización. Abriría un mundo al alcance de todos. Y los filósofos renacerían en importancia, pues son las bases donde se asienta la reflexión y el cuestionamiento. La vida sería tan placentera que hasta la muerte sería un placer. A los que nacen se los recibiría con entusiasmo y a los que mueren se los despediría con satisfacción.*

En una sociedad así, el poder no sería un asunto de hombres. El poder lo tendría el honor. De lo más profundo brotaría la palabra de cada ser humano convertida en acción. Porque en el silencio es donde únicamente se eleva la conciencia. Hemos confundido la índole de la palabra poder. *El hombre ha convertido ese verbo en su absoluto, manipulando los medios para alcanzar su fin. El verdadero poder no está en el sustantivo, sino más bien en el adjetivo. No es la cosa en sí quien ejerce el control, es lo que define a esa cosa. El poder depende de lo grande, pequeño, lindo, bonito, blanco o negro según las circunstancias. Lo que hace poderosa a la rosa no es su nombre; es su belleza. En una sociedad carente de identidad prevalece el control del gobierno por encima de ella. Al débil lo esclaviza la fuerza; a la ignorancia la mata el saber; a la cobardía la hunde el valor y a la estupidez le gana la inteligencia. Un pueblo que se somete ante una dictadura es débil. Tan solo por el hecho de la sumisión pierde los derechos que le corresponden por naturaleza, como es la libertad de expresión. El gobierno ejerce el poder sobre sus ciudadanos porque conoce su debilidad, se regocija en su falta de actitud. Se aprovecha de la vaguedad de esa conciencia colectiva. Pues el nivel de conciencia en los habitantes del país es tan denso que ni siquiera tienen ánimo para cuestionar su sufrimiento. Es a través de la reflexión que se encuentra la solución. Si cada individuo reflexionase y razonase con un sentido común, y a su vez lo compartiese con los demás, la masa crítica daría buenos resultados. No es buscando culpables o aliados que se resuelve el problema. La solución está en tomar las mejores decisiones y actuar. Por las malas decisiones fue que surgieron las leyes. Para subyugar. Cuando en vez de leyes deben de surgir maestros. Para orientar. No es lo mismo guiar que exigir.*

Luna, despejando su tristeza, organizó todos los documentos en orden cronológico y los guardó entre los cajones del buró prometiéndose leerlos todos, cuando terminara de recordar por completo su pasado. Era un compromiso vital que tenía con ella misma porque identificarse con sus experiencias le permitiría comprender mejor su entorno.

Descubrir esa parte interior del padre tan diferente a las apariencias con las que siempre vivió le resultaba misterioso pero enriquecedor. Así que, sin tiempo para descansos, Maceo y ella continuaron frecuentando lugares que la hicieran recordar. Rumbo al objetivo, la próxima parada fue el parquecito fuerte. Cuando Luna subía los desgastados escalones incrustados en la loma que la conducían hasta el parque, se detuvo en medio de la cuesta. Miró hacia atrás confirmando recuerdos y, con voz firme, dijo: "¡Leonardo!".

Su hermano asintió con la cabeza.

—¿Dónde está? —preguntó. Maceo, buscando recursos, contestó:

—Allá arriba te cuento.

Apresuraron el paso y llegaron antes de lo previsto a las alturas. Ya no existía ni siquiera la abundante flora que taponaba los bancos. La estatua del mártir estaba totalmente dañada con grandes pronósticos de desvanecerse. Todo estaba convertido en un terraplén chapeado por los propios vecinos, quienes en la época en la que dejaron de vender como autónomos, plantaron sus carpas negociando manualidades. Eufóricos, instalaron un mercado rústico e improvisado con los materiales reciclados que iban consiguiendo. Envenenaron la hierba para que no creciera. Plantaron encima algunos kioscos y armaron el mercadillo, que, aunque nunca fue próspero, fue por lo menos satisfactorio. Pero más adelante fue clausurado cuando la autoridad descubrió entre las ventas artesanales el trapicheo ilegal. Los vecinos desarmaron los kioscos y resolvieron necesidades con el material reciclable. Volvieron a la normalidad de no hacer nada hasta nuevo aviso. El lugar quedó desolado y la tierra, estéril, ya no volvió a parir. Solo quedaban tres bancos destartalados y la estatua, casi desplomada, más que gloria, trasmitía pena. Luna miró a su alrededor. Cerró los ojos. El aire la despeinaba amenazando tumbarla. Respiró profundo. Apretó las pupilas y dijo:

—¿Está preso?

—No. Está muerto —Maceo soltó la carga.

Aquellas palabras vibraron en sus oídos. Sintió que se esparcían en el viento en forma de eco. "Está muerto. Está muerto. Está muerto…". Taponeó sus orejas para no sentirlo. Y se quedó así durante algunos segundos, intentando ignorar tan amarga fonética. Maceo la zarandeó para que reaccionara. "¡Luna!". Ella lo miró buscando esperanza. Él la abrazó y dejó que ella descargara el llanto sobre él. Apartándola, sacó del bolsillo la carta y se la puso en la mano derecha, y luego cerró el puño. "Toma. Es para ti".

Luna recuperó la compostura. Se sentó sobre la tierra estéril y leyó:

Todo empezó por un sueño. Yo tenía el sueño de crecer, de ser alguien en la vida. Pero no alguien cualquiera. Alguien grande con poder. Desde muy pequeño me di cuenta de que los más grandes se comen a los más pequeños. Yo nunca quise que me comieran. Por eso me adelantaba a todo, para ser el primero. Cuando empecé a soñar con cosas imposibles, tú fuiste mi punto de partida. Desde que vi tus ojos de gata embrujándome aquel primero de mayo, en aquel desfile, sabía que ya estaba atrapado en esa mirada. Mi Luna. Mi gata. Te escribo esta carta por si algún día tienes la posibilidad de leerla. Mañana es el gran día. Sé que voy a morir. Sé también que voy a ganar la pelea contra el Pardilla. Mi rabia es tan grande que es imposible que pierda. Pero sé que no saldré vivo de allí. Por eso quiero despedirme. Pero antes, quiero pedirte perdón. No quiero abandonar esta vida sin haberte pedido perdón. Te he hecho mucho daño. Me siento culpable. Estás así por mi culpa. No es solo la de ese desgraciado que acabó contigo. Yo, sin querer, te lancé hacia ellos. Perdóname, mi amor. Te amaba tanto que te hice mucho daño. Yo solo quería ser grande. Poderoso y demostrarte que era tu hombre. Tu Leonardo. Cuando te vi en esas fotos y vi que había colaborado en marchitarte, me quedé sin corazón. Ya no me importa nada. Nunca he creído en Dios. Pero si existe, sé que te ayudará. Porque tú eres un ángel. Ya todo acabó. Ya no hay infierno, no hay Pardilla, ya no hay Leonardo. Por favor, sé fuerte. Recupérate. No me odies. Recuerda las partes buenas de mí. Por favor. Vuelve a amar. Ya que mi egoísmo no dejó que lo hicieras. Gracias, mi amor, por haberme amado tanto. Por estar siempre ahí cuando te necesitaba. Sánate, tú puedes. Recupera tu belleza. Y por sobre todas las cosas del mundo, sé feliz. Mi Luna, mi gata, mi amor. Te ama, tu Leo.

Desde que Luna abandonó el parquecito, los recuerdos comenzaron a empaparla como lluvia que amenaza un torrencial. De a poco y sin control, las imágenes del pasado aparecían enredadas: el recuerdo fresco de Leonardo y su pasión desbordada que había quedado detenida en el tiempo como fuego congelado. Ya no estaba Leonardo, su Leonardo. Aquel que siempre esperaba, seguía, amaba, estaba muerto, como todo en ella. Se sentía así: muerta. Tan llena de un dolor invisible que le dejaba un vacío. Ya no estaba su padre. Era recto, sí. Pero lo quería, y él a su forma la quería también, solo que desde su visión estricta de la vida. Ya no estaba para recuperar ese amor paternal que nunca tuvo y que compensaba con los mimos de la abuela. Tampoco estaba Cachita con su sabiduría longeva que tanta falta le hubiese hecho ahora. Tantos recuerdos venían a su mente: de adolescente embarazada en un tren con destino a La Habana; abortando a su bebé; jineteando por las playas de Varadero; en Italia con Pietro. Recordó que estaba casada. El italiano había sido un bálsamo para su vida, esa agua cristalina que refrescaba la sed de sus necesidades. Era mejor cuando no tenía memoria. Comenzaba a amarlo, pero ahora. Otro golpe de traición para él. ¿Cómo iba a amarlo si su corazón estaba lleno de rabia, de dolor y esparcía sus ramas desde la raíz de sus entrañas? Todas las memorias regresaban del pasado para apuñalarla de golpe. Su dolor era intenso. Las escenas más crueles de su paso por el local del Pardilla caminaban junto a su sombra; montones de hombres toqueteándola y provocando posturas morbosas bajo exigencias infrahumanas; el calor de la heroína recorriendo sus venas, tiñendo de maldad su sangre; los golpes, las aberraciones. Le resultaba muy difícil sacudirse de encima el peso brutal de tantas experiencias. El recuerdo del polígono de Madrid la zarandeaba bien duro. La imagen de sus brazos agujereados por las jeringuillas inyectándose heroína, realizando todo tipo de humillación para conseguir drogarse. Luego el proceso en la clínica de desintoxicación; fue tan duro superarlo. Y Maceo, arruinado por su culpa. Cuánta culpa. Cuántas vidas destrozadas. Y, sobre todo, su vida. Qué pena. ¿Cómo soltar toda esa putrefacción que la asfixiaba? Su dolor apestaba a azufre. Muertes, prostitución, droga, locura, desengaños, traiciones... Dolor, puro dolor que corrompía el ambiente. Mejor callar. Mejor sacar todo ese pesticida de su interior. Entonces el barredor de tristeza vino en forma de llanto, como diluvio que inunda, desborda, saca, limpia y depura. De esa manera, intentando baldear el dolor, un llanto profundo que no parecía acabar se apoderó de Luna. Lloró todo lo que duró el viaje hacia La Habana. Maceo no quiso intervenir en su silencio por respeto a su dolor. Rajada en lágrimas, se la entregó a Teresa y así continuó cuando él tuvo que tomar el vuelo con destino a Madrid, para buscar un trabajo y recuperar su vida. Había agotado todo su capital y ya debía moverse por el mundo laboral para buscar sustento. Le dio un abrazo profundo y un beso escandaloso sobre la frente. Le confesó a Teresa que se iba más tranquilo porque confiaba plenamente en ella y le sugirió paciencia, dejándole los resultados al tiempo.

Luna quedó al cuidado de Teresa y de Pietro, quien regresó de inmediato de su gira empresarial por Italia. Y aunque multiplicaba sus intentos para contentarla, no dejaba de llorar. Le trajo preciosas confecciones textiles, joyas esplendorosas, alimentos exóticos y fantásticos libros. La llevaba a cenar, caminaba con ella a la orilla del mar, le ponía música italiana e improvisaba momentos románticos con tal de volverla a la normalidad. Pero Luna continuaba llorando. Aferrada a su cuello lo abrazaba fuertemente y derramaba chorros de lágrimas sobre su pecho. Comprendiendo que no tenía otra opción más que esperar, se hizo a un lado y esperó sin molestar a que ella vaciara todo su dolor.

Teresa, no conforme con la espera, agotaba cualquier trámite para ayudar en su recuperación, recordándole a cada instante chistes de cuando vivían juntas para hacerla reír. Pero por muy graciosas que fueran las anécdotas, continuaba llorando sin parar.

"Ave María Purísima, si esta niña sigue así, se me muere de dolor", dijo Teresa persignándose, apurada. Comprendió que debía hacer algo para remendar el mal. Fue a ver a espiritistas, santeros y chamanes para que la ayudaran en esa ardua tarea, pero no dio resultado. Agotó todos los recursos celestes posibles: desde oraciones hasta sacrificios de animales sobre la piedra de Eleggua, que conservaba detrás de la puerta; pues la santera le dijo que, si no le daban de comer al santo, se iba a morir. La cartomántica predijo que no se recuperaría; el *babalao* le prometió mejora, y el chamán le medicó un mejunje de hierbas. Pero lo cierto era que Luna seguía sumergida en el llanto. "Para mí que algún difunto se le ha encarnado", dijo Teresa asustada. Fue entonces que abandonó la brujería y buscó un cura para el exorcismo, pero tampoco funcionó. Continuaba llorando. Les hizo una misa a todos los difuntos conocidos y agotó todas las vías de expulsar la encarnación. Pero tampoco funcionaba. Teresa recordó la vez que los mellizos comenzaron un llanto diluvial que le agotó la paciencia y rezó para que eso no volviera a suceder, pues no soportaba oír llorar. Tantos recuerdos de niños gritones retumbaban aún en sus tímpanos. Los días pasaban y la situación se agravaba. Así pasaron 30 días en los que Luna comía llorando, se bañaba llorando, dormitaba llorando. Cuando Teresa abría la puerta de la habitación de madrugada para comprobar que durmiese, la encontraba llorando entre pesadillas. Al día siguiente amanecía llorando. Y el llanto no se calmaba. Teresa se la llevó al cuerpo de guardia de emergencia porque no le parecía normal. El médico preguntó por qué estaba allí la paciente y Teresa le comentó que no dejaba de llorar ni un solo instante. Él, sacando la vista por encima de sus bifocales, le dijo:

—Señora, por esa bobería no se trae a la gente al médico.

—¿Bobería? ¿Le parece bobería llorar durante tres meses?

El médico se quitó las gafas y aclaró:

—¿Noventa días?

—Pues sí.

—¿Sin parar?

—Sin parar le he dicho. Estoy a punto de volverme loca.

Ante un caso tan curioso, y para calmar a Teresa —a la que estaban por ingresar —, el doctor mandó a realizarle algunos análisis antes de tomar una determinación al respecto. Cuando la llevaron a la sala de rayos X para analizar si el pulmón resistía tanto llanto, seguía llorando. Llorando fue al laboratorio para la extracción de sangre. Llorando la condujeron al salón de ultrasonido y llorando la llevaron a un examen exclusivo de la visión, sin que se callara. Pasaron dos horas cuando trajeron los resultados, que fueron completamente normales. Confundido y distraído en el misterioso mundo de la medicina, el doctor le dio el alta sin un diagnóstico preciso, alegando que ya no era cuestión de la ciencia, sino del alma. Le recomendó una psicóloga. Anotó su teléfono y dejó claro que se trataba de la mejor psicoterapeuta de toda la isla y, como hasta ahí sus alcances médicos no llegaban, la mandaba a casa encomendándosela a Dios. Archivaron el expediente para un posible estudio sobre el caso.

A la mañana siguiente Teresa llamó a la especialista para concertar una cita. No solo le contó el mal de llanto que padecía su sobrina, sino que breve y velozmente a través del teléfono le resumió la historia. El caso le resultó tan desafiante a la doctora que, sin pérdida de tiempo, comenzó de inmediato con el proceso de recuperación.

Se llamaba Elena. Vivía más allá de la ciudad. Y cuánto de apartada estaba su casa, así estaba su personalidad. Parecía ida. Su vestimenta era rara o al menos no igual que la de los semejantes de la isla. Parecía remontarse hacia los años setenta. Ya jubilada, escondía su vejez en un rostro jovial. Y no le importaba reírse, aunque sus dientes exhibían el peculiar amarillo de un fumador empedernido. Teresa iba advirtiéndole a Pietro por todo el camino que no abriese la boca porque al ver su acento italiano la doctora podía aprovecharse. Él le advirtió que no importaba el dinero con tal de que Luna se curara. Ya se había gastado una fortuna en giras terapéuticas por el mundo y no creía que una psicóloga de la isla fuese a agotar su fortuna. Teresa pidió disculpas por el impulso de conservar siempre el dinero que tantas carencias le había proporcionado en épocas del periodo especial. Sonrieron y continuaron rumbo a la consulta.

Cuando llegaron al lugar, pasaron a la sala. Teresa tuvo mucho cuidado de decir algo que volviese a provocar el llanto de Luna, que ya empezaba a sacarla de sus cabales sollozando para calentar. Le hizo seña a la doctora para que se apartara, para comentarle algo sin que su sobrina se diese cuenta. Una vez apartadas, le susurró:

—Cuidado con lo que dice porque empieza a llorar y no se sabe cuándo terminara.

La mujer se acercó al oído de Teresa para responderle y, también en susurro, le dijo:

—No se preocupe. La doctora soy yo. Y sabré que decirle.

Ante tal respuesta Teresa se incorporó a la prudencia y no abrió más la boca para sugerir nada. La doctora le explicó que para estudiar el caso a profundidad necesitaba que la trajese más a menudo con ella, para que la intimidad de estar a solas le provocase confianza. Teresa no quiso entrometerse; después de todo lo que se había intentado, qué más daba otra técnica. No tuvo ni que convencer a Luna, porque su ánimo no estaba para protesta. Adonde sea que le dijesen que fuera, ella iba, como dejándose llevar en el tiempo sumergida en su lamento. Teresa preguntó el presupuesto de la consulta y la psicóloga le respondió que nada. El caso estaba bastante interesante y solo su resolución era más que pago. Se había trazado la meta de solucionarlo, y le prometió que Luna volvería a ser una persona feliz. Pidió dos horas con la paciente. Pietro y Teresa abandonaron el lugar y esperaron aliviados resultados positivos de la primera consulta.

Luna se quedó llorando. La doctora le pidió que se sentasen juntas en el porche frente al mar para compartir una tila. Se sentaron sobre dos balancines confortables. A Luna le recordó la casona azul y a su abuela. Cuando provocó el mínimo ademan de aumentar el llanto, la psicóloga, sin soltar la taza de té, le dijo:

—Si quieres seguir llorando, hazlo. Dicen que no hay mal que dure cien años ni cuerpo que lo resista. Según mis cálculos, llevas llorando 120 días con media mañana. Cumpliendo con la profecía, puede que tenga que esperar los 99 años con 6 meses y un tercio de día que faltan para que te calles. Y puede que seas la excepción de las reglas, y continúes llorando más allá de la muerte. Pero, aun así, estaré esperando a que termines y me expliques. Aunque tenga que esperar una eternidad.

—¿Que le explique qué? —contestó Luna sin dejar de sollozar.

—¿Lo ves? Ya tenemos un adelanto. Preguntas. Es buena señal. Sigamos. Que me expliques cuándo vas a comenzar con la reparación de la vida que te queda por delante. Nadie tiene la culpa de lo que te pasó. No los atormentes con tu llanto. Lo único que intentan es ayudarte. Mejor colabora con tu recuperación y así todo volverá a estar bien. No te preocupes. Yo estoy aquí para eso. Te entiendo. Mientras más profunda es la pena, más cuesta vaciarla. Llora. Tendrás que parar algún día. No importa. Yo espero.

—La culpa la tiene el muro. ¡Maldito muro! Por su culpa mira todo lo que ha pasado.

—¿Qué muro?

—El de Berlín. Fue su derrumbe lo que provocó todo. A partir de ahí las cosas cambiaron.

—No, Luna, hay muros por todas partes que se levantan y se derrumban constantemente. El inconveniente no es el muro. Es quienes quedan a ambos lados de este.

—Entonces, ¿el problema soy yo?

—Formas parte de él. Contribuiste para crearlo. Ahora es tu responsabilidad deshacerlo.

—Si no hubiera tenido estos ojos de gata... Destruyo todo lo que miro. Ellos están malditos. Atraen la mala suerte.

—No, Luna, la reacción no está en tus ojos, sino en dónde fijas la mirada. Los ojos tan solo son la ventana por donde observa la conciencia.

—¿Quieres decir que fijarme en Leonardo fue mi desgracia?

—No fue fijarte en él. Lo que detonó la bomba fue compartir su frecuencia. ¿Sabías que existen las negociaciones emocionales?

—No. ¿Qué son?

—Muy sencillo. Cuando experimentes una sensación fuerte, negocia con ella antes de que se convierta en emoción y en sentimiento. No busques afuera lo que debes resolver desde dentro, porque apresuras decisiones erróneas.

—La pasión no razona, doctora. ¿Quién que esté apasionado se detiene a analizar si hay cosas que puedes negociar?

—Lo sé. Pero es el precio que se paga por experimentarla sin control. Yo te aseguro que desde ahora en adelante negociarás sensaciones. Quien se salva luego prevé.

—Sería algo así como razonar el sentimiento. Es contradictorio, no se puede.

—Claro que se puede. Se llama equilibrio. La mente y el corazón dialogan. Las emociones son como bebés gateando: aventurero, pero peligroso. Si no las guías, conducen a la equivocación y producen graves daños.

—Entonces, doctora, desde su opinión particular, ¿quién fue el culpable?

—Nadie. La culpa no existe. Es un invento del hombre para justificar sus errores. No hay culpas. Solo hay causas. Cada cosa que creemos que es una culpa es simplemente una causa que provocó los efectos. Son nuestras decisiones las que van armando nuestra vida.

—¿Y qué quiere que haga? Es demasiado tarde. Ya no se puede hacer nada.

—Sí que se puede. Analiza las causas, para combatir el efecto. Si controlas la epidemia, pero no eliminas el factor que la trasmite, volverás a contagiarte.

—No puedo quitarme esta culpa de encima.

—Ya lo estás haciendo. ¿Por qué crees que lloras sin parar? Los síntomas conducen al diagnóstico. Estás echando culpa en cada lágrima. Mientras más lloras, menos culpable te sientes. Llora todo lo que debas. Depura tu alma.

—¿Alma? Siempre escucho esa palabra. Hábleme sobre mi alma.

—No, querida. Eso es algo que tienes que averiguar tú misma. Cada alma es personal e intransferible con respecto al cuerpo que la habita. Solo tú puedes sentirla. Cuando ya no tengas más ganas de llorar y sientas que te has quedado completamente vacía, cállate y contáctate con tu interior.

—¿Y cómo lo hago?

—Todo lo que tienes que hacer es quitar los obstáculos que no permiten que tu verdadero ser se exprese y brille.

—¿Quiénes son los obstáculos?

—Las personalidades que vas obteniendo desde tu nacimiento y se van adhiriendo en ti capa tras capa. En cada experiencia adoptas una personalidad. Por ejemplo, ahora, yo hago de psicóloga y tú de paciente. Yo creé mi realidad y tú creaste la tuya. Vibramos en la misma frecuencia, compartiendo personalidad para lograr un objetivo. Intercambiamos experiencia. ¿Lo entiendes?

—Quiere decir que en el fondo de toda realidad que uno crea está el verdadero ser.

—Exacto. Cuando seas capaz de sumergirte en ti, sin personalidades, entonces contactas con tu interior.

—¿Y cómo se hace eso en medio de tanta tristeza?

—Adéntrate. Más allá del bien y el mal, existe un campo. Búscate allí. No dejes que las circunstancias se aprovechen de tu debilidad. Quédate quieta. Callada, sin que nada ni nadie te estorbe. Ni siquiera un pensamiento. Ya eso es estar ligera de carga.

—No quiero crear más experiencias. Me dan miedo.

—Es inevitable; vivir es experimentar.

—Es que ya no confío en nadie.

—No se trata de confiar en alguien, sino de confiar en ti. No confiar es una táctica de supervivencia. Es normal. Pero esa desconfianza la dicta tu mente como medio de defensa. Ignora la mente con sus deducciones. Deja por ahora que tus instintos guíen a la razón.

—¿Y cómo hago eso?

—Irás a Santiago de Cuba, te quedarás sola durante un tiempo. Nadie debe acompañarte ni molestarte. Entrarás en un silencio profundo. Te volverás muda durante todo ese tiempo. En el más absoluto de los silencios.

—¿Sola? ¿Por qué?

—Imagínate que durante ese periodo viene a visitarte Dios, pero que no habla ni escucha palabra alguna; se comunica a través del silencio. Disfrutarás de la calma sin hacer nada. Haz todas las preguntas que surjan. Y esperarás a que desde lo profundo vengan las respuestas. No te asustes cuando te sorprendas hablando en mudo con tu interior. Se llama *diálogo interno*. Y se conversa a través del pensamiento. Luego, verás las cosas de un modo diferente. Se llama *despertar*. ¿Crees que serás capaz de hacerlo?

—Parece difícil.

—Pero no imposible. Créeme que es lo que necesitas.

—La soledad hace recordar. Y recordar duele.

—Lo sé. Pero es parte del proceso. Tendrás que ser muy valiente y evadir los recuerdos para poder penetrar en ti.

—Si eso ayuda, lo intentaré.

—¿Lo ves? Ya has parado de llorar. Perfecto. Nos vemos cuando estés lista.

Capítulo 19

Da tu primer paso ahora.
No importa que no veas el camino completo.
Solo da tu primer paso y el resto del camino
irá apareciendo a medida que camines.
Martin Luther King

Mientras Luna se disponía a trasmutar su tristeza, Teresa aprovechaba el descanso para organizar sus asuntos. Pietro se había marchado a Roma con tal de no intervenir en la terapia y aprovechó el espacio para controlar la empresa. El año llegaba con nuevos cambios en el ambiente. La gente estaba eufórica intentando avanzar en conocimiento de las nuevas tecnológicas que, aunque ya viejas para el mundo, se estrenaban en la isla. Teléfonos celulares, microondas, lavadoras y un sinfín de cosas exclusivas para un público pudiente. Teresa no daba abasto negociando por doquier. Y aunque Pietro le dijera que ya ella no tenía necesidad de trapichear con la bolsa negra, la costumbre de haberlo hecho durante tantos años se aferraba a ella como amalgama, y para no ser más molestada, le dijo: "Ave María Purísima, italiano, esto es lo único que yo sé hacer. No voy a parar ahora. Si la moda es el celular, pues yo vendo celulares".

Ahora que Pietro regresó la economía al hogar, Teresa volvió a contratar los servicios clandestinos de la antena parabólica para ver sus programas favoritos traídos del norte. Era la época más tranquila de su vida. Jorge le enviaba todos los meses su remesa mensual de divisa. Los niños de Laura ya habían crecido y andaban buscando futuro en el titubeo de la pubertad, pero nada que pudiera alarmarla. Ya Laura les había dado la reunificación familiar para llevárselos con ella a Estados Unidos. Teresa se puso furiosa la primera vez que declaró las intenciones de llevarse a sus hijos. Incluso le colgó el teléfono y no le habló durante tres meses en los que susurró constantemente por toda la casa lo malagradecida que era. Pero durante el proceso de la recuperación de Luna, le dieron varios mareos, entonces asumió lo vieja que estaba para seguir echándose responsabilidades. Con un ungüento de mentol sobre la espalda para aliviar el dolor y una ingesta de antinflamatorios para calmar la hinchazón, decidió llamar a Laura y decirle que se llevara a los hijos. Ya estaban lo suficientemente grandes para emprenderse ante la vida. En busca de un futuro mejor, los tres hijos de Laura se montaron en un vuelo con destino a Florida. Juan encontró el amor mientras trasladaba clientes en su Chevrolet del 59. Enamorado del amor, cogió sus pertenencias y se fue a vivir su idilio a casa de su amada. El niño que ya había cumplido los 16 se fue con él, al ver que sus primos abandonaron el país sin poder seguirlos. Su madre, la China, nunca quiso llevárselo por su baja economía. Arrepentida de irse y angustiada de tanto trabajar en el norte, viajaba a la isla como mula transportando mercancía a cambio de su pasaje y un puñado de dólares. Así que Teresa se quedó completamente sola en aquella casa hermosa que Luna le compró. Jorge le rogó que se fuese a Estados Unidos con ella. Pero no quiso. Juan le suplicó que viviese con él, pero tampoco. Laura la llamó llorando insinuando cuánto le hacía falta, pero Teresa no quiso irse con nadie que no fuera con ella misma. "Ya estoy cansada. Déjenme descansar en paz", dijo en una frase que repitió a todos los que la invitaban.

Y es que Teresa en verdad quería estar sola. Había estado toda su vida rodeada de gente que dependía de ella que se olvidó completamente de que existía. Cuando quiso darse cuenta, ya navegaba por la decadencia de la edad. Sin ánimo para amores ni ganas de seguir vendiendo, abandonó el vicio y juró que lo que le quedaba de vida lo iba a dedicar a ver novelas. Compró un banquito donde ponía los pies después de sentarse en su balancín de Suiza, y todas las tardes se entregaba a la atención de su canal ilegal con su programación extranjera. Regando el jardín y elaborando sus comidas caseras, se mantuvo en el tiempo esperando en paz que llegara la muerte.

La casona azul recibió a Luna tan triste que en cuanto abrió la puerta la abofeteó con un soplo de nostalgia. El olor a soledad chorreaba por las paredes húmedas, desérticas de adorno y carentes de pintura. El salón, que antes estuvo repleto de muebles y reliquias de antaño, exhibía en su espacio abismal el balancín de Cachita y el rincón donde estuvo el tocadiscos lloraba su ausencia. La biblioteca acumulaba viejos libros amontonados en los estantes sin organizar y repletos de polvo, tanto que, al entrar, Luna tuvo que cubrirse la nariz con la cenefa de su blusa, para no continuar estornudando. Abrió el ventanal que conducía al mar y permitió que la brisa despejara la polvacera. El escritorio, intacto en el tiempo, pregonaba sobre su roble la máquina de escribir. Luna sacó de adentro de sus gavetas los documentos de su padre y los puso sobre el buró. Una vez ordenados, los puso sobre el buró para tenerlos a mano en su lectura. Devoraba las letras con el hambre de saber qué se escondía detrás del hombre que fue Ignacio.

Mientras analizaba aquellos manuscritos, penetraba en el alma de su padre, sorprendiéndose cada vez más en lo que sobre él descubría. Le hubiera gustado que viese los cambios que el gobierno propiciaba. Su lucidez se había esfumado mucho antes de que las cosas comenzaran a moverse. La cordura de sus intenciones no engranó en aquel 1994 cuando intentaba explicar que el camino hacia la salvación era la autocrítica y la rectificación. Todavía quedaba mucho camino por andar, pero al menos el terreno se asfaltaba de pequeñas oportunidades convertidas en esperanza. Sin embargo, Ignacio ya no estaba allí para verlo y participar del cambio con su instinto de viejo emprendedor. Poco a poco, Luna fue limpiando el abandono que cubría la casa. Sin pronunciar palabra alguna, anduvo y desanduvo limpiando cada rincón como lo hacía Magdalena. Mientras más limpiaba, más recuerdos salían a la luz como cuando se pule el barniz de la madera. Pensó en todas las veces que vio a Magdalena ejecutando deberes, fundida en una con la faena, abstracta en sus pensamientos sin que el mundo exterior notase su ausencia. Cada vez que veía la cocina recordaba a Maceo, elaborando sus dulces caseros a la vera eterna de su madre, forjando sin saber su personalidad de repostero. Por las tardes se sentaba en el porche frente al mar y su vista se perdía en el horizonte. Se imaginó las veces que su abuela y Ana María fraguaron sobre el portal su amistad perdurable. Pensó en todo el bienestar que intercambiaron ambas desde el contraste de sus creencias. Comprendió la tristeza que Cachita sintió cuando quemaron todos sus artículos de religión, lo que provocó que se sumergiera en un profundo silencio que aceleró su Alzheimer. Y en vez de rencor, apreció una profunda lástima por su padre, quien desde la cordura no supo concluir a tiempo una reconciliación, y se fueron ambos de este mundo separados del amor. Qué triste. Toda una vida las personas que se aman en el plano tierra, compartiendo tiempo y espacio, y se despiden del mundo como extraños. Pensó que así de distante se fue Leonardo de su existencia, como si no hubiera sido el joven rebelde que irrumpió su destino. Desde la ventana del cuarto, todavía escuchaba el chiflido que emitía desde la esquina para llamar su atención, y ella salía de súbito a sus encuentros clandestinos. La casona estaba llena de sucesos por todas partes, envueltos en un silencio estremecedor que imperaba en el aire. Y Luna intentaba que ninguno de ellos cortara su respiración. Intentando detener sus recuerdos, absorta en el silencio de sus 28 días, apenas se alimentaba y dormía en pequeños intervalos que no respetaban el tiempo. Cuando ya no tuvo más nada que leer, ni más churre que limpiar, se entregó a la meditación. Al comienzo, los recuerdos tropezaban en su mente haciendo gran alboroto como bulla callejera. Pero poco a poco fueron esparciéndose en el espacio.

Hasta el punto que pudo evitarlos a su antojo. Cada vez que un mal recuerdo la rondaba, apretaba bien los ojos y, aferrándose al vacío, improvisaba un pensamiento placentero que sustituía de inmediato al anterior. Fue así como agarró la técnica de trasmutar, e hizo de ella un uso diario e imprescindible. De esta manera ahuyentó tantos recuerdos que en la meditación del décimo día, se sorprendió en pleno diálogo interno con su alma y descubrió verdades.

Aparcó personalidades y deambuló por los enigmas del ser para comprender que cuando un único espermatozoide conquista el óvulo logrando victorioso su fecundación, surge la primera célula del ser humano. Aquel cigoto, que antes de multiplicarse en dos, en cientos, en miles y en millones más para formar un cuerpo, ya trae consigo un código de información, al que llaman ADN. Allí se incluye el árbol genealógico de todas tus generaciones con todos los detalles de sus características. Sin embargo, aún la conciencia del bebé lo ignora todo, como si llegase al mundo en una especie de amnesia. E irónicamente deberá crecer, reaprendiendo lo que ha olvidado: a caminar, gesticular, hablar, defenderse e incluso a amar. Es como empezar a ser, ya habiendo sido, pero con la sublime oportunidad de hacerlo mejor. Aunque no todavía. Primero comenzará la fase indefensa donde todo aquel que se inmiscuye en tu crianza, atiborra espacio en el archivo de tu subconsciente. Hasta que un día, saturado ya de tanta información impropia, despiertas en plena pubertad y empiezas a cuestionar respuestas. Buscándote, emprendes ese viaje de libertad y rebelión, en el cual pierdes el rumbo durante la travesía. Porque la brújula con la que cuentas no marca tu auténtico norte. Es un mapa de conjeturas falsas que confunden al alma, que no puede hacer nada más que seguir tu consentimiento y extraviarse contigo en la incertidumbre de la adolescencia. Y es ahí cuando el viaje se hace más complicado. De repente, te das cuenta de que eres dueño de tus actos. Y sin saber qué hacer, comienzas a dar tumbos especulando decisiones a través de la emoción. Porque no se está separado de las emociones, son las emociones quienes crean el entorno. El alma no escoge casualidades al azar, sino orientada por la información que le brindan los cinco sentidos y el código genético que archivas en tu ADN. El alma es pura emoción. Es el sentir por excelencia, el sentimiento es su principio. Absorbe toda la información que le damos y no entiende de razones. Es nuestra compañera fiel e inseparable y nos obedece fervientemente. La lealtad es su natura. Es incondicional, todo lo da, no cuestiona, no deduce, solo siente y padece por quien la habita. Es energía que moldea tu proceder. Tiene el poder de una sabiduría infinita, y posee el secreto de la existencia. Porque es tan vieja como la vida misma. Esa es el alma, puro amor. Jamás nos traiciona, eternamente hará nuestra voluntad, ya sea buena o mala, todo lo admite su incondicionalidad. Por ello, todo lo que eres, es el resultado de lo que te has permitido ser. Tus actos son las causas que provocan efectos, y estos, trazan el mapa por donde nos conduce el alma.

Embullada con el proceso y no conforme aún con sus revelaciones, comenzó a formularse preguntas y obtuvo respuestas tan instantáneas que exigían una rápida comprensión. Le gustó tanto contactarse con ella misma que se lo tomó como un juego. Entreteniéndose con sus interrogantes, obtuvo respuestas que saciaban su curiosidad:

—¿Cuál es el momento exacto en el que alguien comienza a errar persiguiendo un sueño?

—En el mismo instante en que conseguir ese sueño comienza a ser una pesadilla.

—¿Hasta qué punto interviene el ser humano en la evolución de su alma y el rumbo de su destino?

—Hasta las últimas consecuencias de su intervención.

— ¿Cuál es el coste exacto de una existencia?

—La existencia misma.

—¿Qué precio tiene la felicidad?

—Lo que cuesten tus deseos.

En ese ir y venir de preguntas y respuestas, comenzó su pasión por la psicología. A sus 40 años, había descubierto en ella ese propósito escondido. Todo ese engranaje de desgracias que la abatieron sirvió para que, al sumergirse en el fondo de su existencia, sacará la verdadera pasión que estaba aplastada por el peso de todas sus personalidades.

Más segura de sí, se fue a la casa de Elena para seguir con la terapia. La doctora la recibió con un abrazo mientras la envolvía en su eterno olor a cigarrillo casero. Le dio un beso, que Luna respondió con cariño. Suspendiendo el abrazo, la miró con ternura y le dijo:

—A ver, Luna, ¿qué has descubierto en el silencio?

—He contactado con mi alma. Ahora sé que es todo lo que siento, que está en todo lo que hago, que viene de todo lo que he sido, y va hacia lo que seré.

—Perfecto. Ya estás ligera de carga.

—¿Y ahora qué viene?

—El viaje.

—¿Qué viaje?

—Un largo recorrido a lo largo de tu vida.

—¿Para qué?

—Para que aprendas a construir sensaciones. Pero primero, limarás asperezas con tus emociones.

—¿Y cómo se hace eso?

—Harás la terapia del salmón.

—No entiendo. ¿Me volveré pez?

—No te asustes. Te explico. El salmón nace en el río, luego se va al mar y cuando ya tiene suficiente madurez regresa al lugar de nacimiento para poner sus huevos y morir. Para regresar, nada contra la corriente, río arriba. Pero antes de alcanzar el objetivo, tiene que enfrentarse a muchos obstáculos que se lo impiden, incluyendo los osos hambrientos que lo esperan a la vera del río. En todo el trayecto ni come ni descansa. Imagínate lo difícil que debe ser nadar contra la corriente con un montón de osos intentando comerte. Sin embargo, aquellos que logran llegar al lugar donde nacieron, procrean y mueren. Luna se puso la mano sobre la boca y expresó:

—Dios mío. Eso es masoquismo. ¿Por qué no se quedan en el mar, paren y se mueren allá?

—Porque necesitan esa regresión al pasado para poder procrear —le dijo Elena, envuelta en una sonrisa—. Morir, digamos, es un símbolo de renacimiento. Ellos mueren, pero la nueva generación nace. Eso es el ciclo de la vida. Renovarse constantemente. El salmón es un símbolo claro de renovación. Y es eso lo que tú vas a hacer. Renovarte.

—¿Tengo que morir? ¿O ir a un río y nadar contra la corriente?

—No, no, no, claro que no. Es una metáfora para que entiendas. Vas a escribir toda la historia de tu vida. Harás como el salmón: irás todo lo atrás que puedas para llegar al punto de partida, que será a lo máximo que pueda llegar tu investigación en el tiempo. Nadarás contra la corriente en este viaje, porque tendrás que ser sincera y escribir las cosas tal y como sucedieron. Investiga, busca, recuerda. Pero escribe. Enfrentarás tus propios miedos, temores, nostalgias, dolor y otras negatividades que simbolizan a los hambrientos osos que intentarán devorarte en este viaje retrógrado en el tiempo. Pero serás como el más fuerte de todos los salmones. Superando los obstáculos, llegarás al momento justo en que llegaste al mundo; al día de tu nacimiento. Y desde ahí, partirás al presente, analizando minuciosamente cada detalle que incumba tu existencia. Procrearás una nueva visión de tu vida, por lo que habrá valido la pena nadar contra la corriente para encontrarte a ti misma. Tómate todo el tiempo que necesites. Es un largo y dificultoso el viaje. ¿Qué me dices?

—Volver al pasado es un precio muy elevado. Una cosa es evadir recuerdos y otra muy distinta es recrearse en ellos. Hay cosas que prefiero no recordar. No me pidas eso.

—Todo viene de atrás, del pasado. Todo presente tiene un pasado. Si quieres cambiar el presente, cuestiónate el pasado. Hurga en él, analízalo. Si no estás satisfecha, ve más allá. Busca en tus generaciones donde adquiriste cierta actitud que te hizo actuar de cierta manera. Ahí está el punto. Retrocede la cinta. Vuelca la página hacia atrás y busca hasta que encuentres el origen, la causa del efecto. Revisar tu vida hace que encuentres los puntos exactos de tu debilidad. Encuentra tu talón de Aquiles.

—¿Y eso de qué me sirve ahora?

—El ahora es lo que fuiste. Si logras cambiar aspectos de lo que fuiste, de aquello que te hizo fracasar, construirás un mejor presente. Un viaje al pasado te hará bien. Estoy segura de que le sacarás partido a lo que fuiste, para construir lo que serás.

—Pero corro el riesgo de juzgar y de juzgarme.

—Si los narras de forma parcial, no. Hazla en tercera persona: eres tú, pero no eres tú. Créeme. Descubrirás muchas cosas.

—Revivir el pasado es echarse de nuevo la carga encima. Cargar otra vez con la cruz es como jugar a ser Jesucristo.

—De cierta manera todos simbolizamos un Jesús. Cargamos con la cruz de nuestras consecuencias y nos crucificamos en nuestro propio sufrimiento. Morir es aprender. Renacer es la única manera de volver como maestro. Por eso quiero que escribas todas las páginas posibles que atrapen tu realidad y luego exprime cada palabra con una profunda reflexión para que saques el extracto de todo lo aprendido.

—¿Y cómo calculo lo que aprendí?

—A través de la acción terrenal, comunica el mensaje divino que los actos expresan.

—¿De qué manera?

—Muy sencillo. Imagínate que debes enviarle un mensaje al mundo, que tienes la misión de trasmitir la esencia de tus experiencias. ¿Qué le dirías? Ahí está la respuesta.

—¿Y luego qué? ¿Qué hago después?

—Ahora que conectaste con tu alma, cocrea con ella.

—¿Cómo?

—Crea una nueva realidad negociando con tus sensaciones. Ellas te darán el norte de hacia dónde van tus emociones. Luego decides si quieres o no experimentarlas. Recuerda: tú tienes el control.

—Eso suena alentador.

—Completamente. Pero para llegar ahí, primero retrocede. ¿Estás dispuesta a enrolarte en esta aventura? ¿Y resurgir de las cenizas, como el ave fénix?

—Lo haré.

—Perfecto. Eres muy valiente. Ahora, yo me retiro. Te dejo para que partas cuanto antes. Es largo y duro el camino.

—Gracias, Elena.

—Nada, cariño, ha sido un placer indicarte el rumbo. Estaré ahí al final del trayecto para recibirte renovada. Que tengas buen viaje.

Capítulo 20

Cuando Luna embistió la alameda rumbo a la casona azul para iniciar su terapia del salmón, la brisa del mar le concedió un pensamiento. Sintió que por lo menos en el plano tierra, pertenecía a ese lugar. Respiró el mensaje y continuó más serena hacia su objetivo. Con menos remordimiento entró en la biblioteca y se sentó en el escritorio. Sustituyó la máquina de escribir por su computadora y comenzó ese viaje al pasado que tenía pendiente. Poseía toda la información que pudo recuperar, como el expediente que Maceo armó para enlazar la lógica en su desaparición, el diario que escribía y que Leonardo conservó, los apuntes de Ana María, los manuscritos del padre y toda la historia que Teresa, su abuela y los demás contaban. Suficiente información para comenzar el viaje. Por ello, retrocedió en el tiempo y partió desde el principio como un alfa que busca su omega.

Nadó todo lo que pudo contra la corriente para encontrar el punto de partida que hilaba su vida. Y lo encontró. Llegó exhausta, pero llegó hasta las últimas consecuencias de su realidad, como cuando vino al mundo con la piel un tanto oscura confirmando las expectativas de los curiosos que tuvieron que esperar nueve meses para disipar sus dudas; cuando fue la bebé que espantó a su madre con el verdor de sus ojos; la criatura que Ignacio asumió como hija; la pequeña que llegó a los brazos de Cachita corrupta de orine y con un llanto excesivo que solo calmaría el vaivén del balancín. Fue la niña que creció entre la discordancia de la política y la religión; la quinceañera que se enamoró del primer amor. La adolescente que partió embarazada a la capital en busca de una nueva vida. La chica que interrumpió su embarazo para no ser una carga ajena. Aquella muchacha que se prostituyó para encontrar su libertad en medio de la pobreza. La chiquilla que siguió enamorada del primer amor. La joven que se casó con el extranjero para salvar la dignidad, que luego malgastó corriendo tras el primer amor. La hembra a la que raptaron para obligarla a prostituirse. La mujer a la que lanzaron como despojo al mundo para que sucumbiera en las drogas. La valiente que se recuperó del vicio. La que perdió la memoria. La que volvió con el extranjero para construir un presente. La que recuperó sus recuerdos. La que, perdiendo el primer amor, intentaba recuperar el último, y la que, buscándose en su pasado, por fin se encontró entre las páginas de este libro, hurgando retazos en su memoria para armar este puzle sin remordimientos. Quedó como asomada en un balcón, divisando lo vivido, observando cómo los acontecimientos se paseaban orondos por el pasado de un lado a otro en todas sus perspectivas. En la exhausta búsqueda de su esencia tomó valor para poder encontrarse.

Ordenando los sucesos en pensamiento, palabra, sentimiento y forma, descubrió que cada uno destilaba saber. Reparando errores y recuperando virtudes, construyó a su antojo una nueva realidad para su vida. Aprendió de Cachita que la religión si conduce al bienestar de los demás, se convierte en un acto de buena fe. Lo importante no es el método que se emplea sino los resultados de este; de Ignacio, que un político debe primero discernir reflexiones para después guiar al pueblo y no al revés, para que los ciudadanos sepan por dónde caminan antes de que sea demasiado tarde; de Magdalena, que la lealtad no significa estar siempre abnegada a los demás: la verdadera honradez esta en no mentirse uno mismo y dejar fluir sus pasiones; del Pardilla, que hay que fortalecer el espíritu, porque la maldad acecha donde la debilidad deambula; de Maceo, que la perseverancia es tan vital para el logro que, aunque fuese tambaleada por las circunstancias, siempre encontrará su cauce; de Leonardo, que al amor no hace falta construirle un castillo porque es tan libre que habita en el aire; de Juan, que la imaginación no solo ayuda a soportar la realidad, sino que también la transforma; de Teresa, que los compromisos con la personalidad que asumes no deben convertirse en obligación porque te castigas, y cayendo en el vicio de tu propia rutina, se te va la vida como arena entre las manos; de su madre, que independencia no significa distanciarte hasta de ti misma; de Pietro, que el hambre de aventura alimenta al espíritu, aun cuando te pierdes en la incertidumbre; de Elena, que en la satisfacción de ayudar al otro te enriqueces. Y de ella misma, que las ganas de alcanzar la libertad no deben encadenarse al pasado porque nunca podrás emprender el vuelo.

Ahora que ya estaba preparada para continuar su andar sin extraviar el camino, Luna se regaló la oportunidad de recuperar su matrimonio con Pietro. De alguna manera, una chispa de amor por él permaneció siempre débil, ante la fuerza de la pasión que Leonardo propagaba. Las circunstancias se habían encargado de poner las cosas en su sitio. Las casualidades, como piezas de un rompecabezas, engranaron muy bien la atracción de Luna por Pietro. De a poco, sin ruido, como puntas de pie que tantean el suelo, el afecto que por él sentía fue creciendo lentamente. El tiempo, la ternura del italiano, su devoción e incondicionalidad dieron un salto cuántico sorprendente y Luna resultó enamorada de su marido. Y al revés de los amores a primera vista, encendieron la pasión más allá del lapso lógico que el sentido común brinda a los enamorados. Fue como si acabaran de conocerse habiéndose conocido. Enredados en el placer de esa paradoja, el amor de ambos resultó correspondido. De puro amor, los ojos de Luna multiplicaron su verde deslizando esplendor sobre su madurez. Las canas teñidas de ámbar sobre un corte a lo Marilyn Monroe, le regalaban un aire de primera dama. Su sonrisa se volvió sabia y su alegría, contagiosa. Como aún estaban casados, Pietro obvió la propuesta de casamiento, pero le planteó que se fueran a Italia a comenzar su nueva vida. Luna, mirándolo con cariño y acariciándole la barbilla, dijo:

—¿Sabías que se puede negociar con las emociones?

—La verdad, no —contestó él.

—Pues, yo tengo la sensación de que Cuba es mi lugar. Mi propósito de vida está aquí. No todos tenemos que huir. Alguien tendrá que quedarse. Voy a continuar lo que no pudo hacer mi padre.

—Eso puede ser peligroso.

—Aprendí que simplemente vivir es peligroso. Si me voy, seré una más de los que critican el sistema. Criticar es repetir todo lo que el mundo dice. Ayudar es hacer lo que nadie hace. Sin mezclarme en política, ayudaré a mi gente.

—¿Puedo quedarme contigo?

—¿Estarás dispuesto a entrar en mi frecuencia y compartir esta cruda realidad?

—Ya entré en tu frecuencia desde el día que te vi en la playa saliendo del mar, como una sirena.

—Te he dado tan poco, Pietro. ¿Por qué me amas?

—Te amé primero por ser exageradamente bella. Luego te amé por ser desesperadamente sensual. Te seguí amando por ser completamente persuasiva, y te amo ahora, porque eres eternamente impredecible. ¿Te parece que eso es dar poco? Déjame perderme contigo en la incertidumbre.

—Bueno, si la cosa va por ahí, seguiré entonces siendo tu sirena.

Pietro organizó todos los asuntos de su empresa para poder instalarse en la isla. En un ir y venir, resolvía las cuestiones comerciales. Al revés de los que añoran residencias en el extranjero, obtuvo un simple permiso nacional para residir en el país, aunque mantenía la esperanza de invertir allí. La casona azul fue reparada y recuperó su esplendor de antaño, pues Luna, exigente en su reconstrucción, no les permitió a los albañiles que cambiaran el diseño. Respetaron tanto la reparación que cuando terminaron, los vecinos más viejos creyeron que habían viajado en el tiempo. El tocadiscos fue recuperado y consiguieron una colección de discos de Olga Guillot entre las ventas de coleccionistas. Todos los adornos se replicaron, incluyendo la lámpara de lágrimas que caía sobre el techo del salón principal. El balancín de Cachita reinaba en el porche con el esplendor de antaño y el amplio patio volvió a cosechar plantas curativas. Del embullo, Luna aprendió algo de botánica y de medicina alternativa. Entre lo que supo y lo que intuía, superó las expectativas. De lo mucho que ensayó la limpieza de vientres con la sabia de la güira se desempolvó a ella misma las entrañas y quedó embazada. Al igual que su tatarabuela, bisabuela y abuela, en plena madurez, trajo al mundo a una única criatura. A sus 43 años dio a luz a un varón de ojos verdes al que llamó Ignacio para no perder la tradición de hombres valientes. A pesar de los pronósticos de un parto con riesgo, el bebé nació sano. Teresa renunció a su promesa de pasar el resto de sus días viendo novelas con los pies sobre un banquito y se quedó con Luna para ayudarla en la crianza de Ignacio Alberdi.

Una vez al mes, Magdalena visitaba a Luna y la ayudaba en las laboriosas preparaciones de un plan de calle, donde los vecinos festejaban felices ninguna conmemoración. Como en los tiempos de la fiesta del CDR, cada hogar sacaba un plato casero, los niños hacían actuaciones, los adultos se olvidaban de la necesidad y se entregaban al placer de compartir sus días. También iba Teresa y en algunas ocasiones hasta Maceo aportaba frescura a la celebración, con sus originales pasteles que ni la misma Magdalena preparaba igual que él. Y es que Maceo había nacido para la repostería. Pietro le había restituido todo lo que invirtió en la recuperación de Luna, e incluso más. Abrió un local mejor que el anterior en pleno Madrid y sobrepasó ventas en el mundo de las dulcerías. Para colmo, el amor le llegó por sorpresa. Aprovechó la ley española que ampara el matrimonio entre homosexuales y se casó con su amado sin dificultad alguna. Sin dificultad alguna en sus viajes temporales a la isla, exhibía orondo sus afectos de amor sin los prejuicios de antaño. Si Ignacio hubiese resucitado, volvería a morir al verlo entrelazado de manos con su legítimo esposo paseando a la vera del mar en pleno malecón. Pero gracias a las leyes terrenales, los mortales no reviven y al muerto no le afecta ni aquello que lo mata. De todas maneras, hubiese muerto con la reconciliación cubano-americana que jamás vio. Para el 2016, el enemigo mortal de Norteamérica iba camino a convertirse en el mejor aliado, hasta el punto de albergar al presidente como símbolo de apertura. Hacía más de ochenta años que un gobernante de Estados Unidos no pisaba el país. Revolucionando la Revolución, la llegada del presidente Barack Obama apagó las llamas que una vez incendiara el comunismo. Los retazos de la isla que quedaron chamuscados convertidos en carbón estaban a la expectativa de la interrogante para convertirse en grandes proyectos financiados por los americanos. Las dos banderas ondeaban insinuando un roce crucial. Y a pesar de la resaca de recuerdos que aun dolía, ambos presidentes limaron asperezas y prometieron reformas por encima de sus convicciones. Los cubanos se dividieron en dos bandos: los que confiaban esperanzados en una transformación positiva sin importarles los rencores anteriores, y los indignados que no toleraban treguas de amistad sin perdonar el pasado.

Y mientras la emigración continuaba, Luna desafió la lógica y se quedó socorriendo a quienes no se iban. Entregada en cuerpo y alma a la filantropía, ayudaba a cuanto ser humano se le atravesara en el camino. Con la sabiduría que había heredado de su abuela, remendaba dolencias y alegraba los ánimos. Con las enseñanzas de su padre, dialogaba opiniones y, aceptando desacuerdos en tertulias vecinales, convencía con desapego. Con el recuerdo de Leonardo, educaba pasiones entre adolescentes perdidos en la independencia emocional. Con la dedicación de Magdalena, consolaba la tristeza de los ancianos, alimentaba a los hambrientos, calzaba a los descalzos y vestía a los desnudos. Con la imaginación de Juan, enseñaba a soñar a los niños y sumergía a la juventud en sus proyectos. Con la compasión de Teresa, amparaba al desahuciado y encaminaba al desorientado. Con el atrevimiento de su madre retaba a la osadía en sus decisiones. Con la prosperidad de Pietro, sustentaba sus proyectos y multiplicaba la inversión en medicina, alimento, ropa, calzado y materiales didácticos que repartía por doquier. Con la perseverancia de Maceo, continuaba sus ideales sin vacilaciones, ayudando al prójimo en la senda del vivir. Y con la psicología de Elena sobrellevaba la realidad.

Conectada con su alma, experimentaba la realidad, cocreando su destino. Libre de culpas, ligera de carga y tranquila de andar entre ciudadanos insatisfechos —a los que ella ayudaba a conseguir satisfacción—, seguía su rumbo. Cuando Luna concluyó la última página de este libro, quedó tan compensada con la vida que, acompañada por su marido, penetró más allá de la bahía y lanzó sus reflexiones mar adentro, para que las aguas absorbieran en la tinta todo su contenido y lo esparzan en la condensación de las nubes, en la precipitación de las lluvias y en la oscilación del viento. Todas las páginas flotaban mezcladas en el océano, entre el vaivén de las ondas marinas. Así sus verdades se propagarían de la tierra al cielo y de lo sutil a lo denso. Perdurables en el tiempo, listas para quien quisiera aprender de ellas.

Así fue como Luna, después de ser testigo de su propia historia, se convirtió en la protagonista de su destino. Ya sin deudas con el pasado, respondió el consejo de Elena y escribió su mensaje al mundo:

Después de decapar personalidades, por fin, ya sé quién soy. Yo soy todo lo que soy. Soy espíritu que experimenta a través de mi alma. Y en el cursar de mis experiencias, como el ser multidimensional que soy, elevo mi conciencia buscando la auténtica felicidad. Le sugiero al mundo que conecte con sus emociones. La conciencia, mientras más obvia sus emociones, más densas se vuelve y se ancla en lo terrenal. Las emociones, actuando a la deriva sin la guía de la conciencia, son tan solo energía etérea sin control. Ambas deben fundirse para conseguir el equilibrio. Comencemos desde ahora, seamos la brújula de una nueva generación que eleve su conciencia tan alto que se funda con lo divino. Solo así los errores de nuestros ancestros, que repercutieron en nuestros propios errores, desaparecerán. Construyamos una nueva sociedad donde las palabras rencor, odio, esclavitud *o* poder *sean palabras anacrónicas en peligro de extinción hasta conseguir aniquilarlas. Multipliquemos el sentido común y los cuestionamientos. Y hagamos de la meditación una práctica tan vital como nutrirse. Rompamos todas creencias absurdas. No dividamos bandos, cada cual está construido desde su conveniencia. Seamos neutrales. Aliémonos con la vida. Conversemos con el alma. Unámonos al amor. Y tomemos decisiones justas. Ni para ti ni para mí. Lo mejor para los dos. Cada cual a su manera y bajo su punto de vista cree tener el santo grial de lo exclusivo. No entremos en el juego de pelear por la verdad. Sin definir la palabra* enemigo, *negociemos con nuestros gobiernos, parejas, familias, amigos... El uno debe proponer, no ordenar. Y el otro debe de disponer, no obedecer. Y si no es así, tú decides quién te guía. Cambiemos de gobierno una y otra vez sin esperar elecciones. Si los resultados no son satisfactorios para tu ser, cambia de maestro. Si ese amor no te satisface, cambia de pareja. Si cualquier situación no cubre tus expectativas, cambia de situación. Pero no limites tu energía, no cortes tus alas. Crea la causa de tus resultados. La mejor referencia para no extraviarse en el camino es la felicidad. Haz todo lo que produzca felicidad. Cuando sientas que en tu entorno escasea el bienestar, trasmuta el ambiente. No permitas que nada de lo que te rodea carezca de felicidad. Esa es tu única obligación ante la vida. Cada uno conecte con su interior, siendo uno consigo mismo y a la vez uno con los otros. Unámonos. Somos partículas del universo que a nuestra manera componen el todo. Porque tú, yo, este, aquel, aquellos que fueron, son y serán, forman parte de los capítulos de la historia de la humanidad, que es al fin y al cabo una inmensa novela de páginas infinitas.*

Por ello, construí del pasado la biblia sabia de mi andar. Ya tengo el inventario de los actos donde habitan mis equivocaciones. Ahora, barro el presente abriéndome paso al futuro, reciclo las faltas y recupero valores para seguir reinventándome. El maremoto de los acontecimientos derrumbó mi existencia. Y, aun así, pude encontrar mis raíces. Pero como con la naturaleza nunca se sabe, y ya sé quién soy, me aferró bien a mí misma, para no volver a naufragar cuando otra ola emotiva me arrastre en su corriente, hacia donde nos lleva el alma.

Después de todo, todo ha sido nada,
a pesar de que un día lo fue todo.
Después de nada, o después de todo,
supe que todo no era más que nada.
Grito "¡todo!", y el eco dice "¡nada!".
Grito "¡nada!", y el eco dice "¡todo!".
Ahora sé que la nada lo era todo,
y todo era ceniza de la nada.
No queda nada de lo que fue nada.
Era ilusión lo que creía todo
y que, en definitiva, era la nada.
Qué más da que la nada fuera nada
si más nada será, después de todo,
después de tanto todo para nada.

José Hierro

Este libro se engendró con el placer más exquisito de la creación. Su

Padre es mi espíritu. Su madre, es mi alma. Mis manos le dieron forma.

Y mi conciencia fue el vientre donde se gestó. Lo parí por fin una tarde

de mayo cuando vino al mundo para darle luz.

Clara María Torres.

www.ingramcontent.com/pod-product-compliance
Lightning Source LLC
Chambersburg PA
CBHW030532030726
47495CB00004B/966